逸仙文学读本丛书

主编 林岗 谢有顺

中国当代文学读本

谢有顺 胡传吉 编

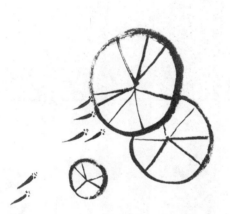

中山大学出版社
SUN YAT-SEN UNIVERSITY PRESS

· 广州 ·

版权所有　翻印必究

图书在版编目（CIP）数据

中国当代文学读本/谢有顺，胡传吉编.—广州：中山大学出版社，2016.2
（逸仙文学读本丛书/林岗，谢有顺主编）
ISBN 978-7-306-05376-3

Ⅰ.①中…　Ⅱ.①谢…②胡…　Ⅲ.①中国文学—当代文学—作品综合集
Ⅳ.①I217.1

中国版本图书馆 CIP 数据核字（2015）第 171297 号

出版人：	徐　劲
策划编辑：	嵇春霞
责任编辑：	嵇春霞
封面设计：	林绵华
版式设计：	林绵华
责任校对：	向晴云
责任技编：	何雅涛
出版发行：	中山大学出版社
电　　话：	编辑部 020-84111996，84113349，84111997，84110779
	发行部 020-84111998，84111981，84111160
地　　址：	广州市新港西路135号
邮　　编：	510275　传　真：020-84036565
网　　址：	http://www.zsup.com.cn　E-mail：zdcbs@mail.sysu.edu.cn
印 刷 者：	佛山市浩文彩色印刷有限公司
规　　格：	787mm×1092mm　1/16　19.875 印张　435 千字
版次印次：	2016年2月第1版　2016年2月第1次印刷
定　　价：	45.00元

如发现本书因印装质量影响阅读，请与出版社发行部联系调换

《逸仙文学读本丛书》编委会

主　编：（按姓氏拼音排序）
　　　　林　岗　谢有顺

顾　问：（按姓氏拼音排序）
　　　　陈思和（复旦大学中文系教授、博士生导师）
　　　　陈晓明（北京大学中文系教授、博士生导师）
　　　　程光炜（中国人民大学文学院教授、博士生导师）
　　　　丁　帆（南京大学中文系教授、博士生导师）
　　　　於可训（武汉大学文学院教授、博士生导师）

委　员：（按姓氏拼音排序）
　　　　陈　希　郭冰茹　哈迎飞　胡传吉　黄　灯　李俏梅
　　　　李金涛　刘卫国　申霞艳　伍芳斐　吴　敏　袁向东
　　　　张　均

凡 例

一、《中国当代文学读本》为《逸仙文学读本丛书》的一种。

二、本读本收录中国1949年以来的重要文学作品，适用于广大文学爱好者、文学研究者阅读收藏。

三、本读本分为诗歌、散文、小说三篇。可入选的当代作家远远不止书中所录，但限于篇幅，编者对精短且能代表作者水准的作品有所倾斜。对此，以长篇见长的作家就只能割爱，戏剧及港澳台地区、海外华语作家的作品暂不收录。有两个办法可弥补"限于篇幅"所带来的诸多遗憾：一是使用者可配合相关文学史教材的指引及本书附录上推荐的书（篇）目，扩大原典阅读的范围；二是可待将来的修订本或新的读本再完善。读本不足之处，恳请方家批评指正。

四、为保存作品原貌，本读本对所选作品一律不做改动。

五、本读本大多数作品已获出版授权，但仍有几位作家或者家属无法取得联系；请未联系上的作家或者家属与我们联系，我们将支付稿费，略表谢意。

附记：中山大学中文系何嘉雯、林泽曼、刘佳、李灵杰、崔美琳、丁斯瑜、冯丹丹、陈宇婷等同学为本读本的资料收集及校对工作做出了贡献，特此感谢。

诗歌篇

胡 风
时间开始了·欢乐颂 …………… 3

郭小川
向困难进军——再致青年公民
………………………………… 17

曾 卓
悬崖边的树 …………………… 22
无题 …………………………… 22
向前看 ………………………… 23
我遥望 ………………………… 24

穆 旦
我歌颂肉体 …………………… 25
葬歌 …………………………… 26
冥想 …………………………… 30

郑 敏
诗人与死（组诗十九首，节选）
………………………………… 31

北 岛
太阳城札记 …………………… 34

回答 …………………………… 36
雨夜 …………………………… 37
结局或开始——献给遇罗克 … 38

舒 婷
致橡树 ………………………… 41
祖国呵，我亲爱的祖国 ……… 42

顾 城
小花的信念 …………………… 44
一代人 ………………………… 44
祭 ……………………………… 45
小巷 …………………………… 45
回家 …………………………… 46

海 子
给母亲（组诗）……………… 48
面朝大海，春暖花开 ………… 50
日记 …………………………… 51
麦地 …………………………… 52
春天，十个海子 ……………… 54

翟永明
女人（组诗，节选）………… 55

王小妮
十枝水莲（组诗，节选）…… 57

欧阳江河
　　手枪 ………………………… 59
　　一夜肖邦 ……………………… 60

于　坚
　　坠落的声音 …………………… 62
　　感谢父亲 ……………………… 63

朵　渔
　　高原上 ………………………… 65
　　论伊拉斯谟 …………………… 65
　　夜行 …………………………… 66
　　谢谢这样的人 ………………… 66
　　妈妈，您别难过 ……………… 67

雷平阳
　　木头记 ………………………… 69
　　穷人啃骨头舞 ………………… 71

散文篇

毛泽东
　　别了，司徒雷登 ……………… 75

杨　朔
　　荔枝蜜 ………………………… 79

巴　金
　　怀念从文 ……………………… 81

杨　绛
　　干校六记·凿井记劳 ………… 91

史铁生
　　我与地坛 ……………………… 94

张中晓
　　无梦楼随笔·拾荒集（节选）
　　………………………………… 106

贾平凹
　　商州初录·黑龙口（节选）
　　………………………………… 114

王小波
　　一只特立独行的猪 …………… 121

刘亮程
　　一个人的村庄（节选） ……… 123

刀尔登
　　中国好人（节选） …………… 130

小说篇

赵树理
　　锻炼锻炼 ……………… 137

汪曾祺
　　受戒 …………………… 149

王　蒙
　　组织部新来的青年人 …… 161

铁　凝
　　哦，香雪 ……………… 184

贾平凹
　　太白山记（节选）……… 192

苏　童
　　妻妾成群 ……………… 201

格　非
　　迷舟 …………………… 229

余　华
　　十八岁出门远行 ………… 243

王小波
　　黄金时代 ……………… 248

麦　家
　　汉泉耶稣 ……………… 277

魏　微
　　大老郑的女人 ………… 285

附　录
　　《中国当代文学读本》推荐选读书（篇）目 ……………… 299

诗歌篇

○ 胡风

时间开始了·欢乐颂

1949年9月,在中国共产党主席毛泽东主持下,中国人民政治协商会议隆重开幕。

时间开始了——

毛泽东
他站到了主席台底正中间
他站在地球面上
　　　　中国地形正前面

他
屹立着象一尊塑像……

掌声和呼声静下来了

这会场
静下来了
好象是风浪停息了的海
　　只有微波在动荡而过
　　只有微风在吹拂而过
一刹那通到永远——
时间
奔腾在肃穆的呼吸里面

跨过了这肃穆的一刹那

时间！时间！
　　你一跃地站了起来！
毛泽东，他向世界发出了声音
毛泽东，他向时间发出了命令：
　　　　　　　　"进军！！！"

掌声爆发了起来
乐声奔涌了出来
灯光放射了开来
礼炮象大交响乐的鼓声
　　　"咚！咚！咚！"地轰响了进来
一瞬间
这会场
化成了一片沸腾的海
一片声浪的海
一片光带的海
一片声浪和光带交错着的
　　　欢跃的生命的海

海
沸腾着
它涌着一个最高峰
毛泽东
他屹然地站在那最高峰上
好象他微微俯着身躯
好象他右手握紧拳头
　　　　　放在前面
好象他双脚踩着一个
　　　　　巨大的无形的舵盘
好象他在凝视着流到了这里的
　　　　　各种各样的大小河流

毛泽东
他屹然地站在那最高峰上
好象他在向着自己
也就是向着全世界宣布：
　　让从地层最深处冲出来的

　　　　　　　流到这里来
让从连山最高处飞泄下来的
　　　　　　　流到这里来
让从嵯峨峥嵘的岩石中搏斗过的
　　　　　　　流到这里来
让沾着树木花草香气的
　　　　　　　流到这里来
让映着日光月色星影云彩的
　　　　　　　流到这里来
让千千万万的清流含笑地载歌载舞地
　　　　　　　流到这里来
同时
也让带着泥沙的
　　　　　　　流到这里来
让浮着血污的
　　　　　　　流到这里来
让沾着尸臭的
　　　　　　　流到这里来
让百百千千的浊流含羞地迟迟疑疑地
　　　　　　　流到这里来

我是海
我要大
大到能够
　　　环抱世界
大到能够
　　　流贯永远
我是海
要容纳应该容纳的一切
能澄清应该澄清的一切
我这晶莹无际的碧蓝
永远地
永远地
要用它纯洁的幸福光波
映照在这个大宇宙中间

海，在沸腾

毛泽东
他屹然地站在那最高峰上
那不是挥动巨掌
　　　　击落着无数飞箭
　　　　而奔驰前进的
　　火焰似的列宁的姿势
那不是斩掉了一切毒瘤以后
　　　　　凝聚着重量和力量
　　　　　稳如泰山的
　　钢柱似的斯大林的姿势
毛泽东
　　　列宁、斯大林的这个伟大的学生
他微微俯着身躯
好象正要迈开大步的
　　　　　　神话里的巨人
在紧张地估计着
　　　　　前面的方向
握得紧紧的右手的拳头
抓住了无数的中国河流
他劝告它们跟着他——前进！
他命令它们跟着他——前进！

诗人但丁
当年在地狱门上
写下了一句金言：
　　　"到这里来的，
　　　　一切希望都要放弃！"
今天
中国人民的诗人毛泽东
在中国新生的时间大门上
写下了
但丁没有幸运写下的
使人感到幸福
而不是感到痛苦的句子：
　　　"一切愿意新生的
　　　　到这里来吧
　　　　最美好最纯洁的希望

在等待着你!"

祖国
伟大的祖国呵
在你承担着苦难的怀抱里
在你忍受着痛苦的怀抱里
我所分得的微小的屈辱
　　　　和微小的悲痛
也是永世难忘的
但终于走到了今天这个日子
今天
为了你的新生
我奉上这欢喜的泪
为了你的母爱
我奉上这感激的泪

祖国呵
我的祖国
今天
在你新生的这神圣的时间
全地球都在向你敬礼
全宇宙都在向你祝贺

雷声响起了
轰轰轰地在你头上滚动
雨点打来了
花花花地在你头上飘舞
祖国
我的祖国呵
为了你
全地球都在欢呼
全宇宙都在欢唱
这大自然的交响乐
那么雄伟又那么慈和
漂流在这一片生命的海上
我感到了你巨大的心房
　　　　鼓动着在激烈地轰响

梦幻的我的眼睛
朝向了右边一瞥
看见了一个老人的侧脸
他的头发象一蓬秋草
他的胡子钢一样翘着
他激动得张开着的嘴巴
　　　　　忘记了动作——
我感到了
他的额头上在冒着热汗
我感到了
在我看不到的他的眼睛里面
　　　　　在燃烧着火焰

我的战友
我的同志
我的兄弟
我看见了你！
你在臭湿的工房里冻饿过
你在黑暗的牢狱里垂死过
你和穷苦的农民一道喂过虱子
你和勇敢的战友一道喝过雪水
你受过了千锤百炼
你征服了痛苦和死亡
这中间
多少年多少年了
但你的希望活到了今天这个日子
但你的意志活到了今天这个日子

今天
在激动着你的此刻
也许你忘记了过去的一切
但过去的一切
使你纯贞得象一个婴儿
仿佛躺在温暖的摇篮里面
洁白的心房充溢着新生的恩惠

我的战友
我的同志
我的兄弟！
这奔腾着雷雨的大交响
抚慰着我
也抚慰着你
它抚慰着了一切

是催生歌？
是摇篮曲？……
我梦幻的心
　　荡漾着一片醉意
越过你的侧脸
飘忽地回到了七月一日的狂风暴雨里面

　　　好猛烈的狂风暴雨
　　　好甜蜜的狂风暴雨
　　　夹着雷声
　　　飞着电火
　　　倾天复地而来了
　　　被你吹着淋着的
　　　是三万个战斗的生命
　　　是三万粒战斗的原子
　　　我们
　　　用歌声迎接你
　　　用欢笑迎接你
　　　用舞蹈迎接你
　　　只有你这响彻天地的大合奏
　　　只有你这浸透发肤的大洗礼
　　　才能够满足这神圣的生日所怀抱的大欢喜

圆形的大会场
象一个浮在太空中的地球本身
整列在那边缘上的
　　　湿透了的无数红旗
飘舞得更响更欢
　　　　好象在歌唱

飘舞得更红更鲜
　　　好象是跳跃着的火焰
被它们照临着的
　　三万颗战斗的心
被暴雨洗过
被狂风吹着
也歌唱得更响更欢
也跳跃得更红更鲜

突然
　　　那个克服了艰险的历程
　　走到了胜利的战列前行的党人
　　中断了他的发言
　　用着只有那么镇定
　　才能表现他所感到的光荣的声音宣布：
　　　　——我们的毛主席来到！

三万个激动的声音
　　　　　欢呼了起来
　　　　好象从地面飞起的暴雨一片
三万个激动的面孔
　　　　　朝向了一边
　　　好象是被大旋风卷向着一点
三万个激动的心
　　　　拥抱着、融合着
汇成了掀播着的不能分割的海面

　　圆形海面的边缘
　　整列着
　　　　湿透了的无数红旗
　　飘舞得更响更欢
　　　　　好象在歌唱
　　飘舞得更红更鲜
　　　　　好象是跳跃着的火焰
　　它们歌唱着
　　　　　朝向一点
　　它们跳跃着

　　　　朝向一点
三万个战斗的生命
每一个都在心里告诉自己：
　——毛主席，毛主席，他在这里！
　——毛主席，毛主席，他和我们在一起！

　　他在这里
　　在他正对着的那一边
　　矗立着四幅巨像
　　　　——马克思
　　　　　　恩格斯
　　　　　　　列宁
　　　　　　　　斯大林
劳动人类的四颗伟大的心脏
人类解放的四面神圣的旗子

四幅巨像
　　前面放射着明净的灯光
　　正对着他们天才的学生毛泽东
　　和三万个战斗的生命
　　　　　　　所汇成的欢乐的海面

　　四幅巨像
　　　　背后是无际的天空
　　黑沉沉的远方
　　雷声还在隐隐地滚动
　　电火还在一闪一闪地飞现

　　四幅巨像
　　被这大自然的交响乐伴奏着
　　使我们和大宇宙年轻的生命融合在一起
　　使我们和全地球未完的战斗连结在一起

　　一刹那通到无际……

一刹那通到无际——
今天

毛泽东
他站在这里
头上
轰轰的雷声在滚动
花花的雨声在歌唱
掀播着这声浪和光带交错着的
　　　　　　又一个生命的海

海
掀播着
涌着一个最高峰
毛泽东
他屹然地站在那里
他背后的地球面上
照临着碧蓝的天空

梦幻的我的眼睛
又看见了
那四幅巨像
矗立着
若隐若现
在那碧蓝的亮光中间
好象飞来了雷声的隐隐滚动
好象射来了电火的一闪一闪

毛泽东！毛泽东！
由于你
我们的祖国
我们的人民
感到了大宇宙的永生的呼吸
受到了全地球的战斗的召唤

毛泽东！毛泽东！
你屹然地站在最高峰上
你感到了那个呼吸
你听到了那个召唤
你微微俯着身躯

你坚定地望着前面

前面
　　　是那个唯一的方向
前面
　　　　是无数河流汇合之点
你两脚踩着无形的巨大的舵盘
你坚定地望着望着
那上面闪现过了什么呢？

闪现过了一个面影：
赤裸着身子
被绑着送向法场
在英勇地喊着口号吗？

闪现过了一个面影：
被装在麻袋里面
抛到了河里
传来了一声水响吗？

闪现过了一个面影：
双脚被捆了起来
由烈马倒拖着
奔驰而过吗？

闪现过了一个面影：
在草地里陷了下去
青年的脑袋沉没了
双手还在抓扑吗？

闪现过了一个面影：
在雪山边坐了下来
即刻僵冻住了
定在那里永远不动吗？

闪现过了一个面影：
为了不让敌人把同伴们发现

用母亲的战栗的手扣住幼儿的咽喉
望着他僵冷下去了吗?

闪现过了一个面影:
紧抱着炸药包
冲到敌人碉堡底下
让身体和它同时粉碎了吗?

一颗挂在电线柱子上的头颅
闪现过了吗?
一具倒毙在暗牢角落的尸体
闪现过了吗?
一个埋进土里的小半截身子
闪现过了吗?

终于
闪现过了一个面影:
把飞舞的红旗插上了敌人阵地
身里的热血同时喷了出来
在旗杆旁边倒下去又站了起来吗?
……
……

他们
你的战友
你的兄弟
你的同志
忍苦的时候想到你!
遇险的时候想到你!
受刑的时候想到你!
献命的时候想到你!
……

想到了你
也正是想到了
　　今天这样的日子
今天

在祖国新生的温暖的怀抱里
他们复活了
他们来了
踏着雄壮的步子
　　　　　　来了
举起健康的手臂
　　　　　　来了
亮着温爱的目光
　　　　　　来了
浮着幸福的微笑
　　　　　　来了
蜂群似地来了
浪潮似地来了
来了来了
来向你欢呼
来向你致敬
来向你祝贺

毛泽东！毛泽东！
中国第一个光荣的布尔什维克
他们的力量
汇集着活在你的身上
你抓住了无数的河流
他们的意志
汇集着活在你的心里
你挑起了这一部历史

毛泽东！毛泽东！
中国大地最无畏的战士
中国人民最亲爱的儿子
你微微俯着身躯
你坚定地望着前面
随着你抬起的巨人的手势
大自然的交响涌出了最强音
全人类的希望发出了最强光
你镇定地迈开了第一步
你沉着的声音象一响惊雷——

"占人类总数四分之一的中国人从此站立起来了!"
"中国人从此站立起来了!"
"从此站立起来了!"
"站立起来了!"

——一九四九年十一月十一日夜十时半,成
　　十一月十二日夜十一时,改。在北京

○ 郭小川

向困难进军——再致青年公民

骏马
　　在平地上如飞地奔走
　　有时却不敢越过
　　　　　　　湍急的河流；
大雁
　　在春天爱唱豪迈的进行曲，
　　一到严厉的冬天
　　　　　　　歌声里就满含着哀愁；
公民们！
你们
　　在祖国的热烘烘的胸脯上长大
会不会
　　在困难面前低下了头？
不会的
　　　我信任你们
　　　　　　甚至超过我自己，
不过
　　　我要问一问
　　　　　　你们做好了准备没有？
我
　　比你们年长几岁
　　　　　　而且光荣地成了你们的朋友
禁不住
　　　要把你们的心

　　　　　　　　带回到那变乱的年头。
当我的少年时代
生活
　　　决不像现在这样
　　　　　　　　自由而温暖，
我过早地同我们的祖国在一起
　　　　　　　　负担着巨大的忧患，
可是我仍然是稚气的，
人生的道路
　　　　　在我看来是如此地一目了然，
仿佛
　　　只要报晓的钟声一响，
神话般的奇迹
　　　　　　就像彩霞似地出现在天边，
一切
　　　都会是不可思议地美满……
呵，就在这个时候
　　　　　　　严峻的考验来了！
抗日战争的炮火
　　　　　　在我寄居的城市中
　　　　　　　　　　卷起浓烟，
我带着泪痕
　　　　　投入红色士兵的行列
　　　　　　　　　　走上前线。
……真正的生活开始了！
可惜
　　　它开始得过于突然！
我呀
　　　几乎是毫无准备地
　　　　　　　　遭遇到一场风险。
在一个雨夜的行军的路上，
我慌张地跑到
　　　　　　最初接待我的将军的面前，
诉说了
　　　我的烦恼和不安：
打仗嘛
　　　我还不能自如地往枪膛里装子弹，

动员人民嘛
　　　　　我嘴上只有书本上的枯燥的语言。
我说：
　　　"同志，
　　　　　请允许我到后方再学几年！"
于是
　　　将军的沉重的声音
　　　　　　　　　在我的耳边震响了：
"问题很简单——
不勇敢的
　　　在斗争中学会勇敢，
怕困难的
　　　去顽强地熟悉困难。"
呵呵
　　　这闪光的话
　　　　　　　像雨点似地打在我的心间，
我怀着感激
　　　　　回到我们的队伍中
　　　　　　　　　　继续向前……
现在
　　　十八年已经过去了，
时间
　　　锻炼了我
　　　　　　　并且为我们的祖国带来荣耀，
不是我们
　　　　被困难所征服，
而是那些似乎很吓人的困难
　　　　　　　　　一个个
　　　　　　　　　　　　在我们的面前跪倒。
黑暗永远地消亡了，
随太阳一起
　　　　滚滚而来的
　　　　　　　　是胜利和欢乐的高潮。
公民们
　　　我羡慕你们，
你们的青年时代
　　　　　　就这样好！

你们再不要
　　　　　赤手空拳
　　　　　　　　　去夺敌人手中的三八枪了，
而是怎样
　　　　去建造
　　　　　　　保卫祖国的远射程的海防炮；
你们再不要
　　　　　乘着黑夜
　　　　　　　　去挖隐蔽身体的地洞了，
而是怎样
　　　　寻根追底地
　　　　　　　到深山去探宝；
你们再不要
　　　　　越过地堡群
　　　　　　　　　偷袭敌人控制的城市了，
而是怎样
　　　　把从工厂中伸出的烟囱
　　　　　　　　　　筑得直上云霄；
你们再不要
　　　　　打着小旗
　　　　　　　到地主庭院去减租减息了，
而是怎样
　　　　把农业生产合作社
　　　　　　　　办得又多又好……
是呵
　　连你们遭遇的困难
　　　　　　　都使我感到骄傲，
可是我要说
　　　　它的威风
　　　　　　　决不会比从前小。
社会主义的道路上
　　　　　并非
　　　　　　平安无事，
就在阳光四射的早晨
　　　　　　也时常
　　　　　　　　有风雨来袭，
帝国主义者

对着我们
　　　　　每天都要咬碎几颗吃人的牙齿，
生活的河流里
　　　　　随处都可能
　　　　　　　　　埋伏着坚硬的礁石，
旧世界的苍蝇们
　　　　　在每个阳光不曾照进的角落
　　　　　　　　　　生着蛆……
新生的事物
　　　　　每时每刻都遇到
　　　　　　　　　没落者的抗拒……
然而我要告诉你们
　　　　　凭着我所体味的生活的真理：
困难
　　这是一种愚蠢而又懦怯的东西，
它
　　惯于对着惊恐的眼睛
　　　　　　　　　卖弄它的威力，
而只要听见刚健的脚步声
　　　　　　　　就像老鼠似地
　　　　　　　　　　　悄悄向后缩去，
它从来不能战胜
　　　　　人们的英雄的意志。
那么，同志们！
让我们
　　以百倍的勇气和毅力
　　　　　　　　向困难进军！
不仅用言词
　　　　而且用行动
　　　　　　　　说明我们是真正的公民！
在我们的祖国中
　　　　　困难减一分
　　　　　　　　幸福就要长几寸，
困难的背后
　　　　伟大的社会主义世界
　　　　　　　　　正向我们飞奔。

　　　　　　　　　　　　1955 年 11 月草成
　　　　　　　　　　　　1956 年 1 月 9 日定稿

○ 曾 卓

悬崖边的树

不知道是什么奇异的风
将一棵树吹到了那边——
平原的尽头
临近深谷的悬崖上

它倾听远处森林的喧哗
和深谷中小溪的歌唱
它孤独地站在那里
显得寂寞而又倔强

它的弯曲的身体
留下了风的形状
它似乎即将倾跌进深谷里
却又象是要展翅飞翔……

一九七〇年

无 题

我不是拿破仑
却也有我的厄尔巴——

一座小小的板壁房就是我的孤岛
外面：人的喧嚣，海的波涛

我渴望冲破黑夜
在浓雾中扬帆远出
去将我的"百日"寻找
我倒下了，但动摇了一个封建王朝

　　　　　　　　　　　一九七〇年，在单人"牛棚"中

（附注：厄尔巴是拿破仑所流放的孤岛。）

向　前　看

向前看，向前看，
沙漠的那边是
　　开花的草原。

向前看，向前看，
乌云的边缘已闪现出
　　灿烂的蓝天。

冒着风雨，
踏着蒺藜，
向前看，向前看！

心中燃烧着，
永不熄灭的火焰，
肩负着那个累人的"明天"*。

---

* 借用老年的约翰·克里斯多夫的话，1976 年。

我 遥 望

当我年轻的时候
在生活的海洋中,偶尔抬头
遥望六十岁,象遥望
一个远在异国的港口

经历了狂风暴雨,惊涛骇浪
而今我到达了,有时回头
遥望我年轻的时候,象遥望
迷失在烟雾中的故乡

○ 穆 旦

我歌颂肉体

我歌颂肉体：因为它是岩石
在我们的不肯定中肯定的岛屿。

我歌颂那被压迫的，和被蹂躏的，
有些人的吝啬和有些人的浪费：
那和神一样高，和蛆一样低的肉体。

我们从来没有触到它，
我们畏惧它而且给它封以一种律条，
但，原是自由的和那远山的花一样，丰富如同蕴藏
　　的煤一样，把平凡的轮廓露在外面，
它原是一颗种子而不是我们的奴隶。

性别是我们给它的僵死的诅咒，
我们幻化了它的实体而后伤害它，
我们感到了和外面的不可知的连系
　　和一片大陆，
却又把它隔离。

那压制着它的是它的敌人：思想，
（笛卡尔说：我想，所以我存在。）
但什么是思想它不过是穿破的衣服越穿越薄弱
　　越褪色越不能保护它所要保护的，
自由而又活泼的，是那肉体。

我歌颂肉体：因为它是大树的根，
摇吧，缤纷的树叶，这里是你稳固的根基。

一切的事物令我困扰，
一切事物使我们相信而又不能相信，就要得到而又
　　不能得到，开始抛弃而又抛弃不开，
但肉体使我们已经得到的，这里。
这里是黑暗的憩息，

是在这个岩石上，成立我们和世界的距离，
是在这个岩石上，自然寄托了它一点东西，
风雨和太阳，时间和空间，都由于它的大胆的网罗
　　而投在我们怀里。
但是我们害怕它，歪曲它，幽禁它；
因为我们还没有把它的生命认为是我们的生命，还没
有把它的发展纳入我们的历史，
因为它的秘密还远在我们所有的语言之外，

我歌颂肉体：因为光明要从黑暗里站出来，
你沉默而丰富的刹那，美的真实，我的上帝。

葬　歌

1
你可是永别了，我的朋友？
　　我的阴影，我过去的自己？
天空这样蓝，日光这样温暖，
　　在鸟的歌声中我想到了你。

我记得，也是同样的一天，
　　我欣然走出自己，踏青回来，
我正想把印象对你讲说，

你却冷漠地只和我避开。

自从那天，你就病在家里，
　　你的任性曾使我多么难过；
唉，多少午夜我躺在床上，
　　辗转不眠，只要对你讲和。

我到新华书店去买些书，
　　打开书，冒出了熊熊火焰，
这热火反使你感到寒栗，
　　说是它摧毁了你的骨干。

有多少情谊，关怀和现实
　　都由眼睛和耳朵收到心里；
好友来信说："过过新生活！"
　　你从此失去了新鲜空气。

历史打开了巨大的一页，
　　多少人在天安门写下誓语，
我在那儿也举起手来；
　　洪水淹没了孤寂的岛屿。

你还向哪里呻吟和微笑？
　　连你的微笑都那么寒伧，
你的千言万语虽然曲折，
　　但是阴影怎能碰得阳光？

我看过先进生产者会议，
　　红灯，绿彩，真辉煌无比，
他们都凯歌地走进前厅，
　　后门冻僵了小资产阶级。

我走过我常走的街道，
　　那里的破旧房正在拆落，
呵，多少年的断瓦和残椽，
　　那里还萦回着你的魂魄。

你可是永别了，我的朋友？
　　我的阴影，我过去的自己？
天空这样蓝，日光这样温暖，
　　安息吧！让我以欢乐为祭！

2
"哦，埋葬，埋葬，埋葬！"
"希望"在对我呼喊：
"你看过去只是骷髅，
还有什么值得留恋？
他的七窍流着毒血，
沾一沾，我就会瘫痪。"

但"回忆"拉住我的手，
她是"希望"底仇敌；
她有数不清的女儿，
其中"骄矜"最为美丽；
"骄矜"本是我的眼睛，
我怎能把她舍弃？

"哦，埋葬，埋葬，埋葬！"
"希望"又对我呼号：
"你看她那冷酷的心，
怎能再被她颠倒？
她会领你进入迷雾，
在雾中把我缩小。"

幸好"爱情"跑来援助，
"爱情"融化了"骄矜"：
一座古老的牢狱，
呵，转瞬间片瓦无存；
但我心上还有"恐惧"，
这是我慎重的母亲。

"哦，埋葬，埋葬，埋葬！"
"希望"又对我规劝：
"别看她的满面皱纹，
她对我最为阴险：

她紧保着你的私心，
又在你头上布满
使你自幸的阴云。"
但这回，我却害怕：
"希望"是不是骗我？
我怎能把一切抛下？
要是把"我"也失掉了，
哪儿去找温暖的家？

"信念"在大海的彼岸，
这时泛来一只小船，
我遥见对面的世界
毫不似我的从前；
为什么我不能渡去？
"因为你还留恋这边！"

"哦，埋葬，埋葬，埋葬！"
我不禁对自己呼喊：
在这死亡底一角，
我过久地漂泊，茫然；
让我以眼泪洗身，
先感到忏悔的喜欢。

3
就这样，像只鸟飞出长长的阴暗甬道，
我飞出会见阳光和你们，亲爱的读者；
这时代不知写出了多少篇英雄史诗，
而我呢，这贫穷的心！只有自己的葬歌。
没有太多值得歌唱的：这总归不过是
一个旧的知识分子，他所经历的曲折；
他的包袱很重，你们都已看到；他决心
和你们并肩前进，这儿表出他的欢乐。
就诗论诗，恐怕有人会嫌它不够热情：
对新事物向往不深，对旧的憎恶不多。
也就因此……我的葬歌只算唱了一半，
那后一半，同志们，请帮助我变为生活。

1957 年

冥 想

1
为什么万物之灵的我们，
遭遇还比不上一棵小树？
今天你摇摇它，优越地微笑，
明天就化为根下的泥土。
为什么由手写出的这些字，
竟比这只手更长久，健壮？
它们会把腐烂的手抛开，
而默默生存在一张破纸上。
因此，我傲然生活了几十年，
仿佛曾做着万物的导演，
实则在它们长久的秩序下
我只当一会儿小小的演员。

2
把生命的突泉捧在我手里，
我只觉得它来得新鲜，
是浓烈的酒，清新的泡沫，
注入我的奔波、劳作、冒险。
仿佛前人从未经临的园地
就要展现在我的面前。
但如今，突然面对着坟墓，
我冷眼向过去稍稍回顾，
只见它曲折灌溉的悲喜
都消失在一片亘古的荒漠，
这才知道我的全部努力
不过完成了普通的生活。

1976 年 5 月

○ 郑敏

诗人与死（组诗十九首，节选）

十五

那为你哭泣的人们应当
哭泣他们自己，那为你的死
愤怒的人们不能责怪上帝
死亡跟在身后，一个鬼祟的影子

你有许多未了的心愿像蚕丝
如果能织成一片晴空……
但黑云不会放过你的默想
雷爆从天空驰下击中

你的理想只是飘摇的蛛网
几千年没有人织成
几千年的一场美梦

只有走出祭坛的广场
离开雅典和埃及的古城
别忘记带着你的夜行时的马灯。

十六

五月，肌肤告诉我太阳的存在
很温存，还没有开始暴虐

我闭上眼睛，假装不知道谁在主宰
拖延，是所有这儿的大脑的策略

尸骨正在感觉生的潮气
离开火葬场已经两个月
污染的大气甚至不放弃
那从炉中拾回的残缺

也许应当一次又一次地洗涤
用火焰，
用焚烧

这里没有檀木建成的葬堆
也没有洒上玫瑰、月季、兰花的娇艳
只有沉默的送葬者洒上乌云般的困恼。

十七

眼睛是冰冻的荷塘
流水已经枯干，我的第 69 个冬天
站在死亡的边卡送走死亡
天边有驼队向无人熟悉的国度迁移

欢乐的葡萄不会急着追问下场
香醇的红酒也忘记了根由
一个个音符才联成歌唱
也许是愤怒，也许是温柔

整体不过是碎片的组成
碎片改组，又产生新的整体
短视的匠人以为到了终极

阖上眼睛，任肢体在大地横陈
蚕与蛹，毛虫和蝴蝶的交替
洒在湖山上，像雨的是这个"自己"

十八

他们用时间的激光刀

在我们的身体上切割
白色的脑纹是抹不掉
的录像带，我们的录音盒

被击碎，逃出刺耳的歌
疯狂的诗人捧着瘀血的心
去见上帝或者魔鬼
反正他们都是球星

将一颗心踢给中锋
用它来射门
好记上那致命的一分

欢呼像野外的风
穿过血滴飞奔
诗人的心入网，那是坟。

十九

当古老化装成新生
遮盖着头上的天空
依恋着丑恶的老皮层层
畏惧新生的痛苦

今天，抽去空气的气球
老皮紧紧贴在我的身上
它昔日的生命已经偷偷逃走
永生的它是我的痛苦的死亡

将我尚未闭上的眼睛
投射向远方
那里有北极光的瑰丽

诗人，你的最后沉寂
像无声的极光
比我们更自由地嬉戏。

○ 北岛

太阳城札记

生命

太阳也上升了

爱情

恬静。雁群飞过
荒芜的处女地
老树倒下了,戛然一声
空中飘落着咸涩的雨

自由

飘
撕碎的纸屑

孩子

容纳整个海洋的图画
叠成了一只白鹤

姑娘

颤动的虹
采集飞鸟的花翎

青春

红波浪

浸透孤独的桨

艺术

亿万个辉煌的太阳
呈现在打碎的镜子上

人民

月亮被撕成闪光的麦粒
播在诚实的天空和土地

劳动

手，围拢地球

命运

孩子随意敲打着栏杆
栏杆随意敲打着夜晚

信仰

羊群溢出绿色的洼地
牧童吹起单调的短笛

和平

在帝王死去的地方
那支老枪抽枝、发芽
成了残废者的拐杖

祖国

她被铸在青铜的盾牌上
靠着博物馆发黑的板墙

生活

网

回　答

卑鄙是卑鄙者的通行证，
高尚是高尚者的墓志铭。
看吧，在那镀金的天空中，
飘满了死者弯曲的倒影。

冰川纪过去了，
为什么到处都是冰凌？
好望角发现了，
为什么死海里千帆相竞？

我来到这个世界上，
只带着纸、绳索和身影，
为了在审判之前，
宣读那些被判决的声音：

告诉你吧，世界
我——不——相——信！
纵使你脚下有一千名挑战者，
那就把我算做第一千零一名。

我不相信天是蓝的；
我不相信雷的回声；
我不相信梦是假的；
我不相信死无报应。

如果海洋注定要决堤，
就让所有的苦水都注入我心中；
如果陆地注定要上升，
就让人类重新选择生存的峰顶。

新的转机和闪闪星斗，
正在缀满没有遮拦的天空。
那是五千年的象形文字，
那是未来人们凝视的眼睛。

雨　　夜

当水洼里破碎的夜晚
摇着一片新叶
像摇着自己的孩子睡去
当灯光串起雨滴
缀饰在你肩头
闪着光，又滚落在地
你说，不
口气如此坚决
可微笑却泄露了你内心的秘密

低低的乌云用潮湿的手掌
揉着你的头发
揉进花的芳香和我滚烫的呼吸
路灯拉长的身影
连接着每个路口，连接着每个梦
用网捕捉着我们的欢乐之谜
以往的辛酸凝成泪水
沾湿了你的手绢
被遗忘在一个黑漆漆的门洞里

即使明天早上
枪口和血淋淋的太阳
让我交出青春、自由和笔

我也决不会交出这个夜晚
我决不会交出你
让墙壁堵住我的嘴唇吧
让铁条分割我的天空吧
只要心在跳动,就有血的潮汐
而你的微笑将印在红色的月亮上
每夜升起在我的小窗前
唤醒记忆

结局或开始——献给遇罗克

我,站在这里
代替另一个被杀害的人
为了每当太阳升起
让沉重的影子像道路
穿过整个国土

悲哀的雾
覆盖着补丁般错落的屋顶
在房子与房子之间
烟囱喷吐着灰烬般的人群
温暖从明亮的树梢吹散
逗留在贫困的烟头上
一只只疲倦的手中
升起低沉的乌云

以太阳的名义
黑暗公开地掠夺
沉默依然是东方的故事
人民在古老的壁画上
默默地永生

默默地死去

呵，我的土地
你为什么不再歌唱
难道连黄河纤夫的绳索
也像绷断的琴弦
不再发出鸣响
难道时间这面晦暗的镜子
也永远背对着你
只留下星星和浮云

我寻找着你
在一次次梦中
一个个多雾的夜里或早晨
我寻找春天和苹果树
蜜蜂牵动的一缕缕微风
我寻找海岸的潮汐
浪峰上的阳光变成的鸥群
我寻找砌在墙里的传说
你和我被遗忘的姓名

如果鲜血会使你肥沃
明天的枝头上
成熟的果实
会留下我的颜色

必须承认
在死亡白色的寒光中
我，战栗了
谁愿意做陨石
或受难者冰冷的塑像
看着不熄的青春之火
在别人的手中传递
即使鸽子落在肩上
也感不到体温和呼吸
它们梳理一番羽毛
又匆匆飞去

我是人
我需要爱
我渴望在情人的眼睛里
度过每个宁静的黄昏
在摇篮的晃动中
等待着儿子第一声呼唤
在草地和落叶上
在每一道真挚的目光上
我写下生活的诗
这普普通通的愿望
如今成了做人的全部代价

一生中
我曾多次撒谎
却始终诚实地遵守着
一个儿时的诺言
因此,那与孩子的心
不能相容的世界
再也没有饶恕过我

我,站在这里
代替另一个被杀害的人
没有别的选择
在我倒下的地方
将会有另一个人站起
我的肩上是风
风上是闪烁的星群

也许有一天
太阳变成了萎缩的花环
垂放在
每一个不朽的战士
森林般生长的墓碑前
乌鸦,这夜的碎片
纷纷扬扬

○ 舒婷

致橡树

我如果爱你——
绝不像攀援的凌霄花,
借你的高枝炫耀自己;
我如果爱你——
绝不学痴情的鸟儿,
为绿荫重复单纯的歌曲;
也不止像泉源,
常年送来清凉的慰藉;
也不止像险峰,
增加你的高度,衬托你的威仪。
甚至日光,
甚至春雨。
不,这些都还不够!
我必须是你近旁的一株木棉,
作为树的形象和你站在一起。
根,紧握在地下;
叶,相触在云里。
每一阵风过,
我们都互相致意,
但没有人,
听懂我们的言语。
你有你的铜枝铁干,
像刀,像剑,
也像戟;

我有我红硕的花朵，
像沉重的叹息，
又像英勇的火炬。
我们分担寒潮、风雷、霹雳；
我们共享雾霭、流岚、虹霓，
仿佛永远分离，
却又终身相依。
这才是伟大的爱情，
坚贞就在这里：
爱——
不仅爱你伟岸的身躯，
也爱你坚持的位置，足下的土地。

1977 年 3 月 27 日

祖国呵，我亲爱的祖国

我是你河边上破旧的老水车，
数百年来纺着疲惫的歌；
我是你额上熏黑的矿灯，
照你在历史的隧洞里蜗行摸索；
我是干瘪的稻穗；是失修的路基；
是淤滩上的驳船
把纤绳深深
勒进你的肩膊；
—— 祖国呵！

我是贫困，
我是悲哀。
我是你祖祖辈辈
痛苦的希望呵，
是"飞天"袖间

千百年来未落到地面的花朵；
——祖国呵！

我是你簇新的理想，
刚从神话的蛛网里挣脱；
我是你雪被下古莲的胚芽；
我是你挂着眼泪的笑窝；
我是新刷出的雪白的起跑线；
是绯红的黎明
正在喷薄；
——祖国呵！

我是你的十亿分之一，
是你九百六十万平方的总和；
你以伤痕累累的乳房
喂养了
迷惘的我、深思的我、沸腾的我；
那就从我的血肉之躯上
去取得
你的富饶、你的荣光、你的自由；
——祖国呵！
我亲爱的祖国！

1979 年 4 月

○ 顾城

小花的信念

在山石组成的路上
浮起一片小花

它们用金黄的微笑
来回报石头的冷遇

它们相信
最后，石头也会发芽
也会粗糙地微笑
在阳光与树影间
露出善良的牙齿

1971 年 6 月，十四岁

一代人

黑夜给了我黑色的眼睛
我却用它寻找光明

1979 年 4 月

祭

我把你的誓言
把爱
刻在蜡烛上

看它怎样
被泪水淹没
被心火烧完

看那最后一念
怎样灭绝
怎样被风吹散

1980年6月

小 巷

小巷
又弯又长

没有门
没有窗

你拿把旧钥匙
敲着厚厚的墙

1980年6月

回 家

我看见你的手
在阳光下遮住眼睛
我看见你的头发
被小帽遮住
我看见你手投下的影子
在笑
你的小车子放在一边
Sam
你不认识我了
我离开你太久的时间

我离开你
是因为害怕看你
我的爱
像玻璃
是因为害怕
在台阶上你把手伸给我
说：胖
你要我带你回家

在你睡着的时候
我看见你的眼泪
你手里握着的白色的花
我打过你
你说这是调皮的爹爹
你说：胖喜欢我
你什么都知道

Sam
你不知道我现在多想你

我们隔着大海
那海水拥抱着你的小岛
岛上有树外婆
和你的玩具
我多想抱抱你
在黑夜来临的时候

Sam
我要对你说一句话
Sam 我喜欢你
这句话是只说给你的
再没有人听见
爱你，Sam
我要回家
你带我回家

你那么小
就知道了
我会回来
看你
把你一点一点举起来
Sam，你在阳光里
我也在阳光里

1993 年 9 月 3 日于飞机上

○ 海子

给母亲（组诗）

1. 风

风很美　果实也美
小小的风很美
自然界的乳房也美

水很美　水啊
无人和你
说话的时刻很美

你家中破旧的门
遮住的贫穷很美

风　吹遍草原
马的骨头　绿了

2. 泉水

泉水　泉水
生物的嘴唇
蓝色的母亲
用肉体
用野花的琴
盖住岩石

盖住骨头和酒杯

3. 云

母亲
老了，垂下白发
母亲你去休息吧
山坡上伏着安静的儿子
就像山腰安静的水
流着天空

我歌唱云朵
雨水的姐妹
美丽的求婚
我知道自己颂扬情侣的诗歌没有了用场

我歌唱云朵
我知道自己终究会幸福
和一切圣洁的人
相聚在天堂

4. 雪

妈妈又坐在家乡的矮凳子上想我
那一只凳子仿佛是我积雪的屋顶

妈妈的屋顶
明天早上
霞光万道
我要看到你
妈妈，妈妈
你面朝谷仓
脚踏黄昏
我知道你日见衰老

5. 语言和井

语言的本身
像母亲
总有话说，在河畔
在经验之河的两岸
花朵像柔美的妻子
倾听的耳朵和诗歌
长满一地
倾听受难的水
水落在远方

1984 年；1985 年改；1986 年再改

面朝大海，春暖花开

从明天起，做一个幸福的人
喂马，劈柴，周游世界
从明天起，关心粮食和蔬菜
我有一所房子，面朝大海，春暖花开

从明天起，和每一个亲人通信
告诉他们我的幸福
那幸福的闪电告诉我的
我将告诉每一个人

给每一条河每一座山取一个温暖的名字
陌生人，我也为你祝福
愿你有一个灿烂的前程
愿你有情人终成眷属
愿你在尘世获得幸福
我只愿面朝大海，春暖花开

1989. 1. 13

日　记

姐姐，今夜我在德令哈，夜色笼罩
姐姐，我今夜只有戈壁

草原尽头我两手空空
悲痛时握不住一颗泪滴
姐姐，今夜我在德令哈
这是雨水中一座荒凉的城

除了那些路过的和居住的
德令哈……今夜
这是唯一的，最后的，抒情。
这是唯一的，最后的，草原。

我把石头还给石头
让胜利的胜利
今夜青稞只属于她自己
一切都在生长
今夜我只有美丽的戈壁　空空
姐姐，今夜我不关心人类，我只想你

1988.7.25 火车经德令哈

麦　地

吃麦子长大的
在月亮下端着大碗
碗内的月亮
和麦子
一直没有声响

和你俩不一样
在歌颂麦地时
我要歌颂月亮

月亮下
连夜种麦的父亲
身上像流动的金子

月亮下
有十二只鸟
飞过麦田
有的衔起一颗麦粒
有的则迎风起舞，矢口否认

看麦子时我睡在地里
月亮照我如照一口井
家乡的风
家乡的云
收聚翅膀
睡在我的双肩

麦浪——
天堂的桌子
摆在田野上

一块麦地

收割季节
麦浪和月光
洗着快镰刀

月亮知道我
有时比泥土还要累
而羞涩的情人
眼前晃动着
麦秸

我们是麦地的心上人
收麦这天我和仇人
握手言和
我们一起干完活
合上眼睛，命中注定的一切
此刻我们心满意足地接受

妻子们兴奋地
不停用白围裙
擦手

这时正当月光普照大地。
我们各自领着
尼罗河，巴比伦或黄河
的孩子　在河流两岸
在群蜂飞舞的岛屿或平原
洗了手
准备吃饭

就让我这样把你们包括进来吧
让我这样说
月亮并不忧伤
月亮下
一共有两个人
穷人和富人
纽约和耶路撒冷

还有我
我们三个人
一同梦到了城市外面的麦地
白杨树围住的
健康的麦地
健康的麦子
养我性命的麦子!

1985.6

春天,十个海子

春天,十个海子全部复活
在光明的景色中
嘲笑这一个野蛮而悲伤的海子
你这么长久地沉睡究竟为了什么?

春天,十个海子低低地怒吼
围着你和我跳舞、唱歌
扯乱你的黑头发,骑上你飞奔而去,尘土飞扬
你被劈开的疼痛在大地弥漫

在春天,野蛮而悲伤的海子
就剩下这一个,最后一个
这是一个黑夜的孩子,沉浸于冬天,倾心死亡
不能自拔,热爱着空虚而寒冷的乡村

那里的谷物高高堆起,遮住了窗户
它们把一半用于一家六口人的嘴,吃和胃
一半用于农业,他们自己的繁殖
大风从东刮到西,从北刮到南,无视黑夜和黎明
你所说的曙光究竟是什么意思

1989.3.14 凌晨3点—4点

○ 翟永明

女人（组诗，节选）

生命

你要尽量保持平静
一阵呕吐似的情节
把它的弧形光悬在空中
而我一无所求

身体波澜般起伏
仿佛抵抗整个世界的侵入
把它交给你
这样富有危机的生命、不肯放松的生命
对每天的屠杀视而不见
可怕地从哪一颗星球移来？
液体在陆地放纵，不肯消失
什么样的气流吸进了天空？
这样膨胀的礼物，这么小的宇宙
驻扎着阴沉的力量
一切正在消失，一切透明
但我最秘密的血液被公开
是谁威胁我？
比黑夜更有力地总结人们
在我身体内隐藏着的永恒之物？

热烘烘的夜飞翔着泪珠
毫无人性的器皿使空气变冷

死亡盖着我
死亡也经不起贯穿一切的疼痛
但不要打搅那张毫无生气的脸
又害怕,又着迷,而房间正在变黑
白昼曾是我身上的一部分,现在被取走
橙红灯在我头顶向我凝视
它正凝视这世上最恐怖的内容

结束

完成之后又怎样?在那白昼
我把幼儿举到空中,又回到
最初的中心点,像一株树
血从地下涌来使我升高
现在我睁开崭新的眼睛
并对天长叹:完成之后又怎样?

看呵,不要转过你们的脸
七天成为一个星期跟随我
无数次成功的梦在我四周
贮满新的梦,于是一个不可理解的
苦难渐露端倪,并被重新
写进天空:完成之后又怎样?

永无休止,其回音像一条先见的路
所有的力量射入致命的脚踵,在那里
我不再知道:完成之后又怎样?
但空气中有另一种声音明白无误
理所当然这仅仅是最后的问题
却无人回答:完成之后又怎样?

我不再关心我的隐秘,这胎儿
更加透明像十月的哀号
永远期待结束但你们隐忍不语
一点灵犀使我倾心注视黑夜的方向
整个冬天我都在小声地问,并莫测地
微笑,谁能告诉我:完成之后又怎样?

1983—1984 年

○ 王小妮

十枝水莲（组诗，节选）

5. 我喜欢不鲜艳

种花人走出他的田地
日日夜夜
他向载重汽车的后柜厢献花。
路途越远得到的越多
汽车只知道跑不知道光荣。
光荣已经没了。

农民一年四季
天天美化他没去过的城市
亲近他没见过的人。

插金戴银描眼画眉的街市
落花随着流水
男人牵着女人。
没有一间鲜花分配办公室
英雄已经没了。

这种时候凭一个我能做什么？
我就是个不存在。

水啊水
那张光滑的脸

我去水上取十枝暗紫的水莲
不存在的手里拿着不鲜艳。

6. 水莲为什么来到人间

许多完美的东西生在水里。
人因为不满意
才去欣赏银龙鱼和珊瑚。

我带着水莲回家
看它日夜开合像一个勤劳的人。
天光将灭
它就要闭上紫色的眼睛
这将是我最后见到的颜色。
我早说过
时间不会再多了。

现在它们默默守在窗口
它生得太好了
晚上终于找到了秉烛人
夜深得见了底
我们的缺点一点点显现出来。

花不觉得生命太短
人却活得太长了
耐心已经磨得又轻又碎又飘。
水动而花开
谁都知道我们总是犯错误。

怎么样沉得住气
学习植物简单地活着。
所以水莲在早晨的微光里开了
像导师又像书童
像不绝的水又像短促的花。

○ 欧阳江河

手　枪

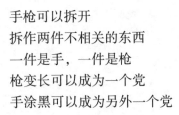

手枪可以拆开
拆作两件不相关的东西
一件是手，一件是枪
枪变长可以成为一个党
手涂黑可以成为另外一个党

而东西本身可以再拆
直到成为相反的向度
世界在无穷的拆字法中分离

人用一只眼睛寻找爱情
另一只眼睛压进枪膛
子弹眉来眼去
鼻子对准敌人的客厅
政治向左倾斜
一个人朝东方开枪
另一个人在西方倒下

黑手党戴上白手套
长枪党改用短枪
永远的维纳斯站在石头里
她的手拒绝了人类

从她的胸脯里拉出两只抽屉
里面有两粒子弹，一支枪
要扣响时成为玩具
谋杀，一次哑火

1985年11月于成都

一夜肖邦

只听一支曲子，
只为这支曲子保留耳朵。
一个肖邦对世界已经足够。
谁在这样的钢琴之夜徘徊？

可以把已经弹过的曲子重新弹奏一遍，
好像从来没有弹过。
可以一遍一遍将它弹上一夜，
然后终生不再去弹。
可以
死于一夜肖邦，
然后慢慢地、用整整一生的时间活过来。

可以把肖邦弹得好像弹错了一样。
可以只弹旋律中空心的和弦。
只弹经过句，像一次远行穿过月亮，
只弹弱音，夏天被忘掉的阳光，
或阳光中偶然被想起的一小块黑暗。
可以把柔板弹奏得像一片开阔地，
像一场大雪迟迟不肯落下。
可以死去多年但好像刚刚才走开。

可以

把肖邦弹奏得好像没有肖邦。
可以让一夜肖邦融化在撒旦的阳光下。
琴声如诉,耳朵里空无一人。
根本不要去听,肖邦是听不见的,
如果有人在听他就转身离去。
这已经不是肖邦的时代,
那个思乡的、怀旧的、英雄城堡的时代。

可以把肖邦弹奏得好像没有在弹。
轻点再轻点
不要让手指触到空气和泪水。
真正震撼我们灵魂的狂风暴雨
可以是
最弱的,最温柔的。

1988 年 11 月于成都

于坚

坠落的声音

我听见那个声音的坠落　那个声音
从某个高处落下　垂直的　我听见它开始
以及结束在下面　在房间里的响声　我转过身去
我听出它是在我后面　我觉得它是在地板上
或者地板和天花板之间　但那儿并没有什么松动
没有什么离开了位置　这在我预料之中　一切都是固定的
通过水泥　钉子　绳索　螺丝或者胶水
以及事物无法抗拒的向下　向下　被固定在地板上的桌子
向下　被固定在桌子上的书　向下　被固定在书面上的文字
但那在时间中　在十一点二十分坠落的是什么
那越过挂钟和藤皮靠椅向下跌去的是什么
它肯定也穿越了书架和书架顶上的那匹瓷马
我肯定它是从另一层楼的房间里下来的　我听见它穿越各种物件
光线　地毯　水泥板　石灰　沙和灯头　穿越木板和布
就像革命年代　秘密从一间囚房传到另一间囚房
这儿远离果园　远离石头和一切球体
现在不是雨季　也不是刮大风的春天
那是什么坠落　在十一点二十分和二十一分这段时间
我清楚地听到它容易被忽视的坠落
因为没有什么事物受到伤害　没有什么事件和这声音有关
它的坠落并没有像一块大玻璃那样四散开去
也没有像一块陨石震动周围
那声音　相当清晰　足以被耳朵听到
又不足以被描述　形容或比划　不足以被另一双耳朵证实

那是什么坠落了　这只和我有关的坠落
它停留在那儿　在我的身后　在空间和时间的某个部位

1991年8月

感谢父亲

一年十二月
您的烟斗开着罂粟花
温暖如春的家庭　不闹离婚
不管闲事　不借钱　不高声大笑
安静如鼠　比病室干净
祖先的美德　光滑如石
永远不会流血　在世纪的洪水中
花纹日益古朴
作为父亲　您带回面包和盐
黑色长桌　您居中而坐
那是属于皇帝教授和社论的位置
儿子们拴在两旁　不是谈判者
而是金纽扣　使您闪闪发光
您从那儿抚摸我们　目光充满慈爱
像一只胃　温柔而持久
使人一天天学会做人
早年您常常胃痛
当您发作时　儿子们变成甲虫
朝夕相处　我从未见过您的背影
成年我才看到您的档案
积极肯干　热情诚恳　平易近人
尊重领导　毫无怨言　从不早退
有一回您告诉我　年轻时喜欢足球
尤其是跳舞　两步
使我大吃一惊　以为您在谈论一头海豹

我从小就知道您是好人　非常的年代
大街上坏蛋比好人多
当这些异教徒被抓走　流放　一去不返
您从公园里出来　当了新郎
一九五七年您成为父亲
作为好人　爸爸　您活得多么艰难
交待　揭发　检举　密告
您干完这一切　夹着皮包下班
夜里您睡不着　老是侧耳谛听
您悄悄起来　检查儿子的日记和梦话
像盖世太保一样认真
亲生的老虎　使您忧心忡忡
小子出言不逊　就会株连九族
您深夜排队买煤　把定量油换成奶粉
您远征上海　风尘仆仆　采购衣服和鞋
您认识医生校长司机以及守门的人
老谋深算　能伸能屈　光滑如石
就这样　在黑暗的年代　在动乱中
您把我养大了　领到了身份证
长大了　真不容易　爸爸
我成人了　和您一模一样
勤勤恳恳　朴朴素素　一尘不染
这小子出生时相貌可疑　八字不好
说不定会神经失常或死于脑炎
说不定会乱闯红灯　跌断腿成为残废
说不定被坏人勾引　最后判刑劳改
说不定酗酒打架赌博吸毒患上艾滋病
爸爸　这些事我可从未干过　没有自杀
父母在　不远游　好好学习　天天向上
九点半上床睡觉　星期天洗洗衣服
童男子　二十八岁通过婚前检查
三室一厅　双亲在堂　子女绕膝
一家人围着圆桌　温暖如春
这真不容易　我白发苍苍的父亲

1987 年 12 月 21 日

○ 朵渔

高 原 上

当狮子抖动全身的月光,漫步在
黄叶枯草间,我的泪流下来。并不是感动,
而是一种深深的惊恐
来自那个高度,那辉煌的色彩,忧郁的眼神
和孤傲的心。

(1998)

论伊拉斯谟

谁能激怒这个人呢,当他不再担心
生与死,得与失?
那个叫路德的青年刚刚离去,卖盐的人
送还被摔破的盐罐
他拉上冬天厚厚的窗帘　坐在窗下读经
我被他缓慢的身影打动了
依我看来,他没有把自己变成一尊自相矛盾的神
而是表达着一种宽广与和解的人生态度。

(1999)

夜　行

手心冰凉。真想哭，真想爱。

———托尔斯泰1896年圣诞日记

夜被倒空了
遍地野生的制度
一只羊在默默吃雪。

我看到一张周游世界的脸
一个集礼义廉耻于一身的人
生活在甲乙丙丁四个角色里。

我们依然没有绝望
盲人将盲杖赐予路人
最寒冷的茅舍里也有暖人心的宴席。

谢谢这样的人

今夜，月亮一党独大
所有的星光都羞于闪烁

祖国已经脱光了
谁来陪她玩一玩？

今夜，光明在黑暗中继续卖弄

迷雾在诱惑一朵小花提前开放

为什么那么多嘴唇不去亲吻却在废话连篇？
为什么那么多懂行的人却在不懂装懂？

幸亏还有几个因羞愧而提前死去的人
幸亏还有几个因羞愧而推迟复活的人
谢谢这样的人——

妈妈，您别难过

秋天了，妈妈
忙于收获。电话里
问我是否找到了工作
我说没有，我还呆在家里
我不知道除此之外
还能做些什么
所有的工作，看上去都略带耻辱
所有的职业，看上去都像一个帮凶
妈妈，我回不去了，您别难过
我开始与人为敌，您别难过
我有过一段羞耻的经历，您别难过
他们打我，骂我，让我吞下
体制的碎玻璃，妈妈，您别难过
我看到小丑的脚步踏过尸体，您别难过
他们满腹坏心思在开会，您别难过
我在风中等那送炭的人来
您别难过，妈妈，我终将离开这里
您别难过，我像一头迷路的驴子
数年之后才想起回家
您难过了吗？
我知道，他们撕碎您的花衣裳

将耻辱挂在墙上,您难过了
他们打碎了我的鼻子,让我吃土
您难过了
您还难过吗?当我不再回头
妈妈,我不再乞怜、求饶
我受苦,我爱,我用您赋予我的良心
说话,妈妈,您高兴吗?
我写了那么多字,您
高兴吗?我写了那么多诗
您却大字不识,我真难过
这首诗,要等您闲下来,我
读给您听
就像当年,外面下着雨
您从织布机上停下来
问我:读到第几课了?
我读到了最后一课,妈妈
我,已从那所学校毕业。

○ 雷平阳

木 头 记

用木头，我们建起了寺庙
或教堂，也建起了宫廷、战船和家族
的祠堂。紫檀或沉香，雕出的佛像
念珠和十字架，今天，我们还佩戴在身上
尺度和欲望不同，木头的建筑
大的，享有专用的邮政编码
小的，小如尘埃。"你看，这根廊柱
粗得不可思议！"在老宫殿里
人们常常忍不住惊叹。景区的宣传册
一般都会重点强调，这些原木
出自遥远的南方，江水上浮来
九万九千根下水，到了这儿，只剩下
九百九十根……多么幸运
这些木头，它们还活着
以宗教或宫殿的名义，肃穆、庄严、神圣
金碧辉煌。那些走丢的、下落不明的
被焚毁的或腐烂的，它们的传奇
已经不会被调查、记录和讲述
它们成长的山峦，变成了梯田，化肥
和农药，让泥土患上了健忘症
然而，这些晋京的木头，只是木头中
的少数。在人口替换最快
恩仇最多的地方，木头，一轮接一轮
被肢解，被强行地命名：梁、柱

棺、门、轴、床、桌、椅、凳
柄、柜、桶、盆、柴等等
而且，每一个命名，还可分解出
更多的子命名，它们只是一个氏族
一种姓氏，个个都香火不断、子孙浩荡
个个都一代顶替另一代；个个都一再地
花样翻新，形成了一种最为古老的
传统文明。针对木头，我们发明了
火、斧头、锯子、凿、雕刀、工字尺
墨斗，练就了砍、雕、凿、镂、烧
劈、锯、刨等一身超人的技艺
分出了伐木、木匠、设计、粉饰
搬运、安装、验收、维修、造纸
等工种；出现了监工、师傅、徒弟
和户主等四个阶级；派生了漆匠、胶工
画师、鉴宝先生、收藏家等人类
划分了活计、技术、艺术、瑰宝等等级
这个领域，更多的人，生活在乡下
俗称贱民。他们和木头生活在一起
所以也分不出木头的贵贱
他们用核桃木做床，用红木或柚木
做饭桌，用檀木和樟木做板凳
木柜和衣柜，他们采用松木
刀柄、锄柄和扁担，不管用什么木
必须像惊堂木；屋梁和柱子
也不管用什么木，必须像棺木
我们都了解木头的阶级性和政治学
在某些人那里，它特指红木、花梨木
乌木、榧木、红豆杉、紫檀
特指绝迹和正在绝迹；有时候
他还是明代和徽派；是宫殿上拆下的
是旧的，但锃亮如新；是某某帝王的龙椅
是鬼斧神工的松竹梅、神话和佛典
是匾；是妙到毫巅的反自然……
唉，所有由木头支撑的家庭
都是暴君；每个以木为生的匠人
都是刽子手。我的故乡，有过一个木匠

为人做屏风和门窗，雕下的木屑
可以换取等量的黄金。我想象过木头
与匠人的世仇，也在树木生长的山上
铆足了劲，鼓着腮帮，大声地歌唱过
它们的繁殖力和生命力，可是，一次次
我最终都呆若木鸡，木讷、麻木不仁
朽木不可雕也，内心的木偶
化为灰烬。最极限，也最动人心魄
在木头的命名史上，有两个名词
木艺和木炭。木艺：以杀木雕木为艺
木炭：木头被烧了一次，还要再烧一次
另外，还有两个成语，木已成舟
和独木难支，它们的遗憾和惋惜
令人脊骨结冰。有些不可救药，我一度
想为木头弹奏安魂曲，然而，太多的乐器
以木而成，令我难以下手；也曾想
制一批木斧、木剑、木刀、木枪
和木人，分发给山上的树木，让它们
学会保护自己，可这些木头
谁又愿意成为我的手下亡魂？我就像那
木偶戏上的主角，已经被操控
泯灭了巨大的道德，体内残存的一棵胡杨
它的泪，在我的眼眶里，变成了沙砾

穷人啃骨头舞

我的洞察力，已经衰微
想象力和表现力，也已经不能
与怒江边上的傈僳人相比
多年来，我极尽谦卑之能事
委身尘土，与草木称兄道弟
但谁都知道，我的内心装着千山万水

一个骄傲的人,并没有真正地
压弯自己的骨头,向下献出
所有的慈悲,更没有抽出自己的骨头
让穷人啃一啃。那天,路过匹河乡
是他们,几个喝得半醉的傈僳兄弟
拦住了我的去路。他们命令我
撕碎通往天堂的车票,坐在
暴怒的怒江边,看他们在一块
广场一样巨大的石头上,跳起了
《穷人啃骨头舞》。他们拼命争夺着
一根骨头,追逐、斗殴、结仇
谁都想张开口,啃一啃那根骨头
都想竖起骨头,抱着骨头往上爬
有人被赶出了石头广场,有人
从骨头上摔下来,落入了怒江
最后,又宽又高的石头广场之上
就剩下一根谁也没有啃到的骨头……
他们没有谢幕,我一个人
爬上石头广场,拿起那根骨头道具
发现上面布满了他们争夺时
留下的血丝。在我的眼里
他们洞察到了穷的无底洞的底
并住在了那里。他们想象到了一根
无肉之骨的髓,但却难以获取
当他们表现出了穷人啃骨头时的
贪婪、执著和狰狞,他们
又免不了生出一条江的无奈与阴沉
——那一夜,我们接着喝酒
说起舞蹈,其中一人脱口而出
"跳舞时,如果真让我尝一口骨髓
我愿意去死!"身边的怒江
大发慈悲,一直响着
骨头与骨头,彼此撞击的声音

散文篇

○ 毛泽东

别了,司徒雷登

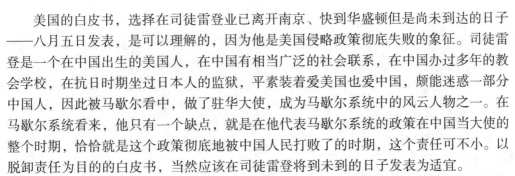

美国的白皮书,选择在司徒雷登业已离开南京、快到华盛顿但是尚未到达的日子——八月五日发表,是可以理解的,因为他是美国侵略政策彻底失败的象征。司徒雷登是一个在中国出生的美国人,在中国有相当广泛的社会联系,在中国办过多年的教会学校,在抗日时期坐过日本人的监狱,平素装着爱美国也爱中国,颇能迷惑一部分中国人,因此被马歇尔看中,做了驻华大使,成为马歇尔系统中的风云人物之一。在马歇尔系统看来,他只有一个缺点,就是在他代表马歇尔系统的政策在中国当大使的整个时期,恰恰就是这个政策彻底地被中国人民打败了的时期,这个责任可不小。以脱卸责任为目的的白皮书,当然应该在司徒雷登将到未到的日子发表为适宜。

美国出钱出枪,蒋介石出人,替美国打仗杀中国人,借以变中国为美国殖民地的战争,组成了美国帝国主义在第二次世界大战以后的世界侵略政策的一个重大的部分。美国侵略政策的对象有好几个部分。欧洲部分,亚洲部分,美洲部分,这三个是主要的部分。中国是亚洲的重心,是一个具有四亿七千五百万人口的大国,夺取了中国,整个亚洲都是它的了。美帝国主义的亚洲战线巩固了,它就可以集中力量向欧洲进攻。美帝国主义在美洲的战线,它是认为比较地巩固的。这些就是美国侵略者的整个如意算盘。

可是,一则美国的和全世界的人民都不要战争;二则欧洲人民的觉悟,东欧各人民民主国家的兴起,特别是苏联这个空前强大的和平堡垒耸立在欧亚两洲之间,顽强地抵抗着美国的侵略政策,使美国的注意力大部分被吸引住了;三则,这是主要的,中国人民的觉悟,中国共产党领导的武装力量和民众组织力量已经空前地强大起来了。这样,就迫使美帝国主义的当权集团不能采取大规模地直接地武装进攻中国的政策,而采取了帮助蒋介石打内战的政策。

美国的海陆空军已经在中国参加了战争。青岛、上海和台湾,有美国的海军基地。北平、天津、唐山、秦皇岛、青岛、上海、南京都驻过美国的军队。美国的空军控制了全中国,并从空中拍摄了全中国战略要地的军用地图。在北平附近的安平镇,在长春附近的九台，在唐山，在胶东半岛，美国的军队或军事人员曾经和人民解放军接触过，被人民解放军俘虏过多次。陈纳德航空队曾经广泛地参战。美国的空军除替蒋介石运兵外，又炸沉了起义的重庆号巡洋舰。所有这些，都是直接参战的行动，只是还没有公开宣布作战，并且规模还不算大，而以大规模地出钱出枪出顾问人员帮助蒋介石打内战为主要的侵略方式。

　　美国之所以采取这种方式，是被中国和全世界的客观形势所决定的，并不是美帝国主义的当权派——杜鲁门、马歇尔系统不想直接侵略中国。在助蒋作战的开头，又曾演过一出美国出面调处国共两党争端的文明戏，企图软化中国共产党和欺骗中国人民，不战而控制全中国。和谈失败了，欺骗不行了，战争揭幕了。

　　对于美国怀着幻想的善忘的自由主义者或所谓"民主个人主义"者们，请你们看一看艾奇逊的话："和平来到的时候，美国在中国碰到了三种可能的选择：（一）它可以一干二净地撤退；（二）它可以实行大规模的军事干涉，帮助国民党毁灭共产党；（三）它可以帮助国民党把他们的权力在中国最大可能的地区里面建立起来，同时却努力促成双方的妥协来避免内战。"

　　为什么不采取第一个政策呢？艾奇逊说："我相信当时的美国民意认为，第一种选择等于叫我们不要坚决努力地先做一番补救工作，就把我们的国际责任，把我们对华友好的传统政策，统统放弃。"原来美国的所谓"国际责任"和"对华友好的传统政策"，就是干涉中国。干涉就叫做担负国际责任，干涉就叫做对华友好，不干涉是不行的。艾奇逊在这里强奸了美国的民意，这是华尔街的"民意"，不是美国的民意。

　　为什么不采取第二个政策呢？艾奇逊说："第二种供选择的政策，从理论上来看，以及回顾起来，虽然都似乎是令人神往，却是完全行不通的。战前的十年里，国民党已经毁灭不了共产党。现在是战后了，国民党是削弱了，意志消沉了，失去了民心，这在前文已经有了说明。在那些从日本手里收复过来的地区里，国民党文武官员的行为一下子就断送了人民对国民党的支持，断送了它的威信。可是共产党却比以往无论什么时候都强盛，整个华北差不多都被他们控制了。从国民党军队后来所表现的不中用的惨况看来，也许只有靠美国的武力才可以把共产党打跑。对于这样庞大的责任，无论是叫我们的军队在一九四五年承担，或者是在以后来承担，美国人民显然都不会批准。我们因此采取了第三种供选择的政策……"

　　好办法，美国出钱出枪，蒋介石出人，替美国打仗杀中国人，"毁灭共产党"，变中国为美国的殖民地，完成美国的"国际责任"，实现"对华友好的传统政策"。

　　国民党腐败无能，"意志消沉了，失去了民心"，还是要出钱出枪叫它打仗。直接出兵干涉，在"理论上"是妥当的。单就美国统治者来说，"回顾起来"，也是妥当的。因为这样做起来实在有兴趣。"似乎是令人神往"。但是在事实上是不行的，"美国人民显然都不会批准"。不是我们——杜鲁门、马歇尔、艾奇逊等人的帝国主义系统——不想干，干是很想的，只是因为中国的形势，美国的形势，还有整个国际的形势（这点艾奇逊没有说）不许可，不得已而求其次，采取了第三条路。

那些认为"不要国际援助也可以胜利"的中国人听着，艾奇逊在给你们上课了。艾奇逊是不拿薪水上义务课的好教员，他是如此诲人不倦地毫无隐讳地说出了全篇的真理。美国之所以没有大量出兵进攻中国，不是因为美国政府不愿意，而是因为美国政府有顾虑。第一顾虑中国人民反对它，它怕陷在泥潭里拔不出去。第二顾虑美国人民反对它，因此不敢下动员令。第三顾虑苏联和欧洲的人民以及各国的人民反对它，它将冒天下之大不韪。艾奇逊的可爱的坦白性是有限度的，这第三个顾虑他不愿意说。这是因为他怕在苏联面前丢脸，他怕已经失败了但是还要装做好像没有失败的样子的欧洲马歇尔计划陷入全盘崩溃的惨境。

那些近视的思想糊涂的自由主义或民主个人主义的中国人听着，艾奇逊在给你们上课了，艾奇逊是你们的好教员。你们所设想的美国的仁义道德，已被艾奇逊一扫而空。不是吗，你们能在白皮书和艾奇逊信件里找到一丝一毫的仁义道德吗？

美国确实有科学，有技术，可惜抓在资本家手里，不抓在人民手里，其用处就是对内剥削和压迫，对外侵略和杀人。美国也有"民主政治"，可惜只是资产阶级一个阶级的独裁统治的别名。美国有很多钱，可惜只愿意送给极端腐败的蒋介石反动派。现在和将来据说很愿意送些给它在中国的第五纵队，但是不愿意送给一般的书生气十足的不识抬举的自由主义者，或民主个人主义者，当然更加不愿意送给共产党。送是可以的，要有条件。什么条件呢？就是跟我走。美国人在北平，在天津，在上海，都洒了些救济粉，看一看什么人愿意弯腰拾起来。太公钓鱼，愿者上钩。嗟来之食，吃下去肚子要痛的。

我们中国人是有骨气的。许多曾经是自由主义者或民主个人主义者的人们，在美国帝国主义者及其走狗国民党反动派面前站起来了。闻一多拍案而起，横眉怒对国民党的手枪，宁可倒下去，不愿屈服。朱自清一身重病，宁可饿死，不领美国的"救济粮"。唐朝的韩愈写过《伯夷颂》，颂的是一个对自己国家的人民不负责任、开小差逃跑、又反对武王领导的当时的人民解放战争、颇有些"民主个人主义"思想的伯夷，那是颂错了。我们应当写闻一多颂，写朱自清颂，他们表现了我们民族的英雄气概。

多少一点困难怕什么。封锁吧，封锁十年八年，中国的一切问题都解决了。中国人死都不怕，还怕困难么？老子说过："民不畏死，奈何以死惧之。"美帝国主义及其走狗蒋介石反动派，对于我们，不但"以死惧之"，而且实行叫我们死。闻一多等人之外，还在过去的三年内，用美国的卡宾枪、机关枪、迫击炮、火箭炮、榴弹炮、坦克和飞机炸弹，杀死了数百万中国人。现在这种情况已近尾声了，他们打了败仗了，不是他们杀过来而是我们杀过去了，他们快要完蛋了。留给我们多少一点困难，封锁、失业、灾荒、通货膨胀、物价上升之类，确实是困难，但是，比起过去三年来已经松了一口气了。过去三年的一关也闯过了，难道不能克服现在这点困难么？没有美国就不能活命么？

人民解放军横渡长江，南京的美国殖民政府如鸟兽散。司徒雷登大使老爷却坐着不动，睁起眼睛看着，希望开设新店，捞一把。司徒雷登看见了什么呢？除了看见人民解放军一队一队地走过，工人、农民、学生一群一群地起来之外，他还看见了一种现象，就是中国的自由主义者或民主个人主义者也大群地和工农兵学生等人一道喊口号，讲革命。总之是没有人去理他，使得他"茕茕孑立，形影相吊"，没有什么事做了，只好夹起皮包走路。

中国还有一部分知识分子和其他人等存有糊涂思想，对美国存有幻想，因此应当对他们进行说服、争取、教育和团结的工作，使他们站到人民方面来，不上帝国主义的当。但是整个美帝国主义在中国人民中的威信已经破产了，美国的白皮书，就是一部破产的记录。先进的人们，应当很好地利用白皮书对中国人民进行教育工作。

司徒雷登走了，白皮书来了，很好，很好。这两件事都是值得庆祝的。

一九四九年八月十八日

○ 杨朔

荔枝蜜

花鸟草虫，凡是上得画的，那原物往往也叫人喜爱。蜜蜂是画家的爱物，我却总不大喜欢。说起来可笑。孩子时候，有一回上树掐海棠花，不想叫蜜蜂蜇了一下，痛得我差点儿跌下来。大人告诉我说：蜜蜂轻易不蜇人，准是误以为你要伤害它，才蜇。一蜇，它自己耗尽生命，也活不久了。我听了，觉得那蜜蜂可怜，原谅它了。可是从此以后，每逢看见蜜蜂，感情上疙疙瘩瘩的，总不怎么舒服。

今年四月，我到广东从化温泉小住了几天。四围是山，怀里抱着一潭春水，那又浓又翠的景色，简直是一幅青绿山水画。刚去的当晚，是个阴天，偶尔倚着楼窗一望：奇怪啊，怎么楼前凭空涌起那么多黑黝黝的小山，一重一重的，起伏不断。记得楼前是一片比较平坦的园林，不是山。这到底是什么幻景呢？赶到天明一看，忍不住笑了。原来是满野的荔枝树，一棵连一棵，每棵的叶子都密得不透缝，黑夜看去，可不就像小山似的。

荔枝也许是世上最鲜最美的水果。苏东坡写过这样的诗句："日啖荔枝三百颗，不辞长作岭南人。"可见荔枝的妙处。偏偏我来的不是时候，满树刚开着浅黄色的小花，并不出众。新发的嫩叶，颜色淡红，比花倒还中看些。从开花到果子成熟，大约得三个月，看来我是等不及在从化温泉吃鲜荔枝了。

吃鲜荔枝蜜，倒是时候。有人也许没听说这稀罕物儿吧？从化的荔枝树多得像汪洋大海，开花时节，满野嘤嘤嗡嗡，忙得那蜜蜂忘记早晚，有时趁着月色还采花酿蜜。荔枝蜜的特点是成色纯，养分大。住在温泉的人多半喜欢吃这种蜜，滋养精神。热心肠的同志为我也弄到两瓶。一开瓶子塞儿，就是那么一股甜香；调上半杯一喝，甜香里带着股清气，很有点鲜荔枝味儿。喝着这样的好蜜，你会觉得生活都是甜的呢。

我不觉动了情，想去看看自己一向不大喜欢的蜜蜂。

荔枝林深处，隐隐露出一角白屋，那是温泉公社的养蜂场，却起了个有趣的名儿，叫"蜜蜂大厦"。正当十分春色，花开得正闹。一走进"大厦"，只见成群结队的蜜蜂出出进进，飞去飞来，那沸沸扬扬的情景，会使你想：说不定蜜蜂也在赶着建设什么新生活呢。

养蜂员老梁领我走进"大厦"。叫他老梁，其实是个青年人，举动很精细。大概是老梁想叫我深入一下蜜蜂的生活，小小心心揭开一个木头蜂箱，箱里隔着一排板，每块板上满是蜜蜂，蠕蠕地爬着。蜂王是黑褐色的，身量特别细长，每只蜜蜂都愿意用采来的花精供养它。

老梁叹息似的轻轻说："你瞧这群小东西，多听话。"

我就问道："像这样一窝蜂，一年能割多少蜜？"

老梁说："能割几十斤。蜜蜂这物件，最爱劳动。广东天气好，花又多，蜜蜂一年四季都不闲着。酿的蜜多，自己吃的可有限。每回割蜜，给它们留一点点糖，够它们吃的就行了。它们从来不争，也不计较什么，还是继续劳动、继续酿蜜，整日整月不辞辛苦……"

我又问道："这样好蜜，不怕什么东西来糟害么？"

老梁说："怎么不怕？你得提防虫子爬进来，还得提防大黄蜂。大黄蜂这贼最恶，常常落在蜜蜂窝洞口。专干坏事。"

我不觉笑道："噢！自然界也有侵略者。该怎么对付大黄蜂呢？"

老梁说："赶！赶不走就打死它。要让它待在那儿，会咬死蜜蜂的。"

我想起一个问题，就问："可是呢，一只蜜蜂能活多久？"老梁回答说："蜂王可以活三年，一只工蜂最多能活六个月。"

我说："原来寿命这样短。你不是总得往蜂房外边打扫死蜜蜂么？"

老梁摇一摇头说："从来不用。蜜蜂是很懂事的，活到限数，自己就悄悄死在外边，再也不回来了。"

我的心不禁一颤：多可爱的小生灵啊，对人无所求，给人的却是极好的东西。蜜蜂是在酿蜜，又是在酿造生活；不是为自己，而是在为人类酿造最甜的生活。蜜蜂是渺小的；蜜蜂却又多么高尚啊！

透过荔枝树林，我沉吟地望着远远的田野，那儿正有农民立在水田里，辛辛勤勤地分秧插秧。他们正用劳力建设自己的生活，实际也是在酿蜜——为自己，为别人，也为后世子孙酿造着生活的蜜。

这黑夜，我做了个奇怪的梦，梦见自己变成一只小蜜蜂。

一九六〇年

○ 巴金

怀念从文

一

今年五月十日从文离开人世，我得到他夫人张兆和的电报后想起许多事情，总觉得他还同我在一起，或者聊天，或者辩论，他那温和的笑容一直在我眼前，隔一天我才发出回电："病中惊悉从文逝世，十分悲痛。文艺界失去一位杰出的作家，我失去一位正直善良的朋友，他留下的精神财富不会消失。我们三十、四十年代相聚的情景还历历在目。小林因事赴京，她将代我在亡友灵前敬献花圈，表达我感激之情。我永远忘不了你们一家。请保重。"都是些极普通的话。没有一滴眼泪，悲痛却在我的心里，我也在埋葬自己的一部分。那些充满信心的欢聚的日子，那些奋笔和辩论的日子都不会回来了。这些年我们先后遭逢了不同的灾祸，在泥泞中挣扎。他改了行，在长时间的沉默中，取得卓越的成就，我东奔西跑，唯唯诺诺，羡慕枝头欢叫的喜鹊，只想早日走尽自我改造的道路，得到的却是十年一梦，床头多了一盒骨灰，现在大梦初醒，却仿佛用尽全身力气，不得不躺倒休息，白白地望着远方灯火，我仍然想奔赴光明，奔赴希望。我还想求助于一些朋友。从文也是其中的一位，我真想有机会同他畅谈。这个时候突然得到他逝世的噩耗，我才明白过去那一段生活已经和亡友一起远去了，我的唁电表达的就是一个老友的真实感情。

一连几天我翻看上海和北京的报纸，我很想知道一点从文最后的情况。可是日报上我找不到这个敬爱的名字。后来才读到新华社郭玲春同志简短的报道，提到女儿小林代我献的花篮。我认识郭玲春，却不理解她为什么这样吝惜自己的笔墨，难道不知道这位热爱人民的善良作家的最后牵动着全世界多少读者的心?！可是连这短短的报道多数报刊也没有采用。小道消息开始在知识界中间流传。这个人究竟是好是病，是死是活，他不可能像轻烟散去，未必我得到噩耗是在梦中?！一个来探病的朋友批评我："你错怪了郭玲春，她的报道没有受到重视，可能因为领导不曾表态，人们不知道用什么规格发表讣告，刊载消息。不然大陆以外的华文报纸刊出不少悼念文章，惋惜中国文坛巨大的损失,而我们的编辑怎么能安心酣睡,仿佛不曾发生任何事情?!"

我并不信服这样的论断,可是对我谈论规格学的熟人不止他一个,我必须寻找论据答复他们。这个时候小林回来了。她告诉我她从未参加过这样感动人的告别仪式,她说没有达官贵人,告别的只是些亲朋好友,厅子里播放死者生前喜爱的乐曲。老人躺在那里,十分平静,仿佛在沉睡,四周几篮鲜花,几盆绿树,每个人手中拿一朵月季,走到老人眼前,行了礼,将花放在他身边过去了。没有哭泣,没有呼唤,也没有噪音惊醒他,人们就这样平静地跟他告别,他就这样坦然地远去。小林说不出这是一种什么规格的告别仪式,她只感觉到庄严和真诚。我说正是这样,他走得没有牵挂、没有遗憾,从容地消失在鲜花和绿树丛中。

二

一百多天过去了。我一直在想从文的事情。

我和从文见面在一九三二年。那时我住在环龙路我舅父家中。南京《创作月刊》的主编汪曼铎来上海组稿,一天中午请我在一家俄国西菜社吃中饭,除了我还有一位客人,就是从青岛来的沈从文。我去法国之前读过他的小说,一九二八年下半年在巴黎我几次听见胡愈之称赞他的文章,他已经发表了不少的作品。我平日讲话不多,又不善于应酬,这次我们见面谈了些什么,我现在毫无印象,只记得谈得很融洽。他住在西藏路上的一品香旅社,我同他去那里坐了一会,他身边有一部短篇小说集的手稿,想找个出版的地方,也需要用它换点稿费。我陪他到闸北新中国书局,见到了我认识的那位出版家,稿子卖出去了,书局马上付了稿费,小说过四五个月印了出来,就是那本《虎雏》。他当天晚上去南京,我同他在书局门口分手时,他要我到青岛去玩,说是可以住在学校的宿舍里。我本来要去北平,就推迟了行期,九月初先去青岛,只是在动身前写封短信通知他。我在他那里过得很愉快,我随便,他也随便,好像我们有几十年的交往一样。他的妹妹在山东大学念书,有时也和我们一起出去走走看看。他对妹妹很友爱,很体贴,我早就听说,他是自学出身,因此很想在妹妹的教育上多下工夫,希望她熟悉他自己想知道却并不很了解的一些知识和事情。

在青岛他把他那间屋子让给我,我可以安静地写文章、写信,也可以毫无拘束地在樱花林中散步。他有空就来找我,我们有话就交谈,无话便沉默。他比我讲得多些,他听说我不喜欢在公开场合讲话,便告诉我他第一次在大学讲课,课堂里坐满了学生,他走上讲台,那么多年轻的眼睛望着他,他红着脸,一句话也讲不出来,只好在黑板上写了五个字"请等五分钟"。他就是这样开始教课的。他还告诉我在这之前他每个月要卖一部稿子养家,徐志摩常常给他帮忙,后来,他写多了,卖稿有困难,徐志摩便介绍他到大学教书,起初到上海中国公学,以后才到青岛大学。当时青大的校长是小说《玉君》的作者杨振声,后来他到北平工作,还是和从文在一起。

在青岛我住了一个星期。离开的时候他知道我要去北平,就给我写了两个人的地址。他说,到北平可以去看这两个朋友,不用介绍,只提他的名字,他们就会接待我。

在北平我认识的人不多。我也去看望了从文介绍的两个人，一位姓程，一位姓夏。一位在城里工作，业余搞点翻译；一位在燕京大学教书。一年后我再到北平，还去燕大夏云的宿舍里住了十几天，写完中篇小说《电》。我只说是从文介绍，他们待我十分亲切。我们谈文学，谈得更多的是从文的事情，他们对他非常关心。以后我接触到更多的从文的朋友，我注意到他们对他都有一种深的感情。

在青岛我就知道他在恋爱。第二年我去南方旅行，回到上海得到从文和张兆和在北平结婚的消息，我发去贺电，祝他们"幸福无量"。从文来信要我到他的新家作客。在上海我没有事情，决定到北方去看看，我先去天津南开中学，同我哥哥李尧林一起生活了几天，便搭车去北平。

我坐人力车去府右街达子营，门牌号数记不起来了，总之，顺利地到了沈家。我只提了一个藤包，里面一件西装上衣、两三本书和一些小东西。从文带笑地紧紧握着我的手，说："你来了。"就把我接进客厅。又介绍我认识他的新婚夫人，他的妹妹也在这里。

客厅连接一间屋子，房内有一张书桌和一张床，显然是主人的书房。他把我安顿在这里。

院子小，客厅小，书房也小，然而非常安静，我住得很舒适。正房只有小小的三间，中间那间又是饭厅，我每天去三次就餐，同桌还有别的客人，却让我坐上位，因此感到一点拘束。但是除了这个，我在这里完全自由活动，写文章看书，没有干扰，除非来了客人。

我初来时从文的客人不算少，一部分是教授、学者，另一部分是作家和学生。他不在大学教书了。杨振声到北平主持一个编教科书的机构，从文就在这机构里工作，每天照常上下班，我只知道朱自清同他在一起。这个时期他还为天津《大公报》编辑《文艺》副刊，为了写稿和副刊的一些事情，经常有人来同他商谈。这些已经够他忙了，可是他还有一件重要的工作，天津《国闻周报》上的连载：《记丁玲》。

根据我当时的印象，不少人焦急地等待着每一周的《国闻周报》，这连载是受到欢迎，得到重视的，一方面人们敬爱丁玲，另一方面从文的文章有独特的风格，作者用真挚的感情讲出读者心里的话。丁玲几个月前被捕，我从上海动身时，"良友文学丛书"的编者赵家璧委托我向从文组稿，他愿意出高价得到这部"好书"，希望我帮忙，不让别人把稿子拿走。我办到了。可是出版界的形势越来越恶化，赵家璧拿到全稿，已无法编入丛书排印，过一两年他花几百元买下一位图书审查委员的书稿，算是行贿，《记丁玲》才有机会作为"良友文学丛书"之一见到天日。可是删别太多，尤其是后半部，那么多的××！以后也没有能重版，更说不上恢复原貌了。

五十五年过去了，从文在达子营写连载的事，我还不曾忘记，写到结尾他有些紧张，他不愿辜负读者的期待，又关心朋友的安危，交稿期到他常常写作通宵。他爱他的老友，他不仅为她呼吁，同时也在为她的自由奔走。也许这呼吁、这奔走没有多大用处，但是他尽了全力。

最近我意外地找到一九四四年十二月十四日写给从文的信，里面有这样的话：

"前两个月我和家宝常见面,我们谈起你,觉得在朋友中待人最好、最热心帮忙的人只有你,至少你是第一个。这是真话。"

我记不起我是在什么情形里写下这一段话。但这的确是真话。在一九三四年也是这样,一九八五年我最后一次看见他,他在家养病,假牙未装上,讲话不清楚。几年不见他,有一肚皮的话要说,首先就是一九四四年十二月信上那几句。但是望着病人的浮肿的脸,坐在堆满书的小房间里,我觉得有什么东西堵塞了咽喉,我仿佛回到了一九三四年、一九三三年。多少人在等待《国闻周报》上的连载,他那样勤奋工作,那样热情写作。《记丁玲》之后又是《边城》,他心爱的家乡的风景和他关心的小人物的命运,这部中篇经过几十年并未失去它的魅力,还鼓舞美国的学者长途跋涉,到美丽的湘西寻找作家当年的脚迹。

我说过我在从文家作客的时候,他编辑的《大公报·文艺》副刊和读者见面了。单是为这个副刊,他就要做三方面工作:写稿、组稿、看稿。我也想象得到他的忙碌,但从未听见他诉苦。我为《文艺》写过一篇散文,发刊后我拿回原稿。这手稿后来捐赠北京图书馆了。我的钢笔字很差,墨水浅淡,只能说是勉强可读,从文却用毛笔填写得清清楚楚。我真想谢谢他,可是我知道他从来就是这样工作,他为多少年轻人看稿、改稿,并设法介绍出去。他还花钱刊印一个青年诗人的第一本诗集并为它作序。不是听说,我亲眼见到那本诗集。

从文就是这样一个人。他不喜欢表现自己。可是我和他接触较多,就看出他身上有不少发光的东西。不仅有很高的才华,他还有一颗金子般的心。他工作多,事业发展,自己并不曾得到甚些报酬,反而引起不少的吱吱喳喳。那些吱吱喳喳加上多少年的小道消息,发展为今天所谓的争议,这争议曾经一度把他赶出文坛;不让他给写进文学史。但他还是默默地做他的工作(分配给他的新的工作),在极端困难的条件下,一样地做出出色的成绩。我接到香港寄来的那本关于中国服装史的大书,一方面为老友新的成就感到兴奋,一方面又痛惜自己浪费掉的几十年的光阴。我想起来了,就是在他那个新家的客厅里,他对我不止讲过一次这样的话:"不要浪费时间。"后来他在上海对我、对靳以、对萧乾也讲过类似的话。我当时并不同意,不过我相信他是出于好心。

我在达子营沈家究竟住了两个月或三个月,现在讲不清楚了。这说明我的病(帕金森氏综合征)在发展,不少的事逐渐走向遗忘。所以有必要记下不曾忘记的那些事情。不久靳以为文学季刊社在三座门大街十四号租了房子,要我同他一起搬过去,我便离开了从文家。在靳以那里一直住到第二年七月。

北京图书馆和北海公园都在附近,我们经常去这两处。从文非常忙,但在同一座城里,我们常有机会见面,从文还定期为《文艺》副刊宴请作者。我经常出席。他仍然劝我不要浪费时间。我发表的文章他似乎全读过,有时也坦率地提些意见,我知道他对我很关心,对他们夫妇只有好感,我常常开玩笑地说我是他们家的食客,今天回想起来我还感到温暖。一九三四年《文学季刊》创刊,兆和为创刊号写稿,她的第一篇小说《湖畔》受到读者欢迎。她唯一的短篇集后来就收在我主编的"文学丛刊"里。

三

我提到坦率,提到真诚,因为我们不把话藏在心里,我们之间自然会出现分歧,我们对不少的问题都有不同的看法。可是我要承认我们有过辩论,却不曾有争论。我们辩是非,并不争胜负。

在从文和萧乾的书信集《废邮存底》中还保存着一封他给我的长信《给某作家》(一九三七)。我一九三五年在日本横滨编写的《点滴》里也有一篇散文《沉落》是写给他的。从这两封信就可以看出我们间的分歧在什么地方。

一九三四年我从北平回上海,小住一个时期,动身去日本前为《文学》杂志写了一个短篇《沉落》。小说发表时我已到了横滨,从文读了《沉落》非常生气,写信来质问我:"写文章难道是为着泄气?!"我也动了感情,马上写了回答,我承认"我写文章没有一次不是为着泄气"。

他为什么这样生气?因为我批评了周作人一类的知识分子,周作人当时是《文艺》副刊的一位主要撰稿人,从文常常以尊敬的口气谈起他。其实我也崇拜过这个人,我至今还喜欢读他的一部分文章,从前他思想开明,对我国新文学的发展有过大的贡献。可是当时我批判的、我担心的并不是他的著作,而是他的生活、他的行为。从文认为我不理解周,我看倒是从文不理解他。可能我们两人对周都不理解,但事实是他终于做了为侵略者服务的汉奸。

回国以后我还和从文通过几封长信继续我们这次的辩论,因为我又发表过文章,针对另外一些熟人,譬如对朱光潜的批评,后来我也承认自己有偏见,有错误。从文着急起来,他劝我不要"那么爱理会小处"、"莫把感情火气过分糟蹋到这上面"。他责备我:"什么米米大的小事如×××之类的闲言小语也使你动火,把小东小西也当成敌人。"还说:"我觉得你感情的浪费真极可惜。"

我记不起我怎样回答他,因为我那封留底的长信在"文革"中丢失了,造反派抄走了它,就没有退回来。但我记得我想向他说明我还有理性,不会变成狂吠的疯狗。我写信,时而非常激动,时而停笔发笑,我想:他有可能担心我会发精神病。我不曾告诉他,他的话对我是连声的警钟,我知道我需要克制,我也懂得他所说的"在一堆沉默的日子里讨生活"的重要。我称他为"敬爱的畏友",我衷心地感谢他。当然我并不放弃我的主张,我也想通过辩论说服他。

我回国那年年底又去北平,靳以回天津照料母亲的病,我到三座门大街结束《文学季刊》的事情,给房子退租。我去了达子营从文家,见到从文伉俪,非常亲热。他说:"这一年你过得不错嘛。"他不再主编《文艺》副刊,把它交给了萧乾,他自己只编辑《大公报》的《星期文艺》,每周出一个整版。他向我组稿,我一口答应,就在十四号的北屋里,每晚写到深夜,外面是严寒和静寂。北平显得十分陌生,大片乌云笼罩在城市的上空,许多熟人都去了南方,我的笔拉不回两年前同朋友们欢聚的日子,屋子里只有一炉火,我心里也在燃烧,我写,我要在暗夜里叫号。我重复着小说中人物的话:"我不怕……因为我有信仰。"

文章发表的那天下午我动身回上海,从文、兆和到前门车站送行。"你还再来吗?"从文微微一笑,紧紧握着我的手。

我张开口吐出一个"我"字,声音就哑了,我多么不愿意在这个时候离开他们!我心里想:"有你们在,我一定会来。"

我不曾失信,不过我再来时已是十四年之后,在一个炎热的夏天。

四

"抗战"期间萧珊在西南联大念书,一九四〇年我从上海去昆明看望她,一九四一年我又从重庆去昆明,在昆明过了两个暑假。从文在联大教书,为了躲避敌机轰炸,他把家迁往呈贡,兆和同孩子们都住在乡下。我们也乘火车去过呈贡看望他们。那个时候没有教师节,教书老师普遍受到轻视,连大学教授也难使一家人温饱,我曾经说过两句话:"钱可以赚到更多的钱。书常常给人带来不幸。"这就是那个社会的特点。他的文章写得少了,因为出书困难;生活水平降低了,吃的、用的东西都在涨价,他不叫苦,脸上始终露出温和的微笑。我还记得在昆明一家小饭食店里几次同他相遇,一两碗米线作为晚餐,有西红柿,还有鸡蛋,我们就满足了。

在昆明我们见面的机会不多,但是我们不再辩论了,我们珍惜在一起的每时每刻,我们同游过西山龙门,也一路跑过警报,看见炸弹落下后的浓烟,也看到血淋淋的尸体。过去一段时期他常常责备我:"你总说你有信仰,你也得让别人感觉到你的信仰在哪里。"现在连我也感觉得到他的信仰在什么地方。只要看到他脸上的笑容或者眼里的闪光,我觉得心里更踏实。离开昆明后三年中,我每年都要写信求他不要放下笔,希望他多写小说。我说:"我相信我们这个民族的潜在力量。"又说:"我极赞成你那埋头做事的主张。"没有能再去昆明,我更想念他。

他并不曾搁笔,可是作品写得少。他过去的作品早已绝版,读到的人不多。开明书店愿意重印他的全部小说,他陆续将修订稿寄去。可是一部分底稿在中途遗失,他叹惜地告诉我,丢失的稿子偏偏是描写社会疾苦的那一部分,出版的几册却都是关于男女事情的,"这样别人更不了解我了"。

最后一句不是原话,他也不仅说一句,但大意是如此。抗战前他在上海《大公报》发表过批评海派的文章引起强烈的反感。在昆明他的某些文章又得罪了不少的人。因此常有对他不友好的文章和议论出现。他可能感到一点寂寞,偶尔也发发牢骚,但主要还是对那种越来越重视金钱、轻视知识的社会风气。在这一点我倒理解他,我在写作生涯中挨过的骂可能比他多,我不能说我就不感到寂寞。但是我并没有让人骂死。我也看见他倒了又站起来,一直勤奋地工作,最后他被迫离开了文艺界。

五

那是一九四九年的事。最初北平和平解放,然后上海解放。六月我和靳以、辛笛、健吾、唐弢、赵家璧他们去北平,出席首次全国文代会,见到从各地来的许多熟人和分别多年的老友，还有更多的献出自己的青春和心血的文艺战士。我很感动，也很兴奋。

但是从文没有露面，他不是大会的代表。我们几个人到他的家去，见到了他和兆和，他们早已不住在达子营了，不过我现在也说不出他们是不是住在东堂子胡同，因为一晃就是四十年，我的记忆模糊了，这几十年中间我没有看见他住过宽敞的房屋。最后他得到一个舒适的住处，却已经疾病缠身，只能让人搀扶着在屋里走走。我至今未见到他这个新居，一九八五年五月后我就未去过北京，不是我不想去，但我越来越举步艰难了。

首届文代会期间我们几个人去从文家不止一次，表面上看不出他有情绪，他脸上仍然露出微笑。他向我们打听文艺界朋友的近况，他关心每一个熟人。然而文艺界似乎忘记了他，不给他出席文代会，以后还把他分配到历史博物馆，让他做讲解员，据说郑振铎到那里参观一个什么展览，见过他，但这是以后的事了。这年九月我第二次来北平出席全国政协会议，接着中华人民共和国成立，北京又成为首都，这次我大约住了三个星期，我几次看望从文，交谈的机会较多，我才了解一些真实情况。北京解放前后当地报纸上刊载了一些批判他的署名文章，有的还是在香港报上发表过的，十分尖锐。他在围城里，已经感到很孤寂，对形势和政策也不理解，只希望有一两个文艺界熟人见见他，同他谈谈。他当时战战兢兢，如履薄冰，仿佛就要掉进水里，多么需要人来拉他一把，可是他的期望落了空。他只好到华北革大去了，反正知识分子应当进行思想改造。

不用说，他受到了不公平的待遇，不仅在今天，在当时我就有这样的看法，可是我并没有站出来替他讲过话，我不敢，我总觉得自己头上有一把达摩克利斯的宝剑。从文一定感到委屈，可是他不声不响、认真地干他的工作。政协会议以后，第二年我去北京开会，休会的日子我去看望过从文，他似乎很平静，仍旧关心地问一些熟人的近况。我每次赴京，总要去看看他。他已经安定下来了。对瓷器、对民间工艺、对古代服装他都有兴趣，谈起来头头是道。我暗中想，我外表忙忙碌碌，有说有笑，心里却十分紧张，为什么不能坐下来，埋头译书，默默地工作几年，也许可以做出一点成绩。然而我办不到，即使由我自己作主，我也不愿放下笔，还想换一支新的来歌颂新社会。我下决心深入生活，却始终深不下去，我参加各种活动，也始终浮在面上，经过北京我没有忘记去看他，总是在晚上去，两三间小屋，书架上放满了线装书，他正在工作，带着笑容欢迎我，问我一家人的近况，问一些熟人的近况。兆和也在，她在《人民文学》编辑部工作，偶尔谈几句杂志的事。有时还有他一个小女儿（侄女），他们很喜欢她，两个儿子不同他们住在一起。

我大约每年去一次，坐一个多小时，谈话他谈得多一些，我也讲我的事，但总是他问我答。我觉得他心里更加踏实了。我讲话好像只是在替自己辩护。我明白我四处奔跑，却什么都抓不住。心里空虚得很。我总疑心他在问我：你这样跑来跑去，有什么用处？不过我不会老实地对他讲出来。他的情况也逐渐好转，他参加了人民政协，在报刊上发表诗文。

"文革"前我最后一次去他家,是在一九六五年七月,我就要动身去越南采访。是在晚上,天气热,房里没有灯光,砖地上铺一床席子,兆和睡在地上,从文说:"三姐生病,我们外面坐。"我和他各人一把椅子在院子里坐了一会,不知怎样我们两个讲话都没有劲头,不多久我就告辞走了。当时我绝没想到不出一年就会发生"文化大革命",但是我有一种感觉我头上那把利剑,正在缓缓地往下坠。"四人帮"后来批判的"四条汉子"已经揭露出三个,我在这年元旦听过周扬一次谈话,我明白人人自危,他已经在保护自己了。

旅馆离这里不远,我慢慢地走回去,我想起过去我们的辩论,想起他劝我不要浪费时间,而我却什么也搞不出来。十几年过去了,我不过给添了一些罪名。我的脚步很沉重,仿佛前面张开三个大网,我不知道会不会投进网里,但无论如何一个可怕的、摧毁一切的、大的运动就要来了。我怎能够躲开它?

回到旅馆我感到精疲力尽,第二天早晨我就去机场,飞向南方。

六

在越南我进行了三个多月的采访,回到上海,等待我的是姚文元的《评新编历史剧〈海瑞罢官〉》。每周开会讨论一次,人人表态,看得出来,有人慢慢地在收网,"文化大革命"就要开场了。我有种种的罪名,不但我紧张,朋友们也替我紧张,后来我找到机会在会上作了检查,自以为卸掉了包袱。六月初到北京开会(亚非作家紧急会议),在机场接我的同志小心嘱咐我"不要出去找任何熟人"。我一方面认为自己已经过关,感到轻松;另一方面因为运动打击面广,又感到恐怖。我在这种奇怪的心境之下忙了一个多月,我的确"没出去找任何熟人",无论是从文、健吾或者冰心。

但是会议结束,我回到机关参加学习,才知道自己仍在网里,真是在劫难逃了。进了牛棚,仿佛落入深渊,别人都把我看作罪人,我自己也认为有罪,表现得十分恭顺。绝没有想到这个所谓"触及灵魂"的"革命"会持续十年。在灵魂受到熬煎的漫漫长夜里,我偶尔也想到几个老朋友,希望从友情那里得到一点安慰。可是关于他们,一点消息也没有。我想到了从文,他的温和的笑容明明在我眼前。我对他讲过的那句话"我不怕……我有信仰"像铁槌在我的头上敲打,我哪里有信仰?我只有害怕。我还有脸去见他?这种想法在当时也是很古怪的,一会儿就过去了。过些日子它又在我脑子里闪亮一下,然后又熄灭了。我一直没有从文的消息,也不见人来外调他的事情。

六年过去了。我在奉贤县文化系统"五七干校"里学习和劳动,在那里劳动的有好几个单位的干部,许多人我都不认识。有一次我给揪回上海接受批判,批判后第二天一早到巨鹿路作协分会旧址学习,我刚刚在指定的屋子里坐好,一位年轻姑娘走进来,问我是不是某人,她是从文家的亲戚,从文很想知道我是否住在原处。她是音乐学院附中的学生,我在干校见过。从文一家平安,这是很好的消息,可是我只答了一句我仍住在原处,她就走了。回到干校,过了一些日子,我又遇见她,她说从文把我的地址遗失了，要我写一个交给她转去。我不敢背着工宣队"进行串联"，我怕得很。考虑了好几天，我才把写好的地址交给她。经过几年的改造，我变成了另外一个人，我遵守的信条是：多一事不如少一事。我并不希望从文来信。但是出乎我的意料，他很快就寄了信来，我回家休假，萧珊已经病倒，得到北京寄来的长信，她拿着五张信纸反复地看，含着眼泪地说："还有人记得我们啊！"这对她是多大的安慰！

他的信是这样开始的："多年来家中搬动太大，把你们家的地址遗失了，问别人忌讳又多，所以直到今天得到×家熟人一信相告，才知道你们住处。大致家中变化还不太多。"

五页信纸上写了不少朋友的近状，最后说："熟人统在念中。便中也希望告知你们生活种种，我们都十分想知道。"

他还是像三十年代那样关心我。可是我没有寄去片纸只字的回答。萧珊患了不治之症，不到两个月便离开人世。我还是审查对象，没有通信自由，甚至不敢去信通知萧珊病逝。

我为什么如此缺乏勇气？回想起来今天还感到惭愧。尽管我不敢表示自己并未忘记故友，从文却一直惦记着我。他委托一位亲戚来看望，了解我的情况。七四年他来上海，一个下午到我家探望，我女儿进医院待产，儿子在安徽农村插队落户，家中冷冷清清，我们把藤椅搬到走廊上，没有拘束，谈得很畅快。我也忘了自己的"结论"已经下来：一个不戴帽子的反革命。

七

等到这个"结论"推翻，我失去的自由逐渐恢复，我又忙起来了。多次去北京开会，却只到过他的家两次。头一次他不在家，我见着兆和，急匆匆不曾坐下吃一杯茶。屋子里连写字桌也没有，只放得下一张小茶桌，夫妻二人轮流使用。第二次他已经搬家，可是房间还是很小，四壁图书，两三幅大幅近照，我们坐在当中，两把椅子靠得很近，使我想起一九六五年那个晚上，可是压在我们背上的包袱已经给摔掉了，代替它的是老和病。他行动不便，我比他好不了多少。我们不容易交谈，只好请兆和作翻译，谈了些彼此的近况。

我大约坐了不到一个小时吧，告别时我高高兴兴，没有想到这是我们最后的一面，我以后就不曾再去北京。当时我感到内疚，暗暗地责备自己为什么不早来看望他。后来在上海听说他搬了家，换了宽敞的住处，不用下楼，可以让人搀扶着在屋子里散步，也曾替他高兴一阵子。

最近因为怀念老友，想记下一点什么，找出了从文的几封旧信，一九八〇年二月信中有一段话，我一直不能忘记："因住处只一张桌子，目前为我赶校那两份选集，上午她三点即起床，六点出门上街取牛奶，把桌子让我工作，下午我睡，桌子再让她使用到下午六点，她做饭，再让我使用书桌。这样下去，那能支持多久！"

这事实应当大书特书，让国人知道中国一位大作家、一位高级知识分子就是在这种条件下工作。尽管他说"那能支持多久"，可是他在信中谈起他的工作，劲头还是很大。他是能够支持下去的。近几个月我常常想：这个问题要是早解决，那有多好！可惜来得太迟了。不过有人说迟来总比不来好。

那么他的讣告是不是也来迟了呢？人们究竟在等待什么？我始终想不明白，难道是首长没有表态，记者不知道报道应当用什么规格？有人说："可能是文学史上的地位没有排定，找不到适当的头衔和职称吧。"又有人说："现在需要搞活经济，谁关心一个作家的生死存亡？你的笔就能把生产搞上去？！"

我无法回答。

又过了一个多月，我动笔更困难，思想更迟钝，讲话声音更低，我感觉到自己身体的一部分逐渐在老死。我和老友见面的时候不远了……

倘使真的和从文见面，我将对他讲些什么呢？

我还记得兆和说过："火化前他像熟睡一般，非常平静，看样子他明白自己一生在大风大浪中已尽了自己应尽的责任，清清白白，无愧于心。"他的确是这样。

我多么羡慕他！可是我却不能走得像他那样平静、那样从容，因为我并未尽了自己的责任，还欠下一身债，我不可能不惊动任何人静悄悄离开人世。那么就让我的心长久燃烧，一直到还清我的欠债。

有什么办法呢？中国知识分子的悲剧我是躲避不了的。

九月三十日

○

杨

绛

干校六记·凿井记劳

干校的劳动有多种。种豆、种麦是大田劳动。大暑天，清晨三点钟空着肚子就下地。六点送饭到田里，大家吃罢早饭，劳动到午时休息；黄昏再下地干到晚。各连初到，借住老乡家。借住不能久占，得赶紧自己造屋。造屋得用砖；砖不易得，大部分用泥坯代替。脱坯是极重的活儿。此外，养猪是最脏又最烦的活儿。菜园里、厨房里老弱居多，繁重的工作都落在年轻人肩上。

有一次，干校开一个什么庆祝会，演出的节目都不离劳动。有一个话剧，演某连学员不怕砖窑倒塌，冒险加紧烧砖，据说真有其事。有一连表演钻井，演员一大群，没一句台辞，唯一的动作是推着钻井机切团打转，一面有节奏地齐声哼"嗯哼！嗯哼！嗯哼！嗯哼！"大伙儿转呀、转呀，转个没停——钻机并不能停顿，得日以继夜，一口气钻到底。"嗯哼！嗯哼！嗯哼！嗯哼！"那低沉的音调始终不变，使人记起曾流行一时的电影歌曲《伏尔加船夫曲》；同时仿佛能看到拉纤的船夫踏在河岸上的一只只脚，带着全身负荷的重量，疲劳地一步步挣扎着向前迈进。戏虽单调，却好像比那个宣扬"不怕苦、不怕死"的烧窑剧更生动现实。散场后大家纷纷议论，都推许这个节目演得好，而且不必排练，搬上台去现成是戏。

有人忽脱口说："啊呀！这个剧——思想不大对头吧？好像——好像——咱们都那么——那么——"

大家都会意地笑。笑完带来一阵沉默，然后就谈别的事了。

我分在菜园班。我们没用机器，单凭人力也凿了一眼井。

我们干校好运气，在淮河边上连续两年干旱，没遭逢水灾。可是干硬的地上种菜不易。人家说息县的地"天雨一包脓，天晴一片铜"。菜园虽然经拖拉机耕过一遍，只翻起满地大坷垃，比脑袋还大，比骨头还硬。要种菜，得整地；整地得把一块块坷垃砸碎、砸细，不但费力，还得耐心。我们整好了菜畦，挖好了灌水渠，却没有水。邻近也属学部干校的菜园里有一眼机井，据说有十米深呢，我们常去讨水喝。人力挖的不过三米多，水是浑的。我们喝生水就在吊桶里掺一小瓶痧药水，聊当消毒，水味很怪。十米深的井，水又甜又凉，大太阳下干活儿渴了舀一碗喝，真是如饮甘露。我们不但喝，借便还能洗洗脚手。可是如要用来浇灌我们的菜园却难之又难。不用水泵，井水流不过来。一次好不容易借到水泵，水经过我们挖的渠道流入菜地，一路消耗，没浇灌得几畦，天就黑了，水泵也拉走了。我们撒下了菠菜的种子，过了一个多月，一场大雨之后，地里才露出绿苗来。所以我们决计凿一眼灌园的井。选定了地点，就破土动工。

那块地硬得真像风磨铜。我费尽吃奶气力，一锹下去，只筑出一道白痕，引得小伙子们大笑。他们也挖得吃力，说得用鹤嘴镐来凿。我的"拿手"是脚步快；动不了手，就飞跑回连，领了两把鹤嘴镐，扛在肩头，居然还能飞快跑回菜园。他们没停手，我也没停脚。我们的壮劳力轮流使鹤嘴镐凿松了硬地，旁人配合着使劲挖。大家狠干了一天，挖出一个深潭，可是不见水。我们的"小牛"是"大男子主义者"。他私下嘀咕说：挖井不用女人；有女人就不出水。菜园班里只两个女人，我是全连女人中最老的；阿香是最小的，年岁不到我的一半。她是华侨，听了这句闻所未闻的话又气又笑，吃吃地笑着来告诉我，一面又去和"小牛"理论，向他抗议。可是我们俩真有点担心，怕万一碰不上水脉，都怪在我们身上。幸亏没挖到二米，土就渐渐潮润，开始见水了。

干土挖来虽然吃力，烂泥的分量却更沉重。越挖越泥泞，两三个人光着脚跳下井去挖，把一桶桶烂泥往上送，上面的人接过来往旁边倒，霎时间井口周围一片泥泞。大家都脱了鞋袜。阿香干活儿很欢，也光着两只脚在井边递泥桶。我提不动一桶泥，可是凑热闹也脱了鞋袜，把四处乱淌的泥浆铲归一处。

平时总觉得污泥很脏，痰涕屎尿什么都有；可是把脚踩进污泥，和它亲近了，也就只觉得滑腻而不嫌其脏。好比亲人得了传染病，就连传染病也不复嫌恶，一并可亲。我暗暗取笑自己：这可算是改变了立场或立足点吧！

我们怕井水涌上来了不便挖掘。人工挖井虽然不像机器钻井那样得日以继夜、一气钻成，可也得加把劲儿连着干。所以我们也学大田劳动的榜样，大清早饿着肚子上菜园；早饭时阿香和我回厨房去，把馒头、稀饭、咸菜、开水等放在推车上，送往菜园。平坦的大道或下坡路上，由我推车；拐弯处，曲曲弯弯的小道或上坡路上，由阿香推。那是很吃力的；推得不稳，会把稀饭和开水泼掉。我曾试过，深有体会。我们这种不平等的合作，好在偏劳者不计较，两人干得很融洽。中午大伙回连吃饭；休息后，总干到日暮黄昏才歇工，往往是最后一批吃上晚饭的。

我们这样狠干了不知多少天，我们的井已挖到三米深。末后几天，水越多，挖来越加困难，只好借求外力，请来两位大高个儿的年轻人。下井得浸在水里。一般打井总在冬天，井底暖和。我们打井却是大暑天，井底阴冷。阿香和我担心他们泡在寒森森的冷水里会致病。可是他们兴致热哄哄的，声言不冷。我们俩不好意思表现得婆婆妈妈，只不断到井口侦察。

水渐渐没膝，渐渐没腿，渐渐齐腰。灌园的井有三米多已经够深。我说要去打一斤烧酒为他们驱寒，借此庆功。大家都很高兴。来帮忙的劳力之一是后勤排的头头，他指点了打酒的窍门儿。我就跑回连,向厨房如此这般说了个道理,讨得酒瓶。厨房里大约是防人偷酒喝,瓶上贴着标签,写了一个大"毒"字,旁边还有三个惊叹号;又画一个大骷髅,下面交叉着两根枯骨。瓶里还剩有一寸深的酒。我抱着这么个可怕的瓶子,赶到离菜园更往西二里路的"中心点"上去打酒;一路上只怕去迟了那里的合作社已关门,恨不得把神行太保拴在脚上的甲马借来一用。我没有买酒的证明,凭那个酒瓶,略费唇舌,买得一斤烧酒。下酒的东西什么也没有,可吃的只有泥块似的"水果糖",我也买了一斤,赶回菜园。

灌园的井已经完工。壮劳力、轻劳力都坐在地上休息。大家兴冲冲用喝水的大杯小杯斟酒喝,约莫喝了一斤,瓶里还留下一寸深的酒还给厨房。大家把泥块糖也吃光。这就是我们的庆功宴。

挖井劳累如何,我无由得知。我只知道同屋的女伴干完一天活儿,睡梦里翻身常"哎呀"、"喔唷"地哼哼。我睡不熟,听了私心惭愧,料想她们准累得浑身酸痛呢。我也听得小伙子们感叹说"我们也老了";嫌自己不复如二十多岁时筋力强健。想来他们也觉得力不从心。

等买到戽水的机器,井水已经涨满。井面宽广,所以井台更宽广。机器装在水中央;井面宽,我们得安一根很长的横杠。这也有好处:推着横杠戽水,转的圈儿大,不像转小圈儿容易头晕。小伙子们练本领,推着横杠一个劲儿连着转几十圈,甚至一百圈。偶来协助菜园劳动的人也都承认:菜园子的"蹲功"不易,"转功"也不易。

我每天跟随同伙早出晚归,干些轻易的活儿,说不上劳动。可是跟在旁边,就仿佛也参与了大伙儿的劳动,渐渐产生一种"集体感"或"合群感",觉得自己是"我们"或"咱们"中的一员,也可说是一种"我们感"。短暂的集体劳动,一项工程完毕,大家散伙,并不产生这种感觉。脑力劳动不容易通力合作——可以合作,但各有各的成绩;要合写一篇文章,收集材料的和执笔者往往无法"劲儿一处使",团不到一块儿去。在干校长年累月,眼前又看不到别的出路,"我们感"就逐渐增强。

我能听到下干校的人说:"反正他们是雨水不淋、太阳不晒的!"那是"他们"。"我们"包括各连干活儿的人,有不同的派别,也有"牛棚"里出来的人,并不清一色。反正都是"他们"管下的。但管我们的并不都是"他们";"雨水不淋、太阳不晒的"也并不都是"他们"。有一位摆足了首长架子,训话"嗯"一声、"啊"一声的领导,就是"他们"的典型;其他如"不要脸的马屁精"、"他妈的也算国宝"之流,该也算是属于"他们"的典型。"我们"和"他们"之分,不同于阶级之分。可是在集体劳动中我触类旁通,得到了教益,对"阶级感情"也稍稍增添了一点领会。

我们奉为老师的贫下中农,对干校学员却很见外。我们种的白薯,好几垄一夜间全偷光。我们种的菜,每到长足就被偷掉。他们说:"你们天天买菜吃,还自己种菜!"我们种的树苗,被他们拔去,又在集市上出售。我们收割黄豆的时候,他们不等我们收完就来抢收,还骂"你们吃商品粮的!"我们不是他们的"我们",却是"穿得破,吃得好,一人一块大手表"的"他们"。

史铁生

我 与 地 坛

一

我在好几篇小说中都提到过一座废弃的古园，实际上就是地坛。许多年前旅游业还没有开展，园子荒芜冷落得如同一片野地，很少被人记起。

地坛离我家很近。或者说我家离地坛很近。总之，只好认为这是缘分。地坛在我出生前四百多年就坐落在那儿了，而自从我的祖母年轻时带着我父亲来到北京，就一直住在离它不远的地方——五十多年间搬过几次家，可搬来搬去总是在它周围，而且是越搬离它越近了。我常觉得这中间有着宿命的味道：仿佛这古园就是为了等我，而历尽沧桑在那儿等待了四百多年。

它等待我出生，然后又等待我活到最狂妄的年龄上忽地残废了双腿。四百多年里，它一面剥蚀了古殿檐头浮夸的琉璃，淡褪了门壁上炫耀的朱红，坍圮了一段段高墙又散落了玉砌雕栏，祭坛四周的老柏树愈见苍幽，到处的野草荒藤也都茂盛得自在坦荡。这时候想必我是该来了。十五年前的一个下午，我摇着轮椅进入园中，它为一个失魂落魄的人把一切都准备好了。那时，太阳循着亘古不变的路途正越来越大，也越红。在满园弥漫的沉静光芒中，一个人更容易看到时间，并看见自己的身影。

自从那个下午我无意中进了这园子，就再没长久地离开过它。我一下子就理解了它的意图。正如我在一篇小说中所说的："在人口密聚的城市里，有这样一个宁静的去处，像是上帝的苦心安排。"

两条腿残废后的最初几年，我找不到工作，找不到去路，忽然间几乎什么都找不到了，我就摇了轮椅总是到它那儿去，仅为着那儿是可以逃避一个世界的另一个世界。我在那篇小说中写道："没处可去我便一天到晚耗在这园子里。跟上班下班一样，别人去上班我就摇了轮椅到这儿来。""园子无人看管，上下班时间有些抄近路的人们从园中穿过，园子里活跃一阵，过后便沉寂下来。""园墙在金晃晃的空气中斜切下一溜荫凉，我把轮椅开进去，把椅背放倒，坐着或是躺着，看书或者想事，撅一权树枝左右拍打,驱赶那些和我一样不明白为什么要来这世上的小昆虫。""蜂儿如一朵小雾稳稳地停在半空;蚂蚁摇头晃脑捋着触须,猛然间想透了什么,转身疾行而去;瓢虫爬得不耐烦了,累了祈祷一回便支开翅膀,忽悠一下升空了;树干上留着一只蝉蜕,寂寞如一间空屋;露水在草叶上滚动,聚集,压弯了草叶轰然坠地摔开万道金光。""满园子都是草木竞相生长弄出的响动,窸窸窣窣窸窸窣窣片刻不息。"这都是真实的记录,园子荒芜但并不衰败。

除去几座殿堂我无法进去,除去那座祭坛我不能上去而只能从各个角度张望它,地坛的每一棵树下我都去过,差不多它的每一平米草地上都有过我的车轮印。无论是什么季节,什么天气,什么时间,我都在这园子里呆过。有时候呆一会儿就回家,有时候就呆到满地上都亮起月光。记不清都是在它的哪些角落里了。我一连几小时专心致志地想关于死的事,也以同样的耐心和方式想过我为什么要出生。这样想了好几年,最后事情终于弄明白了:一个人,出生了,这就不再是一个可以辩论的问题,而只是上帝交给他的一个事实;上帝在交给我们这件事实的时候,已经顺便保证了它的结果,所以死是一件不必急于求成的事,死是一个必然会降临的节日。这样想过之后我安心多了,眼前的一切不再那么可怕。比如你起早熬夜准备考试的时候,忽然想起有一个长长的假期在前面等待你,你会不会觉得轻松一点?并且庆幸并且感激这样的安排?

剩下的就是怎样活的问题了,这却不是在某一个瞬间就能完全想透的、不是一次性能够解决的事,怕是活多久就要想它多久了,就像是伴你终生的魔鬼或恋人。所以,十五年了,我还是总得到那古园里去,去它的老树下或荒草边或颓墙旁,去默坐,去呆想,去推开耳边的嘈杂理一理纷乱的思绪,去窥看自己的心魂。十五年中,这古园的形体被不能理解它的人肆意雕琢,幸好有些东西任谁也不能改变它的。譬如祭坛石门中的落日,寂静的光辉平铺的一刻,地上的每个坎坷都被映照得灿烂;譬如在园中最为落寞的时间,一群雨燕便出来高歌,把天地都叫喊得苍凉;譬如冬天雪地上孩子的脚印,总让人猜想他们是谁,曾在哪儿做过些什么,然后又都到哪儿去了;譬如那些苍黑的古柏,你忧郁的时候它们镇静地站在那儿,你欣喜的时候它们依然镇静地站在那儿,它们没日没夜地站在那儿,从你没有出生一直站到这个世界上又没了你的时候;譬如暴雨骤临园中,激起一阵阵灼烈而清纯的草木和泥土的气味,让人想起无数个夏天的事件;譬如秋风忽至,再有一场早霜,落叶或飘摇歌舞或坦然安卧,满园中播散着熨帖而微苦的味道。味道是最说不清楚的,味道不能写只能闻,要你身临其境去闻才能明了。味道甚至是难于记忆的,只有你又闻到它你才能记起它的全部情感和意蕴。所以我常常要到那园子里去。

二

现在我才想到,当年我总是独自跑到地坛去,曾经给母亲出了一个怎样的难题。

她不是那种光会疼爱儿子而不懂得理解儿子的母亲。她知道我心里的苦闷,知道不该阻止我出去走走,知道我要是老呆在家里结果会更糟,但她又担心我一个人在那荒僻的园子里整天都想些什么。我那时脾气坏到极点，经常是发了疯一样地离开家，从那园子里回来又中了魔似的什么话都不说。母亲知道有些事不宜问，便犹犹豫豫地想问而终于不敢问，因为她自己心里也没有答案。她料想我不会愿意她跟我一同去，所以她从未这样要求过，她知道得给我一点独处的时间，得有这样一段过程。她只是不知道这过程得要多久，和这过程的尽头究竟是什么。每次我要动身时，她便无言地帮我准备，帮助我上了轮椅车，看着我摇车拐出小院；这以后她会怎样，当年我不曾想过。

有一回我摇车出了小院，想起一件什么事又返身回来，看见母亲仍站在原地，还是送我走时的姿势，望着我拐出小院去的那处墙角，对我的回来竟一时没有反应。待她再次送我出门的时候，她说："出去活动活动，去地坛看看书，我说这挺好。"许多年以后我才渐渐听出，母亲这话实际上是自我安慰，是暗自的祷告，是给我的提示，是恳求与嘱咐。只是在她猝然去世之后，我才有余暇设想。当我不在家里的那些漫长的时间，她是怎样心神不定坐卧难宁，兼着痛苦与惊恐与一个母亲最低限度的祈求。现在我可以断定，以她的聪慧和坚忍，在那些空落的白天后的黑夜，在那不眠的黑夜后的白天，她思来想去最后准是对自己说："反正我不能不让他出去，未来的日子是他自己的，如果他真的要在那园子里出了什么事，这苦难也只好我来承担。"在那段日子里——那是好几年前的一段日子，我想我一定使母亲做过了最坏的准备了，但她从来没有对我说过："你为我想想。"事实上我也真的没为她想过。那时她的儿子还太年轻，还来不及为母亲想，他被命运击昏了头，一心以为自己是世上最不幸的一个，不知道儿子的不幸在母亲那儿总是要加倍的。她有一个长到二十岁上忽然截瘫了的儿子，这是她唯一的儿子；她情愿截瘫的是自己而不是儿子，可这事无法代替；她想，只要儿子能活下去哪怕自己去死呢也行，可她又确信一个人不能仅仅是活着，儿子得有一条路走向自己的幸福；而这条路呢，没有谁能保证她的儿子终于能找到。——这样一个母亲，注定是活得最苦的母亲。

有一次与一个作家朋友聊天，我问他学写作的最初动机是什么？他想了一会说："为我母亲。为了让她骄傲。"我心里一惊，良久无言。回想自己最初写小说的动机，虽不似这位朋友的那般单纯，但如他一样的愿望我也有，且一经细想，发现这愿望也在全部动机中占了很大比重。这位朋友说："我的动机太低俗了吧？"我光是摇头，心想低俗并不见得低俗，只怕是这愿望过于天真了。他又说："我那时真就是想出名，出了名让别人羡慕我母亲。"我想，他比我坦率。而且我想，他又比我幸福，因为他的母亲还活着。而且我想，他的母亲也比我的母亲运气好，他的母亲没有一个双腿残废的儿子，否则事情就不这么简单。

在我的头一篇小说发表的时候，在我的小说第一次获奖的那些日子里，我真是多么希望我的母亲还活着。我便又不能在家里呆了，又整天整天独自跑到地坛去，心里是没头没尾的沉郁和哀怨，走遍整个园子却怎么也想不通：母亲为什么就不能再多活两年？为什么在她儿子就快要碰撞开一条路的时候，她却忽然熬不住了？莫非她来此世上只是为了替儿子担忧，却不该分享我的一点点快乐？她匆匆离我去时才只有四十九呀！有那么一会，我甚至对世界对上帝充满了仇恨和厌恶。后来我在一篇题为"合欢树"的文章中写道："我坐在小公园安静的树林里，闭上眼睛，想，上帝为什么早早地召母亲回去呢？很久很久，迷迷糊糊的我听见了回答：'她心里太苦了，上帝看她受不住了，就召她回去。'我似乎得了一点安慰，睁开眼睛，看见风正从树林里穿过。"小公园，指的也是地坛。

只是到了这时候，纷纭的往事才在我眼前幻现得清晰，母亲的苦难与伟大才在我心中渗透得深彻。上帝的考虑，也许是对的。

摇着轮椅在园中慢慢走，又是雾罩的清晨，又是骄阳高悬的白昼，我只想着一件事：母亲已经不在了。在老柏树旁停下，在草地上在颓墙边停下，又是处处虫鸣的午后，又是鸟儿归巢的傍晚，我心里只默念着一句话：可是母亲已经不在了。把椅背放倒，躺下，似睡非睡挨到日没，坐起来，心神恍惚，呆呆地直坐到古祭坛上落满黑暗然后再渐渐浮起月光，心里才有点明白，母亲不能再来这园中找我了。

曾有过好多回，我在这园子里呆得太久了，母亲就来找我。她来找我又不想让我发觉，只要见我还好好地在这园子里，她就悄悄转身回去，我看见过几次她的背影。我也看见过几回她四处张望的情景，她视力不好，端着眼镜像在寻找海上的一条船，她没看见我时我已经看见她了，待我看见她也看见我了我就不去看她，过一会儿我再抬头看她就又看见她缓缓离去的背影。我单是无法知道有多少回她没有找到我。有一回我坐在矮树丛中，树丛很密，我看见她没有找到我；她一个人在园子里走，走过我的身旁，走过我经常呆的一些地方，步履茫然又急迫。我不知道她已经找了多久还要找多久，我不知道为什么我决意不喊她——但这绝不是小时候的捉迷藏，这也许是出于长大了的男孩子的倔强或羞涩？但这倔强只留给我痛悔，丝毫也没有骄傲。我真想告诫所有长大了的男孩子，千万不要跟母亲来这套倔强，羞涩就更不必，我已经懂了可我已经来不及了。

儿子想使母亲骄傲，这心情毕竟是太真实了，以致使"想出名"这一声名狼藉的念头也多少改变了一点形象。这是个复杂的问题，且不去管它了罢。随着小说获奖的激动逐日暗淡，我开始相信，至少有一点我是想错了：我用纸笔在报刊上碰撞开的一条路，并不就是母亲盼望我找到的那条路。年年月月我都到这园子里来，年年月月我都要想，母亲盼望我找到的那条路到底是什么。母亲生前没给我留下过什么隽永的誓言，或要我恪守的教诲，只是在她去世之后，她艰难的命运，坚忍的意志和毫不张扬的爱，随光阴流转，在我的印象中愈加鲜明深刻。

有一年，十月的风又翻动起安详的落叶，我在园中读书，听见两个散步的老人说："没想到这园子有这么大。"我放下书，想，这么大一座园子，要在其中找到她的儿子，母亲走过了多少焦灼的路。多年来我头一次意识到，这园中不单是处处都有过我的车辙，有过我的车辙的地方也都有过母亲的脚印。

三

如果以一天中的时间来对应四季，当然春天是早晨，夏天是中午，秋天是黄昏，冬天是夜晚。如果以乐器来对应四季，我想春天应该是小号，夏天是定音鼓，秋天是大提琴，冬天是圆号和长笛。要是以这园子里的声响来对应四季呢？那么，春天是祭坛上空漂浮着的鸽子的哨音，夏天是冗长的蝉歌和杨树叶子哗啦啦地对蝉歌的取笑，秋天是古殿檐头的风铃响，冬天是啄木鸟随意而空旷的啄木声。以园中的景物对应四季，春天是一径时而苍白时而黑润的小路，时而明朗时而阴晦的天上摇荡着串串杨花；夏天是一条条耀眼而灼人的石凳，或阴凉而爬满了青苔的石阶，阶下有果皮，阶上有半张被坐皱的报纸；秋天是一座青铜的大钟，在园子的西北角上曾丢弃着一座很大的铜钟，铜钟与这园子一般年纪，浑身挂满绿锈，文字已不清晰；冬天，是林中空地上几只羽毛蓬松的老麻雀。以心绪对应四季呢？春天是卧病的季节，否则人们不易发觉春天的残忍与渴望；夏天，情人们应该在这个季节里失恋，不然就似乎对不起爱情；秋天是从外面买一棵盆花回家的时候，把花搁在阔别了的家中，并且打开窗户把阳光也放进屋里，慢慢回忆慢慢整理一些发过霉的东西；冬天伴着火炉和书，一遍遍坚定不死的决心，写一些并不发出的信。还可以用艺术形式对应四季，这样春天就是一幅画，夏天是一部长篇小说，秋天是一首短歌或诗，冬天是一群雕塑。以梦呢？以梦对应四季呢？春天是树尖上的呼喊，夏天是呼喊中的细雨，秋天是细雨中的土地，冬天是干净的土地上的一只孤零的烟斗。

因为这园子，我常感恩于自己的命运。

我甚至现在就能清楚地看见，一旦有一天我不得不长久地离开它，我会怎样想念它，我会怎样想念它并且梦见它，我会怎样因为不敢想念它而梦也梦不到它。

四

现在让我想想，十五年中坚持到这园子来的人都是谁呢？好像只剩了我和一对老人。

十五年前，这对老人还只能算是中年夫妇，我则货真价实还是个青年。他们总是在薄暮时分来园中散步，我不大弄得清他们是从哪边的园门进来，一般来说他们是逆时针绕这园子走。男人个子很高，肩宽腿长，走起路来目不斜视，胯以上直至脖颈挺直不动；他的妻子攀了他一条胳膊走，也不能使他的上身稍有松懈。女人个子却矮，也不算漂亮，我无端地相信她必出身于家道中衰的名门富族；她攀在丈夫胳膊上像个娇弱的孩子，她向四周观望似总含着恐惧，她轻声与丈夫谈话，见有人走近就立刻怯怯地收住话头。我有时因为他们而想起冉阿让与柯赛特，但这想法并不巩固，他们一望即知是老夫老妻。两个人的穿着都算得上考究，但由于时代的演进，他们的服饰又可以称为古朴了。他们和我一样，到这园子里来几乎是风雨无阻，不过他们比我守时。我什么时间都可能来，他们则一定是在暮色初临的时候。刮风时他们穿了米色风衣，下雨时他们打了黑色的雨伞，夏天他们的衬衫是白色的裤子是黑色的或米色的，冬天他们的呢子大衣又都是黑色的，想必他们只喜欢这三种颜色。他们逆时针绕这园子一周，然后离去。他们走过我身旁时只有男人的脚步响，女人像是贴在高大的丈夫身上跟着漂移。我相信他们一定对我有印象，但是我们没有说过话，我们互相都没有想要接近的表示。十五年中,他们或许注意到一个小伙子进入了中年,我则看着一对令人羡慕的中年情侣不觉中成了两个老人。

曾有过一个热爱唱歌的小伙子,他也是每天都到这园中来,来唱歌,唱了好多年,后来不见了。他的年纪与我相仿,他多半是早晨来,唱半小时或整整唱一个上午,估计在另外的时间里他还得上班。我们经常在祭坛东侧的小路上相遇,我知道他是到东南角的高墙下去唱歌,他一定猜想我去东北角的树林里做什么。我找到我的地方,抽几口烟,便听见他谨慎地整理歌喉了。他反反复复唱那么几首歌。"文化革命"没过去的时候,他唱"蓝蓝的天上白云飘,白云下面马儿跑……"我老也记不住这歌的名字。"文革"后,他唱《货郎与小姐》中那首最为流传的咏叹调。"卖布——卖布嘞,卖布——卖布嘞!"我记得这开头的一句他唱得很有声势,在早晨清澈的空气中,货郎跑遍园中的每一个角落去恭维小姐。"我交了好运气,我交了好运气,我为幸福唱歌曲……"然后他就一遍一遍地唱,不让货郎的激情稍减。依我听来,他的技术不算精到,在关键的地方常出差错,但他的嗓子是相当不坏的,而且唱一个上午也听不出一点疲惫。太阳也不疲惫,把大树的影子缩小成一团,把疏忽大意的蚯蚓晒干在小路上,将近中午,我们又在祭坛东侧相遇,他看一看我,我看一看他,他往北去,我往南去。日子久了,我感到我们都有结识的愿望,但似乎都不知如何开口,于是互相注视一下终又都移开目光擦身而过;这样的次数一多,便更不知如何开口了。终于有一天——一个丝毫没有特点的日子,我们互相点了一下头。他说:"你好。"我说:"你好。"他说:"回去啦?"我说:"是,你呢?"他说:"我也该回去了。"我们都放慢脚步(其实我是放慢车速),想再多说几句,但仍然是不知从何说起,这样我们就都走过了对方,又都扭转身子面向对方。他说:"那就再见吧。"我说:"好,再见。"便互相笑笑各走各的路了。但是我们没有再见,那以后,园中再没了他的歌声,我才想到,那天他或许是有意与我道别的,也许他考上了哪家专业文工团或歌舞团了吧?真希望他如他歌里所唱的那样,交了好运气。

还有一些人,我还能想起一些常到这园子里来的人。有一个老头,算得一个真正的饮者;他在腰间挂一个扁瓷瓶,瓶里当然装满了酒,常来这园中消磨午后的时光。他在园中四处游逛,如果你不注意你会以为园中有好几个这样的老头,等你看过了他卓尔不群的饮酒情状,你就会相信这是个独一无二的老头。他的衣着过分随便,走路的姿态也不慎重,走上五六十米路便选定一处地方,一只脚踏在石凳上或土埂上或树墩上,解下腰间的酒瓶,解酒瓶的当儿眯起眼睛把一百八十度视角内的景物细细看一遭,然后以迅雷不及掩耳之势倒一大口酒入肚,把酒瓶摇一摇再挂向腰间,平心静气地想一会什么,便走下一个五六十米去。还有一个捕鸟的汉子,那岁月园中人少,鸟却多,他在西北角的树丛中拉一张网,鸟撞在上面,羽毛钑在网眼里便不能自拔。他单等一种过去很多而现在非常罕见的鸟,其他的鸟撞在网上他就把它们摘下来放掉,他说已经有好多年没等到那种罕见的鸟,他说他再等一年看看到底还有没有那种鸟,结果他又等了好多年。早晨和傍晚,在这园子里可以看见一个中年女工程师;早晨她从北向南穿过这园子去上班,傍晚她从南向北穿过这园子回家。事实上我并不了解她的职业或者学历，但我以为她必是学理工的知识分子，别样的人很难有她那般的素朴并优雅。当她在园子穿行的时刻，四周的树林也仿佛更加幽静，清淡的日光中竟似有悠远的琴声，比如说是那曲《献给艾丽丝》才好。我没有见过她的丈夫，没有见过那个幸运的男人是什么样子，我想象过却想象不出，后来忽然懂了想象不出才好，那个男人最好不要出现。她走出北门回家去。我竟有点担心，担心她会落入厨房，不过，也许她在厨房里劳作的情景更有另外的美吧，当然不能再是《献给艾丽丝》，是个什么曲子呢？还有一个人，是我的朋友，他是个最有天赋的长跑家，但他被埋没了。他因为在"文革"中出言不慎而坐了几年牢，出来后好不容易找了个拉板车的工作，样样待遇都不能与别人平等，苦闷极了便练习长跑。那时他总来这园子里跑，我用手表为他计时。他每跑一圈向我招下手，我就记下一个时间。每次他要环绕这园子跑二十圈，大约两万米。他盼望以他的长跑成绩来获得政治上真正的解放，他以为记者的镜头和文字可以帮他做到这一点。第一年他在春节环城赛上跑了第十五名，他看见前十名的照片都挂在了长安街的新闻橱窗里，于是有了信心。第二年他跑了第四名，可是新闻橱窗里只挂了前三名的照片，他没灰心。第三年他跑了第七名、橱窗里挂前六名的照片，他有点怨自己。第四年他跑了第三名，橱窗里却只挂了第一名的照片。第五年他跑了第一名——他几乎绝望了，橱窗里只有一幅环城赛群众场面的照片。那些年我们俩常一起在这园子里呆到天黑，开怀痛骂，骂完沉默着回家，分手时再互相叮嘱：先别去死，再试着活一活看。现在他已经不跑了，年岁太大了，跑不了那么快了。最后一次参加环城赛，他以三十八岁之龄又得了第一名并破了纪录，有一位专业队的教练对他说："我要是十年前发现你就好了。"他苦笑一下什么也没说，只在傍晚又来这园中找到我，把这事平静地向我叙说一遍。不见他已有好几年了，现在他和妻子和儿子住在很远的地方。

这些人现在都不到园子里来了，园子里差不多完全换了一批新人。十五年前的旧人，现在就剩我和那对老夫老妻了。有那么一段时间，这老夫老妻中的一个也忽然不来，薄暮时分唯男人独自来散步，步态也明显迟缓了许多，我悬心了很久，怕是那女人出了什么事。幸好过了一个冬天那女人又来了，两个人仍是逆时针绕着园子走，一长一短两个身影恰似钟表的两支指针；女人的头发白了许多，但依旧攀着丈夫的胳膊走得像个孩子。"攀"这个字用得不恰当了，或许可以用"搀"吧，不知有没有兼具这两个意思的字。

五

我也没有忘记一个孩子——一个漂亮而不幸的小姑娘。十五年前的那个下午，我第一次到这园子里来就看见了她，那时她大约三岁，蹲在斋宫西边的小路上捡树上掉落的"小灯笼"。那儿有几棵大栾树，春天开一簇簇细小而稠密的黄花，花落了便结出无数如同三片叶子合抱的小灯笼，小灯笼先是绿色，继而转白，再变黄，成熟了掉落得满地都是。小灯笼精巧得令人爱惜，成年人也不免捡了一个还要捡一个。小姑娘咿咿呀呀地跟自己说着话，一边捡小灯笼；她的嗓音很好，不是她那个年龄所常有的那般尖细，而是很圆润甚或是厚重，也许是因为那个下午园子里太安静了。我奇怪这么小的孩子怎么一个人跑来这园子里？我问她住在哪儿？她随便指一下，就喊她的哥哥，沿墙根一带的茂草之中便站起一个七八岁的男孩，朝我望望，看我不像坏人便对他的妹妹说"我在这儿呢"，又伏下身去，他在捉什么虫子。他捉到螳螂，蚂蚱，知了和蜻蜓，来取悦他的妹妹。有那么两三年，我经常在那几棵大栾树下见到他们，兄妹俩总是在一起玩，玩得和睦融洽，都渐渐长大了些。之后有很多年没见到他们。我想他们都在学校里吧，小姑娘也到了上学的年龄，必是告别了孩提时光，没有很多机会来这儿玩了。这事很正常，没理由太搁在心上，若不是有一年我又在园中见到他们，肯定就会慢慢把他们忘记。

那是个礼拜日的上午。那是个晴朗而令人心碎的上午，时隔多年，我竟发现那个漂亮的小姑娘原来是个弱智的孩子。我摇着车到那几棵大栾树下去，恰又是遍地落满了小灯笼的季节；当时我正为一篇小说的结尾所苦，既不知为什么要给它那样一个结尾，又不知何以忽然不想让它有那样一个结尾，于是从家里跑出来，想依靠着园中的清静，看看是否应该把那篇小说放弃。我刚刚把车停下，就见前面不远处有几个人在戏耍一个少女，做出怪样子来吓她，又喊又笑地追逐她拦截她，少女在几棵大树间惊惶地东跑西躲，却不松手揪卷在怀里的裙裾，两条腿袒露着也似毫无察觉。我看出少女的智力是有些缺陷，却还没看出她是谁。我正要驱车上前为少女解围，就见远处飞快地骑车来了个小伙子，于是那几个戏耍少女的家伙望风而逃。小伙子把自行车支在少女近旁，怒目望着那几个四散逃窜的家伙，一声不吭喘着粗气。脸色如暴雨前的天空一样一会儿比一会儿苍白。这时我认出了他们，小伙子和少女就是当年那对小兄妹。我几乎是在心里惊叫了一声，或者是哀号。世上的事常常使上帝的居心变得可疑。小伙子向他的妹妹走去。少女松开了手，裙裾随之垂落了下来，很多很多她捡的小灯笼便洒落了一地，铺散在她脚下。她仍然算得漂亮，但双眸迟滞没有光彩。她呆呆地望那群跑散的家伙，望着极目之处的空寂，凭她的智力绝不可能把这个世界想明白吧？大树下，破碎的阳光星星点点，风把遍地的小灯笼吹得滚动，仿佛喑哑地响着无数小铃铛。哥哥把妹妹扶上自行车后座，带着她无言地回家去了。

无言是对的。要是上帝把漂亮和弱智这两样东西都给了这个小姑娘，就只有无言和回家去是对的。

谁又能把这世界想个明白呢？世上的很多事是不堪说的。你可以抱怨上帝何以要降诸多苦难给这人间，你也可以为消灭种种苦难而奋斗，并为此享有崇高与骄傲，但只要你再多想一步你就会坠入深深的迷茫了：假如世界上没有了苦难，世界还能够存在么？要是没有愚钝，机智还有什么光荣呢？要是没了丑陋，漂亮又怎么维系自己的幸运？要是没有了恶劣和卑下，善良与高尚又将如何界定自己又如何成为美德呢？要是没有了残疾，健全会否因其司空见惯而变得腻烦和乏味呢？我常梦想着在人间彻底消灭残疾，但可以相信，那时将由患病者代替残疾人去承担同样的苦难。如果能够把疾病也全数消灭，那么这份苦难又将由（比如说）相貌丑陋的人去承担了。就算我们连丑陋，连愚昧和卑鄙和一切我们所不喜欢的事物和行为，也都可以统统消灭掉，所有的人都一样健康、漂亮、聪慧、高尚，结果会怎样呢？怕是人间的剧目就全要收场了，一个失去差别的世界将是一潭死水，是一块没有感觉没有肥力的沙漠。

看来差别永远是要有的。看来就只好接受苦难——人类的全部剧目需要它，存在的本身需要它。看来上帝又一次对了。

于是就有一个最令人绝望的结论等在这里：由谁去充任那些苦难的角色？又由谁去体现这世间的幸福，骄傲和快乐？只好听凭偶然，是没有道理好讲的。

就命运而言，休论公道。

那么，一切不幸命运的救赎之路在哪里呢？

设若智慧或悟性可以引领我们去找到救赎之路，难道所有的人都能够获得这样的智慧和悟性吗？

我常以为是丑女造就了美人。我常以为是愚氓举出了智者。我常以为是懦夫衬照了英雄。我常以为是众生度化了佛祖。

六

设若有一位园神，他一定早已注意到了，这么多年我在这园里坐着，有时候是轻松快乐的，有时候是沉郁苦闷的，有时候优哉游哉，有时候恓惶落寞，有时候平静而且自信，有时候又软弱又迷茫。其实总共只有三个问题交替着来骚扰我，来陪伴我。第一个是要不要去死？第二个是为什么活？第三个，我干嘛要写作？

现在让我看看，它们迄今都是怎样编织在一起的吧。

你说，你看穿了死是一件无需乎着急去做的事，是一件无论怎样耽搁也不会错过的事，便决定活下去试试？是的，至少这是很关键的因素。为什么要活下去试试呢？好像仅仅是因为不甘心，机会难得，不试白不试，腿反正是完了，一切仿佛都要完了，但死神很守信用，试一试不会额外再有什么损失。说不定倒有额外的好处呢是不是？我说过，这一来我轻松多了，自由多了。为什么要写作呢？作家是两个被人看重的字，这谁都知道。为了让那个躲在园子深处坐轮椅的人，有朝一日在别人眼里也稍微有点光彩，在众人眼里也能有个位置，哪怕那时再去死呢也就多少说得过去了，开始的时候就是这样想，这不用保密，这些现在不用保密了。

我带着本子和笔，到园中找一个最不为人打扰的角落，偷偷地写。那个爱唱歌的小伙子在不远的地方一直唱。要是有人走过来，我就把本子合上把笔叼在嘴里。我怕写不成反落得尴尬。我很要面子。可是你写成了，而且发表了。人家说我写的还不坏，他们甚至说：真没想到你写得这么好。我心说你们没想到的事还多着呢。我确实有整整一宿高兴得没合眼。我很想让那个唱歌的小伙子知道，因为他的歌也毕竟是唱得不错。我告诉我的长跑家朋友的时候，那个中年女工程师正优雅地在园中穿行；长跑家很激动，他说好吧，我玩命跑，你玩命写。这一来你中了魔了，整天都在想哪一件事可以写，哪一个人可以让你写成小说。是中了魔了，我走到哪儿想到哪儿，在人山人海里只寻找小说，要是有一种小说试剂就好了，见人就滴两滴看他是不是一篇小说，要是有一种小说显影液就好了，把它泼满全世界看看都是哪儿有小说，中了魔了,那时我完全是为了写作活着。结果你又发表了几篇,并且出了一点小名,可这时你越来越感到恐慌。我忽然觉得自己活得像个人质,刚刚有点像个人了却又过了头,像个人质,被一个什么阴谋抓了来当人质,不定哪天被处决,不定哪天就完蛋。你担心要不了多久你就会文思枯竭,那样你就又完了。凭什么我总能写出小说来呢?凭什么那些适合做小说的生活素材就总能送到一个截瘫者跟前来呢?人家满世界跑都有枯竭的危险,而我坐在这园子里凭什么可以一篇接一篇地写呢?你又想到死了。我想见好就收吧。当一名人质实在是太累了太紧张了,太朝不保夕了。我为写作而活下来,要是写作到底不是我应该干的事,我想我再活下去是不是太冒傻气了?你这么想着你却还在绞尽脑汁地想写。我好歹又拧出点水来,从一条快要晒干的毛巾上。恐慌日甚一日,随时可能完蛋的感觉比完蛋本身可怕多了,所谓不怕贼偷就怕贼惦记,我想人不如死了好,不如不出生的好,不如压根儿没有这个世界的好。可你并没有去死。我又想到那是一件不必着急的事。可是不必着急的事并不证明是一件必要拖延的事呀?你总是决定活下来,这说明什么?是的,我还是想活。人为什么活着?因为人想活着,说到底是这么回事,人真正的名字叫作:欲望。可我不怕死,有时候我真的不怕死。有时候,——说对了。不怕死和想去死是两回事,有时候不怕死的人是有的,一生下来就不怕死的人是没有的。我有时候倒是怕活。可是怕活不等于不想活呀!可我为什么还想活呢?因为你还想得到点什么,你觉得你还是可以得到点什么的,比如说爱情,比如说价值之类,人真正的名字叫欲望。这不对吗?我不该得到点什么吗?没说不该。可我为什么活得恐慌,就像个人质?后来你明白了,你明白你错了,活着不是为了写作,而写作是为了活着。你明白了这一点是在一个挺滑稽的时刻。那天你又说你不如死了好,你的一个朋友劝你:你不能死,你还得写呢,还有好多好作品等着你去写呢。这时候你忽然明白了,你说:只是因为我活着,我才不得不写作。或者说只是因为你还想活下去,你才不得不写作。是的,这样说过之后我竟然不那么恐慌了。就像你看穿了死之后所得的那份轻松?一个人质报复一场阴谋的最有效的办法是把自己杀死。我看出我得先把我杀死在市场上,那样我就不用参加抢购题材的风潮了。你还写吗?还写。你真的不得不写吗?人都忍不住要为生存找一些牢靠的理由。你不担心你会枯竭了?我不知道,不过我想,活着的问题在死前是完不了的。

这下好了,您不再恐慌了不再是个人质了,您自由了。算了吧你,我怎么可能自由呢?别忘了人真正的名字是:欲望。所以您得知道,消灭恐慌的最有效的办法就是消灭欲望。可是我还知道,消灭人性的最有效的办法也是消灭欲望。那么,是消灭欲望同时也消灭恐慌呢?还是保留欲望同时也保留人生?

我在这园子里坐着,我听见园神告诉我,每一个有激情的演员都难免是一个人质。每一个懂得欣赏的观众都巧妙地粉碎了一场阴谋。每一个乏味的演员都是因为他老以为这戏剧与自己无关。每一个倒霉的观众都是因为他总是坐得离舞台太近了。

我在这园子里坐着,园神成年累月地对我说:孩子,这不是别的,这是你的罪孽和福祉。

七

要是有些事我没说,地坛,你别以为是我忘了,我什么也没忘,但是有些事只适合收藏。不能说,也不能想,却又不能忘。它们不能变成语言,它们无法变成语言,一旦变成语言就不再是它们了。它们是一片朦胧的温馨与寂寥,是一片成熟的希望与绝望,它们的领地只有两处:心与坟墓。比如说邮票,有些是用于寄信的,有些仅仅是为了收藏。

如今我摇着车在这园子里慢慢走,常常有一种感觉,觉得我一个人跑出来已经玩得太久了。有一天我整理我的旧相册,看见一张十几年前我在这园子里照的照片——那个年轻人坐在轮椅上,背后是一棵老柏树,再远处就是那座古祭坛。我便到园子里去找那棵树。我按着照片上的背景找很快就找到了它,按着照片上它枝干的形状找,肯定那就是它。但是它已经死了,而且在它身上缠绕着一条碗口粗的藤萝。有一天我在这园子碰见一个老太太,她说:"哟,你还在这儿哪?"她问我:"你母亲还好吗?""您是谁?""你不记得我,我可记得你。有一回你母亲来这儿找你,她问我您看没看见一个摇轮椅的孩子?……"我忽然觉得,我一个人跑到这世界上来真是玩得太久了。有一天夜晚,我独自坐在祭坛边的路灯下看书,忽然从那漆黑的祭坛里传出一阵阵唢呐声;四周都是参天古树,方形祭坛占地几百平方米空旷坦荡独对苍天,我看不见那个吹唢呐的人,唯唢呐声在星光寥寥的夜空里低吟高唱,时而悲怆时而欢快,时而缠绵时而苍凉,或许这几个词都不足以形容它,我清清醒醒地听出它响在过去,响在现在,响在未来,回旋飘转亘古不散。

必有一天,我会听见喊我回去。

那时您可以想象一个孩子,他玩累了可他还没玩够呢。心里好些新奇的念头甚至等不及到明天。也可以想象是一个老人,无可置疑地走向他的安息地,走得任劳任怨。还可以想象一对热恋中的情人,互相一次次说"我一刻也不想离开你",又互相一次次说"时间已经不早了",时间不早了可我一刻也不想离开你,一刻也不想离开你可时间毕竟是不早了。

我说不好我想不想回去。我说不好是想还是不想,还是无所谓。我说不好我是像那个孩子,还是像那个老人,还是像一个热恋中的情人。很可能是这样:我同时是他们三个。我来的时候是个孩子,他有那么多孩子气的念头所以才哭着喊着闹着要来,他一来一见到这个世界便立刻成了不要命的情人,而对一个情人来说,不管多么漫长的时光也是稍纵即逝,那时他便明白,每一步每一步,其实一步步都是走在回去的路上。当牵牛花初开的时节,葬礼的号角就已吹响。

但是太阳,它每时每刻都是夕阳也都是旭日。当它熄灭着走下山去收尽苍凉残照之际,正是它在另一面燃烧着爬上山巅布散烈烈朝晖之时。那一天,我也将沉静着走下山去,扶着我的拐杖。有一天,在某一处山洼里,势必会跑上来一个欢蹦的孩子,抱着他的玩具。

当然,那不是我。

但是，那不是我吗？

宇宙以其不息的欲望将一个歌舞练为永恒。这欲望有怎样一个人间的姓名，大可忽略不计。

一九九〇年

○ 张中晓

无梦楼随笔·拾荒集（节选）

序

久幽空虚，已失世情，于出处去就辞受取与之间，必多乖剌。盖见冠盖轩昂，局促之容油然而生，纷华成丽，自卑之感鼓然而起，此时宜检点身心，不使失言失行类似小丑也。临亢者固须理智克制，处卑时尤须理智照耀，不然阴毒之溃胜于阳刚之暴，精神瓦解，永堕畜生道矣。壬寅年头八日书于无梦楼。

一

久饿之人，一坐筵席，便狼吞而食，可谓粗暴，一旦肚中有食，便会斯文起来，转而讲究礼貌，宛如君子了。但开始的不择冷盆热炒，一倾而下，与后来的连连饱噎，举不起筷，形迹虽殊，其实何尝判若二人？虽非假装斯文，但绝不是本来斯文，乃是好像斯文罢了。这正如自己在野时，鼓吹奴隶反抗，但一旦当了权，便主张应当顺从一般。在他是任务已变，在人是首足倒置了。

二

苦乐相同，苦乐不相通。人之苦乐相同，人性也。人皆有苦乐之情，悲观之感。苦乐之不相通者，此人对某事某境之苦乐殊异，是以肝胆楚越。人皆有情，同也；情生于何，对何有情，异也。人人之情，同也；"我的""你的"情，异也。苦乐相通，以爱为媒介；相异，以恨为障碍。

随声附和，有时实际上是与人相通团结之道。不要过于鄙视附和与奉承。附和与奉承，如果没有邪恶的目的，而出于高尚之心，则大有益于人世的。

三

人类对自然的控制能力——技术问题，末也。

人类怎样利用这种能力——道德问题，本也。

后者须要一种比较合宜的人性科学，关于人性的比较合宜的知识来和前者的发展协调，合科学技术利用来为人类造福，而不使之成为人类互相残杀的工具。人要面对政治制度和道德原则的道德。根据问题，根据这些制度和原则共同行动的人们可以获得个人的自由，这种自由会达到彼此间的兄弟般的结合。

四

忍本美德，然也可为无耻。（明）厦原吉有雅量，人莫测其际，以为不能学。原吉曰：吾幼时有犯，未尝不怒，始忍于色，中忍于心，久则无所忍矣。

五

人生万端，严自我心者，均须坚忍——即熬。熬钱为节约，等等是也，但世人惟知熬钱，而不知熬口。以为口舌之间，无经济价值，不妨痛快。殊不知，一钱之安有限，而一言之患无穷也。

六

对于有些人来说，一场激烈的争吵就是生活中的盐。没有争吵，生活是无味的，不能忍受。

七

陷于不自知，迫于不得已，二语可为一切人辩护。无可奈何，不得不然二语，则何处不至矣。

八

人的两大弱点：①幻想；②无赖。即自我欺骗，自暴自弃。

九

兴趣的注意力——心灵的雕刀，在生活的顽石之中，选择一个雕像。

十

在实际生活中，须要才干和手腕灵活，在精神工作中也要神明和心灵活泼。

十一

一个错觉（假象）能蒙住人，一个预言能哄住人，一个道德能吸住人，一个解释能安慰人……

十二

生活中的种种不可理解和暧昧难知性正是迷信、宗教取得胜利的突破口。

十三

思想工作者的能力并不仅是虚构一个空中楼阁，而在于使地上的世界浸透着你的内心的光明，用你的智慧的心和精巧的手，塑出一个生命的世界，或现实的交响乐。

十四

贪婪和平庸的人们，对于不满足的东西要求满足，因之，他们陷于怨天尤人，永远不知节制，过不好日子。

十五

天上或许有上帝，或许没有，但是可以肯定存在着的唯一的上帝就是人们心中的上帝。基督因为人的信，住在人心里。一个人心中有了上帝，即心所"同有一个指望"，合而为一的理论。如果抛弃了天上的帝，那心中的上帝就可以为所欲为了。是的。如果不同心中的魔鬼斗争，那么一个人也就是一个魔鬼了，上帝和魔鬼也就无区别了。

十六

如果一个人想从紊乱不堪的日子中脱颖而出，最重要的是要使精神的导线指引那附丽生命中的一片盲目的混乱。这是终生的工作。精神的导线＝理性的力量；盲目的混乱＝人欲的大海，从而逐渐扩展，把它渗透于机体的每一细胞，正如太阳映于露珠。

十七

人在这世间的确是慌乱和孤独，都会心存叵测，有便宜可得则和好，一旦吃亏则恶绝，亲戚则冷淡无情，同事则尔虞我诈。人的内心是惶恐的，这种惶恐，由于沉重的负担和忙碌的生活而掩盖起来，而不自觉，但这种惶恐是存在的，因之，道会门的阴影就袭击了他，在聚坐念佛里，心境解除了惶恐，而得到了依靠和慰藉，而在明天有勇气去担负生活的重担。

十八

格言的确是人生经验的结晶，有哲理性的深湛，但人只有通过一段人生的过程之后，才能体会到它的智慧和它的内在意义。青年人的无世故的眼光中，越是深刻的格言越看来平淡，远不如浮面的色彩的吸引力。因为他不理解，没有理解的内心基础；他完全站在哲学的外面，感到陌生和惶恐。

有人把仅仅有效验的格言转化为广泛的哲学原则，也有人把广泛的哲学原则转化为仅仅有效验的格言。

十九

对于信条不应当保持一个理智的良心,以至于因为在我们的信条中有大多不一致和动摇的地方而感到苦恼。我们应当在夹杂混乱之中投机取巧。只有被信条奴役的人才会苦恼,而应当把自相矛盾的信条铸成一把两刃的剑。盖剑有两刃,可左右割也。

二十

皈依宗教还是信仰理智,这类不同见解的争论是完全无用的,无意义的。关键在于人的生活态度,主要的是人应当生活。生活就是力量、光明、良知、产生果实的爱、自我牺牲的欢乐和行动。生活只有一个敌人:享乐的自私自利,即无耻。

二一

只有信心,给人注入信心,使人继续下去,坚持,不屈不挠,赞助之,鼓励之,附合之,才能使之坚强起来。恐惠,支持,对于人的行动和继续行动,有着巨大的作用。相反,泼冷水、劝阻等等对于人的行动能起很大的消极作用。

二二

人们今天大声地反对蒙昧主义和奴隶制度,但人类却确实地在蒙昧与奴役之中生活了几千年。过去的历史就是铁证。但是只要人们喜欢,这两种东西还会继续生存下去,只要人们或多或少地投合这两者,它们还会通过千丝万缕的关系纠缠在人们的心中。人们喜欢,或人们安于共存,这就是两者的生命力和现实根据。蒙昧迷信和奴隶制度,仅是对精神的自由来说,是不可容忍的和势不两立的。但对于没有精神的自由人来说,却是舒适的枕头。

二三

天理永远难能难行,人欲却对人的劣根性有巨大的引诱力。对于常人,行恶比行善更为坚强和不易动摇。思乐而喜,思难而惧,人之道也。是以鼓惑之法,在于把难事说得极易,苦事说得最乐,哄人上当。如是而已,使其为恶而不知恶也。

二四

见人说人话,见鬼说鬼话,不仅泛论,乃一深刻的理念。盖举凡经验,认识同情、利害、好恶等等,都与个人相关,其中感情起着极大的作用。只要投其所好,即使违理之言,非礼之举,均能得其欢心。

二五

对于过去的改革家,人们很容易指出他们的主张(计划、学说)的弱点和缺乏现实根据。但对于后人来说,还不是最主要的一面。最主要的是:对于不公正的不平等的和压迫的事件，所具有的包括基督徒在内的每一个所应有的那种良心。他凭着自己当时所具的最好的见解，同这些丑恶进行英勇的和不惜牺牲的斗争。他的目的是纯正的正当的和合理的。在这方面历史证明他是正确的，历史的正义性在他的一方面。批判他们的理论是可以的，因为任何理论都有历史的限制，但是，抛弃他们的精神却是不可以的，历史的继承性就在精神。

二六

了解实际之后，看到人世间的许多委曲，不过是廉价的牢骚。盖怨天尤人之情，惯于鸡蛋中剔骨，专把误会当恶意，不可避免之事当作故意为难也。是以人生事务之中，切忌与人有敌意情绪，盖凡人均凭感情以决定对你的态度的。人都有缺点，本来可以马虎过去的事在敌意的环境之中变成了致命伤。

二七

有许多变化确乎使人目迷五色的。以今日之我反对昨日之我，可以解释为进步；改过，也可以解释为叛逆变节。从一种理论到另一种理论，抛弃一面旗帜以树一面旗帜等等，人们在这上面加上种种表示性质（能表示么）的形容词，如新的、旧的、黑暗的、光明的等等，来说明理由和为自己辩护。

二八

人面对死亡，是对他心灵力量的考验，心灵力量即"根本深度"（心灵的深度和稳定性）。

根本深者，心境安详，视死如归，如归天国如归大地，或视平常，毫无畏惧之情；根本浅者，怕死，恐惧，死时不安之情无法控制。

根本深者，可受长期疾病之折磨；根本浅者，只能咬咬牙关，甚至连牙关也不能咬，怕死。

二九

道德的民主：建立在对于人性有获得个人自由的能力的信心上，同时，又伴随着尊敬的关怀别人，以及基于团结而不是基于胁迫的社会稳定性。

三十

只有经过激烈的、残酷的人生战斗才会理解到人是一个矛盾的东西，一方面有着种种功利的情欲的打算，而另一方面怀抱着对真理的追求。

三一

一个伟人无论如何自命为高尚神圣，如果解除了他的思想武器（理性、公义等等），便是一个沉溺于情欲的大坏蛋。

三二

　　一念一想之间，都可以看到感情的波动；一举一动之间，都可以看到意志的力量。

　　道德感情的战胜，只会产生一种消极的满足（安慰）。

　　意志力量的战胜，才会产生积极的欢乐（征服）。

三三

　　爱，感激，生命与永恒的信念，这些词眼在无教养者看来简直没有什么意思，在冷血者看来不过是一些可笑的、空洞的字眼。单纯的青年和纯洁的心灵以自己的朴素来意想和想象，而一个久经人间风霜的战士在炉火纯青的心灵中却化成了精神实体。

三四

　　黑格尔说，青年的缺点在于要求形而上学的完全无缺，老年人的特长在于对生活中不协调能炉火纯青。我说中土青年的缺点在于面皮不厚，老年人的优点在于无私之尤也。（一般地说老年人较为宽容，少年人终是处处不满足。）

三五

　　无论从思想、文学的眼光来观察鲁迅，都不足以证明他的伟大。鲁迅的伟大，是因为他是一个战斗者，是道德的存在，是激动人心的力量。

三六

　　具有正义感但又过于轻信，存心进步但又没见过世面，不知人间利害，没有人生经验的少男少女们，多么容易受魔鬼的欺骗，被假先知所诱引，成为烤祭的牲畜。这就是人世间层出不穷的牺牲的根源。

三七

　　做出正当的事，还是不够的，必须从正当的理由来做事。诡辩家和艺术家最重要的区别是诚实和正直，道德原则和人的心术。

三八

　　人越是抽象，越是以否定的态度对待实际的感性的事物，对待抽象的东西就正好越有感情。

　　对于某事物发生兴趣的人也就有能力去知道那种事物。（中世纪的神秘主义者与经验哲学家之所以对于自然科学那样无能为力，那样笨拙，只是因为他们对于自然毫不发生兴趣。）凡心意所在的地方，就不会没有感觉，没有官能。专情专注的事物，对于理智也不是一种秘密。

三九

大部分人本能地对人有两种完全不同的态度：①对待自己的伙伴同事，或朋友的态度，换言之就是对待那些被认为是"自己人"的态度；②是对待那些被认为是敌人、流氓或社会危害者的态度。当然，问题的关键在于态度的依据：谁是朋友？谁是敌人？由于人的认识是盲目的，这两种态度的根据可以是外来的引诱或由于冲动，或受人指使，或听了流言。人用什么事实做依据，根据和当事人的什么关系（朋友还是敌人）决定同情还是敌意，一个人的同情，主要是依据自己过去和他们接触的经验来考虑的，即他们的待人接物和家庭关系等等。用同情的眼光看，所有的人基本上都是心地善良的人，而一个人的敌意，由于所根据的是另外一套经验，是根据耳闻目击认为凶残，或根据宣传影响认为野蛮荒淫等等。从两种不同的观察同样可以说是真实的，然而要得到全面的真理必须从两个方面去观察问题。

四十

人所面对的实际上是广大的中间层（正如生活中的贫富对立的中间层）、人所不认识的无利益关系的人，而应不是像两个轮廓鲜明的逻辑对比那样，一边是朋友，一边是敌人。

四一

喜欢奉承便会出现阿谀颂词，自己轻信就会被别人欺骗，喜欢吃定心丸便有空头保证到来。对某事从心里愿意相信它，则谣言就会起作用。如果有人告诉一个人一件违反他本性的事，他一定会拒绝相信。相反，如果这件事正中他的下怀，使他有了采取符合他本性的行动的借口，即使没有什么证据，他也会相信。

四二

一个满怀复仇情绪的人在生活中遇到的到处都是仇人，而一个和善的心灵在世界中所遇到的都是友爱的对象。天下有情人皆成眷属，这的确是一个不可思议的现象，但同时是一个颠扑不破的真理。

四三

人世间没有一种炼金术能从仇恨中产生世界的和谐来。由于感情和利益的根据，仇恨使人对自己所不熟悉不了解的优良之物抱着敌意和大惊小怪，面对自己的缺点却很宽容，使人只看见竞争的坏处而忽略了合作的好处。

四四

人的性格并不是一个数学上的固定的已知数，而是具有极大的可塑性，它是环境、教育和机遇影响的结果。但是，如果环境、教育和机遇已经形成了一个性格，那么这性格就有了巩固性和稳定性，而且，一般很难变化。

四五

如果生活现实对精神生活丧失了刺激进步的因素和探索自由的热情，就会发生拜占庭式的停滞现象。压力越强，反抗力也越强，这是一理念。在实际生活中，它是和压力之下一切枯萎这一理念并行不悖的。

四六

安度彼利思为了证明神明，把凡体跳入火山，征服者以在战场上死去，为生命的大快乐。人类激情，牺牲精神，热情，狂热等等均可出现捐弃肉体之行为。为了一个神圣的目的，勇敢地牺牲肉体，忍受苦刑，殉道者即是。

四七

在多扰的生活中有一段安静的休息是必要的，在激烈的战斗之后有一段时期的休息也是必要的。在剧烈的政治生活之后，一段监狱生活或隐退生活会使人重整过去的经验和成为以后活动的生命源泉。但在这中间，最重要之点是人必须永远是个战斗者。否则，他会颓丧、疲乏、压溃、毁灭，人每走一步，都伴随着一种考验，要付出代价，考验人被外力压碎，还是自我缴械。

四八

在这多难的人间，人成为畜生的机会太多了，人堕落为畜生的可能、遭遇也太多了。举凡贫困、监禁、苦役等等，都能使人堕落为兽，使人性情粗暴，脾气乖戾，绝望和不近人情。

四九

当看不出是与非之间、固执谬误与坚持真理之间的区别，而根据一己的利害和当时的标准（风气）来纠正自己的不合时宜之处，则对于横逆之来，都可以心安理得。

五十

贝多芬曾说过："孤独、孤独、孤独……"

罗曼·罗兰也说过："力量，在孤独中默默生长，成熟……"

完全不错。但是，同样完全不错的，在孤独中，人的内心生长着兽性；在孤独中，人失掉了爱、温暖和友情；在孤独中，人经历着向兽的演变……

孤独是人生向神和兽的十字路口，是天国与地狱的分界线。人在这里经历着最严酷的锤炼，上升或堕落，升华与毁灭。这里有千百种蛊惑与恐怖，无数软弱者沉没了，只有坚强者才能泅过孤独的大海。孤独属于坚强者，是他一显身手的地方，而软弱者，只能在孤独中默默地灭亡。孤独属于智慧者，哲人在孤独中沉思了人类的力量和软弱，但无知的庸人在孤独中只是一副死相和挣扎。

○贾平凹

商州初录·黑龙口（节选）

　　从西安要往商州去，只有一条公路。冬天里，雪下着，星星点点，车在关中平原上跑两个钟头，像进了三月的梨花园里似的，旅人们就会把头伸出来，用手去接那雪花儿取乐。柏油路是不见白的，水淋淋的有点滑，车悠悠乎乎，快得像是在水皮子上漂；麦田里雪驻了一鸡爪子厚，一动不动露在雪上的麦苗尖儿，越发地绿得深。偶尔里，便见一只野兔子狠命地跑窜起来，"叭"地一声，兔子跑得无踪无影了，捕猎的人却被枪的后坐力蹬倒在地上，望着枪口的一股白烟，做着无声的苦笑。

　　车到了峪口，嘎地停了，司机跳下去装轮胎链条；用一下力，吐一团白气。旅人们都觉得可笑，回答说：要进山了。山是什么样子，城里的人不大理会，想象那里青的石，绿的水，石上有密密的林，水里有银银的鱼；进山不空回，一定要带点什么纪念品回来：一棵松塔，几枚彩石。车开过一座石桥，倏忽间从一片村庄前绕过，猛一转弯，便看见远处的山了。山上并没有树，也没有仄仄的怪石，全然被雪盖住，高得与天齐平。车开始上坡，山越来越近，似乎要一直爬上去，但陡然路落在沟底，贴着山根七歪八拐地往里钻，阴森森的，冷得入骨。路旁的川里，石头磊磊，大者如屋，小者如斗，被冰封住，却有一种汩汩的声音传来，才知道那是河流了。山已看不见顶，两边对峙着，使足了力气的样子，随时都要将车挤成扁的了。车走得慢起来，大声地吭吭着，似极不稳，不时就撞了山壁上垂下来的冰锥，豁啷啷响。旅人都惊慌起来了，使劲地抓住扶手，呼叫着司机停下。司机只是旋转方向盘，手脚忙乱，车依然往里走。

　　雪是不下了，风却很大，一直从两边山头上卷来，常常就一个雪柱在车前方向不定地旋转。拐弯的地方，雪驻不住，路面干净得如晴日，弯后，雪却积起一尺多深，车不时就横了身子，旅人们都得下车，前面的铲雪，后面的推车，稍有滑动，就赶忙抱了石头垫在轮子下。旅人们都缩成一团，冻得打着牙花；将所有能披在身上的东西全都披上了，脚腿还是失去知觉，就咚咚地跺起来。司机说：

　　"到黑龙口暖和吧！"

体内已没有多少热量，有的人却偏偏要不时地解小溲。司机还是说：

"车一停就是滑道，坚持一下吧，到黑龙口就好了。"

黑龙口是什么地方，多么可怕的一个名字！但听司机的口气，那一定是个最迷人的福地了。

车走了一个钟头，山终于合起来了，原来那么深的峡谷，竟是出于一脉，然而车已经开上了山脉的最高点。看得见了树，却再不是那绿的，由根到梢，全然冰霜，像玉，更像玻璃，太阳正好出来，晶亮得耀眼。蓦地就看见有人家了，在玻璃丛里，不知道屋顶是草搭的，还是瓦苫着，门窗黑漆漆的，有鸡在门口刨食，一只狗呼地跑出来，追着汽车大跑大咬；同时就有三两个头包着手巾的小孩站在门口，端着比头大的碗吃饭，怯怯地看着。

"这就是黑龙口吗？"

旅人们活跃起来，用手揉着满是鸡皮疙瘩的脸，瞪着乞求的眼看司机。有的鼻涕、眼泪也掉下来，丝丝地吸气，但立即牙根麻生生地疼了，又紧闭了嘴唇。可是，车却没有停，又三回两转地在山脉顶上走了一气，突然顺着山脉那边的深谷里盘旋而下了。那车溜得飞快，一个拐弯，全车人就一起向左边挤，忽地，又一起向右边挤。路只有丈五宽窄；车轮齐着路沿，路沿下是深不见底的沟渊，旅人们"啊啊"叫着，把眼睛一齐闭上，让心在喉咙间悬着……终于，觉得没有飞机降落时的心慌了，睁开眼来，车已稳稳地行驶在沟底了。他们再也不敢回头看那盘旋下来的路，在心里默默地祝福着司机，好像他是一位普救众生的菩萨，是他把他们从死亡的苦海里引渡过来的。

旅人们都疲乏了，再不去想那黑龙口，将头埋在衣领里，昏昏睡去了。但是，车嘎地停了，司机大声地说：

"黑龙口到了，休息半小时。"

啊，黑龙口！旅人们永远记着了，这商州的第一个地方，这个最神圣的名字！

其实，这是个小极小极的镇子。只有一排儿房舍，坐北向南，房是草顶，门面墙却尽是木板。后墙砌着山崖，门前便是公路，公路下去就是河，河过去就是南边的山。街房几十户人家，点上一根香烟吸着，从东走到西，从西走到东，可走三个来回。南北二山的沟汊里，稀落着一些人家，都是屋后一片林子，门前一台石磨。河面上还是冰，但听不见水声，人从冰上走着，有人凿了窟窿，放进一篮什么菜去，在那里淘着，淘菜人手冻得红萝卜一样，不时伸进襟下暖暖，很响地吸着鼻子，往岸上开来的车看。冰封了河，是不走桥了，桥是两棵柳树砍倒后架在那里的，如今拴了几头毛驴，像是在出卖，驴粪屙下来，捡粪的老头忙去铲，但已经冻了，铲在粪筐里也不见散。

街面人家的尽西头儿，却出奇地有一幢二层楼，一砖到顶，门窗的颜色都染成品蓝，窗上又都贴着窗花，觉得有些俗气：那是这里集体的建筑，上层是旅社，下边是饭店；服务人员是本地人，虽然穿着白大褂，但都胖乎乎的，脸上凸着肉块，颧骨上有两块黑红的颜色。饭店的旁边，是一个大栅栏门，敞开着，便是车站，站场很小，车就只得靠路边停着。再过去是商店,粮站,对着这些大建筑,就在靠河边的公路上,却高高低低搭起了十多处小棚,有饭馆、茶铺、油粉摊、豆腐担、柿子、核桃、苹果、栗子、鸡蛋、麻花……闹闹嚷嚷,是黑龙口最繁华热闹的地面了。

黑龙口的人不多,几乎家家都有做生意的。这生意极有规律:九点前,荒旷无人,九点一到,生意摊骤然摆齐。因为从西安到商州来的车,都是九点到这里歇息;从商州各县到西安,也是十点到这里停车。于是乎,旅人饥者,有吃,渴者,有茶,想买东西者,小么零甚山货俱全。集市热闹两个小时,过往车一走,就又荡然无存,只有几只狗在那里抢骨头了。

车一辆辆开来了,还未停稳,小贩们就蜂拥而至,端着麻花,烧饼,一声声在门口、窗下叫喊。旅人们一见这般情形,第一个印象是服务态度好,就乐了。一乐就在怀里摸钱,似乎不买,有点不近情理了。

司机是冷若冰霜的,除非是那些山羊、野鸡、河鳖一类的东西,才肯破费。他们关了车门,扑扇扑扇地披着那羊皮大衣,往大楼饭店里走去了,一直可以走进饭店的操作室,与师傅们打着招呼,一碗素面钱能吃到一碗红烧肉。等抹着油光光的嘴出来的时候,身后便有三四人跟着,那是饭店师傅们介绍搭车的熟人。

旅人们下了车,有的已经呕吐,弄脏了车帮,自个去河边提水来洗。这多是些上年纪的女人,最闻不惯汽油味,一直拿手巾搭了鼻子嘴儿,肚子里已经吐得一干二净,但食欲不开,然后蹲在那里,作短暂的休息。一般旅人,大都一下车就有些站不稳了,在阳光地里,使劲地跺脚,使劲地搓手。那些时兴女子,一出站门,看着面前的山,眉头就挽上了疙瘩,但立即就得意起来了,因为她们的鲜艳,立即成了所有人注目的对象。她们便有节奏地迈着步子,或许拍一下呢子大衣,或许甩一下波浪般的披肩发,向每一个小摊贩前走去。小贩们忙怯怯地介绍货物,她们只是问:"多少钱?""好吃吗?"但那小吃,她们说不卫生,只是贪那土特产:核桃、栗子,三角钱一斤,她们可以买一大提兜。末了,再抓一把放进去。卖主也不计较,因为她们是高贵的女子,买了他们的东西,也是给他们赏脸,也是再好不过的生意广告:瞧,那么贵气的人都买我的货呢!即使她们不多拿,他们也要给她们一些额外呢。

但是,别的买者却休想占他们的一点便宜。他们都不识字,算得极精,如果企图蒙他们,一下子买了那么多的东西,直追问:"一共多少钱?多少钱?"他们是歪了头,一语不发,嘴唇抖抖的,然后就一扬脸说个数儿来。你就是用笔在纸上再演算一通,一分儿也不会差错。

人们买了小吃小物,就去食堂了。大楼饭店里只卖馍、菜和荤面。面很黑,但筋很大,在嘴里要长时间地嚼。肉却是大条子肉,白花花地令人生畏。城里人讲究吃瘦肉,便都去吃门外的私人饭菜了。

紧接着的是两家私人面铺。一家卖削面,大油揉合,油光光的闪亮。卖主站在锅前,挽了袖子,在光光的头上顶块白布,啪地将面团盘上去,便操起两把锃亮柳叶刀,在头上哗哗削起来:寒光闪闪,面片纷纷,一起落在滚烫的锅里。然后,碗筷叮当,调料齐备,面片捞上来,喊一声:"不吃的不香!"那一家,却扯面,抓起面团,双手扯住，啪啪啪在案板上猛甩，那面着魔似的拉开，忽地又用手一挽，又啪啪直甩，如此几下，哗地一撒手，面条就丝一般网状地分开在案上。旅人在城里吃惯了挂面，哪里见过这等面食，问时，卖主大声说道：

"细、薄、光；煎、酸、汪。"

细薄光者，说是面条的形；煎酸汪者，说是面条的味。吃者一时围住，供不应求。

那些时兴女子是不屑这边吃面条的，她们买了熟鸡蛋，坐在大楼饭店里买了馍夹着吃，但馍掰开来，却发现里边有个什么东西，一时反了胃，拿去和服务员论理：

"这馍里有虱子！"

"虱子？"

"就是虱子！"

"你想想，冬天里起面，酵子发不开，在炕上要用被子捂，能不跑进去一两个虱子？"

时兴女子们一时恶心，赶忙捂了口，也不要馍了，也不索退钱，唾着唾沫一路出去了。

面食铺里，还是围了一堆人，都吃得满头大汗，一边吃，一边夸着，一边问卖主：

"是祖传的？"

"当然罗。"

"卖了半辈子了？"

"半年吧。"

"半年？"

"可不！你是才到商州的吗？要不是新政策下来，我要卖面，寻着上批判会吗？那阵儿，你要吃吗，对不起，就去那楼里饭店里吃虱馍吧。"

"那饭店真糟糕，怎么会干出那事！"

"快啦，出不了一个月，他们就得关门了。"

"早早就应该关门！"

"那么容易？那都是公社、大队干部的儿子、儿媳、小舅子哩。"

卖主说着，便不说了，对着一个走过来的瘦个子人叫道：

"吃不？来一碗！"

那人说是去买油，晃了一下碗，却看着锅里的面条。但卖主终未给他吃，瘦个子走了。

"你只卖嘴，光说不盛。"旅人们说。

"知道吗？这是我们原先的队长大人，如今分了地，他甭想再整人了，在别人，理也懒得理呢。"

那瘦个子去远处的卖油老汉那儿，灌了半斤油，油倒在碗里，他却说油太贵，要降价，双方争吵起来，他便把油又倒回油篓，不买了。接着又去买一个老太婆的辣面子，称了一斤，倒在油碗里，却嚷道辣面子有假，掺的盐太多，不买了，倒回了辣面子。卖面食的这边看得清清楚楚，说：

"瞧，他这一手，回去刮刮碗，勺里一炒，油也有了，辣子也有了。"

"他怎么是这种吃小利的人？"

"懒惯了，如今当干部没滋润，但又不失口福，能不这样吗？"

旅人们便都哈哈笑起来了。

在黑龙口呆了半个小时，司机按了喇叭：车子要走了。旅人们都上了车，车上立时空间小起来，每人都舒展了身子，又大包小包买了东西，吵吵嚷嚷坐不下去，最后只好插木楔一般，脚手儿不能随便活动了。车正要发动，突然车站通知，前边打来电话，五十里外的麻街岭，风雪很大，路面塌方了几处，车不能走了，得在黑龙口过夜。消息传开，旅人们暗暗叫苦，才知道黑龙口并不是大平川的第一个镇子，而下边还要翻很高很高的麻街岭。

小商小贩们大都熄火收摊，准备回家去了，知道消息后，却欢呼雀跃，喜欢得跑来拉旅人：

"到我们家去住吧，一晚上六角钱，多便宜呢！"

旅人们却只往大楼旅社去，但那里住满了，只好被小商小贩们纠缠着，到一家家茅草屋去了。

住在公路边的人家里，情况没有多大出奇；住在山洼人家的旅人，却大觉新鲜了。从冰冻的河面上一步一步走过去，但无论如何，却上不到那门前的小路上去，冰冻成了玻璃板，一上去就滑倒了。那些穿高跟鞋的女子就呜呜地哭。平日傲得不许一个男子碰着，如今无奈，哭过一通，还是被这些粗脚大手的山民们扶着、背着上去，她们还要用手死死抠住他们的胳膊，一丝儿不肯放松。男性旅人们，则是无人背的，山民们会在旁边扯下一节葛条，在鞋底上系上几道。这果然扒滑，稳稳走上去了，于是他们才明白了上山时司机为什么要在轮胎上拴链条。

到了门前，家家都是有一道篱笆的，但不是城里人的那种细竹棍儿，或是水泥杆儿，全是碗口粗的原木桩，一根一根，立栽着。一只狗呼地扑出来，汪汪大叫，主人喊一声，便安静下来，给你摇起尾巴。屋里暗极了，锅台、炕台、四堵墙壁，乌黑发亮。炕上的被窝里蠕蠕动的，爬下来了，原来是个年轻的媳妇，在炕上出黄豆芽菜。见客进门，忙将唾沫吐在手心，使劲抹那头上的乱发，接着就扫地，就拍打炕沿上的土，招呼羊皮褥子上坐。

屋里并不暖和，主人就到后坡去，在雪窝里三扒两拉，拖出几节木头来，拿了一把老长的木把斧头，在门槛上劈起来。旅人大为可惜，说这木头可以做大立柜，做沙发架，主人只嘿嘿地笑，几下劈成碎片，在炕口前一个大坑里烧起来了。火很旺，屋里顿时热烘烘的，屋檐上的冰锥往下滴着水儿。

夜里睡在炕上，是六角钱，若再掏一元，可以包吃包喝，尽你享用。那火炕边，立即会煨上柿子酒，烤上拳头大的洋芋。一个时辰后，从火里刨出来，一剥开皮，一股喷鼻香味，吃上两口，便干得喉咙发噎，须主人捶一阵后背，千叮咛万叮咛慢慢来吃。吃毕洋芋，旅人们已经连连打嗝儿了，主人就取了碗来，盛满柿子酒让你。你一开始说不会喝，也就罢了，若接住了，喝了一碗，必要再喝二碗。柿子酒虽不暴烈，但一碗下肚，已是腹热脸红，要推托时，主人会变了脸，说你看不起他。喝了二碗，媳妇又来敬酒，她一碗，你一碗，你不能失了男子汉的脸面，喝下去了，你便醉了八成，舌头都有些硬了。

天黑了，主人会让旅人睡在炕上，媳妇会抱一床新被子，换了被头，换了枕巾。只说人家年轻夫妇要到另外的地方去睡了，但关了门，主人脱鞋上了炕，媳妇也脱鞋上了炕，只是主人睡在中间，做了界墙而已。刚睡下，或许炕头上的喇叭就响了，要么是叫主人去开分地包产会，要么是主人去开党员生活会。主人起来了，窸窸窣窣地穿衣服，末了把油灯点着。他要出门，旅人也醒了，赶忙就起来穿衣。主人说：睡你的，我开完会就回来。旅人肯定要说出什么话来，主人用眼光制止了。

"你是学过习的？"主人要这么说。

"学过习的？"旅人疑惑不解。

主人便将一条扁担放在炕中间。旅人明白了，闭了眼睛睡觉。那灯耀得睡不着，媳妇不去吹，他也不敢动身去吹。灯光下，媳妇看着他，眼睛活得要说话。旅人就赶忙合上眼，但入不了梦，觉得身上有什么动。伸手一摸，肉肉的，忙丢进炕下的火坑，轻轻地"叭"了一声。一个钟头，炕热得有些烫，但不敢起身，只好翻来覆去，如烙烧饼一般。正难受着，主人回来了，看看炕上的扁担，看看旅人，就端了一碗凉水来让你喝。你喝了，他放心了你，拿了酒又让你喝，说你真是学过习的人。你若不喝，说你必是有对不起人的事，一顿好打，赶到门外，你那放在炕上的行李就休想再带走。重新睡下了，旅人还是烙得不行。主人会将一页木板垫在褥下，你就会睡得十分地舒服。但到黎明炕便要凉了，凉得像一块冰，需得起来穿了衣服再睡不可。

天亮起来，旅人便像亲人一样被招待了，你问那猪圈墙上，为什么画那么多白灰圈儿？他会告诉说，冬天狼多，夜里常来叼猪，但却最怕这白圈儿，夜里没有听到狼嗥吗？旅人说未听见，可能是睡得太死了。他就会又说，夜里出来解溲，常会遇见这东西的，它会装着妇人的哭声呢。旅人听得直吐舌头，说冬天在这里投宿真不是轻松事。主人便又说，夏天的夜里那才怕人呢，半夜里，床下有吱吱声，一揭褥子，下边便有一条彩花蛇的。旅人吓得噤了声，主人却说："没事，抓起来从窗口甩出去就是了。"接着嘿嘿一笑，好像随便得很。

如果雪还在下，如果前边的麻街岭路还没有修起，旅人们就要在这里多住几天了。那么，主人们就会领你夜里去放狐子药。天明去收药，或许，只能见到狐子的脚印，还有的是狐子竟将那用鸡皮包裹的烈性炸药轻轻用土埋了，但常常是会收获到被炸死的狐狸的。一起拿回来，将皮剥下，吃肉是没了问题，就是旅人看中了那狐皮，一阵讨价还价，生意也便做成了。

"你带有书吗？"

他们老是这么问。一旦知道你是带了书的人，就如何缠住你，要以狐皮换书，他们就会去叫来小弟小妹，儿子，女儿，翻你的书捆。孩子们最喜爱高考复习资料书，一换到手，就拿到火炕边入迷地读了。

清早起来随便往每个人家里走走，就会发现那晚辈的人和他们的父老不同：老一辈人爱土地，小一辈人最恋书。小的全不穿大裆裤，不扎裹腿，不剃光头，都一身咔叽，上衣口袋里插一支钢笔，早晚还要刷牙，一嘴的白沫。做父母的就要对旅人说：

"赶明日路通了，你们把这干净鬼也带去吧！"

说完，就做个谑笑，又说：

"刷刷就是了，那嘴里有屎吗？快去看你的书，只要好好学，我们养你一辈子也行，若做样子，就收拾了，帮我去卖些吃喝，一天也可赚四元五元哩！"

旅人已经和这里山民交上朋友了，什么话也就能说得来了。

"你们脚上的皮鞋走路不绊石头吗？"

"城里的路没有石头。"

"真好，半年都穿不烂哩。"

"能穿二三年的。你们也可以穿嘛。"

"怕脚带不动。赶明日到了县上，该买台收音机了。"

"你们口袋里真有钱哩。"

"有什么呀，只是手上活泛些了。"

说到这儿，他们就神秘起来，俯过身要问：

"你们在城里，离政策近，说说，这政策不会变了吧？"

"变不了啦！"

"真的？"

"真的！"

他们就唠叨起来，说这黑龙口是商州最贫困的地方，过了麻街岭，沿川下去，那里才叫富呢，夏里秋里收得好，副业也多，赚钱的门路多哩。

"我们这穷地方，还要好好干几年，要不你们城里人来，光笑话我们了。"

从山沟下来，路过冰冻的河，又会碰见那个捡粪的老汉了。谈开来，他说他是个孤老，在公路边修了四个厕所，专供旅人们用的。那粪池十天半月就满了，他便出售给各家，八分钱一担。光这一样收入，就够他花费了，老汉很乐观，和旅人谈得投机，见一媳妇抱了小孩过来，就把小孩撑在手上，让立楞楞，然后逗弄小孩的小牛牛，说：

"小子，好好长！爷爷这辈子是完了，就看你们了，噢！"

他乐滋滋笑着，逗弄着，惬意得像喝了一罐子醇美的酒，眼里是几分感慨，几分得意，又几分羡慕和嫉妒。有好事的旅人忙用照相机摄了这镜头，说要给这照片题名"希望"。

麻街岭的路终于修通了。旅人们坐车要离开了，头都伸出车窗，还是一眼一眼往后看着这黑龙口。

黑龙口就是怪，一来就觉得有味，一走就再也不能忘记。司机却说：

"要去商州，这才是一个门口儿，有趣的地方还在前边呢！"

○ 王小波

一只特立独行的猪

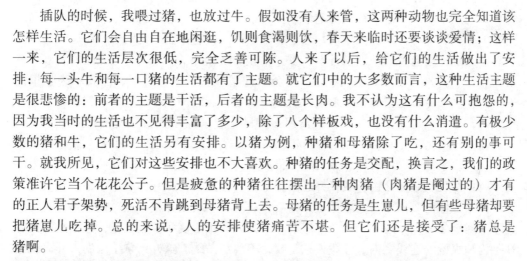

  插队的时候，我喂过猪，也放过牛。假如没有人来管，这两种动物也完全知道该怎样生活。它们会自由自在地闲逛，饥则食渴则饮，春天来临时还要谈谈爱情；这样一来，它们的生活层次很低，完全乏善可陈。人来了以后，给它们的生活做出了安排：每一头牛和每一口猪的生活都有了主题。就它们中的大多数而言，这种生活主题是很悲惨的：前者的主题是干活，后者的主题是长肉。我不认为这有什么可抱怨的，因为我当时的生活也不见得丰富了多少，除了八个样板戏，也没有什么消遣。有极少数的猪和牛，它们的生活另有安排。以猪为例，种猪和母猪除了吃，还有别的事可干。就我所见，它们对这些安排也不大喜欢。种猪的任务是交配，换言之，我们的政策准许它当个花花公子。但是疲惫的种猪往往摆出一种肉猪（肉猪是阉过的）才有的正人君子架势，死活不肯跳到母猪背上去。母猪的任务是生崽儿，但有些母猪却要把猪崽儿吃掉。总的来说，人的安排使猪痛苦不堪。但它们还是接受了：猪总是猪啊。

  对生活做种种设置是人特有的品性。不光是设置动物，也设置自己。我们知道，在古希腊有个斯巴达，那里的生活被设置得了无生趣，其目的就是要使男人成为亡命战士，使女人成为生育机器，前者像些斗鸡，后者像些母猪。这两类动物是很特别的，但我以为，它们肯定不喜欢自己的生活。但不喜欢又能怎么样？人也好，动物也罢，都很难改变自己的命运。

  以下谈到的一只猪有些与众不同。我喂猪时，它已经有四五岁了，从名分上说，它是肉猪，但长得又黑又瘦，两眼炯炯有光。这家伙像山羊一样敏捷，一米高的猪栏一跳就过；它还能跳上猪圈的房顶，这一点又像是猫——所以它总是到处游逛，根本就不在圈里待着。所有喂过猪的知青都把它当宠儿来对待，它也是我的宠儿——因为它只对知青好，容许他们走到三米之内，要是别的人，它早就跑了。它是公的，原本该劁掉。不过你去试试看，哪怕你把劁猪刀藏在身后，它也能嗅出来，朝你瞪大眼睛，噢噢地吼起来。我总是用细米糠熬的粥喂它，等它吃够了以后，才把糠兑到野草里喂别的猪。其他猪看了嫉妒，一起嚷起来。这时候整个猪场一片鬼哭狼嚎，但我和它都不在乎。吃饱了以后，它就跳上房顶去晒太阳，或者模仿各种声音。它会学汽车响、拖拉机响，学得都很像；有时整天不见踪影，我估计它到附近的村寨里找母猪去了。我们这里也有母猪，都关在圈里，被过度的生育搞得走了形，又脏又臭，它对它们不感兴趣；村寨里的母猪好看一些。它有很多精彩的事迹，但我喂猪的时间短，知道得有限，索性就不写了。总而言之，所有喂过猪的知青都喜欢它，喜欢它特立独行的派头儿，还说它活得潇洒。但老乡们就不这么浪漫，他们说，这猪不正经。领导则痛恨它，这一点以后还要谈到。我对它则不止是喜欢——我尊敬它，常常不顾自己虚长十几岁这一现实，把它叫做"猪兄"。如前所述，这位猪兄会模仿各种声音。我想它也学过人说话，但没有学会——假如学会了，我们就可以做倾心之谈。但这不能怪它。人和猪的音色差得太远了。

后来，猪兄学会了汽笛叫，这个本领给它招来了麻烦。我们那里有座糖厂，中午要鸣一次汽笛，让工人换班。我们队下地干活时，听见这次汽笛响就收工回来。我的猪兄每天上午十点钟总要跳到房上学汽笛，地里的人听见它叫就回来——这可比糖厂鸣笛早了一个半小时。坦白地说，这不能全怪猪兄，它毕竟不是锅炉，叫起来和汽笛还有些区别，但老乡们却硬说听不出来。领导上因此开了一个会，把它定成了破坏春耕的坏分子，要对它采取专政手段——会议的精神我已经知道了，但我不为它担忧——因为假如专政是指绳索和杀猪刀的话，那是一点门都没有的。以前的领导也不是没试过，一百人也逮不住它。狗也没用：猪兄跑起来像颗鱼雷，能把狗撞出一丈开外。谁知这回是动了真格的，指导员带了二十几个人，手拿五四式手枪；副指导员带了十几人，手持看青的火枪，分两路在猪场外的空地上兜捕它。这就使我陷入了内心的矛盾：按我和它的交情，我该舞起两把杀猪刀冲出去，和它并肩战斗，但我又觉得这样做太过惊世骇俗——它毕竟是只猪啊；还有一个理由，我不敢对抗领导，我怀疑这才是问题之所在。总之，我在一边看着。猪兄的镇定使我佩服之极：它很冷静地躲在手枪和火枪的连线之内，任凭人喊狗咬，不离那条线。这样，拿手枪的人开火就会把拿火枪的打死，反之亦然；两头同时开火，两头都会被打死。至于它，因为目标小，多半没事。就这样连兜了几个圈子，它找到了一个空子，一头撞出去了，跑得潇洒至极。以后我在甘蔗地里还见过它一次，它长出了獠牙，还认识我，但已不容我走近了。这种冷淡使我痛心，但我也赞成它对心怀叵测的人保持距离。

我已经四十岁了，除了这只猪，还没见过谁敢于如此无视对生活的设置。相反，我倒见过很多想要设置别人生活的人，还有对被设置的生活安之若素的人。因为这个缘故，我一直怀念这只特立独行的猪。

○ 刘亮程

一个人的村庄（节选）

我出去割草，去得太久，我会将钥匙压在门口的土坯下面。我一共放了四块土坯迷惑外人，东一块，西一块，南北各一块。有一年你回来，搬开土坯，发现钥匙锈迹斑斑，一场一场的雨浸透钥匙，使你顿觉离家多年。又一年，土坯下面是空的，你拍打着院门，大声喊我的名字。那时村里已没几户人家，到处是空房子，到处是无人耕种的荒地，你趴在院墙外，像个外人，张望我们生活多年的旧院子，泪眼涔涔。

芥，我说不准离家的日子，活着活着就到了别处。我曾做好一生一世的打算在黄沙梁等你，你知道的，我没这个耐力，随便一件小事都可能把我引向无法回来的远处。在过去的几十年里，村里人就是为一些小事情一个一个地走得不见了。以至多少年后有人问起走失的这些人，得到的回答仍旧是：

他割草去了。

她浇地去了。

人们总是把割草浇地这样的事看得太随便平常。出门时不做任何准备，不像出远门那样安顿好家里的一切。往往是凭一个念头，也不跟家里人打声招呼，提一把镰刀或扛一把锨就出去了，一天到晚也不见回来，一两年过去了还没有消息。许多人就是这样被留在了远处。他们太小看这些活计了，总认为三下五下就能应付掉，事实上随便一件小事都能消磨掉人的一辈子，随便一片树叶落下来都能盖掉人的一辈子。在我们看不见的角角落落里，我们找不到的那些人，正面对着这样那样的一两件小事，不知不觉地过了一辈子。连抬头看一眼天的时间都没有，更别说地久天长的想念一个人。

我最终也一样，只能剩一院破旧的空房子和一把锈迹斑斑的钥匙——我让你熟悉的不知年月的这些东西在黄沙梁，等待遥无归期的你。我出去割草。我有一把好镰刀，你知道的。

多少年前的一个下午，村子里刮着大风，我爬到房顶，看一天没回家的父亲，我个子太矮，站在房顶那截黑糊糊的烟囱上，抬高脚尖朝远处望。当时我只看见村庄四周浩浩荡荡的一片草莽。风把村里没关好的门窗甩得啪啪直响，连一个人影都看不见，满天满地都是风声，我害怕得不敢下来。

　　我母亲说，父亲是天刚亮时扛一把锨出去的。父亲每天都是这个时候出去。我们从来不知道他在侍弄哪块地。只记得过不了多长时间，父亲的那把锨就磨得不能使了。他在换另一把锨时，总是坐在墙根那块石板上，一遍又一遍地刮磨那根粗糙的新锨把，干得认真而仔细。有时他抬头看看玩耍的我们，也偶尔使唤我给他端碗水拿样工具。我们还小，不知道堆在父亲一生里的那些活，他啥时候才能干完，更不知道有一件活会把父亲永远留在一块地里。

　　多少年来我总觉得父亲并没有走远，他就在村庄附近的某一块地里，某一片密不透风的草莽中，无声地挥动着铁锨。他干得忘记了时间，忘记了家和儿女，也忘记了累……多少年后我在这片荒野上游荡。有一天，在草莽深处我看见翻得整整齐齐的一大片耕地，我一下认出这是父亲干的活。我跑过去，扑在地上大喊父亲、父亲……我听见我的声音被另一个我接过去，向荒野尽头传递。我站起来，看见父亲的那把铁锨插在地头上、木把已经腐朽。我知道父亲已经把活干完了，他正在回家的路上。我也该回家看看了。我记不清自己游荡了多少年，只觉得我的身体在荒野上没日没夜地飘游，没有方向，没有目的，也不知道累，若不是父亲翻虚的这片地挡住我，若不是父亲插在地头的铁锨提示我，我就无边无际地游荡下去了。

　　芥，那时候家里只剩了你。我的兄弟们都不知到哪里去了，他们也和父亲一样，某个早晨扛一把锨出去，就再不回来了。我怎么也找不到他们。黄沙梁附近新出现了好多村子，我的兄弟们或许隐姓埋名生活在另一个村庄了。有些人就是喜欢把自己的一生像件宝贝似得藏起来不让人看，藏得深而僻远。

　　我记得三弟曾对我说过，一个人就这么可怜巴巴的一辈子，为啥活给别人看呢。三弟是在父亲走失后不久说这句话的，那时我就料到，三弟迟早会把自己的一生藏起来。没想到我的兄弟们都这样小气地把自己的一辈子藏在荒野中了。

　　我把钥匙压在门口的土坯下面，我做了这个记号给你，走出很远了又觉得不踏实。你想想，一头爱管闲事的猪可能会将钥匙拱到一边，甚至吞进嘴中嚼几下，咬得又弯又扁；一头闲溜达的牛也会一蹄子下去，把钥匙踩进土中；最可怕是被一个玩耍的孩子捡走，走得很远，连同他的童年岁月被扔到一边。多少年后，这把钥匙被一个有贼心的人捡到，定会拿着它挨家挨户地试探，在人们都不在的一天，从村子一头开始，一把锁一把锁地乱捅。尤其没开过的锁，往里捅时带着点阻力，涩涩地，能勾起人的兴致。即使根本捅不进去，他也要硬塞几下。一把好钥匙就这样被无端磨损，变细、变短，成为废物。遭它乱捅的锁孔，却变得深大而松弛，这种反向的磨损使本来亲密无间的东西日渐疏离。爱情也是这样。这么多年我循序渐进地深入你，是我把你造就得深远又宽柔。我创造了一个我到达不了的远方，挖了一口自己探不到底的深洞。在这个漫长过程中我自己被消损得短而细小，爱情的距离就这样产生了。

早晨微明的天色透进窗户，你坐起身，轻轻移开我压在你腹部的一条腿。

你说：那块地都荒掉了。

哪块地？我似醒非醒地问你。

接着我听见锄头和铁锨轻碰的声音、开门的声音。

我醒来时不知是哪一个早晨，院子扫得干干净净，柴垛得整整齐齐，细绳上晾晒着洗干净的哪个冬天的厚重棉衣。你不在了。

村子里依旧刮着大风，我高晃晃地站在房顶朝四处望。风穿过空洞的门窗发出呜呜的鬼叫声。已经多少年了，每次爬上房顶我都在想，有一天我一定提一把镰刀出去，把村庄周围的草全都割倒。至少，割出一个豁口，割开一条道。我父亲走失的第五年，有一天，我在房顶上看见村西边的沙沟里有一片草在摇动。我猛然想到是不是父亲，我记得母亲说过，你父亲就喜欢扛一把锨在乱草中倒腾，他时不时地在一片草莽中翻出块地来，胡乱地撒些种子，就再不管了。吃午饭时，母亲又说：爬到房顶看看，哪片草动弹肯定是你父亲。

我翻过沙梁，一头钻进密密麻麻的深草。草高过了头顶，我感到每一株草都能把我挡到一边，我只有一株草一株草地拨开它们。结果我找到了一头驴。我认出是几年前王五家丢掉的那头，当时王五家为了这头驴惊动了方圆几百里，几乎远远近近每一条路上都把守着王五家的亲戚，村里每一户人家都被怀疑。没想到驴就藏在离王五家不远的一滩草中，几年间它没移动几步，嘴边就是青草，它卧在地上左一口右一口地就能吃饱肚子，对驴来说这是多好的日子。它当然不愿再回到村里去受苦。可王五家却惨了，本该驴做的事情都由王五家的人分担去做了。才几年功夫王五的腰就躬成驴背一样了。我出于好心把驴拉了回去送给王五家。王五的婆姨抱着驴脖子哭了好一阵，驴被感动了似的也吭吭地叫起来。王五的婆姨哭够了转过身来，用一双泥糊糊的眼睛瞪着我说：

你爹出去几年了。

五年了。我说。

那就对了。王五的婆姨一拍巴掌，说。

我家的驴也丢掉整整五年了，肯定是你爹把我家的驴拉出去使唤了五年，使唤成老驴了，才让你给送过来。你说，是不是。

芥，我记得我们种过一块地，离村庄很远。一个春天的早晨我们赶车出去，绕过沙梁后走进一片白雾蒙蒙的草地，马打着响鼻，偶尔也放两个屁。在装满麦种的麻袋上我解开你的上衣，我清楚地记得有一股大风刮过你双乳间那道白晰的沟槽，朝我脸上吹拂，我闻到一股熟悉的来自遥远山谷的芬芳气息，手不由自主往下滑去。马车猛然间颠簸起来，一上一下，一高一低，一起一伏，我忘掉了时间，忘掉了路。不知道车又拐了多少个弯，爬了几道梁，过了几条沟。后来车停了下来，我抬起头，看见一望无际的一片野地。

芥，我一直把那一天当成一场梦，再想不起那片野地的方向和位置。我们做着身边手边的事，种着房前屋后的几小块地，多少个季节过去了，我似乎已经忘记我们曾无边无际地播种过一片麦子。我只依稀记得我们卸下农具和种子时，有一麻袋种子漏光在路上了。

后来我们往回走时，路上密密麻麻长满了麦子。我们漏在路上的麦种在一场雨后全都长了出来，沿路弯弯曲曲一直生长到家门口，我们一路收割着回去。芥，我一直不敢相信的一段经历你却把它当真了。你背着我暗暗记住了路。那个早晨，我在睡眼蒙眬中听见你说：那块地长荒了。我竟没想到你在说那一片麦地。现在，你肯定走进那片无边无际的麦地中了。

我带走了狗，我不知道你回来的日子，狗留在家里，狗会因怀念而陷入无休止的回忆。跟了我二十年的一条狗，目睹一个人的变化，面目全非。二十年岁月把一个青年变成壮年，继而老态龙钟。狗对自己忠诚的怀疑将与年俱增。在狗眼里，人一生中的不同时期是不同面孔的好几个人。它忠心尾随的那个面孔的人，随着年月渐渐就不见了。取而代之的是另一副面孔另一番心境的一个人，还住在这个院子，还种着这块地。狗永远不能理解沧桑这回事。一个跟随人一辈子的忠犬，在它的自我感觉中已几易其主，它弄不清人一生中哪个时期的哪副面孔是它真正的主人。

狗留在家里，就像你漂泊在外，是我最放心不下的心事。

一条没有主人的狗，一条穷狗，会为一根干骨头走村串巷，挨家乞讨，备受人世冷暖，最后变得世故，低声下气，内心充满怨恨与感激。感激给过它半嘴馊馍的人，感激没用土块追打过它的人，感激垃圾堆中有一点饭渣的那户人。感激到最后就没有了狗性，没有一丁点怨恨，有怨也再不吭声，不汪不吠。游荡一圈回到空荡荡的窝中，见物思人，主人的身影在狗脑子里渐渐怀念成一个幻影，一个不真实的梦。

这还不是最重要的。你回来晚了，狗老死在窝里，它的根本没见过你的狗子狗孙们把守着院子。它们没有主人，纯粹是一群野狗，把你的家当狗窝，不让你进去。

家是很容易丢掉的，人一走，家便成一幢空房子。锁住的仅仅是一房子空气，有腿的家具不会等你，有轱辘的木车不会等你，你锁住一扇门，到处都是路，一切都会走掉。门上的红油漆沿斑驳的褪色之路，木梁沿坑坑洼洼的腐朽之路，泥墙沿深深浅浅的风化之路，箱子里的钱和票据沿发黄的作废之路……无穷无尽的走啊……

我在荒草没腰的野地偶一抬头，看见我们家的烟囱青烟直冒，我马上想到是你回来了，怎么可能呢，都这么多年了，都这么多年了，我快过惯没有你的日子。

我扔下镰刀往回跑。

一个在野外劳动的人，看见自己家的炊烟连天接地的袅袅上升，那种子孙连绵的感觉会油然而生。炊烟是家的根。生存在大地深处的人们，就是靠扎向天空的缕缕炊烟与高远陌生的外界保持着某种神秘的联系。

炊烟一袅袅，一个家便活了。一个村庄顿时有了生机。

没有一朵云，空荡荡的天空中只有我们家那股炊烟高高大大地挡住太阳，我在它的阴影中奔跑，家越来越近。

我推开院门，一个陌生男人正在往锅头里塞柴火，我一下愣住了，才一会功夫，家就被别人占了。我操了根木棍，朝那个男人蹲着的背影走去。

听到脚步声他慢腾腾地转过身。

你找谁？他问。

你找谁？我问。

我不找谁。他说着又往锅头里塞了根柴火，我看见半锅水已经开了，噗噗地冒着热气。

这个男人去另一个村庄，路过院门口时，一脚踩翻土坯，看见我留给你的钥匙。他小心翼翼捡起来，擦净上面的锈和尘土，顺手装进口袋。走了几步他又返回来。我一共留给你五把钥匙，能打开五扇门。我们家能锁住的地方我都上了锁。

他捡出一把粗短的黄铜钥匙，对准锁孔塞了几下，没塞进去。又捡出另一把——细长的，没费劲就塞了进去，捅到底了，还露半截在外面，他故意扭了几下又拔出来。捅进第三把钥匙时，锁打开了。他在院子里转了一圈，然后又挨个地打开每一间房子。

他先走进一间宽大低矮的卧房，看见占据了大半个房间的几十米长的一张大土炕，他有点吃惊，从没见过这么大的土炕。他想，这家男人肯定雄壮无比呢，他修了如此阔大的一个炕，一定想生养几十个儿女。有这种雄心的男人一般都有一根了不起的粗壮阳物，又娶到一房样样能行的好媳妇，有了这些天赐的好条件，他就会像种瓜点豆一般，从大土炕的那头开始，隔一尺种一个儿子，再隔一尺插花地播一个女儿。这是长达几十年的辛勤劳作，要保质保量地种下去又不种出歪瓜裂枣也是不容易的。再能行的男人赶种到大土炕的另一头也会老得啥也干不动，腰也弯了，腿也瘸了，甚至再没力气下炕。而从这个大土炕上齐唰唰站起来的一群儿女，在一个早晨像庄稼一样密密麻麻立在地上，挡住从窗外照进来的那束阳光。

他想，这家男人在年轻力盛时一定很自负地算好了一生的精力和时间，才修了这样巨大的一个土炕，他对自己太有信心了。多少年后的今天，显然，他连半个儿子也没种出来，大土炕上一片荒芜，长着些弱小的没咋见阳光的杂草。只有靠东头的炕角上，铺着张发黄的苇席和半条烂毡，一床陈旧的大花棉被胡乱地堆在上面。

是什么东西阻止或破灭了这家男人的雄伟梦想呢？他不知道。

他用一根指头在布满裂缝的桌面上抹了一下，划出道清晰的印子，尘土足有铜钱厚。他是个流浪人，可能从没安心在一个地方长年累月地体验过一件事情。不像我，多少年来看着一棵树从小往大地长；守着一个院子，从新住到旧；思念着一个人，从年轻到年老昏沉。他没这种经历，因而弄不清多少年的落尘才能在桌面上积到铜钱这么厚。

刘亮程——一个人的村庄（节选）

他转过身，穿过满是杂乱农具的库房，墙上挂的，梁上吊的，地上堆的，各式各样的农具。有些他从没有见过，造型古古怪怪，不知是干什么活用的。

芥，有些活是只有我能看见的，它们细小或宏大地摆在我的一生里，我为这些不同种类的活制造了不同式样的专用农具，我不像父亲，靠一把简单的铁锨就能对付一辈子。有些活通过我的劳动永远不见了，或者变成另一种活等候在岁月中了。我埋掉的一些东西成为后人的挖掘物时，那种劳动又回来或重新开始了。我割倒垛在荒野中的干草，多少年后肯定有人赶一辆车拉回村里。这些深远的东西一个过路人怎能看清看透呢。他只会惊叹：这家男人长着怎样有力的一双手啊。他为自己准备了如此多而复杂的一库房农具，他到底想干掉多少活干出多大的事业，这些农具中的哪一件真正被用过⋯⋯

他打开另一扇门，一股谷物腐烂的霉味扑鼻而来。这间房子没有窗户，光线很暗，只有接近房顶的墙上有两个很小的通风洞，房子中间突兀地立着一堵墙，墙的半腰处有个黑洞洞的豁口，他把头探进豁口，看了半天，才看清里面是黑糊糊的半仓粮食。他把手伸进去，抓了一把谷物走到院子里，在阳光下观察了一阵，又用鼻子闻了闻。

没准还能吃呢。他想。

要能吃的话，这半仓粮食够一个人吃一年了。

他在院子里转了一圈，捡了些柴火放到锅头旁。他决定住下不走了。他想，这么大一院房子，白白空着太可惜了。他本来去另一个村庄，另一个村庄在哪他自己也说不清，每到一个村庄，另一个村庄便隐约出现在前方，他只好没完没了地往前走。不知走了多少年，他忘记了家，忘记回去的路，也忘记了疲惫。

正是中午，阳光暖暖地照着村子，有两三个人影，说着话，走过村中间那条空寂的马路。

他想，先做顿饭吧，多少年来他第一次感到了饥饿。

我在这时候跑回家里。

我犯了一个天大的错误。芥，我扔下镰刀往回跑，快下午的时候，一个过路人捡走我的镰刀和一捆青草，往后很多年，我追赶这个人。我走过一个又一个喧哗或寂静的村庄，穿过一片又一片葱郁或荒芜的土地，沿途察看每一个劳动者手中的农具，我放下许多事，甚至忘记了家，忘记了等你⋯⋯

芥，你不认识老四，你到我们家的时候，老四已走失多年。家里只剩下母亲，和两个我至今不知道名字的小兄弟。他们小我很多岁，总是离我远远的——像在离我很多年那么远的地方各自地玩着游戏。也不叫我二哥，也许叫过，只是太远了我没听清楚。他们总喜欢在某个墙根玩耍，望过去像两个投在墙上的影子。其实他们就是影子，只活在母亲的世界里，父亲离开后再没人带他们来到世上。我一直不知道我有多少个姐妹兄弟。但一定很多，来世的，未来世的，不计其数。我父亲的每一颗成熟的精子，我母亲的每粒饱满的卵子，都是我的姐妹兄弟。他们流失在别处，就像我漂泊在黄沙梁。

多少年后我在这片荒野上游荡时,我又变成了一颗精子或一粒卵子。盲目,无知。没有明确的去处。我找到了你,在很多年间我有了一个安静温暖的归宿。我日日夜夜地爱你,我渴望通过你回到我母亲那里去。父亲走失后我目睹了母亲长达半世的寂寞和孤独。

芥,你每次满足我一点点,不让我全部进去。我一急切你便声声地叫着疼。我是从这里出来的。母亲,我记住了这条路,迟早我会回到你那里。我是不是进错了门呢,芥,我是不是走在一条永远的死胡同里,进来又出去又进来,你让我迷路,很多年走不出这个叫黄沙梁的村子。

芥,你没看好我的母亲,你让她走了,带着我的两个不知名字的兄弟远远地走了。你指给我路,让我去追。

正是下午的时候,我扛着铁锨回来,院门敞开着,我喊你的名字,又喊母亲,院子里静静地没有回应,对面墙上也看不见我那两个兄弟的身影,往日这个时候他们玩得正欢,墙上的影子也就最清晰真实。

我推开一扇门,又推开一扇门,家里像是多少年没有人住。我记得我才出去了一天,早晨我出门时,你正在锅头上收拾碗筷,母亲拿一只小小的条把在扫院子,我还想,这么大的院子母亲用一只小条把啥时才扫完。我吩咐你帮帮母亲,你答应着。树上在落叶子,我出门时,一些树叶落在母亲扫过的地方。

我在地里干着活还不时朝村里望望,快中午的时候,我还看见我们家的烟囱冒了一股烟,又不见了。我头枕在埂子上睡了一觉,是不是这一觉把几十年睡过去了。

我走出院子找你和母亲,村子里空空的一个人也看不见。我一家一家地敲门,几乎每户人家的院门都虚掩或半开着,像是人刚出去没走远,就在邻居家借个东西、去房后撒泡尿马上就回来,所以门没锁,窗户没关。但院子里的破败景象告诉我:这里已很久没人居住。我喊了几个熟悉的人的名字。喊第三声的时候,一堵土院墙轰然而倒。我返回到家里,看见你正围着锅头做饭,两盘炒好的蔬菜摆在木桌上。

活干完了。我听见你问我。

什么活?我在心里想着这句话,说出口的却是另一句:刚才你到哪去了?

我给你做饭哩。

那我回来咋没看见你。

你回来了?啥时候?

刚才?

刚才?你说着又把炒好的一盘菜放在木桌上。

那我母亲呢?

刚走,她说不回来吃饭了,我才炒这么多好菜。你母亲太能吃饭了,一顿吃好几个人的饭还不停地叫饿。她说她是给你的几个兄弟吃饭的,她自己好多年前就不需要吃饭了,只要喝点西北风就饱了。

○ 刀尔登

中国好人（节选）

一、家有小学生

我家的三年级小学生下课回来，眉飞色舞地报告："今天我们班选三好学生，有三个人选我哩。"

我心里想这样的傻瓜全国也不过四五个，居然有三个和你同班，也是一奇。但嘴里还是说："好小子！这儿是四块钱，一块钱是给你的，三块钱是给他们的。"

恰好一个朋友在我家做客，看到这个情景，脸一下子就绿了。儿子又拿出一张考试卷，挣到两块钱。朋友的眼睛鼓了出来。然后儿子下楼去玩，走时带上垃圾袋，又赚了五角钱。这时，我的朋友已经快昏过去了。等小学生一离开，他喘出一口气，语无伦次地说："你还不如把他送到孤儿院去。"

我们就这个问题讨论了一会儿。我承认我的教育方针未必得当，不过，我也不能接受他的办法。他的女儿是严格按照各种规范、守则、礼仪培养出来的，是远近闻名的小君子。有一次我到他家，小姑娘送上一盘水果，说："先生吃大的，园园吃小的。"我心里说："哦，这个小伪君子。"

我也研究过新版的《小学生日常行为规范》和《小学生守则》。那里面的内容真的很好，很全面。有些条目，如"不吸烟，不喝酒，不赌博，远离毒品"，我本来就没想起来，幸亏阅读了《规范》，才加到对儿子的教育内容中去。

有些条目我知道怎么实现，如"不逃学"，我可以用罚款的办法来促使他遵守；有些条目，会有别人用罚款的办法来促使他遵守，如"不在建筑物和文物古迹上涂抹刻画"。经过朋友的劝说，现在我承认罚款不是好办法，应该讲道理，如有一条是"在公共场所不拥挤，礼让他人"，对此我应该告诉他："你想被踩死吗？"这是非常有说服力的。

但确实有些事我不知道该怎么办。如《小学生日常行为规范》里面的"关心父母身体健康"，合乎古训，我非常希望儿子能做到，可怎么实现呢？我给他看过《二十四孝图》，他对鲤鱼跃出的故事有些兴趣，却说别的人物"变态"，我该怎么讲解？我的妻子感冒了，吃早饭时连打了四个喷嚏，儿子顿时乐不可支，我该批评他吗？

而父母最大的难处，任何《守则》或《规范》里面都没写。我们，与许多父母一样，既希望孩子能是个好人，又希望他有好的前程。也就是说，既希望他是个正直的人，又希望他在社会中成功。而以现在的情形，或可以预见的将来看，这多少有些矛盾。

上个月，儿子要我们"买荔枝，多多的"。他一向不喜欢荔枝，我和妻子自然要问是怎么回事。原来，他的班主任要过生日，而几天前，她曾偶尔谈到最喜欢的水果是荔枝。我非常不喜欢让孩子做这种事，老师过生日而学生讨好，这种事让我厌恶。但我们应该怎么指导他？

与此相类的事，以后还会有很多。成年人懂得分寸，懂得哪些事需要固守，哪些事可以通融，既可不失原则，也能保持人际关系的润滑，而孩子不可能理解这些。他一直不喜欢这位班主任，但我们并不能因此就要他什么也不送，那样直则直矣，危亦在其中也。我只好建议："估计你的班主任会收到大量的荔枝，所以，你也许该送点别的，比如……一盒庆大霉素？"这个主意没被采纳，最后他按照母亲的建议，送了一张卡片。

既不想让他长成个骗子，又不想让他成为与别人格格不入的"狷"者。《老子》里面讲的"方而不割，廉而不刿，直而不肆，光而不耀"，那是非常好的境界。不过但凡写进《老子》的，那肯定是做不到的事，何况对一个孩子！

我觉得他学到了好多虚伪的东西，却不知如何纠正。纠正而不趋于另一端，是很难的事。我不反对儿子学一点虚伪之术，不过我想，对此他将来也许会有非常多的机会。上小学三年级的时候，还是先学诚实比较好。

前几天我看到他写的作文，叫《国庆游记》，里面有大量的溢美之词，无论是对路旁的风光，还是对他自己的幸福感。而他描写的那个地方，我简直就没去过。他洋洋洒洒地写："拐过去我就看见了大瀑布，真是'飞流直下三千尺，疑是银河落九天'啊！"我也看见过那个所谓的"瀑布"，比我高一头，用来淋浴倒正好。而语文老师在这一行浓圈密点，批云："贴切！"我还能说什么？随他"直下三千尺"去吧。

我承认我的一些教育办法也不怎么样，但我有时"反着干"的理由只是想让孩子知道，除了正规的教育，世界上还有各种见解、各种行为。也许这给三年级小学生出了太多的难题，所以我已经着手纠正自己，比如我不再给他"工资"和"奖金"。而对他已经积攒起来的过多的资金，也开始陆续清理：我和他打扑克，把他的钱一点点赢回来。

二、被小学生批判过的

一九七一年我上小学，读到一九七六年，这个时期正是"十年"的后一半。在这几年里，我和全国别的小学生一样，写过，现在看来是很多的，批判文字。那时的作文，常常是"彻底批倒批臭'读书无用论'"一类，题目出下来，我们就哗哗地削铅笔，动手写一篇两百字的文章，把"读书无用论"批倒批臭。开始写不了这样长，只能用几十个字，来把随便什么批倒批臭。到十岁时我已经相当熟练了，不论你交给我什么东西来批判，我都能很自信地把它批倒批臭。除了作文，所有成文的东西，决心书、倡议书、慰问信、检查……除了请假条之外，所必不可少的内容，一是颂圣，另一样就是批一点儿什么，至于批什么，得看当时的流行。比如上面说的批"读书无用论"，是七十年代初的事，如果你提早几年批它，那就该倒霉了。

　　我的批判生涯不是从批刘开始，而是从"批林整风"开始。批刘时我还太小，只能观摩。当然，不管什么时候，批刘都是家常程序，你在文章放几句骂"叛徒内奸工贼"的话，一般不会错。"批林整风"之后，就是"批林批孔"，这才到了我有用武之地的时候，因为我已经上到三四年级了，很有本领，写得出有头有尾的作文。然后是"评水浒批宋江"，"评法批儒"，批"右倾翻案风"，这中间还批过"回潮"，批过"师道尊严"，还有永远在批的"苏修美帝"，以及种种数不清而我已经忘记的东西。有时还会要你批一本书，比如《青春之歌》，但和批《水浒》不同，在批判之前并不让你看《青春之歌》，因为你的"鉴别能力"还差，弄得不好，看过之后，不但批不出，自己先中毒了。这是件挺奇怪的事，因为中国人的鉴别能力总是如此地被低估，而批判能力又总是如此地被高估。直到现在也是这样，所有要你批判的东西，差不多都不让你看。

　　我印象较深的是"评水浒批宋江"和"评法批儒"。《水浒》我看得非常起劲儿，批得也很起劲儿。这又是一件怪事，但当时并不觉得，当时已经"习惯了"。七五年我订了上海的《学习与批判》和《朝霞》，后来这两本杂志被宣布为毒草——那时的出版物分为两种，一种是毒草，一种虽然暂时还不是毒草，不过早晚也会是的。我看《学习与批判》时它还是香花，很多人揣摩它，不过所谓"学习"，就是学习"批判"的技术。这已经是有点高深的程度，因为多数人多数时候并不需要特别的学习——你只需要批判。当然在批判中你也能学到东西，比如我就学会了使用"扈从国"这样的难字眼儿，虽然我不认识那个"扈"字。《水浒》里有一个姓它的女将，会用绳子像套马一样套人，我崇拜过她几年，但还是不会念那个字。七五年前后我读了一些先秦子书，语孟荀韩之属，但后来都得重读，而且要多花工夫来清除以前的印象，因为以前那个时候不但什么也读不懂，还尽把人家的意思往歪里想。总之，虽然也学到了一点东西；但我一点也不感谢那时的批判生涯，我绝不会认为如果没有"大批判"，我就再没机会学会那些东西，我也绝不会因为我很早学会了说"扈从国"，就感谢那种经历，不然我就成了某种贱坯，被当狗一样看待，还面有喜色，觉得自己爬得很好看。我说"被当狗一样看待"并不过分，因为只有狗，才是你要它咬谁它就咬谁，我们也只是对狗，才会简单地说："老黄，咬！"——用不着告诉狗它为什么要咬那个人，也用不着让狗事先了解那个人，考虑一下对方是否有该被咬的道理。

　　我没有批判，准确点儿说，"批斗"过人，无论是地主还是教师，都没有落到过我的手里，因为我上小学的那个地方，人还厚道，不像有的地方，或六十年代后期那样，动辄把活生生的人拉到前面去"供批判用"。不过我们那时已经做好"批斗"别人的思想准备，像自动机器一样，只要你站在前面，弯下腰，不论你是什么人，哪怕你是在系鞋带儿，我们都会立即批斗你。在"反潮流"的时候，我很想批判我的班主任，因为我不过旷了一节课，他却把我"批判"了足足两节课。但只是想一想，没有敢实践，因为我们那个地方"师道尊严"很厉害，按我当时的看法，和全国的形势，或我从《朝霞》之类的杂志和电影里看来的"形势"比，是很落后于革命的。有一次在被他教训时，我想起那些故事，想像着我也冲上前去，通体发亮，眼睛上闪着高光，大声宣布出他的错误，他一下子就灰溜溜了。这样的想像让我激动得不能自持，身体颤抖，血液沸腾。这位姓刘的老师看出我没有认真听他的教训，把我臭骂了一顿，我才清醒过来，虽然还在发抖，却是因为怕他。如果我非得感谢点什么，那我就感谢这位刘老师吧，或者谢天谢地，没叫我赶上批斗活人，这样，我那些批判文字，伤害的就只是自己了。无论我批判孔孟，或是批判美国的什么人，或是批判虽在中国而远离我十万八千里的什么人，他们对我的批判毫无所知，都活得好好的，或死得好好的，或虽然活得不好却和我毫无关系，而我的批判不过是伤害自己而已。

现在我们来看看这些伤害在什么地方。把某样东西宣布为"臭"，和要你自己动手把它"批臭"，这里面的区别很深。把孩子召集起来，告诉他们太阳绕着地球转，或达尔文是猴子，这不过是谬见的强迫教育。而要孩子自己动手来证明达尔文是猴子，得逼着他发动全部的恶意，抛弃对同类的所有同情心，蔑视一切他已知和未知的逻辑，把对事实的任何敬意踩到泥淖里去。前一种是对羊的训练，后一种兼有对狼的训练。前一种训练出来的是食物，后一种训练出来的，除了做食物，还会为主人捕食。对知道达尔文不是猴子的成年人来说，去批判达尔文是猴子，要先对自己进行无耻训练；对孩子来说，没有这种痛苦，而更坏的却是，他将不知道这里面有羞耻。对小学生，或任何对该对象无知的人来说，去批判一种对象，很像是一种轻松的游戏，在里面人们可以满足一种运用无知的暴力快感。你有本事是吗？我用一句"他妈的"就可以打倒你；管它是多少人殚精竭虑才产生的一点思想，我照样可以看不起它。理由？不需要理由！——这才是要义所在。慢慢地就养成了习惯，习惯于不讲道理，习惯于说谎、编造是非，习惯于把别人往坏里琢磨，习惯于依赖愚昧，并从愚昧中发现出力量，体验到快乐。田间地头学哲学，工人阶级上讲台，在这种"游戏"里，受伤害的绝不是知识传统的本身，而是我们。到今天，我看到一些念过书的人拿起什么事来都敢胡说，我怀疑他们和我一样，也是"批判"着过来的。

我批过个人主义，现在则以个人主义者自居；我批过自由主义，现在别人说我是自由主义；我批过经验主义，曾一直以为那是反对施用化肥的一种学说；我批过实用主义，很多年后才奇哉怪也地发现杜威原来不姓杜。我批判过指不胜屈的各种主义，这里边的一半，现在我也不很了然，另一半主义，后来花过很多时间来"学习"。被我咒骂过的人，很多是比我现在好得多的人，在那时他们在我眼里不是人；被我咒骂过的理论，许多是我现在也不能完全理解的，而那时它们在我眼里不过是"对象"。

说到这里,有人可能误解,以为我要"忏悔"点什么。对不起,小学生是不需要忏悔的。需要忏悔的不是我。当然我需要提防自己,提防早年教育在我身上的某些影子。不过,真正让我觉得遗憾的是,到了今天,我还看到人们在接受这样的训练,有些人是被动的,有些人却偏要"自学成才",我不知道哪一种更让我遗憾些。

小说篇

○ 赵树理

锻炼锻炼

"争先"农业社，地多劳力少，
动员女劳力，作得不够好：
有些妇女们，光想讨点巧，
只要没便宜，请也请不到——
有说小腿疼，床也下不了，
要留儿媳妇，给她送屎尿；
有说四百二，她还吃不饱，
男人上了地，她却吃面条。
她们一上地，定是工分巧，
做完便宜活，老病就犯了；
割麦请不动，拾麦起得早，
敢偷又敢抢，脸面全不要；
开会常不到，也不上民校，
提起正经事，啥也不知道，
谁给提意见，马上跟谁闹，
没理占三分，吵得天塌了。
这些老毛病，赶紧得改造，
快请识字人，念念大字报！

——杨小四写

　　这是一九五七年秋末"争先农业社"整风时候出的一张大字报。在一个吃午饭的时间，大家正端着碗到社办公室门外的墙上看大字报，杨小四就趁这个热闹时候把自己写的这张快板大字报贴出来，引得大家丢下别的不看，先抢着来看他这一张，看着看着就轰隆轰隆笑起来。倒不是因为杨小四是副主任，也不是因为他编得顺溜写得整齐才引得大家这样注意，最引人注意的是他批评的两个主要对象是"争先社"的两个有名人物——一个外号叫"小腿疼",那一个外号叫"吃不饱"。

小腿疼是五十来岁一个老太婆,家里有一个儿子一个儿媳,还有个小孙孙。本来她瞧着孙孙做做饭媳妇是可以上地的,可是她不,她一定要让媳妇照着她当日伺候婆婆那个样子伺候她——给她打洗脸水、送尿盆、扫地、抹灰尘、做饭、端饭……不过要是地里有点便宜活的话也不放过机会。例如夏天拾麦子,在麦子没有割完的时候她可去,一到割完了她就不去了。按她的说法是"拾东西全凭偷,光凭拾能有多大出息"。后来社里发现了这个秘密,又规定拾的麦子归社,按斤给她记工她就不干了。又如摘棉花,在棉桃盛开每天摘的能超过定额一倍的时候,她也能出动好几天,不用说刚能做到定额她不去,就是只超过定额三分她也不去。她的小腿上,在年轻时候生过连疮,不过早在二十多年前就治好了。在生疮的时候,她的丈夫伺候她;在治好之后,为了容易使唤丈夫,她说她留下了个腿疼根。"疼"是只有自己才能感觉到的。她说"疼"别人也无法证明真假,不过她这"疼"疼得有点特别:高兴时候不疼,不高兴了就疼;逛会、看戏、游门、串户时候不疼,一做活儿就疼;她的丈夫死后儿子还小的时候有好几年没有疼,一给孩子娶过媳妇就又疼起来;入社以后是活儿能大量超过定额时候不疼,超不过定额或者超过的少了就又要疼。乡里的医务站办得虽说还不错,可是对这种腿疼还是没有办法的。

"吃不饱"原名"李宝珠",比"小腿疼"年轻得多——才三十来岁,论人材在"争先社"是数一数二的,可惜她这个优越条件,变成了她自己一个很大的包袱。她的丈夫叫张信,和她也算是自由结婚。张信这个人,生得也聪明伶俐,只是没有志气,在恋爱期间李宝珠跟他提出的条件,明明白白地就说是结婚以后不上地劳动,这条件在解放后的农村是没有人能答应的,可是他答应了。在李宝珠看来,她这位丈夫也不能算最满意的人,只能说是"比上不足比下有余"——因为不是个干部——所以只把他作为个"过渡时期"的丈夫,等什么时候找下了最理想的人再和他离婚。在结婚以后,李宝珠有一个时期还在给她写大字报的这位副主任杨小四身上打过主意,后来打听着她自己那个"吃不饱"的外号原来就是杨小四给她起的,这才打消了这个念头。他既然只把张信当成她"过渡时期"的丈夫,自然就不能完全按"自己人"来对待他,因此她安排了一套对待张信的"政策"。她这套政策:第一是要掌握经济全权,在社里张信名下的账要朝她算,家里一切开支要由她安排,张信有什么额外收入全部缴她,到花钱时候再由她批准、支付。第二是除做饭和针线活以外的一切劳动——包括担水、和煤、上碾、上磨、扫地、送灰渣一切杂事在内——都要由张信负担。第三是吃饭穿衣的标准要由她规定——在吃饭方面她自己是想吃什么就做什么,对张信她做什么张信吃什么;同样,在穿衣方面,她自己是想穿什么买什么,对张信自然又是她买什么张信穿什么。她这一套政策是她暗自规定暗自执行的,全面执行之后,张信完全变成了她的长工。自从实行粮食统购以来,她是时常喊叫吃不饱的。她的吃法是张信上了地她先把面条煮得吃了,再把汤里下几颗米熬两碗糊糊粥让张信回来吃,另外还做些火烧干饼锁在箱里,张信不在的时候几时想吃几时吃。队里动员她参加劳动时候,她却说"粮食不够吃,每顿只能等张信吃完了刮个空锅,实在劳动不了"。时常做假的人，没有不露马脚的。张信常发现床铺上有干饼星星（碎屑），也不断见着糊糊粥里有一两根没有捞尽的面条，只是因为一提就得生气，一生气她就先提"离婚"，所以不敢提，就那样睁只眼闭只眼吃点亏忍忍饥算了。有一次张信端着碗在门外和大家一齐吃饭，第三队（他所属的队）的队长张太和发现他碗里有一根面条。这位队长是个比较爱说调皮话的青年。他问张信说："吃不饱大嫂在哪里学会这单做一根面条的本事哩？"从这以后，每逢张信端着糊糊粥到门外来吃的时候，爱和他开玩笑的人常好夺过他的筷子来在他碗里找面条，碰巧的是时常不落空，总能找到那么一星半点。张太和有一次跟他说："我看'吃不饱'这个外号给你加上还比较正确，因为你只能吃一根面条。"在参加生产方面，"吃不饱"和"小腿疼"的态度完全一样。她既掌握着经济全权，就想利用这种时机为她的"过渡"以后多弄一点积蓄，因此在生产上一有了取巧的机会她就参加，绝不受她自己所定的政策第二条的约束；当便宜活做完了她就仍然喊她的"吃不饱不能参加劳动"。

　　杨小四的快板大字报贴出来一小会，吃不饱听见社房门口起了哄，就跑出来打听——她这几天心里一直跳，生怕有人给她贴大字报。张太和见她来了，就想给她当个义务读报员。张太和说："大家不要起哄，我来给大家从头念一遍！"大家看见吃不饱走过来，已经猜着了张太和的意思，就都静下来听张太和的。张太和说快板是很有工夫的。他用手打起拍子有时候还带着表演，跟流水一样马上把这段快板说了一遍，只说得人人鼓掌、个个叫好。吃不饱就在大家鼓掌鼓得起劲的时候，悄悄溜走了。

　　不过吃不饱可没有回了家，她马上到小腿疼家里去了。她和小腿疼也不算太相好，只是有时候想借重一下小腿疼的硬牌子。小腿疼比她年纪大、闯荡得早，又是正主任王聚海、支书王镇海、第一队队长王盈海的本家嫂子，有理没理常常敢到社房去闹，所以比吃不饱的牌子硬。吃不饱听张太和念过大字报，气得直哆嗦，本想马上在当场骂起来，可是看见人那么多，又没有一个是会给自己说话的，所以没有敢张口就悄悄溜到小腿疼家里。她一进门就说："大婶呀！有人贴着黑贴子骂咱们哩！"小腿疼听说有人敢骂她好象还是第一次。她好象不相信地问："你听谁说的？""谁说的？多少人都在社房门口吵了半天了，还用听谁说？""谁写的？""杨小四那个小死材！""他这小死材都写了些什么？""写的多着哩：说你装腿疼，留下儿媳妇给你送屎尿；说你偷麦子；说你没理占三分，光跟人吵架……"她又加油加醋添了些大字报上没有写上去的话，一顿把个小腿疼说得腿也不疼了，挺挺挺挺就跑到社房里去找杨小四。

　　这时候，主任王聚海、副主任杨小四、支书王镇海三个人都正端着碗开碰头会，研究整风与当前生产怎样配合的问题，小腿疼一跑进去就把个小会给他们搅乱了。在门外看大字报的人们，见小腿疼的来头有点不平常，也有些人跟进去看。小腿疼一进门一句话也没有说，就伸开两条胳膊去扑杨小四，杨小四从座上跳起来闪过一边，主任王聚海趁势把小腿疼拦住。杨小四料定是大字报引起来的事，就向小腿疼说："你是不是想打架？政府有规定，不准打架。打架是犯法的。不怕罚款、不怕坐牢你就打吧！只要你敢打一下，我就把你请得到法院！"又向王聚海说："不要拦她！放开叫她打吧！"小腿疼一听说要出罚款要坐牢，手就软下来，不过嘴还不软。她说："我不是要打你！我是要问问你政府规定过叫你骂人没有？""我什么时候骂过你？""白纸黑字贴在墙上你还昧得了？"王聚海说："这老嫂！人家提你的名来没有？"小腿疼马上顶回来说："只要不提名就该骂是不是？要可以骂我可就天天骂哩！"杨小四说："问题不在提名不提名，要说清楚的是骂你来没有！我写的有哪一句不实，就算我是骂你！你举出来！我写的是有个缺点，那就是不该没有提你们的名字。我本来提着的，主任建议叫我去了。你要嫌我写的不全，我给你把名字加上好了！""你还嫌骂得不痛快呀？加吧！你又是副主任，你又会写，还有我这不识字的老百姓活的哩？"支书王镇海站起来说："老嫂你是说理不说理？要说理，等到辩论会上找个人把大字报一句一句念给你听，你认为哪里写得不对许你驳他！不能这样满脑一把抓来派人家的不是！谁不叫你活了？""你们都是官官相卫，我跟你们说什么哩。我要骂！谁给我出大字报叫他死绝了根！叫狼吃得他不剩个血盘儿，叫……"支书认真地说："大字报是毛主席叫贴的！你实在要不说理要这样发疯，这么大个社也不是没有办法治你！"回头向大家说："来两个人把她送乡政府！"看的人们早有几个人忍不住了，听支书一说，马上跳出五六个人来把她围上，其中有两个人拉住她两条胳膊就要走。这时候，主任王聚海却拦住说："等一等！这么一点事哪里值得去麻烦乡政府一趟？"大家早就想让小腿疼去受点教训，见王聚海一拦，都觉得泄气，不过他是主任，也只好听他的。小腿疼见真要送她走，已经有点胆怯，后来经主任这么一拦就放了心。她定了定神，看到局势稳定了，就强鼓着气说了几句似乎是光荣退兵的话："不要拦他们！让他们送吧！看乡政府能不能拔了我的舌头！"王聚海认为已经到了收场的时候，就拉长了调子向小腿疼说："老嫂！你且回去吧！没有到不了底的事！我们现在要布置明天的生产工作，等过两天再给你们解释解释！""什么解释解释？一定得说个过来过去！""好好好！就说个过来过去！"杨小四说："主任你的话是怎么说着的？人家闹到咱的会场来了，还要给人家陪情是不是？"小腿疼怕杨小四和支书王镇海再把王聚海说倒了弄得自己不得退场，就赶紧抢了个空子和王聚海说："我可走了！事情是你承担着的！可不许平白白地拉倒啊！"说完了抽身就走，跑出门去才想起来没有装腿疼。

主任王聚海是个老中农出身，早在抗日战争以前就好给人和解个争端，人们常说他是个会和稀泥的人；在抗日战争中八路军来了以后他当过村长，作各种动员工作都还有点办法；在土改时候，地主几次要收买他，都被他拒绝了，村支部见他对斗争地主还坚决，就吸收他入了党；"争先农业社"成立时候，又把他选为社主任，好几年来，因为照顾他这老资格，一直连选连任。他好研究每个人的"性格"，主张按性格用人，可惜不懂得有些坏性格一定得改造过来。他给人们平息争端，主张"和事不表理"，只求得"了事"就算。他以为凡是懂得他这一套的人就当得了干部，不能照他这一套来办事的人就都还得"锻炼锻炼"。例如在一九五五年党内外都有人提出可以把杨小四选成副主任，他却说"不行不行，还得好好锻炼几年"，直到本年（一九五七年）改选时候他还坚持他的意见，可是大多数人都说杨小四要比他还强，结果选举的票数和他得了个平。小四当了副主任之后，他可是什么事也不靠小四做，并且常说:"年轻人,随在管委会里'锻炼锻炼'再说吧!"又如社章上规定要有个妇女副主任,在他看来那也是多余的。他说:"叫妇女们闹事可以,想叫她们办事呀,连门都找不着!"因为人家别的社里每社都有那么一个人,他也没法坚持他的主张,结果在选举时候还是选了第三队里的高秀兰来当女副主任。他对高秀兰和对杨小四还有区别,以为小四还可以"锻炼锻炼",秀兰连"锻炼"也没法"锻炼",因此除了在全体管委会议的时候按名单通知秀兰来参加以外,在其他主干碰头的会上就根本想不起来还有秀兰那么个人。不过高秀兰可没有忘了他。就在这次整风开始,高秀兰给他贴过这样一张大字报:

"争先社",难争先,因为主任太主观:
只信自己有本事,常说别人欠锻炼;
大小事情都包揽,不肯交给别人干,
一天起来忙到晚,办的事情很有限。
遇上社员有争端,他在中间赔笑脸,
只求说个八面圆,谁是谁非不评断,
有的没理沾了光,感谢主任多照看,
有的有理受了屈,只把苦水往下咽。
正气碰了墙,邪气遮了天,
有力没处使,来个大转变:
办事靠集体,说理分长短,
多听群众话,免得耍光杆!
——高秀兰写

他看了这张大字报,冷不防也吃了一惊,不过他的气派大,不象小腿疼那样马上唧唧喳喳乱吵,只是定了定神仍然摆出长辈的口气来说:"没想到秀兰这孩子还是个有出息的,以后好好'锻炼锻炼'还许能给社里办点事。"王聚海就是这样一个人。

杨小四给小腿疼和吃不饱的那张大字报,在才写成稿子没有誊清以前,征求过王聚海的意见。王聚海坚决主张不要出。他说:"什么病要吃什么药,这两个人吃软不吃硬。你要给她们出上这么一张大字报,保证她们要跟你闹麻烦;实在想出的话,也应该把她们的名字去了。"杨小四又征求支书王镇海的意见,并且把主任的话告诉了支书,支书说:"怕麻烦就不要整风!至于名字写不写都行,一贴出去谁也知道指的是谁!"杨小四为了照顾王聚海的老面子,又改了两句,只把那两个人的名字去了,内容一点也没有变,就贴出去了。

当小腿疼一进社房来扑杨小四,王聚海一边拦着她,一边暗自埋怨杨小四:"看你惹下麻烦了没有?都只怨不听我的话!"等到大家要往乡政府送小腿疼,被他拦住用好话把小腿疼劝回去之后,他又暗自夸奖他自己的本领:"试试谁会办事?要不是我在,事情准闹大了!"可是他没有想到当小腿疼走出去、看热闹的也散了之后,支书批评他说:"聚海哥!人家给你提过那么多意见,你怎么还是这样无原则?要不把这样无法无天的人的气焰打下去,这整风工作还怎么往下做呀?"他听了这几句批评觉得很伤心。他想："你们闯下了事自己没法了局，我给你们做了开解，倒反落下不是了？"不过他摸得着支书的"性格"是"认理不认人、不怕不了事"的，所以他没有把真心话说出来，只勉强承认说："算了算了！都算我的错！咱们还是快点布置一下明天的生产工作吧！"

一谈起布置生产来，支书又说："生产和整风是分不开的。现在快上冻了，妇女大半不上地，棉花摘不下来，花秆拔不了，牲口闲站着，地不能犁，要不整风，怎么能把这种情况变过来呢？"主任王聚海说："整风是个慢工夫，一两天也不能转变个什么样子；最救急的办法，还是根据去年的经验，把定额减一减——把摘八斤籽棉顶一个工，改成六斤一个工，明天马上就能把大部分人动员起来！"支书说："事情就坏到去年那个经验上！现在一天摘十斤也摘得够，可是你去年改过那么一下，把那些自私自利的改得心高了，老在家里等那个便宜。这种落后思想照顾不得！去年改成六斤，今年她们会要求改成五斤，明年会要求改成四斤！"杨小四说："那样也就对不住人家进步的妇女！明天要减了定额，这几天的工分你怎么给人家算？一个多月以前定额是二十斤，实际能摘到四十斤，落后的抢着摘棉花，叫人家进步的去割谷，就已经亏了人家；如今摘三遍棉花，人家又按八斤定额摘了十来天了，你再把定额改小了让落后的来抢，那像话吗？"王聚海说："不改定额也行，那就得个别动员。会动员的话，不论哪一个都能动员出来，可惜大家在作动员工作方面都没有'锻炼'，我一个人又只有一张嘴，所以工作不好作……"接着他就举出好多例子，说哪个媳妇爱听人夸她的手快，哪个老婆爱听人说她干净……只要摸得着人的"性格"，几句话就能说得她愿意听你的话。他正唠唠叨叨举着例子，支书打断他的话说："够了够了！只要克服了资本主义思想，什么'性格'的人都能动员出来！"

话才说到这里，乡政府来送通知，要主任和支书带两天给养马上到乡政府集合，然后到城关一个社里参观整风大辩论。两个人看了通知，主任说："怎么办？"支书说："去！""生产？""交给副主任！"主任看了看杨小四，带着讽刺的口气说："小四！生产交给你！支书说过，'生产和整风分不开'，怎样布置都由你！""还有人家高秀兰哩！""你和她商量去吧！"

主任和支书走后，杨小四去找高秀兰和副支书，三个人商量了一下，晚上召开了个社员大会。

人们快要集合齐了的时候，向来不参加会的小腿疼和吃不饱也来了。当她们走近人群的时候，吃不饱推着小腿疼的脊背说："快去快去！凑他们都还没有开口！"她把小腿疼推进了场，她自己却只坐在圈外。一队的队长王盈海看见她们两个来得不大正派，又见小腿疼被推进场去以后要直奔主席台，就趁了两步过来拦住她说："你又要干什么？""干什么？今天晌午的事你又不是不知道！先得把小四骂我的事说清楚，要不今天晚上的会开不好！"前边提过，王盈海也是小腿疼的一个本家小叔子，说话要比王聚海、王镇海都尖刻。王盈海当了队长，小腿疼虽然能借着个叔嫂关系跟他耍无赖，不过有时候还怕他三分。王盈海见小腿疼的话头来得十分无理，怕她再把个会场搅乱了，就用话顶住她说："你的兴就还没有败透？人家什么地方屈说了你？你的腿到底疼不疼?""疼不疼你管不着"!"编在我队里我就要管你! 说你腿疼哩,闹起事来你比谁跑得也快;说你不疼哩,你却连饭也不能做,把个媳妇拖得上不了地! 人家给你写了张大字报,你就跟被蝎子蜇了一下一样,唧唧喳喳乱叫喊! 叫吧! 越叫越多! 再要不改造,大字报会把你的大门上也贴满了!"这样一顶,果然有效,把个小腿疼顶得关上嗓门慢慢退出场外和吃不饱坐到一起去。杨小四看见小腿疼息了虎威,悄悄和高秀兰说:"咱们主任对小腿疼的'性格'摸得还是不太透。他说小腿疼是'吃软不吃硬',我看一队长这'硬'的比他那'软'的更有效些。"

宣布开会了,副支书先讲了几句话说:"支书和主任今天走得很急促,没有顾上详细安排整风工作怎样继续进行。今天下午我和两位副主任商议了一下,决定今天晚上暂且不开整风会,先来布置明天的生产。明天晚上继续整风,开分组检讨会,谁来检讨、检讨什么,得等到明天另外决定。我不说什么了,请副主任谈生产吧!"副支书说了这么几句简单的话就坐下了。有个人提议说:"最好是先把检讨人和检讨什么宣布一下,好让大家准备准备!"副支书又站起来说:"我们还没有商量好,还是等明天再说吧!"

接着就是杨小四讲话。他说:"咱们现在的生产问题,大家都看得很清楚,棉花摘不下来,花秆拔不了,牲口闲站着,地不能犁,再过几天地一冻,秋杀地就算误了。摘完了的棉花秆,断不了还要丢下一星半点,拔花秆上熏了肥料,觉着很可惜;要让大家自由拾一拾吧,还有好多三遍花没有摘,说不定有些手不干净的人要偷偷摸摸的。我们下午商量了一下,决定明后两天,由各队妇女副队长带领各队妇女,有组织地自由拾花;各队队长带领男劳力,在拾过自由花的地里拔花秆,把这一部分地腾清以后,先让牲口犁着,然后再摘那没有摘过三遍的花。为了防止偷花的毛病,现在要宣布几条纪律:第一,明天早晨各队正副队长带领全队队员到村外南池边犁过的那块地里集合,听候分配地点。第二,各队妇女只准到指定地点拾花,不许乱跑。第三,谁要不到南池边集合,或者不往指定地点,拾的花就算偷的,还按社里原来的规定,见一斤扣除五个劳动日的工分,不愿叫扣除的送到法院去改造。完了! 散会!"

大会没有开够十分钟就散了,会后大家纷纷议论。有的说:"青年人究竟没有经验! 就定一百条纪律,该偷的还是要偷!"有的说:"队长有什么用? 去年拾自由花,有些妇女队长也偷过!"有的说:"年轻人可有点火气,真要处罚几个人,也就没人敢偷了!"有的说:"他们不过替人家当两天家,不论说得多么认真,王聚海回来还不是平塌塌地又放下了!"准备偷花的妇女们,也互相交换着意见:"他想的倒周全,一分开队咱们就散开,看谁还管得住谁?""分给咱们个好地方咱们就去,要分到没出息的地方,干脆都不要跟上队长走!""他一只手拖一个,两只手拖两个,还能把咱们都拖住?""我们的队长也不那么老实!"……

"新官上任,不摸秉性",议论尽管议论,第二天早晨都还得到村外南池边那块犁过的地里集合。

要来的人都来到犁耙得很平整的这块地里来坐下,村里再没有往这里走的人了,小四、秀兰和副支书一看,平常装病、装忙、装饿的那些妇女这时候差不多也都到齐，可是小腿疼和吃不饱两个有名人物没有来。他们三个人互相看了看，秀兰说："大概是一张大字报真把人家两个人惹恼了！"大家又稍微等了一下，小四说："不等她们了，咱们就按咱们的计划来吧！"他走到面向群众那一边说："各队先查点一下人数，看一共来了多少人！男女分别计算！"各个队长查点了一遍，把数字报告上来。小四又说："请各队长到前边来，咱们先商量一下！"各队长都集中到他们三个人跟前来。小四和各队长低声说了几句话，各个队长一听都大笑起来，笑过之后，依小四的吩咐坐在一边。

小四开始讲话了。小四说："今天大家来得这样齐楚，我很高兴。这几天，队长每天去动员人摘花，可是说来说去，来的还是那几个人，不来的又都各有理由：有的说病了，有的说孩子病了，有的说家里忙得离不开……指东画西不出来，今天一听说自由拾花大家就什么事也没有了！这不明明是自私自利思想作怪吗？摘头遍花能超过定额一倍的时候，大家也是这样来得整齐。你们想想：平常活叫别人做，有了便宜你们讨，人家长年在地里劳动的人吃你们多少亏？你们真是想'拾'花吗？一个人一天拾不到一斤籽棉，值上两三毛钱，五天也赚不够一个劳动日，谁有那么傻瓜？老实说：愿意拾花的根本就是想偷花！今年不能象去年，多数人种地让少数人偷！花秆上丢的那一点棉花不拾了，把花秆拔下来堆在地边让每天下午小学生下了课来拾一拾，拾过了再熏肥。今天来了的人一个也不许回去！妇女们各队到各队地里摘三遍花，定额不动，仍是八斤一个劳动日；男人们除了往麦地里担粪的还去担粪，其余到各队摘尽了花的地里拔花秆！我的话讲完了！副支书还要讲话！"有一个媳妇站起来说："副主任！我不说瞎话！我今天不能去！我孩子的病还没有好！不信你去看看！"小四打断她的话说："我不看！孩子病不好你为什么能来？""本来就不能来，因为……""因为听说要自由拾花！本来不能来你怎么来的？天天叫也叫不到地，今天没有人去叫你，你怎么就来了？副支书马上就要跟你们讲这些事！"这个媳妇再没有说的，还有几个也想找理由请假，见她受了碰，也都没有敢开口。她们也想到悄悄溜走，可是坐在村外一块犁过的地里，各个队长又都坐在通到村里去的路上，谁动一动都看得见，想跑也跑不了。

副支书站起来讲话了。他说："我要说的话很简单：有人昨天晚上要我把今天的分组检讨会布置一下，把检讨人和检讨什么告大家说，让大家好准备。现在我可以告大家说了：检讨人就是每天不来今天来的人，检讨的事就是'为什么只顾自己不顾社'。现在先请各队的记工员把每天不来今天来的人开个名单。"

一会，名单也开完了。小四说："谁也不准回村去！谁要是半路偷跑了，或者下午不来了，把大字报给她出到乡政府！"秀兰插话说："我们三队的地在村北哩，不回村怎么过去？"小四向三队队长张太和说："太和！你和你的副队长把人带过村去，到村北路上再查点一下，一个也不准回去！各队干各队的事！散会！"

在散会中间又有些小议论："小四比聚海有办法！""想得出来干得出来！""这伙懒婆娘可叫小四给整住了！""也不止小四一个，他们三个人早就套好！""聚海只学过内科，这些年轻人能动手术！""聚海的内科也不行，根本治不了病！""可惜小腿疼和吃不饱没有来！"……说着就都走开了。

第三队通过了村，到了村北的路上，队长查点过人数，就往村北的杏树底地里来。这地方有两丈来高一个土岗，有一棵老杏树就长在这土岗上，围着这土岗南、东、北三面有二十来亩地在成立农业社以后连成了一块，这一年种的是棉花，东南两面向阳地方的棉花已经摘尽了，只有北面因为背阴一点，第三遍花还没有摘。他们走到这块地里，把男劳力和高秀兰那样强一点的女劳力留在南头拔花秆，让妇女队长带着软一点的女劳力上北头去摘花。

妇女们绕过了南边和东边快要往北边转弯了，看见有四个妇女早在这块地里摘花，其中有小腿疼和吃不饱两个人。大家停住了步，妇女队长正要喊叫，有个妇女向她摆摆手低声说："队长不要叫她们！你一叫她们不拾了！咱们也装成自由拾花的样子慢慢往那边去！到那里咱们摘咱们的，她们拾她们的！让她们多拾一点处理起来也有个分量！"妇女队长说："我说她们怎么没有出来！原来早来了！"另一个不常下地的妇女说："吃不饱昨天夜里散会以后，就去跟我商量过不要到南池边去集合，早一点往地里去，我没有敢听她的话。"大家都想和小腿疼她们开开玩笑，就都装作拾花的样子，一边在摘过的空花秆上拾着零花，一边往北边走。

原来头天晚上开会时候，小腿疼没有闹起事来，不是就退出场外和吃不饱坐在一起了吗？她们一听到第二天叫自由拾花，吃不饱就对住小腿疼的耳朵说："大婶！咱明天可不要管他那什么纪律！咱们叫上几个人天不明就走，赶她们到地，咱们就能弄他好几斤！她们到南池边集合，咱们到村北杏树底去，谁也碰不上谁；赶她们也到杏树底来咱们跟她们一块儿拾。拾东西谁也不能不偷，她们一偷，就不敢去告咱们的状了！"小腿疼说："我也是这么想！什么纪律？犯纪律的多哩！处理过谁？光咱们两人去多好！不要叫别人！""要叫几个人，犯了也有个垫背的；不过也不要叫得太多，太多了轮到一个人手里东西就不多了！"她们一共叫过五个人，不过有三个没有敢来，临出发只来了两个，就相跟着到杏树底来了。她们正在五六亩大的没有摘过三遍花的地里偷得起劲，听见有人说话，抬头一看，见三队的妇女都来了，就溜到摘过的这一边来；后来见三队的人也到没有摘过的那边去了，她们就又溜回去。三队的人都哈哈大笑起来。小腿疼说："笑什么？许你们偷不许我们偷？"有个人说："你们怎么拾了那么多？""谁不叫你们早点来？"三队的人都是挨着摘，小腿疼她们四个人可是满地跑着捡好的。三队有个人说："要偷也该挨住片偷呀？"小腿疼说："自由拾花你管我们怎么拾哩？要说是偷，你们不也是偷吗？"大家也不认真和她辩论，有些人隔一阵还忍不住要笑一次。

妇女队长悄悄和一个队员说："这样一直开玩笑也不大好。我离开怕她们闹起来，请你跑到南头去和队长、副主任说一声，叫他们看该怎么办！"那个队员就去了。

队长张太和更是个开玩笑大王。他一听说小腿疼和吃不饱那两个有名人物来了，好象有点幸灾乐祸的样子说："来了才合理！我早就想到这些人物碰上这些机会不会不出马！你先回去摘花，我马上就到！"他又向高秀兰说："副主任！你先不要出面，等我把她们整住了请你再去！你把你的上级架子扎得硬硬地！"可是高秀兰不愿意那样做。高秀兰说:"咱们都是才学着办事,还是正正经经来吧!咱们一同去!"他们走到北头,队员们看见副主任和队长都来了,又都大笑起来。张太和依照高秀兰的意见,很正经地说:"大家不要笑了!你们那几位也不要满地跑了!"小腿疼又耍她的厉害:"自由拾花!你管不着!""就算自由拾花吧!你们来抢我三队的花,我就要管!都先把篮子缴给我!"吃不饱说:"我可是三队的!三队的花许别人偷就得许我偷!要缴大家都缴出来!"张太和说:"谁也得缴!"说着就先把她们四个人的篮子夺下来,然后就问她们说:"你们为什么不到南池边集合?"吃不饱说:"你且不要问这个!你不是说'谁也得缴'吗?为什么不缴她们的?""她们是给社里摘!""我们也是给社里摘!""谁叫你们摘的?""谁叫她们摘的?""对!现在就先要给你们讲明是谁叫她们摘的!"接着就把在南池边集合的时候那一段事给她们四个讲了一遍,讲得她们都软下来。小腿疼说:"不叫拾不拾算了!谁叫你们不先告我们说?""不告说为什么还叫到南池边集合?告你说你不去听,别人有什么办法?"小腿疼说:"算我们白拾了一趟!你们把花倒下,给我们篮子我们走!"

这时候,高秀兰说话了。她说:"事情不那么简单:事前宣布纪律,为的是让大家不犯,犯了可就不能随便了事!这棉花分明是偷的。太和同志!把这些棉花送回社里,过一过秤,让保管给她们每一个篮子上贴上个条子,写明她们的姓名和棉花的分量,连篮子一同保存起来,等以后开个社员大会,让大家商量一个处理办法来处理!"张太和把四个篮子拿起来走了,小腿疼说:"秀兰呀!你可不能说我们是偷的!我们真正不知道你们今天早上变了卦!"秀兰说:"我们一点也没有变卦!昨天晚上杨小四同志给大家说得明白:'谁要不到南池边集合,拾的花就都算偷的',何况你们明明白白在没有摘过的地里来抢哩?这是妨害全社利益的事,我们不能自作主张,准备交给群众讨论个处理办法!你们有什么话到社员大会上说去吧!"

小腿疼和吃不饱偷了棉花的事,等到吃早饭的时候,就传遍了全村。上午,各队在做活的时候提起这事,差不多都要求把整风的分组检讨会推迟一天,先在本天晚上开个社员大会处理偷花问题——因为大多数人都想叫在王聚海回来之前处理了,免得他回来再来个"八面圆"把问题平放下来。两个副主任接受了大家的要求,和副支书商量把整风会推迟一天,晚上就召开了处理偷花问题的社员大会。

大会开了。会议的项目是先由高秀兰报告捉住四个偷花贼的经过,再要她们四个人坦白交代,然后讨论处理办法。

在她们四个人坦白交代的时候,因为篮子和偷的棉花都还在社里,爱"了事"的主任又不在家,所以除了小腿疼还想找一点巧辩的理由外,一般都还交代得老实。前头是那两个垫背的交代的。一个说是她头天晚上没有参加会,小腿疼约她去就去了,去到杏树底见地里没有人,根本没有到已经摘尽了的地里去拾,四个人一去,就跑到北头没摘过的地里去了。另一个说得和第一个大体相同,不过她自己是吃不饱约她的。这两个人交代过之后,群众中另有三个人插话说,小腿疼和吃不饱也约过她们,她们没有敢去。第三个就叫吃不饱交代。吃不饱见大风已经倒了,老老实实把她怎样和小腿疼商量,怎样去拉垫背的、计划几时出发、往哪块地去……详细谈了一遍。有人追问她拉垫背的有什么用处,她说根据主任处理问题的习惯,犯案的人越多了处理得越轻,有时候就不处理;不过人越多了,每个人能偷到的东西就太少了,所以最好是少拉几个,既不孤单又能落下东西。她可以算是摸着主任的"性格"了。

最后轮着小腿疼作交代了。主席杨小四所以把她排在最后,就是因为她好倚老卖老来巧辩,所以让别人先把事实摆一摆来减少她一些巧辩的机会。可是这个小老太婆真有两下子,有理没理总想争个盛气。她装作很受屈的样子说:"说什么?算我偷了花还不行?"有人问她:"怎么'算'你偷了?你究竟偷了没有?""偷了!偷也是副主任叫我偷的!"主席杨小四说:"哪个副主任叫你偷的?""就是你!昨天晚上在大会上说叫大家拾花,过了一夜怎么就不算了?你是说话呀是放屁哩?"她一骂出来,没有等小四答话,群众就有一半以上的人"哗"地一下站起来:"你要造反!""叫你坦白呀叫你骂人?"……三队长张太和说:"我提议:想坦白也不让她坦白了!干脆送法院!"大家一齐喊"赞成"。小腿疼着了慌,头象货郎鼓一样转来转去四下看。她的孩子、媳妇见说要送她也都慌了。孩子劝她说:"娘你快交代呀!"小四向大家说:"请大家稍静一下!"然后又向小腿疼说:"最后问你一次:交代不交代?马上答应,不交代就送走!没有什么客气的!""交交交代什么呀?""随你的便!想骂你就再骂!""不不不那是我一句话说错了!我交代!"小四问大家说:"怎么样?就让她交代交代看吧?""好吧!"大家答应着又都坐下了。小腿疼喘了几口气说:"我也不会说什么!反正自己做错了!事情和宝珠说的差不多:昨天晚上快散会的时候,宝珠跟我说:'咱明天可不要管他那什么纪律!咱们叫上几个人……'"

这时候忽然出了点小岔子:城关那个整风辩论会提前开了半天,支书和主任摸了几里黑路赶回来了。他们见场里有灯光,预料是开会,没有回家就先到会场上来。主任远远看见小腿疼先朝着小四说话然后又转向群众,以为还是争论那张大字报的问题,就赶了几步赶进场里,根本也没有听小腿疼正说什么,就拦住她说:"回去吧老嫂!一点点小事还值得追这么紧?过几天给你们解释解释就完了……"大家初看见他进到会场时候本来已经觉得有点泄气,赶听到他这几句话,才知道他还根本不了解情况,"轰隆"一声都笑了。有个年纪老一点的人说:"主任!你且坐下来歇歇吧!'没有调查就没有发言权'!"支书也拉住他说:"咱们打听打听再说话吧!离开一天多了,你知道人家的工作是怎样安排的?"主任觉得很没意思,就和支书一同坐下。

小腿疼见主任王聚海一回来,马上长了精神。她不接着往下交代了。她离开自己站的地方走到王聚海面前说:"老弟呀!你走了一天,人家就快把你这没出息嫂嫂摆弄死了!"她来了这一下,群众马上又都站起来:"你不用装蒜!""你犯了法谁也替不了你!"……主任站起来走到小四旁边面向大家说:"大家请坐下!我先给大家谈谈!没有了不了的事……"有人说:"你请坐下!我们今天没有选你当主席!""这个事我们会'了'!"……支书急了,又把主任拉住说:"你为什么这么肯了事?先打听一下情况好不好?让人家开会,我们到社房休息休息!"又问副支书说:"你要抽得出身来的话,抽空子到社房给我们谈谈这两天的事!"副支书说:"可以!现在就行!"

他们三个离了会场到社房,副支书把他和杨小四、高秀兰怎样设计把那些光想讨巧不想劳动的妇女调到南池边,怎么批评了她们,怎么分配人力摘花,拔花秆,怎样碰上小腿疼她们偷花……详细谈了一遍,并且说:"棉花明天就可以摘完,今天下午犁地的牲口就全都出动了,花秆拔得赶得上犁,剩下的男劳力仍然往准备冬浇的小麦地里运粪。"他报告完了情况,就先赶回会场去。

　　副支书走了,支书想了一想说:"这些年轻人还是有办法!做法虽说有点开玩笑,可是也解决了问题!"主任说:"我看那种动员办法不可靠!不捉摸每个人的'性格',勉强动员到地里去,能做多少活哩?""再不要相信你摸得着人的'性格'了!我看人家几个年轻同志非常摸得着人的'性格'。那些不好动员的妇女们有她们的共同'性格',那就是'偷懒''取巧'。正因为摸透了她们这种性格,才把她们都调动出来。人家不止'摸得着'这种性格,还能'改变'这种性格。你想:开了那么一个'思想展览会',把她们的坏思想抖出来了,她们还能原封收回去吗?你说人家动员的人不能做活,可是棉花是靠那些人摘下来的。用人家的办法两天就能摘完,要仍用你那'摸性格'的老办法,恐怕十天也摘不完——越摘人越少。在整风方面,人家一来就找着两个自私自利的头子,你除不帮忙,还要替人家'解释解释'。你就没有想到全社的妇女你连一半人数也没有领导起来,另一半就是咱那个小腿疼嫂嫂和李宝珠领导着的!我的老哥!我看你还是跟那几位年轻同志在一块'锻炼锻炼'吧!"主任无话可说了,支书拉住他说:"咱们去看看人家怎样处理这偷花问题。"

　　他们又走到会场时候,小腿疼正向小四求情。小腿疼说:"副主任!你就让我再交代交代吧!"原来自她说了大家"捉弄"了她以后,大家就不让她再交代,只讨论了对另外三个人的处分问题,留下她准备往法院送。有个人看见主任来了,就故意讽刺小腿疼说:"不要要求交代了!那不是?主任又来了!"主任说:"不要说我!我来不来你们该怎么办还怎么办!刚才怨我太主观,不了解情况先说话!"小腿疼也抢着说:"只要大家准我交代,不论谁来了我也交代!"小腿疼看了看群众,群众不说话;看了看副支书和两个副主任,这三个人也不说话。群众看了看主任,主任不说话;看了看支书,支书也不说话。全场冷了一下以后,小腿疼的孩子站起来说:"主席!我替我娘求个情!还是准她交代好不好?"小四看了看这青年,又看了看大家说:"怎么样?大家说!"有个老汉说:"我提议,看在孩子的面上还让她交代吧!"又有人接着说:"要不就让她说吧!"小四又问,"大家看怎么样?"有些人也答应:"就让她说吧!""叫她说说试试!"……小腿疼见大家放了话,因为怕进法院,恨不得把她那些对不起大家的事都说出来,所以坦白得很彻底。她说完了,大家决定也按一斤籽棉五个劳动日处理,不过也跟给吃不饱规定的条件一样,说这工一定得她做,不许用孩子的工分来顶。

　　散会以后,支书走在路上和主任说:"你说那两个人'吃软不吃硬',你可算没有摸透她们的'性格'吧?要不是你的认识给她们撑了腰,她们早就不敢么猖狂了!所以我说你还是得'锻炼锻炼'!"

1958年7月14日

○ 汪曾祺

受　戒

明海出家已经四年了。

他是十三岁来的。

这个地方的地名有点怪，叫庵赵庄。赵，是因为庄上大都姓赵。叫作庄，可是人家住得很分散，这里两三家，那里两三家。一出门，远远可以看到，走起来得走一会，因为没有大路，都是弯弯曲曲的田埂。庵，是因为有一个庵。庵叫菩提庵，可是大家叫讹了，叫成荸荠庵。连庵里的和尚也这样叫。"宝刹何处？"——"荸荠庵。"庵本来是住尼姑的。"和尚庙""尼姑庵"嘛。可是荸荠庵住的是和尚。也许因为荸荠庵不大，大者为庙，小者为庵。

明海在家叫小明子。他是从小就确定要出家的。他的家乡不叫"出家"，叫"当和尚"。他的家乡出和尚。就像有的地方出劁猪的，有的地方出织席子的，有的地方出箍桶的，有的地方出弹棉花的，有的地方出画匠，有的地方出婊子，他的家乡出和尚。人家弟兄多，就派一个出去当和尚。当和尚也要通过关系，也有帮。这地方的和尚有的走得很远。有到杭州灵隐寺的、上海静安寺的、镇江金山寺的、扬州天宁寺的。一般的就在本县的寺庙。明海家田少，老大、老二、老三，就足够种的了。他是老四。他七岁那年，他当和尚的舅舅回家，他爹、他娘就和舅舅商议，决定叫他当和尚。他当时在旁边，觉得这实在是在情在理，没有理由反对。当和尚有很多好处。一是可以吃现成饭。哪个庙里都是管饭的。二是可以攒钱。只要学会了放瑜伽焰口，拜梁皇忏，可以按例分到辛苦钱。积攒起来，将来还俗娶亲也可以；不想还俗，买几亩田也可以。当和尚也不容易，一要面如朗月，二要声如钟磬，三要聪明记性好。他舅舅给他相了相面，叫他前走几步，后走几步，又叫他喊了一声赶牛打场的号子"格当嘚——"，说是"明子准能当个好和尚，我包了！"要当和尚，得下点本，——念几年书。哪有不认字的和尚呢！于是明子就开蒙入学，读了《三字经》《百家姓》《四言杂字》《幼学琼林》"上论、下论"、"上孟、下孟"，每天还写一张仿。村里都夸他字写得好，很黑。

舅舅按照约定的日期又回了家，带了一件他自己穿的和尚领的短衫，叫明子娘改小一点，给明子穿上。明子穿了这件和尚短衫，下身还是在家穿的紫花裤子，赤脚穿了一双新布鞋，跟他爹、他娘磕了一个头，就随舅舅走了。

他上学时起了个学名，叫明海。舅舅说，不用改了。于是"明海"就从学名变成了法名。

过了一个湖。好大一个湖！穿过一个县城。县城真热闹：官盐店，税务局，肉铺里挂着成片的猪，一个驴子在磨芝麻，满街都是小磨香油的香味，布店，卖茉莉粉、梳头油的什么斋，卖绒花的，卖丝线的，打把式卖膏药的，吹糖人的，耍蛇的……他什么都想看看。舅舅一劲地推他："快走！快走！"

到了一个河边，有一只船在等着他们。船上有一个五十来岁的瘦长瘦长的大伯，船头蹲着一个跟明子差不多大的女孩子，在剥一个莲蓬吃。明子和舅舅坐到舱里，船就开了。

明子听见有人跟他说话，是那个女孩子。

"是你要到荸荠庵当和尚吗？"

明子点点头。

"当和尚要烧戒疤哦！你不怕？"

明子不知道怎么回答，就含含糊糊地摇了摇头。

"你叫什么？"

"明海。"

"在家的时候？"

"叫明子。"

"明子！我叫小英子！我们是邻居。我家挨着荸荠庵。——给你！"

小英子把吃剩的半个莲蓬扔给明海，小明子就剥开莲蓬壳，一颗一颗吃起来。

大伯一桨一桨地划着，只听见船桨拨水的声音："哗——嘘！哗——嘘！"

....

荸荠庵的地势很好，在一片高地上。这一带就数这片地势高，当初建庵的人很会选地方。门前是一条河。门外是一片很大的打谷场。三面都是高大的柳树。山门里是一个穿堂。迎门供着弥勒佛。不知是哪一位名士撰写了一副对联：

　　　　大肚能容容天下难容之事
　　　　开颜一笑笑世间可笑之人

弥勒佛背后，是韦驮。过穿堂，是一个不小的天井，种着两棵白果树。天井两边各有三间厢房。走过天井，便是大殿，供着三世佛。佛像连龛才四尺来高。大殿东边是方丈，西边是库房。大殿东侧，有一个小小的六角门，白门绿字，刻着一副对联：

　　　　　　一花一世界
　　　　　　三藐三菩提

进门有一个狭长的天井，几块假山石，几盆花，有三间小房。

小和尚的日子清闲得很。一早起来，开山门，扫地。庵里的地铺的都是篓底方砖，好扫得很。给弥勒佛、韦驮烧一炷香，正殿的三世佛面前也烧一炷香、磕三个头、念三声"南无阿弥陀佛"，敲三声磬。这庵里的和尚不兴做什么早课、晚课，明子这三声磬就全都代替了。然后，挑水，喂猪。然后，等当家和尚，即明子的舅舅起来，教他念经。

教念经也跟教书一样，师父面前一本经，徒弟面前一本经，师父唱一句，徒弟跟着唱一句。是唱哎。舅舅一边唱，一边还用手在桌上拍板。一板一眼，拍得很响，就跟教唱戏一样。是跟教唱戏一样，完全一样哎。连用的名词都一样。舅舅说，念经：一要板眼准，二要合工尺。说：当一个好和尚，得有条好嗓子。说：民国二十年闹大水，运河倒了堤，最后在清水潭合龙，因为大水淹死的人很多，放了一台大焰口，十三大师——十三个正座和尚、各大庙的方丈都来了，下面的和尚上百。谁当这个首座？推来推去，还是石桥——善因寺的方丈！他往上一坐，就跟地藏王菩萨一样，这就不用说了；那一声"开香赞"，围看的上千人立时鸦雀无声。说：嗓子要练，夏练三伏，冬练三九，要练丹田气！说：要吃得苦中苦，方为人上人！说：和尚里也有状元、榜眼、探花！要用心，不要贪玩！舅舅这一番大法要说得明海和尚实在是五体投地，于是就一板一眼地跟着舅舅唱起来：

"炉香乍爇——"

"炉香乍爇——"

"法界蒙薰——"

"法界蒙薰——"

"诸佛现金身……"

"诸佛现金身……"

…………

等明海学完了早经——他晚上临睡前还要学一段，叫作晚经——荸荠庵的师父们就都陆续起床了。

这庵里人口简单，一共六个人。连明海在内，五个和尚。

有一个老和尚，六十几了，是舅舅的师叔，法名普照，但是知道的人很少，因为很少人叫他法名，都称之为老和尚或老师父，明海叫他师爷爷。这是个很枯寂的人，一天关在房里，就是那"一花一世界"里。也看不见他念佛，只是那么一声不响地坐着。他是吃斋的，过年时除外。

下面就是师兄弟三个，仁字排行：仁山、仁海、仁渡。庵里庵外，有的称他们为大师父、二师父；有的称之为山师父、海师父。只有仁渡，没有叫他"渡师父"的，因为听起来不像话，大都直呼之为仁渡。他也只配如此，因为他还年轻，才二十多岁。仁山，即明子的舅舅，是当家的。不叫"方丈"，也不叫"住持"，却叫"当家的"，是很有道理的，因为他确确实实干的是当家的职务。他屋里摆的是一张账桌，桌子上放的是账簿和算盘。账簿共有三本：一本是经账，一本是租账，一本是债账。和尚要做法事，做法事要收钱，要不，当和尚干什么？常做的法事是放焰口。正规的焰口是十个人。一个正座，一个敲鼓的，两边一边四个。人少了，八个，一边三个，也凑合了。荸荠庵只有四个和尚，要放整焰口就得和别的庙里合伙。这样的时候也有过。通常只是放半台焰口。一个正座，一个敲鼓，另外一边一个。一来找别的庙里合伙费事；二来这一带放得起整焰口的人家也不多。有的时候，谁家死了人，就只请两个，甚至一个和尚咕噜咕噜念一通经，敲打几声法器就算完事。很多人家的经钱不是当时就给，往往要等秋后才还。这就得记账。另外，和尚放焰口的辛苦钱不是一样的。就像唱戏一样，有份子。正座第一份。因为他要领唱，而且还要独唱。当中有一大段"叹骷髅"，别的和尚都放下法器休息，只有首座一个人有板有眼地曼声吟唱。第二份是敲鼓的。你以为这容易呀？哼，单是一开头的"发擂"，手上没功夫就敲不出迟疾顿挫！其余的，就一样了。这也得记上：某月某日，谁家焰口半台，谁正座，谁敲鼓……省得到年底结账时赌咒骂娘。……这庵里有几十亩庙产，租给人种，到时候要收租。庵里还放债。租、债一向倒很少亏欠，因为租佃借钱的人怕菩萨不高兴。这三本账就够仁山忙的了。另外香烛灯火、油盐"福食"，这也得随时记记账呀。除了账簿之外，山师父的方丈的墙上还挂着一块水牌，上漆四个红字："勤笔免思"。

　　仁山所说当一个好和尚的三个条件，他自己其实一条也不具备。他的相貌只要用两个字就说清楚了：黄，胖。声音也不像钟磬，倒像母猪。聪明么？难说，打牌老输。他在庵里从不穿袈裟，连海青直裰也免了。经常是披着件短僧衣，袒露着一个黄色的肚子。下面是光脚趿拉着一对僧鞋，——新鞋他也是趿拉着。他一天就是这样不衫不履地这里走走，那里走走，发出母猪一样的声音："呣——呣——"。

　　二师父仁海。他是有老婆的。他老婆每年夏秋之间来住几个月，因为庵里凉快。庵里有六个人，其中之一，就是这位和尚的家眷。仁山、仁渡叫她嫂子，明海叫她师娘。这两口子都很爱干净，整天的洗涮。傍晚的时候，坐在天井里乘凉。白天，闷在屋里不出来。

　　三师父是个很聪明精干的人。有时一笔账大师兄扒了半天算盘也算不清，他眼珠子转两转，早算得一清二楚。他打牌赢的时候多，二三十张牌落地，上下家手里有些什么牌，他就差不多都知道了。他打牌时，总有人爱在他后面看歪头胡。谁家约他打牌，就说"想送两个钱给你"。他不但经忏俱通（小庙的和尚能够拜忏的不多），而且身怀绝技，会"飞铙"。七月间有些地方做盂兰会，在旷地上放大焰口，几十个和尚，穿绣花袈裟，飞铙。飞铙就是把十多斤重的大铙钹飞起来。到了一定的时候，全部法器皆停，只几十副大铙紧张急促地敲起来。忽然起手，大铙向半空中飞去，一面飞，一面旋转。然后，又落下来，接住。接住不是平平常常地接住，有各种架势，"犀牛望月""苏秦背剑"……这哪是念经，这是耍杂技。也许是地藏王菩萨爱看这个，但真正因此快乐起来的人，尤其是妇女和孩子。这是年轻漂亮的和尚出风头的机会。一场大焰口过后，也像一个好戏班子过后一样，会有一个两个大姑娘、小媳妇失踪——跟和尚跑了。他还会放"花焰口"。有的人家，亲戚中多风流子弟，在不是很哀伤的佛事——如做冥寿时，就会提出放花焰口。所谓"花焰口"，就是在正焰口之后，叫和尚唱小调，拉丝弦，吹管笛，敲鼓板，而且可以点唱。仁渡一个人可以唱一夜不重头。仁渡前几年一直在外面，近二年才常住在庵里。据说他有相好的，而且不止一个。他平常可是很规矩，看到姑娘媳妇总是老老实实的，连一句玩笑话都不说，一句小调山歌都不唱。有一回，在打谷场上乘凉的时候，一伙人把他围起来，非叫他唱两个不可。他却情不过，说："好，唱一个。不唱家乡的。家乡的你们都熟，唱个安徽的。"

　　　　　姐和小郎打大麦，
　　　　　一转子讲得听不得。
　　　　　听不得就听不得，
　　　　　打完了大麦打小麦。

唱完了，大家还嫌不够，他就又唱了一个：

　　　　　姐儿生得漂漂的，
　　　　　两个奶子翘翘的。
　　　　　有心上去摸一把，
　　　　　心里有点跳跳的。

…………

　　这个庵里无所谓清规，连这两个字也没人提起。
　　仁山吃水烟，连出门做法事也带着他的水烟袋。
　　他们经常打牌。这是个打牌的好地方。把大殿上吃饭的方桌往门口一搭，斜放着，就是牌桌。桌子一放好，仁山就从他的方丈里把筹码拿出来，哗啦一声倒在桌上。斗纸牌的时候多，搓麻将的时候少。牌客除了师兄弟三人，常来的是一个收鸭毛的，一个打兔子兼偷鸡的，都是正经人。收鸭毛的担一副竹筐，串乡串镇，拉长了沙哑的声音喊叫：
　　"鸭毛卖钱——！"
　　偷鸡的有一件家什——铜蜻蜓。看准了一只老母鸡，把铜蜻蜓一丢，鸡婆子上去就是一口。这一啄，铜蜻蜓的硬簧绷开，鸡嘴撑住了，叫不出来了。正在这鸡十分纳闷的时候，上去一把薅住。
　　明子曾经跟这位正经人要过铜蜻蜓看看。他拿到小英子家门前试了一试，果然！小英的娘知道了，骂明子：
　　"要死了！儿子！你怎么到我家来玩铜蜻蜓了！"
　　小英子跑过来：
　　"给我！给我！"
　　她也试了试，真灵，一个黑母鸡一下子就把嘴撑住，傻了眼了！
　　下雨阴天，这二位就光临荸荠庵，消磨一天。
　　有时没有外客，就把老师叔也拉出来，打牌的结局，大都是当家和尚气得鼓鼓的："×妈妈的！又输了！下回不来了！"
　　他们吃肉不瞒人。年下也杀猪。杀猪就在大殿上。一切都和在家人一样，开水、木桶、尖刀。捆猪的时候,猪也是没命地叫。跟在家人不同的,是多一道仪式,要给即将升天的猪念一道"往生咒",并且总是老师叔念,神情很庄重:

"……一切胎生、卵生、息生,来从虚空来,还归虚空去,往生再世,皆当欢喜。南无阿弥陀佛!"

三师父仁渡一刀子下去,鲜红的猪血就带着很多沫子喷出来。

…………

明子老往小英子家里跑。

小英子的家像一个小岛,三面都是河,西面有一条小路通到荸荠庵。独门独户,岛上只有这一家。岛上有六棵大桑树,夏天都结大桑葚,三棵结白的,三棵结紫的;一个菜园子,瓜豆蔬菜,四时不缺。院墙下半截是砖砌的,上半截是泥夯的。大门是桐油油过的,贴着一副万年红的春联:

向阳门第春常在

积善人家庆有余

门里是一个很宽的院子。院子里一边是牛屋、碓棚,一边是猪圈、鸡窠,还有个关鸭子的栅栏。露天地放着一具石磨。正北面是住房,也是砖基土筑,上面盖的一半是瓦,一半是草。房子翻修了才三年,木料还露着白茬。正中是堂屋,家神菩萨的画像上贴的金还没有发黑。两边是卧房。隔扇窗上各嵌了一块一尺见方的玻璃,明亮亮的,——这在乡下是不多见的。房檐下一边种着一棵石榴树,一边种着一棵栀子花,都齐房檐高了。夏天开了花,一红一白,好看得很。栀子花香得冲鼻子,顺风的时候,在荸荠庵都闻得见。

这家人口不多,他家当然是姓赵。一共四口人:赵大伯、赵大妈,两个女儿——大英子、小英子。老两口没得儿子。因为这些年人不得病,牛不生灾,也没有大旱大水闹蝗虫,日子过得很兴旺。他们家自己有田,本来够吃的了,又租种了庵上的十亩田。自己的田里,一亩种了荸荠——这一半是小英子的主意,她爱吃荸荠,一亩种了茨菇。家里喂了一大群鸡鸭,单是鸡蛋鸭毛就够一年的油盐了。赵大伯是个能干人。他是一个"全把式",不但田里场上样样精通,还会罩鱼、洗磨、凿砻、修水车、修船、砌墙、烧砖、箍桶、劈篾、绞麻绳。他不咳嗽,不腰疼,结结实实,像一棵榆树。人很和气,一天不声不响。赵大伯是一棵摇钱树,赵大娘就是个聚宝盆。大娘精神得出奇。五十岁了,两个眼睛还是清亮亮的。不论什么时候,头都是梳得滑溜溜的,身上衣服都是格挣挣的。像老头子一样,她一天不闲着。煮猪食,喂猪,腌咸菜——她腌的咸萝卜干非常好吃,舂粉子,磨小豆腐,编蓑衣,织芦篚。她还会剪花样子。这里嫁闺女,陪嫁妆,磁坛子、锡罐子,都要用梅红纸剪出吉祥花样,贴在上面,讨个吉利,也才好看:"丹凤朝阳"呀、"白头到老"呀、"子孙万代"呀、"福寿绵长"呀。二三十里的人家都来请她:"大娘,好日子是十六,你哪天去呀?"——"十五,我一大清早就来!"

"一定呀!"——"一定!一定!"

两个女儿，长得跟她娘象一个模子里托出来的。眼睛长得尤其像，白眼珠鸭蛋青，黑眼珠棋子黑，定神时如清水，闪动时像星星。浑身上下，头是头，脚是脚。头发滑溜溜的，衣服格挣挣的。——这里的风俗，十五六岁的姑娘就都梳上头了。这两个丫头，这一头的好头发！通红的发根，雪白的簪子！娘女三个去赶集，一集的人都朝她们望。

姐妹俩长得很像，性格不同。大姑娘很文静，话很少，像父亲。小英子比她娘还会说，一天叽叽呱呱地不停。大姐说：

"你一天到晚叽叽呱呱——"

"像个喜鹊！"

"你自己说的！——吵得人心乱！"

"心乱？"

"心乱！"

"你心乱怪我呀！"

二姑娘话里有话。大英子已经有了人家。那人她偷偷地看过，人很敦厚，也不难看，家道也殷实，她满意。已经下过小定，日子还没有定下来。她这二年，很少出房门，整天赶她的嫁妆。大裁大剪，她都会。挑花绣花，不如娘。她可又嫌娘出的样子太老了。她到城里看过新娘子，说人家现在绣的都是活花活草。这可把娘难住了。最后是喜鹊忽然一拍屁股："我给你保举一个人！"

这人是谁？是明子。明子念"上孟下孟"的时候，不知怎么得了半套《芥子园》，他喜欢得很。到了荸荠庵，他还常翻出来看，有时还把旧账簿子翻过来，照着描。小英子说：

"他会画！画得跟活的一样！"

小英子把明海请到家里来，给他磨墨铺纸，小和尚画了几张，大英子喜欢得了不得："就是这样！就是这样！这就可以乱搿！"——所谓"乱搿"是绣花的一种针法：绣了第一层，第二层的针脚插进第一层的针缝，这样颜色就可由深到淡，不露痕迹，不像娘那一代绣的花是平针，深浅之间，界限分明，一道一道的。小英子就像个书童，又像个参谋：

"画一朵石榴花！"

"画一朵栀子花！"

她把花掐来，明海就照着画。

到后来，凤仙花、石竹子、水蓼、淡竹叶、天竺果子、腊梅花，他都能画。

大娘看着也喜欢，搂住明海的和尚头："你真聪明！你给我当一个干儿子吧！"

小英子捺住他的肩膀，说："快叫！快叫！"

小明子跪在地下磕了一个头，从此就叫小英子的娘做干娘。

大英子绣的三双鞋，三十里方圆都传遍了。很多姑娘都走路坐船来看。看完了，就说："啧啧啧，真好看！这哪是绣的，这是一朵鲜花！"她们就拿了纸来央大娘求了小和尚来画。有求画帐檐的，有求画门帘飘带的，有求画鞋头花的。每回明子来画花,小英子就给他做点好吃的,煮两个鸡蛋,蒸一碗芋头,煎几个藕团子。

因为照顾姐姐赶嫁妆,田里的零碎生活小英子就全包了。她的帮手,是明子。

这地方的忙活是栽秧、车高田水、薅头遍草,再就是割稻子、打场子。这几茬重活,自己一家是忙不过来的。这地方兴换工。排好了日期,几家顾一家,轮流转。不收工钱,但是吃好的。一天吃六顿,两头见肉,顿顿有酒。干活时,敲着锣鼓,唱着歌,热闹得很。其余的时候,各顾各,不显得紧张。

薅三遍草的时候,秧已经很高了,低下头看不见人。一听见非常脆亮的嗓子在一片浓绿里唱:

栀子哎开花哎六瓣头哎……

姐家哎门前哎一道桥哎……

明海就知道小英子在哪里,三步两步就赶到,赶到就低头薅起草来,傍晚牵牛"打汪",是明子的事。水牛怕蚊子。这里的习惯,牛卸了轭,饮了水,就牵到一口和好泥水的"汪"里,由它自己打滚扑腾,弄得全身都是泥浆,这样蚊子就咬不透了。低田上水,只要一挂十四轧的水车,两个人车半天就够了。明子和小英子就伏在车杠上,不紧不慢地踩着车轴上的拐子,轻轻地唱着明海向三师父学来的各处山歌。打场的时候,明子能替赵大伯一会,让他回家吃饭——赵家自己没有场,每年都在荸荠庵外面的场上打谷子。他一扬鞭子,喊起了打场号子:

"格当嘚——"

这打场号子有音无字,可是九转十三弯,比什么山歌号子都好听。赵大娘在家,听见明子的号子,就侧起耳朵:"这孩子这条嗓子!"

连大英子也停下针线:"真好听!"

小英子非常骄傲地说:"一十三省数第一!"

晚上,他们一起看场——荸荠庵收来的租稻也晒在场上。他们并肩坐在一个石磙子上,听青蛙打鼓,听寒蛇唱歌——这个地方以为蝼蛄叫是蚯蚓叫,而且叫蚯蚓叫"寒蛇",听纺纱婆子不停地纺纱"嗡——",看萤火虫飞来飞去,看天上的流星。

"呀!我忘了在裤带上打一个结!"小英子说。

这里的人相信,在流星掉下来的时候在裤带上打一个结,心里想什么好事,就能如愿。

…………

"捉"荸荠,这是小英最爱干的生活。秋天过去了,地净场光,荸荠的叶子枯了,——荸荠的笔直的小葱一样的圆叶子里是一格一格的,用手一捋,哔哔地响,小英子最爱捋着玩——荸荠藏在烂泥里。赤了脚,在凉浸浸滑溜溜的泥里踩着——哎,一个硬疙瘩!伸手下去,一个红紫红紫的荸荠。她自己爱干这生活,还拉了明子一起去。她老是故意用自己的光脚去踩明子的脚。

她挎着一篮子荸荠回去了,在柔软的田埂上留了一串脚印。明海看着她的脚印,傻了。五个小小的趾头,脚掌平平的,脚跟细细的,脚弓部分缺了一块。明海身上有一种从来没有过的感觉,他觉得心里痒痒的。这一串美丽的脚印把小和尚的心搞乱了。

…………

明子常搭赵家的船进城,给庵里买香烛,买油盐。闲时是赵大伯划船;忙时是小英子去,划船的是明子。

从庵赵庄到县城,当中要经过一片很大的芦花荡子。芦苇长得密密的,当中一条水路,四边不见人。划到这里,明子总是无端端地觉得心里很紧张,他就使劲地划桨。

小英子喊起来:

"明子!明子!你怎么啦?你发疯啦?为什么划得这么快?"

………

明海到善因寺去受戒。

"你真的要去烧戒疤呀?"

"真的。"

"好好的头皮上烧八个洞,那不疼死啦?"

"咬咬牙。舅舅说这是当和尚的一大关,总要过的。"

"不受戒不行吗?"

"不受戒的是野和尚。"

"受了戒有啥好处?"

"受了戒就可以到处云游,逢寺挂褡。"

"什么叫'挂褡'?"

"就是在庙里住。有斋就吃。"

"不把钱?"

"不把钱。有法事,还得先尽外来的师父。"

"怪不得都说'远来的和尚会念经'。就凭头上这几个戒疤?"

"还要有一份戒牒。"

"闹半天,受戒就是领一张和尚的合格文凭呀!"

"就是!"

"我划船送你去。"

"好。"

小英子早早就把船划到荸荠庵门前。不知是什么道理,她兴奋得很。她充满了好奇心,想去看看善因寺这座大庙,看看受戒是个啥样子。

善因寺是全县第一大庙,在东门外,面临一条水很深的护城河,三面都是大树,寺在树林子里,远处只能隐隐约约看到一点金碧辉煌的屋顶,不知道有多大。树上到处挂着"谨防恶犬"的牌子。这寺里的狗出名的厉害。平常不大有人进去。放戒期间,任人游看,恶狗都锁起来了。

好大一座庙!庙门的门坎比小英子的磕膝都高。迎门矗着两块大牌,一边一块。

一块写着斗大两个大字"放戒",一块是"禁止喧哗"。这庙里果然是气象庄严,到了这里谁也不敢大声咳嗽。明海自去报名办事,小英子就到处看看。好家伙,这哼哈二将、四大天王,有三丈多高,都是簇新的,才装修了不久。天井有二亩地大,铺着青石,种着苍松翠柏。"大雄宝殿",这才真是个"大殿"!一进去,凉嗖嗖的。到处都是金光耀眼。释迦牟尼佛坐在一个莲花座上。单是莲座,就比小英子还高。抬起头来也看不全他的脸,只看到一个微微闭着的嘴唇和胖墩墩的下巴。两边的两根大红蜡烛,一搂多粗。佛像前的大供桌上供着鲜花、绒花、绢花,还有珊瑚树、玉如意、整颗的大象牙。香炉里烧着檀香。小英子出了庙,闻着自己的衣服都是香的。挂了好些幡。这些幡不知是什么缎子的,那么厚重,绣的花真细。这么大一口磬,里头能装五担水!这么大一个木鱼,有一头牛大,漆得通红的。她又去转了转罗汉堂,爬到千佛楼上看了看。真有一千个小佛!她还跟着一些人去看了看藏经楼。藏经楼没有什么看头,都是经书!妈呀!逛了这么一圈,腿都酸了。小英子想起还要给家里打油,替姐姐配丝线,给娘买鞋面布,给自己买两个坠围裙飘带的银蝴蝶,给爹买旱烟,就出庙了。

等把事情办齐,晌午了。她又到庙里看了看,和尚正在吃粥。好大一个"膳堂",坐得下八百个和尚。吃粥也有这样多讲究:正面法座上摆着两个锡胆瓶,里面插着红绒花,后面盘膝坐着一个穿了大红满金绣袈裟的和尚,手里拿了戒尺。这戒尺是要打人的。哪个和尚吃粥吃出了声音,他下来就是一戒尺。不过他并不真的打人,只是做个样子。真稀奇,那么多的和尚吃粥,竟然不出一点声音!他看见明子也坐在里面,想跟他打个招呼又不好打。想了想,管他禁止不禁止喧哗,就大声喊了一句:"我走啦!"她看见明子目不斜视地微微点了点头,就不管很多人都朝自己看,大摇大摆地走了。

第四天一大清早小英子就去看明子。她知道明子受戒是第三天半夜——烧戒疤是不许人看的。她知道要请老剃头师傅剃头,要剃得横摸顺摸都摸不出头发茬子,要不然一烧,就会"走"了戒,烧成了一片。她知道是用枣泥子先点在头皮上,然后用香头子点着。她知道烧了戒疤就喝一碗蘑菇汤,让它"发",还不能躺下,要不停地走动,叫作"散戒"。这些都是明子告诉她的。明子是听舅舅说的。

她一看,和尚真在那里"散戒",在城墙根底下的荒地里。一个一个,穿了新海青,光光的头皮上都有八个黑点子。——这黑疤掉了,才会露出白白的、圆圆的"戒疤"。和尚都笑嘻嘻的,好像很高兴。她一眼就看见了明子。隔着一条护城河,就喊他:

"明子!"

"小英子!"

"你受了戒啦?"

"受了。"

"疼吗?"

"疼。"

"现在还疼吗?"

"现在疼过去了。"

"你哪天回去?"

"后天。"

"上午?下午?"

"下午。"

"我来接你!"

"好!"

…………

小英子把明海接上船。

小英子这天穿了一件细白夏布上衣,下边是黑洋纱的裤子,赤脚穿了一双龙须草的细草鞋,头上一边插着一朵栀子花,一边插着一朵石榴花。她看见明子穿了新海青,里面露出短褂子的白领子,就说:"把你那外面的一件脱了,你不热呀!"

他们一人一把桨。小英子在中舱,明子扳艄,在船尾。

她一路问了明子很多话,好像一年没有看见了。

她问,烧戒疤的时候,有人哭吗?喊吗?

明子说,没有人哭,只是不住地念佛。有个山东和尚骂人:

"俺日你奶奶!俺不烧了!"

她问善因寺的方丈石桥是相貌和声音都很出众吗?

"是的。"

"说他的方丈比小姐的绣房还讲究?"

"讲究。什么东西都是绣花的。"

"他屋里很香?"

"很香。他烧的是伽楠香,贵得很。"

"听说他会作诗,会画画,会写字?"

"会。庙里走廊两头的砖额上,都刻着他写的大字。"

"他是有个小老婆吗?"

"有一个。"

"才十几岁?"

"听说。"

"好看吗?"

"都说好看。"

"你没看见?"

"我怎么会看见?我关在庙里。"

明子告诉她,善因寺一个老和尚告诉他,寺里有意选他当沙弥尾,不过还没有定,要等主事的和尚商议。

"什么叫'沙弥尾'?"

"放一堂戒,要选出一个沙弥头,一个沙弥尾。沙弥头要老成,要会念很多经。沙弥尾要年轻,聪明,相貌好。"

"当了沙弥尾跟别的和尚有什么不同?"

"沙弥头,沙弥尾,将来都能当方丈。现在的方丈退居了,就当。石桥原来就是沙弥尾。"

"你当沙弥尾吗?"

"还不一定哪。"

"你当方丈,管善因寺?管这么大一个庙?!"

"还早呐!"

划了一气,小英子说:"你不要当方丈!"

"好,不当。"

"你也不要当沙弥尾!"

"好,不当。"

又划了一气,看见那一片芦花荡子了。

小英子忽然把桨放下,走到船尾,趴在明子的耳朵旁边,小声地说:"我给你当老婆,你要不要?"

明子眼睛鼓得大大的。

"你说话呀!"

明子说:"嗯。"

"什么叫'嗯'呀!要不要,要不要?"

明子大声地说:"要!"

"你喊什么!"

明子小小声说:"要——!"

"快点划!"

英子跳到中舱,两只桨飞快地划起来,划进了芦花荡。芦花才吐新穗。紫灰色的芦穗,发着银光,软软的,滑溜溜的,像一串丝线。有的地方结了蒲棒,通红的,像一枝一枝小蜡烛。青浮萍,紫浮萍。长脚蚊子,水蜘蛛。野菱角开着四瓣的小白花。惊起一只青桩(一种水鸟),擦着芦穗,扑鲁鲁鲁飞远了。

…………

一九八〇年八月十二日,写四十三年前的一个梦

○ 王蒙

组织部新来的青年人

一

　　三月，天空中纷洒着似雨似雪的东西。三轮车在区委会门口停住，一个年轻人跳下来。车夫看了看门口挂着的大牌子，客气地对乘客说："您到这儿来，我不收钱。"传达室的工人、复员荣军老吕微跛着脚走出，问明了那年轻人的来历后，连忙帮他搬下微湿的行李，又去把组织部的秘书赵慧文叫出来。赵慧文紧握着年轻人的两只手说："我们等你好久了。"林震在小学教师支部的时候，就与赵慧文认识。她的苍白而美丽的脸上，两只大眼睛闪着友善亲切的光亮，只是下眼皮上有着因疲倦而现出来的青色。她带林震到男宿舍，把行李放好、解开，把湿了的毡子晾上，再铺被褥。在她料理这些事情的时候，常常撩一撩自己的头发，正像那些能干而漂亮的女同志一样。

　　她说："我们等了你好久！半年前就要调你来，区人民委员会文教科死也不同意，后来区委书记直接找区长要人，又和教育局人事室吵了一回，这才把你调了来。"

　　"可我前天才知道，"林震说，"听说调我到区委会，真不知怎么好。咱们区委会净干什么呀？"

　　"什么都干。"

　　"组织部呢？"

　　"组织部就作组织工作。"

　　"工作忙不忙？"

　　"有时候忙，有时候不忙。"

　　赵慧文端详着林震的床铺，摇摇头，大姐姐似的不以为然地说："小伙子，真不讲卫生；瞧那枕头布，已经由白变黑；被头呢，吸饱了你脖子上的油；还有床单，那么多折子，简直成了泡泡纱……"

林震觉得，他一走进区委会的门，他的新的生活刚一开始，就碰到了一个很亲切的人。

他带着一种节日的兴奋心情跑着到组织部第一副部长的办公室去报到。副部长有一个古怪的名字：刘世吾。在林震心跳着敲门的时候，他正仰着脸衔着烟考虑组织部的工作规划。他热情而得体地接待林震，让林震坐在沙发上，自己坐在办公桌边，推一推玻璃板上叠得高高的文件，从容地问：

"怎么样？"他的左眼微皱，右手弹着烟灰。

"支部书记通知我后天搬来，我在学校已经没事，今天就来了。叫我到组织部工作，我怕干不了，我是个新党员，过去作小学教师，小学教师的工作与党的组织工作有些不同……"

林震说着他早已准备好的话，说得很不自然，正像小学生第一次见老师一样。于是他感到这间屋子很热。三月中旬，冬天就要过去，屋里还生着火，玻璃上的霜花融解成一条条的污道子。他的额头沁出了汗珠，他想掏出手绢擦擦，在衣袋里摸索了半天没有找到。

刘世吾机械地点着头，看也不看地从那一大叠文件中抽出一个牛皮纸袋，打开纸袋，拿出林震的党员登记表，锐利的眼光迅速掠过，宽阔的前额下出现了密密的皱纹，闭了一下眼，手扶着椅子背站起来，披着的棉袄从肩头滑落了，然后用熟练的毫不费力的声调说：

"好，对，好极了，组织部正缺干部，你来得好。不，我们的工作并不难作，学习学习就会作的，就那么回事。而且你原来在下边工作的……相当不错嘛，是不是不错？"

林震觉得这种称赞似乎有某种嘲笑意味，他惶恐地摇头：

"我工作作得并不好……"

刘世吾的不太整洁的脸上现出隐约的笑容，他的眼光聪敏地闪动着，继续说："当然也可能有困难，可能。这是个了不起的工作。中央的一位同志说过，组织工作是给党管家的，如果家管不好，党就没有力量。"然后他不等问就加以解释："管什么家呢？发展党和巩固党，壮大党的组织和增强党组织的战斗力，把党的生活建立在集体领导、批评和自我批评、与密切联系群众的基础上。这样作好了，党组织就是坚强的、活泼的、有战斗力的，就足以团结和指引群众，完成和更好地完成社会主义建设与社会主义改造的各项务……"

他每说一句话，都干咳一下，但说到那些惯用语的时候，快得像说一个字。譬如他说"把党的生活建立在……上"，听起来就像："把生活建在登登登上"，他纯熟地驾驭那些林震觉得是相当深奥的概念，像拨弄算盘子一样的灵活。林震集中最大的注意力，仍然不能把他讲的话全部把握住。

接着，刘世吾给他分配了工作。

当林震推门要走的时候，刘世吾又叫住他，用另一种全然不同的随意神情问：

"怎么样，小林，有对象了没有？"

"没……"林震的脸刷地红了。

"大小伙子还红脸?"刘世吾大笑了,"才二十二岁,不忙。"他又问:"口袋里装着什么书?"

林震拿出书,说出书名:"《拖拉机站站长与总农艺师》。"

刘世吾拿过书去,从中间打开看了几行,问:"这是他们团中央推荐给你们青年看的吧?"

林震点头。

"借我看看。"

"您有时间看小说吗?"林震看着副部长桌上的大叠材料,惊异了。

刘世吾用手托了托书,试了试分量,微皱着左眼说:"怎么样?这么一薄本有半个夜车就开完啦。四本'静静的顿河'我只看了一个星期,就那么回事。"

当林震走向组织部大办公室的时候,天已经放晴,残留的几片云现出了亮晶晶的边缘。太阳照亮了区委会的大院子。人们都在忙碌:一个穿军服的同志夹着皮包匆匆走过,传达室的老吕提着两个大铁壶给会议室送茶水,可以听见一个女同志顽强地对着电话机子说:"不行,最迟明天早上!不行……"还可以听见忽快忽慢的"哐哧哐哧"声——是一只生疏的手使用着打字机,"她也和我一样,是新调来的吧?"林震不知凭什么理由,猜打字员一定是个女的。他在走廊上站了一站,望着耀眼的区委会的院子,高兴自己新生活的开始。

二

组织部的干部算上林震一共二十四个人,其中三个人临时调到肃反办公室去了,一个人半日工作准备考大学,一个人请产假。能按时工作的只剩下十九个人。四个人作干部工作,十五个人按工厂、机关、学校分工管理建党工作,林震被分配与二厂支部联系组织发展党的工作。

组织部部长由区委副书记李宗秦兼任,他并不常过问组织部的事,实际工作是由第一副部长刘世吾掌握。另一个副部长负责干部工作。具体指导林震工作的是工厂建党组组长韩常新。

韩常新的风度与刘世吾迥然不同。他二十岁,穿蓝色海军呢制服,干净得抖都抖不下土。他有高大的身材,配着英武的只因为粉刺太多而略有瑕疵的脸。他拍着林震的肩膀,用嘹亮的嗓音讲解工作,不时发出豪放的笑声,使林震想:"他比领导干部还像领导干部。"特别是第二天韩常新与一个支部的组织委员的谈话,加强了他给林震的这种印象。

"为什么你们只谈了半小时?我在电话里告诉你,至少要用两小时讨论'发展计划'!"

那个组织委员说:"这个月生产任务太忙……"

韩常新打断了他的话,富有教训意味地说:"生产任务忙就不认真研究发展工作了?这是把中心工作与经常工作对立起来,也是党不管党的一种表现……"

林震弄不明白什么叫"中心工作与经常工作对立起来"和"党不管党",他熟悉的是另外一类名词:"课堂五环节"与"直观教具"。他很钦佩韩常新的这种气魄与能力——迅速地提高到原则上分析问题和指示别人。

他转过头,看见正伏在桌上复写材料的赵慧文,她皱着眉怀疑地看一看韩常新,然后扶正头上的假琥珀发卡,用微带忧郁的目光看向窗外。

晚上,有的干部去参加街道上基层组织生活,有的休息了,赵慧文仍然赶着复写"税务分局培养、提拔干部的经验",累了一天,手腕酸痛,不时在写的中间撂下笔,摇摇手,往手上吹口气。林震自告奋勇来帮忙,她拒绝了,说:"你抄,我不放心。"于是林震帮她把抄过的美浓纸叠整齐,站在她身旁,起一点精神支援作用。她一边抄,一边时时抬头看林震,林震问:"干吗老看我?"赵慧文咬了一下复写笔,调皮地笑了笑。

三

林震是一九五三年秋天由师范学校毕业的,当时是候补党员,被分配到这个区的中心小学当教员。作了教师的他,仍然保持中学生的生活习惯:清晨练哑铃,夜晚记日记,每个大节日——五一、七一……以前到处征求人们对他的意见。曾经有人预言,过不了三个月他就会被那些生活不规律的成年人"同化"。但,不久以后,许多教师夸奖他也羡慕他了,说:"这孩子无忧无虑,无牵无挂,除了工作,就是工作……"

他也没有辜负这种羡慕,一九五四年寒假,由于教学上的成绩,他受到了教育局的奖励。

人们也许以为,这位年轻的教师就会这样平稳地、满足而快乐地度过自己的青年时代。但是不,孩子般单纯的林震,也有自己的心事。

一年以后,他经常焦灼地鞭策自己。是因为社会主义高潮的推动,全国青年社会主义积极分子会议的召开,还是因为年龄的增长?

他已经二十二岁了,记得在初中一年级时作过一篇文,题目是"当我××岁的时候",他写成"当我二十二岁的时候,我要……"现在二十二岁,他的生命史上好像还是白纸,没有功勋,没有创造,没有冒险,也没有爱情——连给某个姑娘写一封信的事都没作过。他努力工作,但是他作的少、慢,和青年积极分子们比较,和生活的飞奔比较,难道能安慰自己吗?他订规划,学这学那,作这作那,他要一日千里!

这时,接到调动工作的通知,"当我二十二岁的时候,我成了党工作者……"也许真正的生活在这里开始了?他抑制住对小学教育工作和孩子们的依恋,燃烧起对新的工作的渴望。支部书记和他谈话的那个晚上,他想了一夜。

就这样,林震口袋里装着"拖拉机站站长与总农艺师",兴高采烈地登上区委会的石阶,对于党工作者(他是根据电影里全能的党委书记的形象来猜测他们的)的生活,充满了神圣的憧憬。但是,等他接触到那些忙碌而自信的领导同志,看到来往的文件和同时举行的会议,听到那些尖锐争吵与高深的分析,他眨眨那有些特别的淡褐色眼珠的眼睛,心里有点怯……

到区委会的第四天,林震去通华麻袋厂了解第一季度发展党员工作的情况,去以前,他看了有关的文件和名叫"怎样进行调查研究"的小册子,再三地请教了韩常新,他密密麻麻地写了一篇提纲,然后飞快地骑着新领到的自行车,向麻袋厂驶去。

工厂门口的警卫同志听说他是委员会的干部,没要他签名,信任地请他进去了。穿过一个大空场,走过一片放麻的露天货场与机器隆隆响的厂房,他心神不安地去敲厂长兼支部书记王清泉办公室的门。得到了里面"进来"的回答后,他慢慢地走进去,怕走快了显得没有经验。他看见一个阔脸、粗脖子、身材矮小的男人正与一个头发上抹了许多油的驼背的男人下棋。小个子的同志抬起头,右手玩着棋子,问清了林震找谁以后,不耐烦地挥一挥手:"你去西跨院党支部办公室找魏鹤鸣,他是组织委员。"然后低下头继续下棋。

林震找着了红脸的魏鹤鸣,开始按提纲发问了:"一九五六年第一季度,你们发展了几个人?"

"一个半。"魏鹤鸣粗声粗气地说。

"什么叫'半'?"

"有一个通过了,区委拖了两个多月还没有批下来。"

林震掏出笔记本记了下来。又问:

"发展工作是怎么样进行的,有什么经验?"

"进行过程和向来一样——和党章的规定一样。"

林震看了看对方,为什么他说出的话像搁了一个星期的窝窝头一样干巴?魏鹤鸣托着腮,眼睛看着别处,心里也像在想别的事。

林震又问:"发展工作的成绩怎么样?"

魏鹤鸣答:"刚才说过了,就是那些。"他好像应付似地希望快点谈完。

林震不知道应该再问什么了,预备了一下午的提纲,和人家只谈上五分钟就用完了。他很窘。

这时门被一只有力的手推开了。那个小个子的同志进来,匆匆忙忙地问魏鹤鸣:"来信的事你知道吗?"

魏鹤鸣无精打采地点了点头。

小个子的同志来回踱着步子,然后劈开腿站在房中央:"你们要想办法!质量问题去年就提出来了,为什么还等着合同单位给纺织工业部写信?在社会主义高潮当中我们的生产迟迟不能提高,这是耻辱!"

魏鹤鸣冷冷地看着小个子的脸,用颤抖的声音问:"您说谁?"

"我说你们大家!"小个子手一挥,把林震也包括在里面了。

魏鹤鸣因为抑制着的愤怒的爆发而显得可怕,他的红脸更红了,他站起来问:"那么您呢?您不负责任?"

"我当然负责。"小个子的同志却平静了,"对于上级,我负责,他们怎么处分我我也接受。对于我,你得负责,谁让你作生产科长呢?你得小心……"说完,他威胁地看了魏鹤鸣一眼，走了。

魏鹤鸣坐下，把棉袄的扣子全解开了，喘着气。林震问："他是谁？"魏鹤鸣讽刺地说："你不认识？他就是厂长王清泉。"

于是魏鹤鸣向林震详细地谈起了王清泉的情况。王清泉原来在中央某部工作，因为在男女关系上犯错误受了处分，一九五一年调到这个厂子作副厂长，一九五三年厂长他调，他就被提拔作厂长。他一向是吃饱了转一转，躲在办公室批批文件下下棋，然后每月在工会大会、党支部大会、团总支大会上讲话批评工人群众竞赛没搞好，对质量不关心，有经济主义思想……魏鹤鸣没说完，王清泉又推门进来了。他看着左腕上的表，下令说："今天中午十二点十分，你通知党、团、工会和行政各科室的负责人到厂长室开会。"然后把门兵地一带，走了。

魏鹤鸣嘟哝着："你看他怎么样？"

林震说："你别光发牢骚，你批评他，也可以向上级反映，上级绝不允许有这样的厂长。"

魏鹤鸣笑了，问林震："老林同志，你是新来的吧？"

"老林"同志脸红了。

魏鹤鸣说："批评不动！他根本不参加党的会议，你上哪儿批评去？偶尔参加一次，你提意见，他说：'提意见是好的，不过应该掌握分寸，也应该看时间、场合。现在，我们不应该因为个人意见侵占党支部讨论国家任务的宝贵时间。'好，不占用宝贵时间，我找他个别提，于是我们俩吵成了现在这个样子。"

"向上级反映呢？"

"一九五四年我给纺织工业部和区委写了信，部里一位张同志与你们那儿的老韩同志下来检查了一回。检查结果是：'官僚主义较严重，但主要是作风问题，任务基本上完成了，只是完成任务的方法有缺点。'然后找王清泉'批评'了一下，又找我鼓励了一下开展自下而上的批评的精神，就完事了。此后，王厂长有一个来月对工作比较认真，不久他得了肾病，病好以后他说自己是'因劳致疾'，就又成了这个样子。"

"你再反映呀！"

"哼，后来与韩常新也不知说过多少次，老韩也不答理，反倒向我进行教育说，应该尊重领导，加强团结。也许我不该这样想，但我觉得也许要等到王厂长贪污了人民币或者强奸了妇女，上级才会重视起来！"

林震出了厂子再骑上自行车的时候，车轮旋转的速度就慢多了。他深深地把眉头皱了起来。他发现他的工作的第一步就有重重的困难，但他也受到一种刺激，甚至是激励——这正是发挥战斗精神的时候啊！他想着想着，直到因为车子溜进了急行线而受到交通民警的申斥。

四

吃完午饭，林震迫不及待地找韩常新汇报情况。韩常新有些疲倦地靠着沙发背，高大的身体显得笨重，从身上掏出火柴匣，拿起一根火柴剔牙。

林震杂乱地叙述他去麻袋厂的见闻，韩常新脚尖打着地不住地说："是的，我知道。"然后他拍一拍林震的肩膀，愉快地说："情况没了解上来不要紧，第一次下去嘛，下次就好了。"

林震说："可是我了解了关于王清泉的情况。"他把笔记本打开。

韩常新把他的笔记本合上，告诉他："对，这个情况我早知道。前年区委让我处理过这个事情，我严厉地批评过他，指出他的缺点和危险性，我们谈了至少有三四个钟头……"

"可是并没有效果呀，魏鹤鸣说他只好了一个月……"林震插嘴说。

"一个月也是效果，而且决不止一个月。魏鹤鸣那个人思想上有问题，见人就告厂长的状……"

"他告的状是不是真的？"

"很难说不真，也很难说全真。当然这个问题是应该解决的，我和区委副书记李宗秦同志谈过。"

"副书记的意见是什么？"

"副书记同意我的意见，王清泉的问题是应该解决也是可能解决的……不过，你不要一下子就陷到这里边去。"

"我？"

"是的。你第一次去一个工厂，全面情况也不了解，你的任务又不是去解决王清泉的问题，而且，直爽地说，解决他的问题也需要更有经验的干部；何况我们并不是没有管过这件事……你要是一下子陷到这个里头，三个月也出不来，第一季度的建党总结还了解不了解？上级正催我们交汇报呢！"

林震说不出话。

韩常新又拍拍林震的肩膀："不要急躁嘛。咱们区三千个党员，百十几个支部，你一来就什么问题都摸还行？"他打了个哈欠，有倦意的脸上的粉刺涨红了："啊——哈，该睡午觉了。"

"那，发展工作怎么再去了解？"林震没有办法地问。

韩常新又去拍林震的肩膀，林震不由得躲开了。韩常新有把握地说："明天咱们俩一齐去，我帮你去了解，好不？"然后他拉着林震一同到宿舍去。

第二天，林震很有兴趣地观察韩常新如何了解情况。三年前，林震在北京师范上学的时候，出去作过见习教师，老教师在前面讲，林震和学生一起听，学了不少东西。这次，他也抱着见习的态度，打开笔记本，准备把韩常新的工作过程详细记录下来。

韩常新问魏鹤鸣："发展了几个党员？"

"一个半。"

"不是一个半，是两个，我是检查你们的发展情况，不是检查区委批没批。"韩常新纠正他，又问，"这两个人本季度生产计划完成的怎么样？"

"很好，他们一个超额百分之七，一个超额百分之四，厂里黑板报还表扬……"

谈起生产情况，魏鹤鸣似乎起劲了些，但是韩常新打断了他的话："他们有些什么缺点？"

魏鹤鸣想了半天，空空洞洞地说了些缺点。

韩常新叫他给所举的缺点提一些例子。

提完例子，韩常新再问他党的积极分子完成本季度生产任务的情况，他特别感兴趣的是一些数字和具体事例，至于这些先进的工人克服困难、钻研创造的过程，他听都不要听。

回来以后，韩常新用流利的行书示范地写了一个"麻袋厂发展工作简况"，内容是这样的：

"……本季度（一九五六年一月至三月）麻袋厂支部基本上贯彻了积极慎重发展新党员的方针，在建党工作上取得了一定的成绩，新通过的党员朱××与范××受到了共产党员的光荣称号的鼓舞，增强了主人翁的观念，在第一季度繁重的生产任务中各超额百分之七，百分之四。广大积极分子，围绕在支部周围，受到了朱××与范××模范事例的教育，并为争取入党的决心所推动，发挥了劳动的积极性与创造性，良好地完成或者超额完成了第一季度的生产任务……（下面是一系列数字与具体事例）这说明：一、建党工作不仅与生产工作不会发生矛盾，而且大大推动了生产，任何借口生产忙而忽视建党工作的作法都是错误的。二、……但同时必须指出，麻袋厂支部的建党工作，也仍然存在着一定的缺点……例如……"

林震把写着"简况"的片艳纸捧在手里看了又看，他有一刹那，甚至于怀疑自己去没去过麻袋厂，还是上次与韩常新同去时自己睡着了，为什么许多情况他根本不记得呢？他迷惑地问韩常新：

"这，这是根据什么写的？"

"根据那天魏鹤鸣的汇报呀。"

"他们在生产上取得的成绩是因为建党工作么？"林震口吃起来。

韩常新抖一抖裤脚，说："当然。"

"不吧？上次魏鹤鸣并没有这样讲。他们的生产提高了，也可能是由于开展竞赛，也许由于青年团建立了监督岗，未必是建党工作的成绩……"

"当然，我不否认。各种因素是统一起来的，不能形而上学地割裂地分析这是甲项工作的成绩，那是乙项工作的成绩。"

"那，譬如我们写第一季度的捕鼠工作总结，是不是也可以用这些数字和事例呢？"

韩常新沉着地笑了，他笑林震不懂"行"，他说："那可以灵活掌握……"

林震又抓住几个小问题问：

"你怎么知道他们的生产任务是繁重的呢？"

"难道现在会有一个工厂任务很清闲吗？"

林震目瞪口呆了。

五

区委会的工作是紧张而严肃的，在区委书记办公室，连日开会到深夜。从汉语拼音到预防大脑炎，从劳动保护到政治经济学讲座，无一不经过区委会的讨论。林震有一次去收发室取报纸，看见一份厚厚的材料，第一页上写着"区人民委员会党组关于调整公私合营工商业的分布、管理、经营方法及贯彻市委关于公私合营工商业工人工资问题的报告的请示"。他怀着敬畏的心情看着这份厚得像一本书的材料和它的长题目。有时，又觉得区委干部们的精神状态是随意而松懈的，他们在办公时间聊天，看报纸，大胆地拿林震认为最严肃的题目开玩笑，例如，青年监督岗开展工作，韩常新半嘲笑地说："吓，小青年们脑门子热起来啦……"林震参加的组织部一次部务会议也很有意思，讨论市委布置的一个临时任务，大家抽着烟，说着笑话，打着岔，开了两个钟头，拖拖沓沓，没有什么结果。这时，皱着眉思索了好久的刘世吾提出了一个方案，马上热烈地展开了讨论，很多人发表了使林震惊佩的精彩意见。林震觉得，这最后的三十多分钟的讨论要比以前的两个钟头有效十倍。某些时候，譬如说夜里，各屋亮着灯：第一会议室，出席座谈会的胖胖的工商业者愉快地与统战部长交换意见；第二会议室，各单位的学习辅导员们为"价值"与"价格"的关系争得面红耳赤；组织部坐着等待入党谈话的激动的年轻人，而市委的某个严厉的书记出其不意地出现在书记办公室，找区委正副书记汇报贯彻工资改革的情况……这时，人声嘈杂，人影交错，电话铃声断断续续，林震仿佛从中听到了本区生活的脉搏的跳动，而区委会这座不新的、平凡的院落，也变得辉煌壮观起来。

在一切印象中，最突出和新鲜的印象是关于刘世吾的：刘世吾工作极多，常常同一个时间好几个电话催他去开会，但他还是一会儿就看完了"拖拉机站站长与总农艺师"，把书转借给了韩常新；而且，他已经把前一个月公布的拼音文字草案学会了，开始在开会时用拼音文字作记录了。某些传阅文件刘世吾拿过来看看题目和结尾就签上名送走，也有的不到三千字的指示他看上一下午，密密麻麻地画上各种符号。刘世吾有时一面听韩常新汇报情况，一面漫不经心地查阅其他的材料，听着听着却突然指出："上次你汇报的情况不是这样！"韩常新不自然地笑着，刘世吾的眼睛捉摸不定地闪着光；但刘世吾并不深入追究，仍然查他的材料，于是韩常新恢复了常态，有声有色地汇报下去。

赵慧文与韩常新的关系也被林震看出了一些疑窦：韩常新对一切人都是拍着肩膀，称呼着"老王"、"小李"，亲热而随便。独独对赵慧文，却是一种礼貌的"公事公办"的态度。这样说话："赵慧文同志，党刊第一百〇四期放在哪里？"而赵慧文也用警戒的神情对待他。

奇怪得很，林震说不清他的这个新环境是好是坏。他还是像在小学时一样，每天照样很早就起来玩哑铃，还是照常地给人以"单纯"的甚至"天真"的印象。但是，他的内心活动却比在小学的时候多得多。他必须学会判断一切事情和一切人。

……四月，东风悄悄地刮起，不再被人喜爱的火炉蜷缩在阴暗的贮藏室，只有各房间熏黑了的屋顶还存留着严冬的痕迹。往年,这个时候,林震就会带着活泼的孩子们去卧佛寺或者西山八大处踏青,在早开的桃李与混浊的溪水中寻找春天的消息……区委会的生活却不怎么受季节的影响,继续以那种紧张的节奏和复杂的色彩流转着。当林震从院里的垂柳上摘下一颗多汁的嫩芽时,他稍微有点怅惘,因为春天来得那么快,而他,却没作出什么有意义的事情来迎接这个美妙的季节……

晚上九点钟,林震走进了刘世吾办公室的门。赵慧文正在这里,她穿着紫黑色的毛衣。脸儿在灯光下显得越发苍白。听到有人进来,她迅速地转过头来,林震仍然看见了她略略突出的颧骨上的泪迹。他回身要走,低着头吸烟的刘世吾作手势止住他:"坐在这儿吧,我们就谈完了。"

林震坐在一角,远远地隔着灯光看报,刘世吾用烟卷在空中划着圆圈,诚恳地说:

"相信我的话吧,没错。年轻人都这样,最初互相美化,慢慢发现了缺点,就觉得都很平凡。不要作不切实际的要求,没有遗弃,没有虐待,没有发现他政治上、品质上的问题,怎么能说生活不下去呢?才四年嘛。你的许多想法是从苏联电影里学来的,实际上,就那么回事……"

赵慧文没说话,她撩一撩头发,临走的时候,对林震惨然地一笑。

刘世吾走到林震旁边,问:"怎么样?"他丢下烟蒂,又掏出一支来点上火,紧接着贪婪地吸了几口,缓缓地吐着白烟,告诉林震:"赵慧文跟她爱人又闹翻了……"接着,他开开窗户,一阵风吹掉办公桌上的几张纸,传来了前院里散会以后人们的笑声,招呼声和自行车铃响。

刘世吾把只抽了几口的烟扔出去,伸了个懒腰,扶着窗户,低声说:"真的是春天了呢!"

"我想谈谈来区委工作的情况,我有一些问题不知道怎么解决。"林震用一种坚决的神气说,同时把落在地上的纸页拾起来。

"对,很好。"刘世吾仍然靠着窗户框子。

林震从去麻袋厂说起:"……我走到厂长室,正看见王清泉同志……"

"下棋呢还是打扑克?"刘世吾微笑着问。

"您怎么知道?"林震惊骇了。

"他老兄什么时候干什么我都算得出来,"刘世吾慢慢地说,"这个老兄棋瘾很大,有一次在咱这儿开了半截会,他出去上厕所,半天不回来,我出去一找,原来他看见老吕和区委书记的儿子下棋,他在旁边'支'上'招儿'了。"

林震不顾对方老是不在意地打断他的话,坚持着把自己所知道的情况说了一遍。

刘世吾关上窗户,拉一把椅子坐下,用两个手扶着膝头支持着身体,轻轻地摆动着头:

"魏鹤鸣是个直性子,他一来就和王清泉吵得面红耳赤……你知道,王清泉也是个特殊人物,不太简单。抗日胜利以后,王清泉被派到国民党军队里工作,他作过国民党军的副团长,是个呱呱叫的情报人员。一九四七年以后他与我们的联系中断,直到解放以后才接上线。他是去瓦解敌人的，但是他自己也染上国民党军官的一些习气，改不过来，其实是个英勇的老同志。"

"这样……"

"是啊。"刘世吾严肃地点点头，接着说，"当然，这不能为他辩护，党是派他去战胜敌人而不是与敌人同流合污，所以他的错误是不可原谅的。"

"怎么去解决呢？魏鹤鸣说，这个问题已经拖了好久。他到处写过信……"

"是啊。"刘世吾又干咳了一会，作着手势说，"现在下边支部里各类问题很多，你如果一一地用手工业的方法去解决，那是事倍功半的。而且，上级布置的任务追着屁股，完成这些任务已经感到很吃力。作为领导，必须掌握一种把个别问题与一般问题结合起来，把上级分配的任务与基层存在的问题结合起来的艺术。再者，王清泉工作不努力是事实，但还没有发展到消极怠工的地步；作风有些生硬，也不是什么违法乱纪；显然，这不是组织处理问题而是经常教育的问题。从各方面看，解决这个问题的时机目前还不成熟。"

林震沉默着，他判断不清究竟哪样对；是娜斯嘉的"对坏事绝不容忍"对呢，还是刘世吾的"条件成熟论"对。他一想起王清泉那样的厂长就觉得难受，但是，他驳不倒刘世吾的"领导艺术"。刘世吾又告诉他："其实，有类似毛病的干部也不只一个……"这更加使得林震睁大了眼睛，觉得这跟他在小学时所听的党课的内容不是一个味儿。

后来，林震又把看到的韩常新如何了解情况与写简报的事说了说，他说，他觉得这样整理简报不太真实。

刘世吾大笑起来，说："老韩……这家伙……真高明……"笑完了，又长出一口气，告诉林震："对，我把你的意见告诉他。"

林震犹豫着，刘世吾问："还有别的意见么？"

于是林震勇敢地提出："我不知道为什么，来了区委会以后发现了许多许多缺点，过去我想象的党的领导机关不是这样……"

刘世吾把茶杯一放："当然，想象总是好的，实际呢，就那么回事。问题不在于有没有缺点，而在于什么是主导的。我们区委的工作，包括组织部的工作，成绩是基本的呢，还是缺点是基本的？显然成绩是基本的，缺点是前进中的缺点。我们伟大的事业，正是由这些有缺点的组织和党员完成着的。"

走出办公室以后，林震有一种奇怪的感觉；和刘世吾谈话似乎可以消食化气，而他自己的那些肯定的判断，明确的意见，却变得模糊不清了。他更加惶惑了。

六

不久，在党小组会上，林震受到了一次严厉的批评。

事情是这样：有一次，林震去麻袋厂，魏鹤鸣说，由于季度生产质量指标没有达到，王厂长狠狠地训了一回工人，工人意见很大，魏鹤鸣打算找些人开个座谈会，搜集意见，准备向上反映。林震很同意这种作法，以为这样也许能促进"条件的成熟"。过了三天，王清泉气急败坏地到区委会找副书记李宗秦，说魏鹤鸣在林震支持下搞小集团进行反领导的活动，还说参加魏鹤鸣主持的座谈会的工人都有历史问题……最后说自己请求辞职。李宗秦批评了他的一些缺点，同意制止魏鹤鸣再开座谈会，"至于林震，"他对王清泉说，"我们会给以应有的教育的。"

批评会上，韩常新分析道："林震同志没有和领导上商量，擅自同意魏鹤鸣召集座谈会，这首先是一种无组织无纪律的行为……"

林震不服气，他说："没有请示领导，是我的错。但是我不明白为什么我们不但不去主动了解群众的意见，反而制止基层这样作！"

"谁说我们不了解？"韩常新翘起一只腿，"我们对麻袋厂的情况统统掌握……"

"掌握了而不去解决，这正是最痛心的！党章上规定着，我们党员应该向一切违反党的利益的现象作斗争……"林震的脸变青了。

富有经验的刘世吾开始发言了，他向来就专门能在一定的关头起扭转局面的作用：

"林震同志的工作热情不错，但是他刚来一个月就给组织部的干部讲党章，未免仓促了些。林震以为自己是支持自下而上的批评，是作一件漂亮事，他的动机当然是好的喽；不过，自下而上的批评必须有领导地去开展，譬如这回事，请林震同志想一想：第一，魏鹤鸣是不是对王清泉有个人成见呢？很难说没有。那么魏鹤鸣那样积极地去召集座谈会，可不可能有什么个人目的呢？我看不一定完全不可能。第二，参加会的人是不是有一些历史复杂别有用心的分子呢？这也应该考虑到。第三，开这样一个会，会不会在群众里造成一种王清泉快要挨整了的印象因而天下大乱了呢？等等。至于林震同志的思想情况，我愿意直爽地提出一个推测：年轻人容易把生活理想化，他以为生活应该怎样，便要求生活怎样，作一个党的工作者，要多考虑的却是客观现实，是生活可能怎样。年轻人也容易过高估计自己，抱负甚多，一到新的工作岗位就想对缺点斗争一番，充当个娜斯嘉式的英雄。这是一种可贵的、可爱的想法，也是一种虚妄……"

林震像被打中了一拳似地颤了一下，他紧咬住下嘴唇忍住了心里的气愤和痛苦。

他鼓起勇气再问："那么王清泉……"刘世吾把头一扬："我明天找他谈话，有原则性的并不仅是你一个人。"

七

星期六晚上，韩常新举行婚礼。林震走进礼堂，他不喜欢那弥漫的呛人的烟气，还有地上杂乱的糖果皮与空中杂乱的哄笑；没等婚礼开始他就退了出来。

组织部的办公室黑着，他拉开灯，看见自己桌上的信，是小学的同事们写来，其中还夹着孩子们用小手签了名的信：

"林老师：您身体好吗？我们特别特别想您，女同学都哭了，后来就不哭了，后来我们作算术，题目特别特别难，我们费了半天劲，中于算出来了……"

看着信，林震不禁独自笑起来了，他拿起笔把"中于"改成"终于"，准备在回信时告诉他们下次要避免别字。他仿佛看见了系蝴蝶结的李琳琳、爱画水彩画的刘小毛和常常把铅笔头含在嘴里的孟飞，……他猛把头从信纸上抬起来，所看见的却是电话、吸墨纸和玻璃板。他所熟悉的孩子的世界已经离他而去了，现在是到了一个有些陌生的环境里来了……他想起前天党小组会上人们对他的批评。难道自己真的错了？真的是莽撞和幼稚，再加几分年轻人的廉价的勇气？也许真的应该切实估量一下自己，把分内的事作好，过两年，等到自己"成熟"了以后再干预一切吧？

礼堂里传来爆发的掌声和笑声。

一只柔软的手落在肩上，他吃惊地回过头来，灯光显得刺眼，赵慧文没有声响地站在他的身边，女同志走路都有这种不声不响的本事。

赵慧文问："怎么不去玩？"

"我懒得去。你呢？"

"我该回家了，"赵慧文说，"到我家坐坐好吗？省得一个人在这儿想心事。"

"我没有心事，"林震分辩着，但他接受了赵慧文的好意。

赵慧文住在离区委会不远的一个小院落里。

孩子睡在浅蓝色的小床里，幸福地含着指头，赵慧文吻了儿子，拉林震到自己房间里来。

"他父亲不回来吗？"林震问。

赵慧文摇摇头。

这间卧室好像是布置得很仓促，墙壁因为空无一物而显得过分洁白，盆架孤单地缩在一角，窗台上的花瓶傻气地张着口；只有床头小桌上的收音机，好像还能扰乱这卧室的安静。

林震坐在藤椅上，赵慧文靠墙站着。林震指着花瓶说："应该插枝花，"又指着墙壁说："为什么不买几张画挂上？"

赵慧文说："经常也不在，就没有管它。"然后她指着收音机问："听不听？星期六晚上，总有好的音乐。"

收音机亮了，一种梦幻的柔美的旋律从远处飘来，慢慢变得热情激荡。提琴奏出的诗一样的主题，立即揪住了林震的心。他托着腮，屏住了气。他的青春，他的追求，他的碰壁，似乎都能与这乐曲相通。

赵慧文背着手靠在墙上，不顾衣服蹭上了石灰粉，等这段乐曲过去，她用和音乐一样的声音说："这是柴可夫斯基的意大利随想曲，让人想到南国，想到海……我在文工团的时候常听它，慢慢觉得，这调子不是别人演奏出的，而是从我心里钻出来的……"

"在文工团？"

"参加军事干部学校以后被分配去的，在朝鲜，我用我的蹩脚的嗓子给战士唱过歌，我是个哑嗓子的歌手。"

林震像第一次见面似的又重新打量赵慧文。

"怎么？不像了吧？"这时电台改放"剧场实况"了，赵慧文把收音机关了。

"你是文工团的,为什么很少唱歌?"林震问。

她不回答,走到床边,坐下。她说:"我们谈谈吧,小林,告诉我,你对咱们区委的印象怎么样?"

"不知道,我是说,还不明确。"

"你对韩常新和刘世吾有点意见吧,是不?"

"也许。"

"当初我也这样,从部队转业到这里,和部队的严格准确比较,许多东西我看不惯。我给他们提了好多意见,和韩常新激动地吵过一回,但是他们笑我幼稚,笑我工作没作好意见倒一大堆,慢慢地我发现,和区委的这些缺点作斗争是我力不胜任的……"

"为什么力不胜任?"林震像刺痛了似的跳起来,他的眉毛拧在一起了。

"这是我的错,"赵慧文抓起一个枕头,放在腿上,"那时我觉得自己水平太低,自己也很不完美,却想纠正那些水平比自己高得多的同志,实在不量力。而且,刘世吾、韩常新还有别人,他们确实把有些工作作得很好。他们的缺点散布在咱们工作的成绩里边,就像灰尘散布在美好的空气中,你嗅得出来,但抓不住,这正是难办的地方。"

"对!"林震把右拳头打在左手掌上。

赵慧文也有些激动了,她把枕头抛开,话说得更慢,她说:"我作的是事务工作,领导同志也不大过问,加上个人生活上的许多牵扯,我沉默了,于是,上班抄抄写写,下班给孩子洗尿布,买奶粉。我觉得我老得很快,参加军干校时候那种热情和幻想,不知道哪里去了。"她沉默着,一个一个地捏着自己那白白的好看的手指,接着说:"两个月以前,北京市进入社会主义高潮,工人、店员还有资本家,放着鞭炮,打着锣鼓到区委会报喜,工人、店员把入党申请书直接送到组织部,大街上一天一变,整个区委会彻夜通明,吃饭的时候,宣传部、财经部的同志滔滔不绝地讲着社会主义高潮中的各种气象;可我们组织部呢?工作改进很少!打电话催催发展数字,按前年的格式添几条新例子写写总结……最近,大家检查保守思想,组织部也检查,拖拖沓沓开了三次会,然后写个材料完事。……哎,我说乱了,社会主义高潮中,每一声鞭炮都刺着我,当我复写批准新党员通知的时候,我的手激动得发抖,可是我们的工作就这样依然故我地下去吗?"她喘了一口气,来回踱着,然后接着说:"我在党小组会上谈自己的想法,韩常新满足地问:'难道我们发展数字的完成比例不是各区最高的?难道市委组织部没要我们写过经验?'然后他进行分析,说我情绪不够乐观,是因为不安心事务工作……"

"开始的时候,韩常新给人一个了不起的印象,但是实际一接触……"林震又说起那次写汇报的事。

赵慧文同意地点头:"这一二年,虽然我没提什么意见,但我无时无刻不在观察。生活里的一切,有表面也有内容,作到金玉其外,并不是难事。譬如韩常新,充领导他会拉长了声音训人,写汇报他会强拉硬扯生动的例子,分析问题,他会用几个无所不包的概念；于是，俨然成了个少壮有为的干部，他漂浮在生活上边，悠然得意。"

"那么刘世吾呢？"林震问，"他绝不像韩常新那样浅薄，但是他的那些独到的见解，精辟的分析，好像包含着一种可怕的冷漠。看到他容忍王清泉这样的厂长，我无法理解，而当我想向他表示什么意见的时候，他的议论却使人越绕越糊涂，除了跟着他走，似乎没有别的路……"

"刘世吾有一句口头语：就么回事。他看透了一切，以为一切就那么回事。按他自己的说法，他知道什么是'是'，什么是'非'，还知道'是'一定战胜'非'，又知道'是'不是一下子战胜'非'，他什么都知道，什么都见过——党的工作给人的经验本来很多。于是他不再操心，不再爱也不再恨。他取笑缺陷，仅仅是取笑；欣赏成绩，仅仅是欣赏。他蛮有把握地应付一切，再也不需要虔诚地学习什么，除了拼音文字之类的具体知识。一旦他认为条件成熟需要干一气，他一把把事情抓在手里，教育这个，处理那个，俨然是一切人的上司。凭他的经验和智慧，他当然可以作好一些事，于是他更加自信。"赵慧文毫不容情地说道。这些话曾经在多少个不眠的夜晚萦绕在她的心头……

"我们的区委副书记兼部长呢？他不管么？"

赵慧文更加兴奋了，她说："李宗秦身体不好，他想去作理论研究工作，嫌区的工作过于具体。他作组织部长只是挂名，把一切事情推给刘世吾。这也是一种相当普遍的不正常的现象，有一批老党员，因为病，因为文化水平低，或者因为是首长爱人，他们挂着厂长、校长和书记的名，却由副厂长、教导主任、秘书或者某个干事作实际工作。"

"我们的正书记——周润祥同志呢？"

"周润祥同志工作太多，他忙着肃反、私营企业的改造……各种带有突击性的任务，我们组织部的工作呢，一般说永远成不了带突击性的中心任务，所以他管的也不多。"

"那……怎么办呢？"林震直到现在，才开始明白了事情的复杂性，一个缺点，仿佛粘在从上到下的一系列的缘故上。

"是啊。"赵慧文沉思地用手指弹着自己的腿，好像在弹一架钢琴，然后她向着远处笑了，她说："谢谢你……"

"谢我？"林震以为自己听错了。

"是的，见到你，我好像又年轻了。你常常把眼睛盯在一个地方不动，老是在想，像个爱幻想的孩子。你又挺容易兴奋起来，动不动就红脸。可是，你又天不怕地不怕，敢于和一切坏现象作斗争，于是我有一种婆婆妈妈的预感：你……一场风波要起来了。"

林震脸红了。他根本没想到这些，他正为自己的无能而十分羞耻。他嘟哝着说："但愿是真正的风波而不是瞎胡闹。"然后他问："你想了这么多，分析得这么清楚，为什么只是憋在心里呢？"

"我老觉得没有把握，"赵慧文把手放在自己的胸前，"我看了想，想了又看，我有时候想得一夜都睡不好，我问自己：'你的工作是事务性的，你能理解这些吗？'"

"你怎么会这样想？我觉得你刚才说的对极了！你应该把你刚才说的对区委书谈，或者写成材料给'人民日报'……"

"瞧，你又来了。"赵慧文露出润湿的牙齿笑了。

"怎么叫又来了？"林震不高兴地站起来，使劲搔着头皮，"我也想过多少次，我觉得，人要在斗争中使自己变正确，而不能等到正确了才去作斗争！"

赵慧文突然推门出去了，把林震一个人留在这空旷的屋子里，他嗅见了肥皂的香气。马上，赵慧文回来了，端着一个长柄的小锅，她跳着进来，像一个梳着三只辫子的小姑娘。 她打开锅盖，戏剧性地向林震说：

"来，我们吃荸荠，煮熟了的荸荠！我没有找到别的好吃的。"

"我从小就喜欢吃熟荸荠，"林震愉快地把锅接过来，他挑了一个大的没剥皮就咬了一口，然后他皱着眉吐了出来，"这是个坏的，又酸又臭。"赵慧文大笑了。林震气愤地把捏烂了的酸荸荠扔到地上。

临走的时候，夜已经深了，纯净的天空上布满了畏怯的小星星。有一个老头儿吆喝："炸丸子开锅！"推车走过。林震站在门外，赵慧文站在门里，她的眼睛在黑暗中闪光，她说："下次来的时候，墙上就有画了。"

林震会心地笑着："而且希望你把丢下的歌儿唱起来！"他摇了一下她的手。

林震用力地呼吸着春夜的清香之气，一股温暖的泉水在心头涌了上来。

八

韩常新最近被任命为组织部副部长。新婚和被提拔，使他愈益精神焕发和朝气勃勃。他每天刮一次脸，在参观了服装展览会以后又作了一套凡尔丁料子的衣服。不过，最近他亲自出马下去检查工作少了，主要是在办公室听汇报、改文件和找人谈话。刘世吾仍然那么忙……

一天，晚饭以后，韩常新把"拖拉机站站长与总农艺师"还给林震，他用手弹一弹那本书，点点头说："很有意思，也很荒唐。当个作家倒不坏，编得天花乱坠。赶明儿我得了风湿性关节炎或者犯错误受了处分，就也写小说去。"

林震接过书，赶快拉开抽屉，把它压在最底下。

刘世吾坐在另一边的沙发上正出神地研究一盘象棋残局，听了韩常新的话，刻薄地说："老韩将来得关节炎或者受处分倒不见得不可能，至于小说，我们可以放心，至少在这个行星上不会看到您的大作。"他说的时候一点不像开玩笑，以致韩常新尴尬地转过头，装没听见。

这时刘世吾又把林震叫过去，坐在他旁边，问："最近看什么书了？有没有好的借我看看？"

林震说没有。

刘世吾挪动着身体，斜躺在沙发上，两手托在脑后，半闭着眼，缓慢地说："最近在'译文'上看了'被开垦的处女地'第二部的片段,人家写得真好,活得很……"

"您常看小说?"林震真不大相信。

"我愿意荣幸地表示,我和你一样地爱读书:小说、诗歌、包括童话。解放以前,我最喜欢屠格涅夫,小学五年级,我已经读'贵族之家',我为伦蒙那个德国老头儿流泪,我也喜欢叶琳娜;英沙罗夫写得却并不好……可他的书有一种清新的、委婉多情的调子。"他忽地站起来,走近林震,扶着沙发背,弯着腰继续说,"现在也爱看,看的时候很入迷,看完了又觉得没什么,你知道,"他紧挨林震坐下,又半闭起眼睛,"当我读一本好小说的时候,我梦想一种单纯的、美妙的、透明的生活。我想去作水手,或者穿上白衣服研究红血球,或者作一个花匠,专门培植十样锦……"他笑了,从来没这样笑过,不是用机智,而是用心。"可还是得作什么组织部长。"他摊开了手。

"为什么您把现在的工作看得和小说那么不一样呢?党的工作不单纯,不美妙,也不透明么?"林震友好而关切地问。

刘世吾接连摇头,咳嗽了一会儿又站起来,靠到远一点的地方,嘲笑地说:"党工作者不适合看小说。……譬如,"他用手在空中一划,"拿发展党员来说,小说可以写:'在壮丽的事业里,多少名新战士参加了无产阶级的先锋行列,万岁!'而我们呢,组织部呢,却正在发愁:第一,某支部组织委员工作马大哈,谈不清新(楚)党员的历史情况。第二,组织部压了百十几个等着批准的新党员,没时间审查。第三,新党员需经常委会批准,常委委员一听开会批准党员就请假。第四,公安局长参加常委会批准党员的时候老是打瞌睡……"

"您不对!"林震大声说,他像本人受了侮辱一样地难以忍耐,"真奇怪!……"他说不下去了。

刘世吾笑了笑,叫韩常新:"来,看看报上登的这个象棋残局,该先挪车呢还是先跳马?"

九

魏鹤鸣告诉林震,他要求回到车间作工人,他说:"这个支部委员和生产科长我干不了。"林震费尽唇舌,劝他把那次座谈会搜集的意见写给党报,并且质问他:"你退缩了,你不信任党和国家了,是吗?"后来魏鹤鸣和几个意见较多的工人写了一封长信,偷偷地寄给报纸,连魏鹤鸣本人都对自己有些怀疑:"也许这又是'小集团活动'?那就处罚我吧!"他是带着有罪的心情把大信封扔进邮箱的。

五月中旬,"北京日报"以显明的标题登出揭发王清泉官僚主义作风的群众来信。署名"麻袋厂一群工人"的信,愤怒地要求领导上处理这一问题。"北京日报"编者也在按语中指出:"……有关领导部门应迅速作认真的检查……"

赵慧文首先发现了,她叫林震来看。林震兴奋得手发抖,看了半天连不成句子,他想:"好!终于揭出来了!时机总算成熟了吧?"

他把报纸拿给刘世吾看，刘世吾仔细地看了几遍，然后抖一抖报纸，客观地说："好，开刀了！"

这时，区委书记周润祥走进来，他问："王清泉的情况你们了解不？"

刘世吾不慌不忙地说："麻袋厂支部的一些不健康的情况那是确实存在的。过去，我们就了解过，最近我亲自找王清泉谈过话，同时小林同志也去了解过。"他转身向林震："小林，你谈谈王清泉的情况吧。"

有人敲门，魏鹤鸣紧张地撞进来，他的脸由红色变成了青色，他说，王厂长在看到"北京日报"以后非常生气，现在正追查写信的人。

……经过党报的揭发与区委书记的过问，刘世吾以出乎林震意料之外的雷厉风行的精神处理了麻袋厂的问题。刘世吾一下决心，就可以把工作作得很出色。他把其他工作交代给别人，连日与林震一起下到麻袋厂去。他深入车间，详细调查了王清泉工作的一切情况，征询工人群众的一切意见。然后，与各有关部门进行了联系，只用了一个多星期的时间，就对王清泉作了处理——党内和行政都予以撤职处分。

处理王清泉的大会一直开到深夜，开完会，外面下起雨，雨忽大忽小，久久地不停息。风吹到人脸上有些凉。刘世吾与林震到附近的一个小铺子去吃馄饨。

这是新近公私合营的小铺子，整理得干净而且舒适。由于下雨，顾客不多。他们避开热气腾腾的馄饨锅，在墙角的小桌旁坐下来。

他们要了馄饨，刘世吾还要了白酒，他呷了一口酒，掐着手指，有些感触地说："我这是第六次参加处理犯错误的负责干部的问题了，头几次，我的心很沉重。"由于在大会上激昂地讲过话，他的嗓音有些嘶哑，"党工作者是医生，他要给人治病，他自己却是并不轻松的。"他用无名指轻轻敲着桌子。

林震同意地点头。

刘世吾忽问："今天是几号？"

"五月二十。"林震告诉他。

"五月二十，对了。九年前的今天，青年军二○八师打坏了我的腿。"

"打坏了腿？"林震对刘世吾的过去历史还不了解。

刘世吾不说话，雨一阵大起来，他听着那哗啦哗啦的单调的响声，嗅着潮湿的土气。一个被雨淋透的小孩子跑进来避雨。小孩的头发在往下滴水。

刘世吾招呼店员："切一盘肘子。"然后告诉林震："一九四七年，我在北大作自治会主席。参加五·二○游行的时候，二○八师的流氓打坏了我的腿。"他挽起裤子，可以看到一道弧形的疤痕，然后他站起来："看，我的左腿是不是比右腿短一点？"

林震第一次以深深的尊敬和爱戴的眼光看着他。

喝了几口酒，刘世吾的脸微微发红，他坐下，把肉片夹给林震，然后斜着头说："那时候……我是多么热情，多么年青啊！我真恨不得……"

"现在就不年青，不热情了么？"林震试探着问。他想了解一下这个人，想逗得他多说几句。

"当然不,"刘世吾玩着空酒杯,"可是我真忙啊!忙得什么都习惯了,疲倦了。解放以来从来没睡够过八小时觉。我处理这个人和那个人,却没有时间处理处理自己。"他托起腮,用最质朴的人对人的态度看着林震,"是啊,一个布尔什维克,经验要丰富,但是心要单纯。……再来一两!"刘世吾举起酒杯,向店员招手。

这时林震已经开始被他深刻和真诚的抒发所感动了。刘世吾接着闷闷地说:"据说,炊事员的职业病是缺少良好食欲,饭菜是他们作的,他们整天和饭菜打交道。我们,党工作者,我们创造了新生活,结果,生活反倒不能激动我们……"

林震的嘴动了动,刘世吾摆摆手,表示希望不要现在就和他辩论。他不说话,独自托着腮发愣。

"雨小多了,这场雨对麦子不错,"过了半天,刘世吾叹了口气,忽然又说,"你这个干部好,比韩常新强。"

林震在慌乱中赶紧喝汤。

刘世吾盯着他,亲切地笑着,问他:"赵慧文最近怎么样?"

"她情绪挺好。"林震随口说。他拿起筷子去夹熟肉,看见了他熟悉的刘世吾的闪烁的目光。

刘世吾把椅子拉近了,缓缓地说:"原谅我的直爽,但是我有责任告诉你……"

"什么?"林震停止了夹肉。

"据我看,赵慧文对你的感情有些不……"

林震颤抖着手放下了筷子。

离开馄饨铺,雨已经停了,星光从黑云下面迅速地露出来,风更凉了,积水潺潺地从马路两边的泄水池流下去。林震迷惘地跑回宿舍,好像喝了酒的不是刘世吾,倒是他。同宿舍的同志都睡得很甜,粗短的和细长的鼾声此起彼伏。林震坐在床上,摸着湿了的裤角,难过,难过,就说不清为什么要难过。眼前浮现了赵慧文的苍白而美丽的脸。……他还是个毛小伙子,他什么也没经历过,什么都不懂。难过,难过,……他走近窗子,把脸紧贴在外面沾满了水珠的冰冷的玻璃上。

十

区委常委开会讨论麻袋厂的问题。

林震列席参加。他坐在一角,心跳,紧张,手心里出了汗。他的衣袋里装着好几千字的发言提纲,准备在常委会上从麻袋厂事件扯出组织部工作中的问题。他觉得麻袋厂问题的揭发和解决,造成了最好的机会,可以促请领导从根本上考虑一下组织部的工作。时候到了!

刘世吾正在条理分明地汇报情况。书记周润祥显出沉思的神色,用左拳托着士兵式的粗壮而宽大的脸,右腕子压着一张纸,时而在上面写几个字。李宗秦用食指在空中写画着。

韩常新也参加了会,他专心地把自己的鞋带解开又系上。

林震几次想说话,但是心跳得使他喘不上气。第一次参加常委会,就作这种大胆的发言，未免过于莽撞吧？不怕，不怕！他鼓励自己。他想起八岁那年在青岛学跳水，他也一边听着心跳，一边生气地对自己说："不怕，不怕！"

区委常委批准了刘世吾对于麻袋厂问题提出的处理意见，马上就要进行下面一项议程了，林震霍地举起了手。

"有意见吗？不举手就可以发言的。"周书记笑着说。

林震站起来，碰响了椅子，掏出笔记本看着提纲，他不敢看大家。

他说："王清泉个人是作了处理了，但是如何保证不再有第二、第三个王清泉出现呢？我们应该检查一下区委组织工作中的缺点：第一，我们只抓了建党，对于巩固党没给以应有的注意，使基层的党内斗争处于自流状态。第二，我们明知有问题却拖延着不去解决，王清泉来厂子整整五年，问题一直存在而且愈发展愈严重。……具体地说，我认为韩常新同志与刘世吾同志有责任……"

会场起了轻微的骚动，有人咳嗽，有人放下了烟卷，有人打开笔记本，有人挪了一下椅子。

韩常新耸了一下肩，用舌头舔了一下扭动着的牙床，讽刺地说："往往听到一种事后诸葛亮的意见：'为什么不早一点处理呢？'当然是愈早愈好喽……高饶事件发生了，有人问为什么不早一点，贝利亚，也有人问为什么不早一点。再者，组织部并不能保证第二、第三个王清泉不会出现，林震同志也未尝能保证这一点。……"

林震抬起头，用激怒的目光看着韩常新。韩常新却只是冷冷地笑。林震压抑着自己，他说："老韩同志知道缺点的存在是规律，但他不知道克服缺点前进更是规律。老韩同志和刘部长，就是抱住了头一个规律，因而对各种严重的缺点采取了容忍乃至于麻木的态度！"说完，他用手抹了抹头上的汗，他也不知道自己怎么敢说得这样尖锐，但是终究说出来了，他有一种如释重负的感觉。

李宗秦在空中划着的食指停住了。周润祥转头看看林震又看看大家，他的沉重的身躯使木椅发出了吱吱声。他向刘世吾示意："你的意见？"

刘世吾点点头："小林同志的意见是对的，他的精神也给了我一些启发……"然后他悠闲地溜到桌子边去倒茶水，用手抚摸着茶碗沉思地说："不过具体到麻袋厂事件，倒难说了。组织部门巩固党的工作抓得不够，是的，我们干部太少，建党还抓不过来。麻袋厂王清泉的处理，应该说还是及时而有效的。在宣布处理的工人大会上，工人的情绪空前高涨，有些落后的工人也表示更认识到了党的大公无私，有一个老工人在台上一边讲话一边落泪，他们口口声声说着感谢党，感谢区委……"

林震小声说："是的，正因为这样，我才觉得我们工作中的麻木、拖延、不负责任，是对群众犯罪。"他提高了声音，"党是人民的、阶级的心脏，我们不能容忍心脏上有灰尘，就像不能容忍党的机关有缺点！"

李宗秦把两手交叉起来放在膝头，他缓缓地说，像是一边说一边思索着如何造句："我认为林震、韩常新、刘世吾同志的主要争论有两个症结，一个是规律性与能动性的问题，……一个是……"

林震以不知从哪儿来的勇气对李宗秦说："我希望不要只作冷静而全面的分析

……"他没有说下去,他怕自己掉下眼泪来。

"为什么?"周润祥问林震,他严厉地说:"冷静而全面的分析比急躁而片面的冲动好得多。同志,你太容易激动了,背诵着抒情诗去作组织工作是不相宜的!"然后他对大家说:"讨论下一项议程吧。"

散会后,林震气恼得没有吃下饭,区委书记的态度他没想到。他不满甚至有点失望。韩常新与刘世吾找他一起出去散步,就像根本没理会他对他们的不满意,这使林震更意识到自己和他们力量的悬殊。他苦笑着想:"你还以为常委会上发一席言就可以起好大的作用呢!"他打开抽屉,拿起那本被韩常新嘲笑过的苏联小说,翻开第一篇,上面写着:"按娜斯嘉的方式生活!"他自言自语:"真难啊!"

十一

第二天下班以后,赵慧文告诉林震:"到我家吃饭去吧,我自己包饺子。"他想推辞,赵慧文已经走了。

林震犹豫了好久,终于在食堂吃了饭再到赵慧文家去。赵慧文的饺子刚刚煮熟。她穿上暗红色的旗袍,系着围裙,手上沾满面粉,像一个殷勤的主妇似的对林震说:"新下来的豆角做的馅子……"

林震嗫嚅地说:"我吃过了。"

赵慧文不信,跑出去给他拿来了筷子,林震再三表示确实吃过,赵慧文不满意地一个人吃起来。林震不安地坐在一旁,一会儿看看这,一会儿看看那,一会儿搓搓手,一会儿晃一晃身体。那种说不出来的温暖和难过的感觉又一齐涌上了他的心头。他的心在痛,她像失掉了什么。他简直不敢看赵慧文那张被红衣裳映红了的美丽的脸儿。

"小林,有什么事么?"赵慧文停止了吃饺子。

"没……有。"

"告诉我吧。"赵慧文目不转睛地看着他。

"昨天在常委会上我把意见都提了,区委书记睬都不睬……"

赵慧文咬着筷子端想了想,她坚决地说:"不会的,周润祥同志只是不轻易发表意见……"

"也许,"林震半信半疑地说,他低下头,不敢正面接触赵慧文关切的目光。

赵慧文吃了几个饺子,又问:"还有呢?"

林震的心跳起来了。他抬起头,看见了赵慧文那同情他和鼓励他的眼睛,他轻轻地叫:"赵慧文同志……"

赵慧文放下筷子,靠在椅子背上,有些吃惊了。

"我很想知道,你是否幸福。"林震用一种粗重的完全像大人一样的声音说,"我看见过你的眼泪,在刘世吾的办公室,那时候春天刚来……后来忘记了。我自己马马虎虎地过日子,也不会关心人。你幸福吗?"

赵慧文略略疑惑地看着他,摇头,"有时候我也忘记……"然后点头,"会的,会幸福的。你为什么问它呢?"她安详地笑着。

林震把刘世吾对他讲的告诉了她:"……请原谅我,把刘世吾同志随便讲的一些话告诉了你,那完全是瞎说……我很愿意和你一起说话或者听交响乐,你好极了,那是自然而然的,……也许这里边有什么不好的,不合适的东西,马马虎虎的我忽然多虑了,我恐怕我扰乱谁。"林震抱歉地结束了。

赵慧文安详地笑着,接着皱起了眉尖儿,又抬起了细瘦的胳臂,用力擦了一下前额,然后她甩了一下头,好像甩掉什么不愉快的心事似的转过身去了。

她慢慢地走到墙壁上新挂的油画前边,默默地看画。那幅画的题目是"春",莫斯科,太阳在春天初次出现,母亲和孩子到街头去……

一会,她又转过身来,迅速地坐在床上,一只手扶着床栏杆,异常平静地说:"你说了些什么呀?真的!我不会作那些不经过考虑的事。我有丈夫,有孩子,我还没和你谈过我的丈夫,"她不用常说的"爱人",而强调地说着"丈夫","我们在五二年结的婚,我才十九,真不该结婚那么早。他从部队里转业,在中央一个部里作科长,他慢慢地染上了一种'油条'劲儿,争地位、争待遇,和别人不团结。我们之间呢,好像也只剩下了星期六晚上回来和星期一走。他的理论是:或者是崇高的爱情,或者什么都没有。我们争吵了……但我仍然等待着……他最近出差去上海,等回来,我要和他好好谈一谈。可你说了些什么呢?"她又一次问,"小林,你是我所尊敬的顶好的朋友,但你还是个孩子——这个称呼也许不对,对不起。我们都希望过一种真正的生活,我们希望组织部成为真正的党的工作机构,我觉着你像是我的弟弟,你盼望我振作起来,是吧?生活是应该有互相支援和友谊的温暖,我从来就害怕冷淡。就是这些了,还有什么呢?还能有什么呢?"

林震惶恐地说:"我不该受刘世吾话的影响……"

"不,"赵慧文摇头,"刘世吾同志是聪明人,他的警告也许并不是完全没有必要,然后……"她深深地吐一口气,"那就好了。"

她收拾起碗筷,出去了。

林震茫然地站起,来回踱着步子,他想着,想着,好像有许多话要说,慢慢地,又没有了。他要说什么呢?本来什么都没有发生。生活有时候带来某种情绪的波流,使人激动也使人困扰,然后波流流过去,没有一点痕迹……真的没有痕迹吗?它留下对于相逢者的纯洁和美好的记忆,虽然淡淡,却难忘……

赵慧文又进来了,她领着两岁的儿子,还提着一个书包。小孩已经与林震见过几次面,亲热地叫林震"夫夫"——他说不清"叔叔"。

林震用强健的手臂把他举了起来。空旷的屋子里顿时充满了孩子的笑闹声。

赵慧文打开书包,拿出一叠纸,翻着,说:"今天晚上,我要让你看几样东西。我已经把三年来看到的组织部工作中的一些问题和自己的意见写了一个草稿。这个……"她不好意思地摸了一下一张橡皮纸,"大概这是可笑的,我给自己规定了一个竞赛的办法。让今天的自己和昨天的自己竞赛。我画了表,如果我的工作有了失误——写入党批准通知的时候抄错了名字或者统计错了新党员人数,我就在表上画一个黑叉子，如果一天没有错，就画一个小红旗。连续一个月都是红旗，我就买一条漂亮的头巾或者别的什么奖励自己……也许，这像幼儿园的作法吧？你笑吗？"

林震入神地听着，他严肃地说："绝不，我尊敬你对你自己的……"

临走的时候，夜已经深了，林震站在门外，赵慧文站在门里，她的眼睛在黑暗中闪着光，她说："今天的夜色非常好，你同意吗？你嗅见槐花的香气了没有？平凡的小白花，它比牡丹清雅，比桃李浓馥，你嗅不见？真是！再见。明天一早就见面了，我们各自投身在伟大而麻烦的工作里边。然后晚上来找我吧，我们听美丽的意大利随想曲。听完歌，我给你煮荸荠，然后我们把荸荠皮扔得满地都是……"

……林震靠着组织部门前的大柱子好久好久地呆立着，望着夜的天空。初夏的南风吹拂着他——他来时是残冬，现在已经是初夏了。他在区委会度过了第一个春天。

一阵莫名其妙的情绪涌上了他的心头，仿佛是失掉了什么宝贵的东西，仿佛是由于想起了自己几个月来工作得太少而进步也太慢……不，他仿佛是第一次尝到了爱情的痛苦的滋味。

在这以前，他并没有想到自己会对赵慧文发生什么特别的感情，他不过是把她当做一位朋友，一位大姐；不地是，偶然想起她对他的友谊时，心里有一股温暖的、然而又有些难过的和惭愧的味儿、他一直并没有好好地去想一想为什么会有这样的心情。但正因为有这样的心情，再加上刘世吾的点破，他才更加不安，好像是耽心会有什么不幸的事情要发生，因此他才有了刚才那样一段坦率的表白。却没有想到，当赵慧文也作了同样坦率的表白以后，当她仍然把他当做亲密的朋友，当她说出人与人之间需要热情，当她宣布自己今后力求进步的计划以后，她的一举一动，她的心灵，反而显得更加可爱了，一股真正的爱情的滋味反而从他的内心深处涌出来了！……不，她是有丈夫的人，不会爱他，他也不应该爱她。……人，是多么复杂啊！一切一切事情，决不会像刘世吾所说的："就那么回事"。不，决不是就那么回事。正因为不是就那么回事，所以人应该用正直的感情严肃认真地去对待一切。正因为这样，所以看见了不合理的事情，不能容忍的事情，就不要容忍，就要一次两次三次地斗争到底，一直到事情改变了为止。所以决不要灰心丧气……至于爱情呢，既是……，那就咬咬牙，把这热情悄悄地压在自己心里吧！

"我要更积极，更热情，但是一定要更坚强……"最后，林震低声对自己说了这么两句，挺起胸脯来深深地吸了一口夜的凉气。

隔着窗子，他看见绿色的台灯和夜间办公的区委书记的高大侧影，他坚决地、迫不及待地敲响领导同志办公室的门。

一九五六年五月—七月

○ 铁 凝

哦，香雪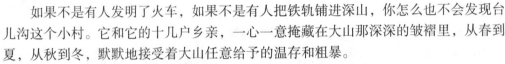

如果不是有人发明了火车，如果不是有人把铁轨铺进深山，你怎么也不会发现台儿沟这个小村。它和它的十几户乡亲，一心一意掩藏在大山那深深的皱褶里，从春到夏，从秋到冬，默默地接受着大山任意给予的温存和粗暴。

然而，两根纤细、闪亮的铁轨延伸过来了。它勇敢地盘旋在山腰，又悄悄地试探着前进，弯弯曲曲，曲曲弯弯，终于绕到台儿沟脚下，然后钻进幽暗的隧道，冲向又一道山梁，朝着神秘的远方奔去。

不久，这条线正式营运，人们挤在村口，看见那绿色的长龙一路呼啸，挟带着来自山外的陌生、新鲜的清风，擦着台儿沟贫弱的脊背匆匆而过。它走的那样急忙，连车轮碾轧钢轨时发出的声音好像都在说：不停不停，不停不停！是啊，它有什么理由在台儿沟站脚呢，台儿沟有人要出远门吗？山外有人来台儿沟探亲访友吗？还是这里有石油储存，有金矿埋藏？

台儿沟，无论从哪方面讲，都不具备挽住火车在它身边留步的力量。

可是，记不清从什么时候起，列车的时刻表上，还是多了"台儿沟"这一站。也许乘车的旅客提出过要求，他们中有哪位说话算数的人和台儿沟沾亲；也许是哪个快乐的男乘务员发现台儿沟有一群十七八岁的漂亮姑娘，每逢列车疾驰而过，她们就成帮搭伙地站在村口，翘起下巴，贪婪、专注地仰望着火车。有人朝车厢指点，不时能听见她们由于互相捶打而发出的一两声娇嗔的尖叫。也许什么都不为，就因为台儿沟太小了，小得叫人心疼，就是钢筋铁骨的巨龙在它面前也不能昂首阔步，也不能不停下来。总之，台儿沟上了列车时刻表，每晚七点钟，由首都方向开往山西的这列火车在这里停留一分钟。

这短暂的一分钟，搅乱了台儿沟以往的宁静。从前，台儿沟人历来是吃过晚饭就钻被窝，他们仿佛是在同一时刻听到大山无声的命令。于是，台儿沟那一小片石头房子在同一时刻忽然完全静止了，静得那样深沉、真切，好像在默默地向大山诉说着自己的虔诚。如今，台儿沟的姑娘们刚把晚饭端上桌就慌了神，她们心不在焉地胡乱吃几口，扔下碗就开始梳妆打扮。她们洗净蒙受了一天的黄土、风尘，露出粗糙、红润的面色，把头发梳得乌亮，然后就比赛着穿出最好的衣裳。有人换上过年时才穿的新鞋，有人还悄悄往脸上涂点胭脂。尽管火车到站时已经天黑，她们还是按照自己的心思，刻意斟酌着服饰和容貌。然后，她们就朝村口，朝火车经过的地方跑去。香雪总是第一个出门，隔壁的凤娇第二个就跟了出来。

　　七点钟，火车喘息着向台儿沟滑过来，接着一阵空哐乱响，车身震颤一下，才停住不动了。姑娘们心跳着涌上前去，像看电影一样，挨着窗口观望。只有香雪躲在后面，双手紧紧捂着耳朵。看火车，她跑在最前边；火车来了，她却缩到最后去了。她有点害怕它那巨大的车头，车头那么雄壮地吐着白雾，仿佛一口气就能把台儿沟吸进肚里。它那撼天动地的轰鸣也叫她感到恐惧。在它跟前，她简直像一叶没根的小草。

　　"香雪，过来呀，看！"凤娇拉过香雪向一个妇女头上指，她指的是那个妇女头上别着的那一排金圈圈。

　　"怎么我看不见？"香雪微微眯着眼睛。

　　"就是靠里边那个，那个大圆脸。看，还有手表哪，比指甲盖还小哩！"凤娇又有了新发现。

　　香雪不言不语地点着头，她终于看见了妇女头上的金圈圈和她腕上比指甲盖还要小的手表。但她也很快就发现了别的。"皮书包！"她指着行李架上一只普通的棕色人造革学生书包。就是那种连小城市都随处可见的学生书包。

　　尽管姑娘们对香雪的发现总是不感兴趣，但她们还是围了上来。

　　"呦，我的妈呀！你踩着我的脚啦！"凤娇一声尖叫，埋怨着挤上来的一位姑娘。她老是爱一惊一乍的。

　　"你咋呼什么呀，是想叫那个小白脸和你答话了吧？"被埋怨的姑娘也不示弱。

　　"我撕了你的嘴！"凤娇骂着，眼睛却不由自主地朝第三节车厢的车门望去。

　　那个白白净净的年轻乘务员真下车来了。他身材高大，头发乌黑，说一口漂亮的北京话。也许因为这点，姑娘们私下里都叫他"北京话"。"北京话"双手抱住胳膊肘，和她们站得不远不近地说："喂，我说小姑娘们，别扒窗户，危险！"

　　"呦，我们小，你就老了吗？"大胆的凤娇回敬了一句。姑娘们一阵大笑，不知谁还把凤娇往前一搡，弄得她差点撞在他身上，这一来反倒更壮了凤娇的胆，"喂，你们老待在车上不头晕？"她又问。

　　"房顶子上那个大刀片似的，那是干什么用的？"又一个姑娘问。她指的是车厢里的电扇。

　　"烧水在哪儿？"

　　"开到没路的地方怎么办？"

　　"你们城里人一天吃几顿饭？"香雪也紧跟在姑娘们后面小声问了一句。

　　"真没治！""北京话"陷在姑娘们的包围圈里，不知所措地嘟囔着。

　　快开车了，她们才让出一条路，放他走。他一边看表，一边朝车门跑去，跑到门口，又扭头对她们说："下次吧，下次一定告诉你们！"他的两条长腿灵巧地向上一跨就上了车,接着一阵叽哩哐啷,绿色的车门就在姑娘们面前沉重地合上了。列车一头扎进黑暗,把她们撇在冰冷的铁轨旁边。很久,她们还能感觉到它那越来越轻的震颤。

一切又恢复了寂静,静得叫人惆怅。姑娘们走回家去,路上还要为一点小事争论不休:

"谁知道别在头上的金圈圈是几个?"

"八个。"

"九个。"

"不是!"

"就是!"

"凤娇你说哪?"

"她呀,还在想'北京话'哪!"

"去你的,谁说谁就想。"凤娇说着捏了一下香雪的手,意思是叫香雪帮腔。

香雪没说话,慌得脸都红了。她才十七岁,还没学会怎样在这种事上给人家帮腔。

"他的脸多白呀!"那个姑娘还在逗凤娇。

"白?还不是在那大绿屋里捂的。叫他到咱台儿沟住几天试试。"有人在黑影里说。"可不,城里人就靠捂。要论白,叫他们和咱们香雪比比。咱们香雪,天生一副好皮子,再照火车那些闺女的样儿,把头发烫成弯绕绕,啧啧!'真没治'!凤娇姐,你说是不是?"

凤娇不接茬儿,松开了香雪的手。好像姑娘们真的在贬低她的什么人一样,她心里真有点替他抱不平呢。不知怎么的,她认定他的脸绝不是捂白的,那是天生。

香雪又悄悄把手送到凤娇手心里,她示意凤娇握住她的手,仿佛请求凤娇的宽恕,仿佛是她使凤娇受了委屈。

"凤娇,你哑巴啦?"还是那个姑娘。

"谁哑巴啦!谁像你们,专看人家脸黑脸白。你们喜欢,你们可跟上人家走啊!"凤娇的嘴巴很硬。

"我们不配!"

"你担保人家没有相好的?"

……

不管在路上吵得怎样厉害,分手时大家还是十分友好的,因为一个叫人兴奋的念头又在她们心中升起:明天,火车还要经过,她们还会有一个美妙的一分钟。和它相比,闹点小别扭还算回事吗?

哦,五彩缤纷的一分钟,你饱含着台儿沟的姑娘们多少喜怒哀乐!

日久天长,这五彩缤纷的一分钟,竟变得更加五彩缤纷起来,就在这个一分钟里,她们开始挎上装满核桃、鸡蛋、大枣的长方形柳条篮子,站在车窗下,抓紧时间跟旅客和和气气地做买卖。她们垫着脚尖,双臂伸得直直的,把整筐的鸡蛋、红枣举上窗口，换回台儿沟少见的挂面、火柴，以及属于姑娘们自己的发卡、香皂。有时，有人还会冒着回家挨骂的风险，换回花色繁多的纱巾和能松能紧的尼龙袜。

凤娇好像是大家有意分配给那个"北京话"的，每次都是她提着篮子去找他。她和他做买卖故意磨磨蹭蹭，车快开时才把整篮的鸡蛋塞给他。要是他先把鸡蛋拿走，下次见面时再付钱，那就更够意思了。如果他给她捎回一捆挂面、两条纱巾，凤娇就一定抽回一斤挂面还给他。她觉得，只有这样才对得起和他的交往，她愿意这种交往和一般的做买卖有区别。有时她也想起姑娘们的话："你担保人家没有相好的？"其实，有没有相好的不关凤娇的事，她又没想过跟他走。可她愿意对他好，难道非得是相好的才能这么做吗？

香雪平时话不多，胆子又小，但做起买卖却是姑娘中最顺利的一个。旅客们爱买她的货，因为她是那么信任地瞧着你，那洁如水晶的眼睛告诉你，站在车窗下的这个女孩子还不知道什么叫受骗。她还不知道怎么讲价钱，只说："你看着给吧。"你望着她那洁净得仿佛一分钟前才诞生的面孔，望着她那柔软得宛若红缎子似的嘴唇，心中会升起一种美好的感情。你不忍心跟这样的小姑娘要滑头，在她面前，再爱计较的人也会变得慷慨大度。

有时她也抓空儿向他们打听外面的事，打听北京的大学要不要台儿沟人，打听什么叫"配乐诗朗诵"（那是她偶然在同桌的一本书上看到的）。有一回她向一位戴眼镜的中年妇女打听能自动开关的铅笔盒，还问到它的价钱。谁知没等人家回话，车已经开动了。她追着它跑了好远，当秋风和车轮的呼啸一同在她耳边鸣响时，她才停下脚步意识到，自己的行为是多么可笑啊。

火车眨眼间就无影无踪了。姑娘们围住香雪，当她们知道她追火车的原因后，便觉得好笑起来。

"傻丫头！"

"值不当的！"

她们像长者那样拍着她的肩膀。

"就怪我磨蹭，问慢了。"香雪可不认为这是一件值不当的事，她只是埋怨自己没抓紧时间。

"咳，你问什么不行呀！"凤娇替香雪挎起篮子说。

"谁叫咱们香雪是学生呢。"也有人替香雪分辩。

也许就因为香雪是学生吧，是台儿沟唯一考上初中的人。

台儿沟没有学校，香雪每天上学要到十五里以外的公社。尽管不爱说话是她的天性，但和台儿沟的姐妹们总是有话可说的。公社中学可就没那么多姐妹了，虽然女同学不少，但她们的言谈举止，一个眼神，一声轻轻的笑，好像都是为了叫香雪意识到，她是小地方来的，穷地方来的。她们故意一遍又一遍地问她："你们那儿一天吃几顿饭？"她不明白她们的用意，每次都认真的回答："两顿。"然后又友好地瞧着她们反问道："你们呢？"

"三顿！"她们每次都理直气壮地回答。之后，又对香雪在这方面的迟钝感到说不出的怜悯和气恼。

"你上学怎么不带铅笔盒呀？"她们又问。

"那不是吗。"香雪指指桌角。

其实，她们早知道桌角那只小木盒就是香雪的铅笔盒，但她们还是做出吃惊的样子。每到这时，香雪的同桌就把自己那只宽大的泡沫塑料铅笔盒摆弄得哒哒乱响。这是一只可以自动合上的铅笔盒，很久以后，香雪才知道它所以能自动合上，是因为铅笔盒里包藏着一块不大不小的吸铁石。香雪的小木盒呢，尽管那是当木匠的父亲为她考上中学特意制作的，它在台儿沟还是独一无二的呢。可在这儿，和同桌的铅笔盒一比，为什么显得那样笨拙、陈旧？它在一阵哒哒声中有几分羞涩地畏缩在桌角上。

香雪的心再也不能平静了，她好像忽然明白了同学对她的再三盘问，明白了台儿沟是多么贫穷。她第一次意识到这是不光彩的，因为贫穷，同学才敢一遍又一遍地盘问她。她盯住同桌那只铅笔盒，猜测它来自遥远的大城市，猜测它的价值肯定非同寻常。三十个鸡蛋换得来吗？还是四十个、五十个？这时她的心又忽地一沉：怎么想起这些了？娘攒下鸡蛋，不是为了叫她乱打主意啊！可是，为什么那诱人的哒哒声老是在耳边响个没完？

深秋，山风渐渐凛冽了，天也黑得越来越早。但香雪和她的姐妹们对于七点钟的火车，是照等不误的。她们可以穿起花棉袄了，凤娇头上别起了淡粉色的有机玻璃发卡，有些姑娘的辫梢还缠上了夹丝橡皮筋。那是她们用鸡蛋、核桃从火车上换来的。她们仿照火车上那些城里姑娘的样子把自己武装起来，整齐地排列在铁路旁，像是等待欢迎远方的贵宾，又像是准备着接受检阅。

火车停了，发出一阵沉重的叹息，像是在抱怨着台儿沟的寒冷。今天，它对台儿沟表现了少有的冷漠：车窗全部紧闭着，旅客在昏黄的灯光下喝茶、看报，没有人向窗外瞥一眼。

那些眼熟的、常跑这条线的人们，似乎也忘记了台儿沟的姑娘。

凤娇照例跑到第三节车厢去找她的"北京话"，香雪紧紧头上的紫红色线围巾，把臂弯里的篮子换了换手，也顺着车身不停地跑着。她尽量高高地踮起脚尖，希望车厢里的人能看见她的脸。车上一直没有人发现她，她却在一张堆满食品的小桌上，发现了渴望已久的东西。它的出现，使她再也不想往前走了，她放下篮子，心跳着，双手紧紧扒住窗框，认清了那真是一只铅笔盒，一只装有吸铁石的自动铅笔盒。它和她离得那样近，她一伸手就可以摸到。

一位中年女乘务员走过来拉开了香雪。香雪挎起篮子站在远处继续观察。当她断定它属于靠窗的那位女学生模样的姑娘时，就果断地跑过去敲起了玻璃。女学生转过脸来，看见香雪臂弯里的篮子，抱歉地冲她摆了摆手，并没有打开车窗的意思，不知怎么的她就朝车门跑去，当她在门口站定时，还一把扒住了扶手。如果说跑的时候她还有点犹豫，那么从车厢里送出来的一阵阵温馨的、火车特有的气息却坚定了她的信心，她学着"北京话"的样子，轻巧地跃上了踏板。她打算以最快的速度跑进车厢，以最快的速度用鸡蛋换回铅笔盒。也许，她所以能够在几秒钟内就决定上车，正是因为她拥有那么多鸡蛋吧，那是四十个。

香雪终于站在火车上了。她挽紧篮子，小心地朝车厢迈出了第一步。这时，车身忽然悸动了一下，接着，车门被人关上了。当她意识到眼前发生了什么事时，列车已经缓缓地向台儿沟告别了。香雪扑在车门上，看见凤娇的脸在车下一晃。看来这不是梦，一切都是真的，她确实离开姐妹们，站在这又熟悉、又陌生的火车上了。她拍打着玻璃，冲凤娇叫喊："凤娇！我怎么办呀，我可怎么办呀！"

列车无情地载着香雪一路飞奔，台儿沟刹那间就被抛在后面了。下一站叫西山口，西山口离台儿沟三十里。

三十里，对于火车、汽车真的不算什么，西山口在旅客们闲聊之中就到了。这里上车的人不少，下车的只有一位旅客，那就是香雪，她胳膊上少了那只篮子，她把它塞到那个女学生座位下面了。

在车上，当她红着脸告诉女学生，想用鸡蛋和她换铅笔盒时，女学生不知怎么的也红了脸。她一定要把铅笔盒送给香雪，还说她住在学校吃食堂，鸡蛋带回去也没法吃。她怕香雪不信，又指了指胸前的校徽，上面果真有"矿冶学院"几个字。香雪却觉着她在哄她，难道除了学校她就没家吗？香雪一面摆弄着铅笔盒，一面想着主意。台儿沟再穷，她也从没白拿过别人的东西。就在火车停顿前发出的几秒钟的震颤里，香雪还是猛然把篮子塞到女学生的座位下面，迅速离开了。

车上，旅客们曾劝她在西山口住上一夜再回台儿沟。热情的"北京话"还告诉她，他爱人有个亲戚就住在站上。香雪没有住，更不打算去找"北京话"的什么亲戚，他的话倒更使她感到了委屈，她替凤娇委屈，替台儿沟委屈。她只是一心一意地想：赶快走回去，明天理直气壮地去上学，理直气壮地打开书包，把"它"摆在桌上。车上的人既不了解火车的呼啸曾经怎样叫她像只受惊的小鹿那样不知所措，更不了解山里的女孩子在大山和黑夜面前到底有多大本事。

列车很快就从西山口车站消失了，留给她的又是一片空旷。一阵寒风扑来，吸吮着她单薄的身体。她把滑到肩上的围巾紧裹在头上，缩起身子在铁轨上坐了下来。香雪感受过各种各样的害怕，小时候她怕头发，身上粘着一根头发择不下来，她会急得哭起来；长大了她怕晚上一个人到院子里去，怕毛毛虫，怕被人胳肢（凤娇最爱和她来这一手）。现在她害怕这陌生的西山口，害怕四周黑幽幽的大山，害怕叫人心惊肉跳的寂静，当风吹响近处的小树林时，她又害怕小树林发出的窸窸窣窣的声音。三十里，一路走回去，该路过多少大大小小的林子啊！

一轮满月升起来了，照亮了寂静的山谷，灰白的小路，照亮了秋日的败草，粗糙的树干，还有一丛丛荆棘、怪石，还有漫山遍野那树的队伍，还有香雪手中那只闪闪发光的小盒子。

她这才想到把它举起来仔细端详。她想，为什么坐了一路火车，竟没有拿出来好好看看？现在，在皎洁的月光下，她才看清了它是淡绿色的，盒盖上有两朵洁白的马蹄莲。她小心地把它打开，又学着同桌的样子轻轻一拍盒盖，"哒"的一声，它便合得严严实实。她又打开盒盖，觉得应该立刻装点东西进去。她从兜里摸出一只盛擦脸油的小盒放进去，又合上了盖子。只有这时，她才觉得这铅笔盒真属于她了，真的。她又想到了明天，明天上学时，她多么盼望她们会再三盘问她啊！

她站了起来，忽然感到心里很满意，风也柔和了许多。她发现月亮是这样明净。群山被月光笼罩着，像母亲庄严、神圣的胸脯；那秋风吹干的一树树核桃叶，卷起来像一树树金铃铛，她第一次听清它们在夜晚、在风的怂恿下"豁啷啷"地唱歌。她不再害怕了，在枕木上跨着大步，一直朝前走去。大山原来是这样的！月亮原来是这样的！核桃树原来是这样的！

香雪走着，就像第一次认出养育她长大成人的山谷。台儿沟呢？不知怎么的，她加快了脚步。她急着见到它，就像从来没有见过它那样觉得新奇。台儿沟一定会是"这样的"：那时台儿沟的姑娘不再央求别人，也用不着回答人家的再三盘问。火车上的漂亮小伙子都会求上门来，火车也会停得久一些，也许三分、四分，也许十分、八分。它会向台儿沟打开所有的门窗，要是再碰上今晚这种情况，谁都能从从容容地下车。

今晚台儿沟发生了什么事？对了，火车拉走了香雪，为什么现在她像闹着玩儿似的去回忆呢？四十个鸡蛋没有了，娘会怎么说呢？爹不是盼望每天都有人家娶媳妇、聘闺女吗？那时他才有干不完的活儿，他才能光着红铜似的脊梁，不分昼夜地打出那些躺柜、碗橱、板箱，挣回香雪的学费。想到这儿，香雪站住了，月光好像也黯淡下来，脚下的枕木变成一片模糊。回去怎么说？她环视群山，群山沉默着；她又朝着近处的杨树林张望，杨树林窸窸窣窣地响着，并不真心告诉她应该怎么做。是哪来的流水声？她寻找着，发现离铁轨几米远的地方，有一道浅浅的小溪。她走下铁轨，在小溪旁边坐了下来。她想起小时候有一回和凤娇在河边洗衣裳，碰见一个换芝麻糖的老头。凤娇劝香雪拿一件旧汗褂换几块糖吃，还教她对娘说，那件衣裳不小心叫河水给冲走了。香雪很想吃芝麻糖，可她到底没换。她还记得，那老头真心实意等了她半天呢。为什么她会想起这件小事？也许现在应该骗娘吧，因为芝麻糖怎么也不能和铅笔盒的重要性相比。她要告诉娘，这是一个宝盒子，谁用上它，就能一切顺心如意，就能上大学、坐上火车到处跑，就能要什么有什么，就再也不会被人盘问她们每天吃几顿饭了。娘会相信的，因为香雪从来不骗人。

小溪的歌唱高昂起来了，它欢腾着向前奔跑，撞击着水中的石块，不时溅起一朵小小的浪花。香雪也要赶路了，她捧起溪水洗了把脸，又用沾着水的手抿光被风吹乱的头发。水很凉，但她觉得很精神。她告别了小溪，又回到了长长的铁路上。

前边又是什么？是隧道，它愣在那里，就像大山的一只黑眼睛。香雪又站住了，但她没有返回去，她想到怀里的铅笔盒，想到同学们惊羡的目光，那些目光好像就在隧道里闪烁。她弯腰拔下一根枯草，将草茎插在小辫里。娘告诉她，这样可以"避邪"。然后她就朝隧道跑去。确切地说，是冲去。

香雪越走越热了，她解下围巾，把它搭在脖子上。她走出了多少里？不知道。尽管草丛里的"纺织娘""油葫芦"总在鸣叫着提醒她。台儿沟在哪儿？她向前望去，她看见迎面有一颗颗黑点在铁轨上蠕动。再近一些她才看清，那是人，是迎着她走过来的人群。第一个是凤娇，凤娇身后是台儿沟的姐妹们。

香雪想快点跑过去，但脚为什么变得异常沉重？她站在枕木上，回头望着笔直的铁轨，铁轨在月亮的照耀下泛着清淡的光，它冷静地记载着香雪的路程。她忽然觉得心头一紧，不知怎么的就哭了起来，那是欢乐的泪水，满足的泪水。面对严峻而又温厚的大山，她心中升起一种从未有过的骄傲。她用手背抹净眼泪，拿下插在辫子里的那根草棍儿，然后举起铅笔盒，迎着对面的人群跑去。

山谷里突然爆发了姑娘们欢乐的呐喊，她们叫着香雪的名字，声音是那样奔放、热烈；她们笑着，笑得是那样不加掩饰，无所顾忌。古老的群山终于被感动得颤栗了，它发出洪亮低沉的回音，和她们共同欢呼着。

哦，香雪！香雪！

一九八二年六月

○ 贾平凹

太白山记（节选）

寡　妇

　　一入冬就邪法儿地冷。石块都裂了，酥如糟糕。人不敢在屋外尿，出尿成冰棍儿撑在地上。太白山的男人耐不过女人，冬天里就死去许多。

　　孩子，睡吧睡吧，一睡着全当死了，把什么苦愁都忘了。那爹就是睡着了吗？不要说爹。

　　娘将一颗瘪枣塞进三岁孩子的口里，自己睡去。孩子嚼完瘪枣，馋性未尽又吮了半响的指头，拿眼在黑暗瞧娘头顶上的一圈火焰，随即亦瞧见灯芯一般的一点火焰在屋梁上移动，认得那是一只小鼠。倏忽间听到一类声音，像是牛犁水田，又像是猫舔浆糊。后来就感觉到炕上有什么在蠕动。孩子看了看，竟是爹在娘的身上，爹和娘打架了！爹疯牛一般，一条一块的肌肉在背上隆起，急不可耐，牙在娘的嘴上啃，脸上啃；可怜的娘兀自闭眼，头发凌乱，浑身痉挛。孩子嫌爹太狠，要帮娘，拿拳头打爹的头，爹的头一下子就不动了。爹被打死了吗？孩子吓慌了，呆坐起定眼静看，后来就放下心，爹的头是死了，屁股还在活着。遂不管他们事体，安然复睡。

　　天明起来，炕上睡着娘，娘把被角搂在怀里。却没见了爹。临夜，孩子又看见了爹。爹依旧在和娘打架。孩子亦不再帮娘，欣赏被头外边露出的娘的脚和爹的脚在蹬在磨在蹬，十分有趣。天明了炕下又只是娘的一双鞋和他的一双鞋。

　　又一个晚上，娘与孩子坐上炕的时候，孩子问爹今夜还来吗？娘说爹不会来，永远也不会来了。娘骗人，你以为我没有看见爹每夜来打你吗？娘抱住了孩子，疑惑万状，遂面若土色，浑身直抖。他们守捱到半夜，却无动静，娘肯定了孩子在说梦话，于门窗上多加了横杠蒙头睡去。孩子不信爹不来了的，等娘睡熟，仍睁着眼睛。果然爹又出现在炕上。爹一定是要和儿子捉迷藏了，赤着身子贴墙往娘那边挪。爹，这样会冷着身子的！因为爹的头上没有火焰。但爹不说话，腮帮子鼓鼓的。爹在被人抬着装进一口棺木中时口里是塞了两个核桃的。爹，那核桃还没吃吗？爹还是不说话，继续朝娘挪去。孩子生气了，很恨爹，续而又埋怨娘，怎么还要骗我说爹永远不会回来呢？孩子想让爹叫出声来，让娘惊醒而感到骗人的难堪，便手在炕头摸，摸出个东西向爹掷去。掷出去的竟是砖枕头，恰砸在爹身子中间的那个硬挺的东西上。娘醒过来。娘，我打着爹了。爹在哪儿？灯点亮了，却没有爹，但孩子发现爹贴在墙上的那个地方上，有一个光溜的木橛。你这孩子，盯一个木橛吓娘！娘在被窝里换下待洗的裤衩，挂在那木橛上。木橛潮潮的，娘说天要变了，木橛也潮露水。

翌日，娘携着孩子往山坡上的坟丘去焚纸，发现坟丘塌开一个洞。惊骇入洞，棺木早已开启，爹在里边睡得好好的，但身子中间的那个东西齐根没有了。

孩子在与同伴玩耍时，将爹打娘的事说了出去。数年后，娘想改嫁，人都说她年轻，说她漂亮，人却都不娶她。

猎　　手

从太白山的北麓往上，越上树木越密越高，上到山的中腰再往上，树木则越稀越矮。待到大稀大矮的境界，繁衍着狼的族类，也居住了一户猎狼的人家。

这猎手粗脚大手，熟知狼的习性，能准确地把一颗在鞋底蹭亮的弹丸从枪膛射出，声响狼倒。但猎手并不用枪，特制一根铁棍，遇见狼故意对狼扮鬼脸，惹狼暴躁，扬手一棍扫狼腿。狼的腿是麻秆一般，着扫即折。然后拦腰直磕，狼腿软若豆腐，遂瘫卧不起。旋即弯两股树枝吊起狼腿，于狼的吼叫声中趁热剥皮，只要在铜疙瘩一样的狼头上划开口子，拳头伸出去于皮肉之间嘭嘭捶打，一张皮子十分完整。

几年里，矮林中的狼竟被猎杀尽了。

没有狼可猎，猎手突然感到空落。他常常在家坐喝闷酒，倏忽听见一声嚎叫，提棍奔出来，鸟叫风前，花迷野径，远近却无狼迹。这种现象折磨得他白日不能安然吃酒，夜里也似睡非睡，欲睡乍醒。猎手无聊得紧。

一日，懒懒地在林子中走，一抬头见前边三棵树旁卧有一狼作寐态，见他便遁。猎手立即扑过去，狼的逃路是没有了，就前爪搭地，后腿拱起，扫帚大尾竖起，尾毛拂动，如一面旗子。猎手一步步向狼走近，眯眼以手招之，狼莫解其意，连吼三声，震得树上落下一层枯叶。猎手将落在肩上的一片叶子拿了，吹吹上边的灰气，突然棍击去，倏忽棍又在怀中，狼却卧在那里，一条前爪已经断了。猎手哈哈大笑，迅雷不及掩耳之势将棍要再磕狼腰，狼狂风般跃起，抱住了猎手，猎手在一生中从未见过这样伤而发疯的恶狼，棍掉在地上，同时一手抓住了一只狼爪，一拳直塞进弯过来要咬手的狼口中直抵喉咙。人狼就在地上滚翻搏斗，狼口不能合，人手不敢松。眼看滚至崖边了，继而就从崖头滚落数百米深的崖下去。

猎手在跌落到三十米，崖壁的一块凸石上，惊而发现了一只狼。此狼皮毛焦黄，肚皮丰满，一脑壳桃花瓣。猎手看出这是狼的狼妻。有狼妻就有狼家，原来太白山的狼果然并未绝种。

猎手在跌落到六十米，崖壁窝进去有一小小石坪，一只幼狼在那里翻筋斗。这一定是狼的狼子。狼子有一岁吧，已经老长的尾巴，老长的白牙。这恶东西是长子还是老二老三？

　　猎手在跌落到一百米，看见崖壁上有一洞，古藤垂帘中卧一狼，瘦皮包骨，须眉灰白，一右眼瞎了，趴聚了一圈蚁虫。不用问这是狼的狼父了。狡猾的老家伙，就是你在传种吗？狼母呢？

　　猎手在跌落到二百米，狼母果然在又一个山洞口。

　　……

　　猎手和狼终于跌落到了崖根，先在斜出的一棵树上，树咔嚓断了，同他们一块坠在一块石上，复弹起来，再落在草地上。猎手感到剧痛，然后一片空白。

　　猎手醒来的时候，赶忙看那只狼。但没有见到狼，和他一块下来已经摔死的是一个四十余岁的男人。

杀　人　犯

　　某年春节，鸡肠沟一位贫农被杀。村人发现时满屋鸡毛，尸无首级，只好在脖颈倒插了葫芦，炭画眉眼，哀而葬去。

　　十八年后，山下尤家庄有后生十五岁，极尽顽皮，惹是生非，人骂之"野种"。后生挨骂倒不介意，其母却以为受欺，欲于村人厮斗。此户三代单传，传至四代，仅存一女，招纳了女婿上门，虽生下后生维系了门宗，终是根基不纯，最忌被人揭短。丈夫竭力劝慰，一场事故，善罢甘休。也从此，村人念及这上门婿忠厚，再不下眼作践。

　　上门婿善木工，制器精美绝伦，箍木盆木桶日晒七天风吹七夜盛水不漏，故常被村人请去做工。做工从不收费，饭食也不挑拣，只是合卯安楔时需鸡血蘸粘，最多有一碟鸡肉就是。

　　木匠惟有一癖好，珍视一只木箱，每外出做工，随身携带，无事在家，箱存炕角。平日寡言少语，表情愁苦，便要独自一人开箱取一物件静观，然后面部活泛，衔一颗烟于暖和和的阳坡上仰躺了坦然。箱中的物件并不是奇珍异宝，而是分开两半的头壳模型。后半是头的后脑壳，前半则是典型的面具。面具刻作十分精致，老人面状，长眼，撮嘴，冲天短鼻，额皮唇上纵横皱纹。后生娘一见说是自己的丈夫刻的，木匠却否认。不是你刻的谁有这等手艺？瞧瞧这是木质吗，是垢痂做的。妇道人家拿在手里端详，果然是垢痂做的。垢痂竟能做面具，垢痂简直和土漆一样了！问哪儿能弄到这么多垢痂，做面具好是好，却肮脏死人了！扬手就要撂出门去。木匠却赶忙夺了，安放箱中，且加了铁锁，一脸严肃，再不示外人看。

　　后生长至十七，依然不肯安生。四月初八太白山祭祖师爷，村中照例要往山上送"纸货"，做了许多山水，人物，楼阁的纸扎，又皮鼓铜锣中出动千姿万态的高跷，芯子。更有戏谑之徒扮各类丑角，或灶灰抹脸，或男着女装，或以草绳绕头作辫，或股后夹扫帚为尾，呼呼隆隆往山上三十里远的庵中涌去。木匠家的后生不甘落后，回家扭开父亲木箱上的锁，取了那半个头壳的面具覆在脸上，挤入队列。到了山上，庵前庵后放满了别的村舍送的"纸货"，不乏亦有各种竹马，社虎在演动，进香的和瞧热闹的更是人多如蚁。这后生戴面具舞蹈，一个小儿身却有老头脸，人群叫好，后生愈发得意忘形。恰鸡肠沟有人也来进香，忽见一人酷像当年被杀的老贫农，遂上前一把抱住说我爷你怎的活着？后生取下面具说爷我就没死！那人方知不是被害的贫农，却一口认定这面具是二十年前被杀的老贫农的头脸。于是后生被扭送到山下的公安局。木匠遂也被传来，稍一问，木匠供认贫农是他所杀，但强调他并未要了贫农老头的命。

那天夜里我安木楔没鸡血，便去他家偷鸡，鸡抓到手了被他发现。我放下鸡就走，他拉住我说要把贼交给公社去斗争，要叫人人知道我是贼，以后娶妻生子，也要让人知道妻是贼妻子是贼子，叫我永远揭不下贼皮。我说你这么狠，不给我一条活人路吗？他说贫农对你这富农成分的儿子就要狠，水不容火，天不共戴。我想他是铁了心，我只有咬咬牙杀人灭口。一斧子砍在他头上，头立即断了，又裂成两半。用衣服包了头逃，一路上真后悔，无论如何我也不该杀了他的头啊！我坐下来，决意要给那颗头忏悔，然后自杀谢罪，可解开衣包看时，那竟不是他的头。阿弥陀佛，亏他长年不洗头不洗脸结了一层垢痂，我砍来的是垢痂壳。我没罪的，我把他的垢甲壳砍了还他一个白净的头脸，所以我没有去自首投案，所以我活了二十年。

丈　夫

过了馒头疙瘩峁，漫走七里坪，然后是两岔沟口穿越黑松林，丈夫挑着货郎担儿走了，走了，给妇人留一身好力气，每日便消耗在砍柴，揽羊，吆牛耕耘挂在坡上的片田上。

货担儿装满着针头线脑，胭脂头油，颤悠，颤悠，颤颤悠悠；一走十天，一走一月，转回来了，天就起浓雾，浓得化不开。夜里不点灯，宽阔的土炕上，短小精悍的丈夫在她身上做杂技，像个小猴猴。她求他不要再出去，日子已经滋润，她受不得黑着的夜。她听见猪圈里猪在饿得吭吭。他说也让我守一头猪吗？丈夫便又出门走。丈夫一走，天就放晴，炸着白太阳。

又一次丈夫回来，浓雾弥漫了天地，三步外什么也看不见，呼吸喉咙里发呛。雾直罩了七天七夜，丈夫出门上路了，雾倏忽散去，妇人第三天里突然头发乌黑起来，而且十分软，十分长，像泻出黑色瀑布。她每日早上只得站在高凳子上来梳理。因为梳理常常耽误了时光，等赶牛到了山上，太阳也快旋到中天了。她用剪刀把长发剪下，第二天却又长起来。扎条辫子垂到背后吧，林中采菌子又被树杈缠挂个不休。她只得从后领装在衣服里，再系在裤带上，恨她长了尾巴。

丈夫回来了，补充了货品又出门上路。妇人觉得越来越吃得少，以为害了病。却并不觉得哪儿疼，而腰一天天细起来，细如蜂腰。腰一细胸部也前鼓，屁股也后撅，走路直打晃，已经不能从山上背负一百四十斤的柴捆了。天哪，我还能生养出娃娃吗？

丈夫在九月份又出动了，妇人的脸开始脱皮。一层一层脱。照镜子，当然没有了雀斑，白如粉团，却见太阳就疼。眼见着地里的荒草锈了庄稼，但她一去太阳光下锄薅，脸便疼，针扎地疼。

丈夫一次次回来，一次次又出去，每去一趟，妇人的身子就要出现一次奇变。她的腿开始修长。她的牙齿小白如米。脖颈滚圆。肩头斜削。末了，一双脚迅速缩小，旧鞋成了船儿似的无法再穿，无论如何不能在山坡上跑来跑去地劳作了。妇人变得什么也干不成，她痛苦得在家里哭，哭自己是个废人了，要成为丈夫的拖累了，他原本不亲热我，往后又会怎样嫌弃呢？

妇人终在一天上吊自尽。

丈夫回来了，照例天生大雾。雾涌满了门道，妇人美丽绝伦地立于门框中。丈夫跑近去雾遂淡化，看见了洞开的门框里妇人双脚悬地，一条绳索拴在框梁。丈夫嚎啕大叫，恨自己生无艳福，潸然泪下。泪下流湿了脸面，同时衣服也全然湿淋。将衣服脱去，前心后背竟露出十三个眼睛。

公　　公

夏天里，长得好稀的一个女人嫁给了采药翁的儿子。采药翁住在太白山南峰与北峰的夹沟里，环境优美，屋后有疏竹扶摇，门前涧水潺潺。傍晚霞光奇艳，女人喜欢独自下水沐浴，儿子在涧边瞧着一副耸奶和浑圆屁股唱歌，老翁于门坎上听着歌声，悠悠抽烟。八月份的第七个天，儿子去主峰上采药，炸雷打响，电火一疙瘩一疙瘩落下来撵。儿子躲进三块巨石下，火疙瘩在石头上击，儿子就压死在石头下。女人孝顺，不忍心撇下公公，好歹伺候公公过。

公公是个豁嘴，但除了豁嘴儿公公再也没有缺点。

夜里掩堂门安睡。公公在东间卧房，女人在西间卧房，惟一的尿桶放在中间厅地。公公解溲了，咚咚乐律如屋檐吊水，女人在这边就醒过来。后来女人去解溲，啃啃乐律如渊中泉鸣，公公在那边声声入耳。

日子过得很寡，也很幽静。

傍晚又是霞光奇艳，女人照例去涧溪沐浴。涧边上没有唱歌人，公公呆呆在门坎上抽烟叶，抽得满口苦。黎明里，公公去涧中提水，水在他腿上痒痒地动，看见了数尾的白条子鱼。做了钓钩竿拉出一尾欲拿回去熬了汤让女人喝，却又放进水。公公似乎懂得了水为什么这么活，女人又为什么爱到水里去。

公公告诉女子他要到儿子采过药的主峰上去采药，一去没有回来。女人天天盼公公回来，天天去涧溪里沐浴。女人在水中游便发现了一条娃娃鱼。娃娃鱼挺大，真像一个人，但女人并不觉得害怕。她抱着鱼嬉戏，手脚和鱼尾打溅水花，后来人和鱼全累了，静静地仰浮水面，月光照着他们的白肚皮子。

女人等着公公回来告诉他涧溪中有了这条奇怪的娃娃鱼，但公公没有回来。十个月后，女人突然怀孕，生下一个女孩来。孩子什么都齐全，而嘴是豁唇。女人吓慌了百思不解，她并没有交接任何男人，却怎么生下孩子来？且孩子又是个豁嘴？！女人在尿桶里溺死孩子，埋在了屋后土坡。

又十个月，女人又生下一个豁嘴孩子。女人又在屋后的土坡埋了。再过三个十月，屋后的土坡埋葬了三个孩子。三个孩子都是豁嘴。

公公永远不会回来了吗？或许公公明日一早就回来。

女人已经极度虚弱了又一次将孩子埋在屋后土坡时，被散居于沟岔中的山民瞧见。他们剥光了她的衣服，用鞋底扇她的脸和她的下体。然后四处寻找采药翁，终在溪边的泥沙中发现采药翁的药镢，哀叹他一定是受不了这女人的不贞而自溺。山民便把女人背负小石磨坠入涧溪。水碧清，女人坠下去，就游来了许多鱼，山民们惊骇着有一条极大的似人非人的鱼。

自此，娃娃鱼为太白山一宝，归于重点保护。

村　　祖

山北矻子坪的村里，一老翁高寿八十九岁，村人皆呼作爷。爷鸡皮鹤发，记不清近事能记清远事，爱吃硬的又咬不动硬的，一心欲尿得远却常常就淋在鞋上。因为年事高迈，村人尊敬，因为受敬，则敬而远之，爷活得寂寞无聊，兀自将惟独的一颗门牙包镶的金质牙壳取下来，装上去，又复取下。

过罢十年，算起来九十九岁。一茬人已老而死去，活上来的又一茬人却见爷头发由白转灰，除那颗门牙又有槽牙。再过罢十年，一茬人再皆死去。另一茬活上来的人见爷头发由灰转黑，门牙整齐。如果不是镶有金牙，谁也不认为他是那个爷的。不能算作爷，村人即呼他伯。又过十年，又是一茬人见他脸色红润，叫他是叔。又又又十年，八十年后，他同一帮顽童在村中爬高下低，闹得鸡犬不宁。一个秋天，太白山下阴雨，直下了三个月。一切无所事事，孩子们便在一起赌钱。正赌着，村口有人喊：公家抓赌来了！孩子们赌得真，没有了耳朵，只有凸出的眼泡。他已经输尽了，同伴欲开除他的赌资，他指着口里的那枚金牙，这不值钱吗？执意再赌。抓赌的人到了身边，孩子们才发觉，一哄散去。他又输给了一顽童，顽童要金牙。他赖着不给，再赌一次，三求二赢。顽童说没牌了怎个赌？划拳赌。抓赌人在后面追，他们在前面跑，口里叫着拳数。抓赌人追不上了不追了，他却还是又输了一次，输了仍不给金牙。两人就绕着一座房子兜圈子。忽听房子里有妇人在呻吟，有老妪将一个男人推出门，说生娃不疼啥时疼？他忽地蹲上那家后窗台，不见了。追他的顽童撵过墙角不见人。瞧瞧树，树上卧只鸟儿。掀掀碌碡，碌碡下一丛黄芽儿草。猛地转过身，身后也没有。顽童呆若木鸡。恰屋里又咿地有响，产妇呻吟声止，老妪喊生下了生下了。这顽童骂过一句，烦恼忘却，便爬后窗去瞧稀奇。土炕上血水汪汪，浸一个婴儿，那婴儿却不哭。老妪说怎个不哭，用针扎人中，仍不哭。用手捏嘴，嘴张开了，掉出一枚金牙壳，哭声也哇哇出来了。

多少年后。

这个村一代一代的人都知道他们的村祖还在活着，却谁也不认识。自此他们没有了辈分，人人相见，各生畏惧，真说不得面前的这位就是。

少女（《太白山记续》）

这一个冬季，太白山还不到下雪的时候就下雪。下得很厚，又不肯消融，见风起舞濛濛，只好泼上水冻一夜，结一层一层冰块，用锹铲到阴沟去。年关将近，还不曾停止。有人蓦地发现雪不是雪，没有凌花，圆的方的不成规则，如脂溢型人的头屑，或者更像是牛皮癣患者的脱皮。人们惊慌了：莫非是天在斑驳脱落？

天确实在斑驳脱落。

脱过了年关，在二月里还脱，在四月里还脱。

害眼疾已失明了一目的娘催促着儿子，没日子了，快去山顶寨求婚吧，后生把孝顺留下，背着娘的叮咛，直往山顶寨去。

三年前，后生相中了山顶寨的一个少女，在山屹崂里两人亲了口。当少女感觉到一个木橛硬硬地顶住她的小腹时，一指头弹下去，骂道："没道德！"戴顶针的手指有力，木橛遂蔫下去，原是没长骨的东西。后生却琢磨了那三个字，便正经去女家求婚。但少女的娘掩了门，骂他是野种，你娘是独目难道也要遗传给我个单眼外孙？甚至还骂出一句不共戴天。

现在，天要斑驳脱落了，还共什么天呢？

勇敢的后生来到寨上。正是晚上，一群鸡皮鹤发的年迈人在看着天上的星月叹息，说天上的月亮比先前亮得多了，也大得多了。原来月亮是天的一个洞窟，一夜比一夜有了更多的星星，这是已经薄的不能再薄的天裂出的孔隙了。后生知道年迈人已无所谓，他没有时间参与这一场叹息，只是去找他的少女。但寨子里没有一个年轻人，打问之后方得知他们差不多于一个晚上都结婚了，这个还算美好的夜里，不愿辜负了时光，在寨后的树林子里取乐。他一阵心灰，却未丧气，终于找到了少女。少女披着长发，长发上是一个腊梅编成的花环，妖妖地在树林子里骑着一头毛驴，一边唱着情歌，一边焦急地朝林外探询。他们碰在对面的时候，都为对方的俊俏而吃惊了。

他说，你是结婚了吗？

她说当然是结婚了。

他没了力气地喃喃，那么，你是在等着你的丈夫了。

是等我的丈夫，她说，也是等所有爱过我的人。说罢了，又诡秘地笑，同时后生听到了一句"我知道你也会来的"。仅这一句，后生勃发了狼一样的无畏，他们在毛驴的上下长长久久地接吻了。

后生高兴的是少女毫无反抗，当看见她首先将外衣脱下铺在地上，还说了一句"能长在手心多方便，一握手就是了"，他倒微微有一些吃惊，世上最急不可待的莫过于此了，但她却一定要他使用她带来的避孕套，他不愿意，他希望不合法的妻子能为他生出一个儿子来。她严肃异常，谁还生儿子，让自己的儿子降生下来受罪吗？这么争执着并没有结果。其实一切都发生了，他们几乎昏过去几次，几次又苏醒过来。在少女的头脑里，满是一圈一圈的光环出入，喝到了新启的一罐陈年老醋，吃到了上好的卤猪肉，穿着一双宽鞋走过草地。她说：我的花骨朵绽了，我不亏做了一场人人人了了了……声音由急转缓，高而滑低，遂化作颤音呻吟不已。

从此后生被安置在树林里，少女天天送来吃的，吃饱了他的肚子，也吃饱了他的眼睛，吃饱了他的心。不免要想起那个古老的故事，说是一个男人被劫进女人的宫中，享受着王子一样的待遇，最后却成为一堆药渣。现在的后生没有药渣的恐惧，倒做了一回王子。他在树林子里跳跃呼叫，如一头麝，为着自身的美丽和香气而兴奋。他甚至不再忧天，倒感念天斑驳脱落的好处，竟也大大咧咧地走到寨子里，不害怕了少女的娘，还企望见一见少女的那一位小丈夫。寨子里的人并不恨他，并且全村人变得平和亲热，不再殴斗和吵架，忏悔着以前的残酷是因为制造了钱币。钱币就弃之如粪土了。善心的发现，将一切又都看作有了灵性，不再伐木，不再捕兽，连一棵草也不砍伤。

天继续斑驳脱落，肤片一样的雪虽然已经不大了，但终还是在下。

少女日日来幽会，换穿着所有的新衣。在越来越大而清的月亮下，他们或身子硬如木桩，或软若面条，全然淫浸于美妙的境界。他们原本不会作诗，此时却满腹诗意，每一次行乐都拣一篷榭叶丛中，或是一株桦下，风前有鸟叫，径边乱花迷。后生在施爱中，看见雪似的天之肤片落在少女的长发上，花花白白地抖不掉，心中有一股冲动，想写些什么，便用她的发卡在桦皮上写道：

　　谁在殷勤贺梨花
　　昨也在撒
　　今也在撒

他还要再写下去，但已经困倦之极没一点力气，他软软地睡着了。少女小憩后首先醒过来，她没有戳醒后生，她喜欢男人这时候的憨相，回头却瞧见了桦皮上的诗句，竟也用发卡在下面写道：

　　假作真来真作假
　　认了梨花
　　又恨梨花

末了便高望清月，思想哪一日天不复在，地壳变化，这有诗意的桦皮成为化石，而要被后世的什么什么动物视为文物了。

不知过了多久，后生听见叹息而醒了，身边的少女，亲吻时粘上的那节草叶还粘在额上，却已泪流满面，遂拥少女在怀，却寻不出一句安慰的言语。

咱们数数那星星吧。后生寻着轻松的事要博得少女的欢心。这夜里只有星月，他不说明那是天斑驳后的孔隙。

两个人就数起来，每一次的数目不同，似乎越数越多，他们怨恨起自己的算术成绩了。

后生的想象力好，又说起他和老娘居住的房子，如何在午时激射有许多光柱，而每个光柱都活活地动。少女立即想到了房顶窟窿，没有笑起来却沉沉地说：你要练缩身法的。

是的，他的一切都是她所爱的，惟独怨恨的是他的个子，他的个子太高了。后生并不解她的意思，自作聪明，说不是有个成语，天塌下来高个子撑吗？她狼一样凶恶地撕了他的嘴，咆哮着说不许再胡说八道，因为寨子里人都习练这种功法了。

后生自此练功，个子似乎萎缩下去。而不伐的树木长得十分茂盛，不捕的野兽时常来咬死和吃掉家畜家禽，不砍伤的荒草已锈满了长庄稼的田地。老鼠多得无数，他一睡着就要啃他的脚丫子；有一次帽子放在那里三天，取时里面就有了一窝新生的崽仔。后生有些愤恨，它们在这个时候，竟如此贪婪！这么想着，又陡然添一层悲哀，或许将来没有了天的世界上，主宰者就是这些东西吧？

　　一日，少女再一次来到树林子，他将他的想法告诉了少女。少女没有说话，只是领他进寨子里去。寨子里再没有一个人，巷道中，墙根下到处是一些奇形怪状的石头。他疑疑惑惑，少女却疯了一般地纵笑，一边笑着走一边剥脱一件件衣服，后来就赤条条一丝不挂了，爬到一座碾盘上的木板上呼叫着他，央求着他。等后生也爬上去了，木板悠晃不已，如水石滑舟，如秋千送荡，他终于看清碾盘上铺着一层豌豆，原是寨中人奇妙的享乐用具。他们极快进入了境界，忘物又忘我，直弄翻了木板，两个人滚落到碾盘下的一堆乱石上。乱石堆的高低横侧恰好适合了各种杂技，他们感到是那样和谐，动作优美。他说，寨中的人呢，难道只有咱们两个人在快活？她说他们就在身下，在快活中都变成石头了。后生这才发现石头果然是双双接连在一起的。他想站起来细看，少女却不让停歇，并叮咛着默默作缩身的功法。后生全然明白了，于是加紧着力气，希望在极度的幸福里昏迷而变成石头，两个在所有石头中最小的连接最紧的石头。

　　天仍在斑驳脱落。斑驳脱落就斑驳脱落吧。

　　后生和少女已经变化为石头了，但兴奋的余热一时不能冷却。嘴是没有了，不能说话，耳朵仍活着并灵敏。他们在空阔的安静的山上听到了狼嚎和虎啸，听见了天斑驳脱落下来的肤片滴沥，突然又听到了两个人的吵架声。少女终于听出来了那不是人声，是鬼语。一个鬼是早年死去的副村长。他们两位领导活着的时候有路线之争，死了偏偏一个埋在村路的左边，一个埋在村路的右边，两个鬼就可以坐在各自的坟头上吵，吵得庄严而有趣。

○ 苏童

妻妾成群

　　四太太颂莲被抬进陈家花园的时候是十九岁。她是傍晚时分由四个乡下轿夫抬进花园西侧后门的，仆人们正在井边洗旧毛线，看见那顶轿子悄悄地从月亮门里挤进来，下来一个白衣黑裙的女学生。仆人们以为是在北平读书的大小姐回家了，迎上去一看不是，是一个满脸尘土疲惫不堪的女学生。那一年颂莲留着齐耳的短发，用一条天蓝色的缎带箍住，她的脸是圆圆的，不施脂粉，但显得有点苍白。颂莲钻出轿子，站在草地上茫然环顾，黑裙下面横着一只藤条箱子。在秋日的阳光下颂莲的身影单薄纤细，散发出纸人一样呆板的气息。她抬起胳膊擦着脸上的汗，仆人们注意到她擦汗不是用手帕而是用衣袖，这一点给他们留下了深刻的印象。

　　颂莲走到水井边，她对洗毛线的雁儿说：ّّ"让我洗把脸吧，我三天没洗脸了。"雁儿给她吊上一桶水，看着她把脸埋进水里。颂莲弓着的身体像腰鼓一样被什么击打着，簌簌地抖动。雁儿说，"你要肥皂吗？"颂莲没说话，雁儿又说，"水太凉是吗？"颂莲还是没说话。雁儿朝井边的其他女佣使了个眼色，捂住嘴笑。女佣们猜测来客是陈家的哪个穷亲戚。他们对陈家的所有来客几乎都能判断出各自的身份。大概就是这时候颂莲猛地回过头，她的脸在洗濯之后泛出一种更加醒目的寒意，眉毛很细很黑，渐渐地拧起来。颂莲瞟了雁儿一眼，她说，"你傻笑什么，还不去把水泼掉？"雁儿仍然笑着，"你是谁呀，这么厉害？"颂莲揉了雁儿一把，拎起藤条箱子离开井边，走了几步她回过头，说，"我是谁？你们迟早要知道的。"

　　第二天陈府的人都知道陈佐千老爷娶了四太太颂莲。颂莲住在后花园的南厢房里，紧挨着三太太梅珊的住处。陈佐千把原先下房里的雁儿给四太太做了使唤丫环。

　　第二天雁儿去见颂莲的时候心里胆怯，低着头喊了声四太太，但颂莲已经忘了雁儿对她的冲撞，或者颂莲根本就没记住雁儿是谁。颂莲这天换了套粉绸旗袍，脚上趿双绣花拖鞋，她脸上的气色一夜间就恢复过来，看上去和气许多。她把雁儿拉到身边，端详一番，对旁边的陈佐千说，她长得还不算讨厌。然后她对雁儿说，你蹲下，我看看你的头发。雁儿蹲下来感觉到颂莲的手在挑她的头发，仔细地察看什么，然后她听见颂莲说:"你没有虱子吧,我最怕虱子。"雁儿咬住嘴唇没说话,她觉得颂莲的手像冰凉的刀锋切割她的头发,有一点疼痛。颂莲说,"你头上什么味?真难闻,快拿块香皂洗头去。"雁儿站起来,她垂着手站在那儿不动。陈佐千瞪了她一眼:"没听见四太太说话?"雁儿说:"昨天才洗过头。"陈佐千拉高嗓门喊:"别废话,让你去洗就得去洗,小心揍你。"

雁儿端了一盆水在海棠树下洗头,洗得委屈,心里的气恨像一块铁坠在那里。午后阳光照射着两棵海棠树,一根晾衣绳拴在两根树上,四太太颂莲的白衣黑裙在微风中摇曳。雁儿朝四处环顾一圈,后花园间寂静无人,她走到晾衣绳那儿,朝颂莲的白衫上吐了一口唾沫,朝黑裙上又吐了一口。

陈佐千这年刚好五十挂零。陈佐千五十岁时纳颂莲为妾,事情是在半秘密状态下进行的。直到颂莲进门的前一天,原配太太毓如还浑然不知。陈佐千带着颂莲去见毓如。毓如在佛堂里捻着佛珠诵经。陈佐千说,这是大太太。颂莲刚要上去行礼,毓如手里的佛珠突然断了线,滚了一地。毓如推开红木靠椅下地捡佛珠,口中念念有词,罪过,罪过。颂莲想帮去捡,被毓如轻轻地推开,她说,罪过,罪过,始终没抬眼看颂莲一眼。颂莲看着毓如肥胖的身体伏在潮湿的地板上捡佛珠,捂着嘴无声地笑了一笑。她看看陈佐千,陈佐千说,好吧,我们走了。颂莲跨出佛堂门槛,就挽住陈佐千的手臂说:"她有一百岁了吧,这么老?"陈佐千没说话,颂莲又说:"她信佛?怎么在家里念经?"陈佐千说:"什么信佛,闲着没事干,滥竽充数罢了。"

颂莲在二太太卓云那里受到了热情的礼遇。卓云让丫环拿了西瓜子、葵花子、南瓜子,还有各种蜜饯招待颂莲。他们坐下后卓云的头一句话就是说瓜子,这儿没有好瓜子,我嗑的瓜子都是托人从苏州买来的。颂莲在卓云那里嗑了半天瓜子,嗑得有点厌烦,她不喜欢这些零嘴,又不好表露出来。颂莲偷偷地瞟陈佐千,示意离开,但陈佐千似乎有意要在卓云这里多呆一会,对颂莲的眼神视若无睹。颂莲由此判断陈佐千是宠爱卓云的,眼睛就不由得停留在卓云的脸上、身上。卓云的容貌有一种温婉的清秀,即使是细微的皱纹和略显松弛的皮肤也遮掩不了,举手投足之间,更有一种大家闺秀的风范。颂莲想,卓云这样的女人容易讨男人喜欢,女人也不会太讨厌她。颂莲很快地就喊卓云姐姐了。

陈家的三房太太中,梅珊离颂莲最近,但却是颂莲最后一个见到的。颂莲早就听说梅珊的倾国倾城之貌,一心想见她,陈佐千不肯带她去。他说,这么近,你自己去吧。颂莲说,我去过了,丫环说她病了,拦住门不让我进。陈佐千鼻孔里哼了一声,她一不高兴就称病。又说,她想爬到我头上来。颂莲说,你让她爬吗?陈佐千挥挥手说,休想,女人永远爬不到男人的头上来。

颂莲走过北厢房,看见梅珊的窗上挂着粉色的抽纱窗帘,屋里透出一股什么草花的香气。颂莲站在窗前停留了一会儿,忽然忍不住心里偷窥的欲望,她屏住气轻轻掀开窗帘。这一掀差点把颂莲吓得灵魂出窍,窗帘后面的梅珊也在看她,目光相撞,只是刹那间的事情,颂莲便仓惶地逃走了。

到了夜里,陈佐千来颂莲房里过夜。颂莲替他把衣服脱了,换上睡衣。陈佐千说，我不穿睡衣，我喜欢光着睡。颂莲就把目光掉开去，说，随便你，不过最好穿上睡衣，会着凉。陈佐千笑起来，你不是怕我着凉，你是怕看我光着屁股。颂莲说，我才不怕呢。她转过脸时颊上已经绯红。这是她头一次清晰地面对陈佐千的身体，陈佐千形同仙鹤，干瘦细长，生殖器像弓一样绷紧着。颂莲有点透不过气来，她说，你怎么这样瘦？陈佐千爬到床上，钻进丝棉被窝里说，让她们掏的。

颂莲侧身去关灯，被陈佐千拦住了，陈佐千说，别关，我要看你，关上灯就什么也看不见了。颂莲摸了摸他的脸说，随便你，反正我什么也不懂，听你的。

颂莲仿佛从高处往一个黑暗深谷坠落，疼痛、晕眩伴随着轻松的感觉。奇怪的是意识中不断浮现梅珊的脸。那张美丽绝伦的脸也隐没在黑暗中间。颂莲说，她真怪。你说谁？三太太，她在窗帘背后看我。陈佐千的手从颂莲的乳房上移到嘴唇上，别说话，现在别说话。就是这时候房门被轻轻敲了两记。两个人都惊了一下，陈佐千朝颂莲摇摇头，拉灭了灯。隔了不大一会，敲门声又响起来……陈佐千跳起来，恼怒地吼起来，谁敲门？门外响起一个怯生生的女孩声音，三太太病了，喊老爷去。陈佐千说，撒谎，又撒谎，回去对她说我睡下了。门外的女孩说，三太太得的急病，非要你去呢。她说她快死了。陈佐千坐在床上想了会儿，自言自语说她又要什么花招。颂莲看着他左右为难的样子，推了他一把，你就去吧，真死了可不好说。

这一夜陈佐千没有回来。颂莲留神听北厢房的动静，好像什么事也没有。唯有知更鸟在石榴树上啼啭几声，留下凄清悠远的余音。颂莲睡不着了，人浮在怅然之上，悲哀之下，第二天早起来梳妆，她看见自己的脸发生了某种深刻的变化，眼圈是青黑色的。颂莲已经知道梅珊是怎么回事，但第二天看见陈佐千从北厢房出来时，颂莲还是迎上去问梅珊的病情；给三太太请医生了吗？陈佐千尴尬地摇摇头，他满面倦容，话也懒得说，只是抓住颂莲的手软绵绵地捏了一下。

颂莲上了一年大学后嫁给陈佐千，原因很简单，颂莲父亲经营的茶厂倒闭了，没有钱负担她的费用。颂莲辍学回家的第三天，听见家人在厨房里乱喊乱叫。她跑过去一看，父亲斜靠在水池边，池子里是满满一池血水，泛着气泡。父亲把手上的静脉割破了，很轻松地上了黄泉路。颂莲记得她当时绝望的感觉，她架着父亲冰凉的身体，她自己整个比尸体更加冰凉。灾难临头她一点也哭不出来。那个水池后来好几天没人用，颂莲仍然在水池里洗头。颂莲没有一般女孩无谓的怯懦和恐惧。她很实际。父亲一死，她必须自己负责自己了。在那个水池边，颂莲一遍遍地梳洗头发，借此冷静地预想以后的生活。所以当继母后来摊牌，让她在做工和嫁人两条路上选择时，她淡然地回答说，当然嫁人。继母又问，你想嫁个一般人家还是有钱人家？颂莲说，当然有钱人家，这还用问？继母说，那不一样，去有钱人家是做小。颂莲说，什么叫做小？继母考虑了一下，说，就是做妾，名分是委屈了点。颂莲冷笑了一声，名分是什么？名分是我这样的人考虑的吗？反正我交给你卖了，你要是顾及父亲的情义，就把我卖个好主吧。

陈佐千第一次去看颂莲。颂莲闭门不见，从门里扔出一句话，去西餐社见面。陈佐千想毕竟是女学生，总有不同凡俗之处，他在西餐社订了两个位置，等着颂莲来。

那天外面下着雨,陈佐千隔窗守望外面细雨漾漾的街道,心情又新奇又温馨,这是他前三次婚姻中从所未有的。颂莲打着一顶细花绸伞姗姗而来,陈佐千就开心地笑了。颂莲果然是他想象中漂亮洁净的样子,而且那样年轻。陈佐千记得颂莲在他对面坐下,从提袋里掏出一大把小蜡烛,她轻声对陈佐千说,给我要一盒蛋糕好吧。陈佐千让侍者端来了蛋糕,然后他看见颂莲把小蜡烛一根一根地插上去,一共插了十九根,剩下一根她收回包里。陈佐千说,这是干什么,你今天过生日?颂莲只是笑笑,她把蜡烛点上,看着蜡烛亮起小小的火苗。颂莲的脸在烛光里变得玲珑剔透。她说,你看这火苗多可爱。陈佐千说,是可爱。说完颂莲就长长地吁了口气,噗地把蜡烛吹灭。陈佐千听见她说,提前过生日吧,十九岁过完了。

　　陈佐千觉得颂莲的话里有回味之处,直到后来他也经常想起那天颂莲吹蜡烛的情景,这使他感到颂莲身上某种微妙而迷人的力量。作为一个富有性经验的男人,陈佐千更迷恋的是颂莲在床上的热情和机敏。他似乎在初遇颂莲的时候就看见了销魂种种,以后果然被证实。难以判断颂莲是天性如此还是曲意奉承,但陈佐千很满足。他对颂莲的宠爱,陈府上下的人都看在眼里。

　　后花园的墙角那里有一架紫藤,从夏天到秋天,紫藤花一直沉沉地开着。颂莲从她的窗口看见那些紫色的絮状花朵在秋风中摇曳,一天天地清淡。她注意到紫藤架下有一口井,而且还有石桌和石凳,一个挺闲适的去处却见不到人,通往那里的甬道上长满了杂草。蝴蝶飞过去,蝉也在紫藤枝叶上唱,颂莲想起去年这个时候,她是坐在学校的紫藤架下读书的,一切都恍若惊梦。颂莲慢慢地走过去,她提起裙子,小心不让杂草和昆虫碰蹭,慢慢地撩开几枝藤叶,看见那些石桌石凳上积了一层灰尘。走到井边,井台石壁上长满了青苔。颂莲弯腰朝井中看,井水是蓝黑色的,水面上也浮着陈年的落叶,颂莲看见自己的脸在水中闪烁不定,听见自己的喘息声被吸入井中放大了,沉闷而微弱。有一阵风吹过来,把颂莲的裙子吹得如同飞鸟,颂莲这时感到一种坚硬的凉意,像石头一样慢慢敲她的身体。颂莲开始往回走,往回走的速度很快,回到南厢房的廊下,她吐出一口气,回头又看那个紫藤架,架上倏地落下两三串花,很突然地落下来,颂莲觉得这也很奇怪。

　　卓云在房里坐着,等着颂莲。她乍地发觉颂莲的脸色很难看,卓云起来扶着颂莲的腰,你怎么啦?颂莲说,我怎么啦?我上外面走了走。卓云说,你脸色不好,颂莲笑了笑说身上来了。卓云也笑,我说老爷怎么又上我那儿去了呢。她打开一个纸包,拉出一卷丝绸来,说,苏州的真丝,送你裁件衣服。颂莲推卓云的手,不行,你给我东西,怎么好意思,应该我给你才对。卓云嘘了一声,这是什么道理?我见你特别可心,就想起来这块绸子,要是隔壁那女人,她掏钱我也不给,我就是这脾气。颂莲就接过绸子放在膝上摩挲着,说,三太太是有点怪。不过,她长得真好看。卓云说,好看什么?脸上的粉霜一刮掉半斤。颂莲又笑,转了话题,我刚才在紫藤架那儿呆了会,我挺喜欢那儿的。卓云就叫起来,你去死人井了?别去那儿,那儿晦气。颂莲吃惊道,怎么叫死人井?卓云说,怪不得你进屋脸色不好,那井里死过三个人。颂莲站起身伏在窗口朝紫藤架张望,都是什么人死在井里了?卓云说,都是上代的家眷,都是女的。颂莲还要打听,卓云就说不上来了。卓云只知道这些,她说陈家上下忌讳这些事,大家都守口如瓶。颂莲愣了会,说,这些事情,不知道就不知道罢。

陈家的少爷小姐都住在中院里。颂莲曾经看见忆容和忆云姐妹俩在泥沟边挖蚯蚓,喜眉喜眼天真烂漫的样子,颂莲一眼就能判断她们是卓云的骨血。她站在一边悄悄地看她们,姐妹俩发觉了颂莲,仍然旁若无人,把蚯蚓灌到小竹筒里。颂莲说,你们挖蚯蚓做什么?忆容说,钓鱼呀。忆云却不客气地白了颂莲一眼,不要你管。颂莲有点没趣,走出几步,听见姐妹俩在嘀咕,她也是小老婆,跟妈一样。颂莲一下懵了,她回头愤怒地盯着她们看,忆容嗤嗤地笑着,忆云却丝毫不让地朝她撇嘴,又嘀咕了一句什么。颂莲心想这叫什么事儿,小小年纪就会说难听话。天知道卓云是怎么管这姐妹俩的。

颂莲再碰到卓云时,忍不住就把忆云的话告诉她。卓云说,那孩子就是嘴上没拦的,看我回去拧她的嘴。卓云赔礼后又说,其实我那两个孩子还算省事的,你没见隔壁小少爷,跟狗一样的,见人就咬,吐唾沫。你有没有挨他咬过?颂莲摇摇头。她想起隔壁的小男孩飞澜,站在门廊下,一边啃面包,一边朝她张望,头发梳得油光光的,脚上穿着小皮鞋。颂莲有时候从飞澜脸上能见到类似陈佐千的表情,她从心理上能接受飞澜,也许因为她内心希望给陈佐千再生一个儿子。男孩比女孩好,颂莲想,管他咬不咬人呢。

只有毓如的一双儿女,颂莲很久都没见到。显而易见的是他们在陈府的地位。颂莲经常听到关于对飞浦和忆惠的谈论。飞浦一直在外面收账,还做房地产生意,而忆惠在北平的女子大学读书。颂莲不经意地向雁儿打听飞浦。雁儿说,我们大少爷是有本事的人。颂莲问,怎么个有本事法?雁儿说,反正有本事,陈家现在都靠他。颂莲又问雁儿,大小姐怎么样?雁儿说,我们大小姐又漂亮又文静,以后要嫁贵人的。颂莲心里暗笑,雁儿褒此贬彼的话音让她很厌恶。她就把气发到裙裾下那只波斯猫身上,颂莲抬脚把猫踢开,骂道,贱货,跑这儿舔什么骚?

颂莲对雁儿越来越厌恶,至关重要的一点是她没事就往梅珊屋里跑,而且雁儿每次接过颂莲的内衣内裤去洗时,总是一脸不高兴的样子。颂莲有时候就训她,你挂着脸给谁看,你要不愿跟我就回下房去,去隔壁也行。雁儿申辩说,没有呀,我怎么敢挂脸,天生就没有脸。颂莲抓过一把梳子朝她砸过去,雁儿就不再吱声了。颂莲猜测雁儿在外面没少说她的坏话。但她也不能对她太狠,因为她曾经看见陈佐千有一次进门来顺势在雁儿的乳房上摸了一把,虽然是瞬间的很自然的事,颂莲也不得不节制一点,要不然雁儿不会那么张狂。颂莲想,连个小丫环也知道靠那一把壮自己的胆,女人就是这种东西。

到了重阳节的前一天,大少爷飞浦回来了。

颂莲正在中院里欣赏菊花,看见毓如和管家都围拢着几个男人,其中一个穿白西服的很年轻,远看背影很魁梧的,颂莲猜他就是飞浦。她看着下人走马灯似地把一车行李包裹运到后院去,渐渐地人都进了屋,颂莲也不好意思进去,她摘了枝菊花,慢慢地踱向后花园,路上看见卓云和梅珊,带着孩子往这边走。卓云拉住颂莲说,大少爷回家了，你不去见个面？颂莲说，我去见他？应该他来见我吧。卓云说，说的也是，应该他先来见你。一边的梅珊则不耐烦地拍拍飞澜的头颈，快走快走。

　　颂莲真正见到飞浦是在饭桌上。那天陈佐千让厨子开了宴席给飞浦接风，桌上摆满了精致丰盛的菜肴，颂莲逡巡着桌子，不由得想起初进陈府那天，桌上的气派远不如飞浦的接风宴，心里有点犯酸，但是很快她的注意力就转移到飞浦身上了。飞浦坐在毓如身边，毓如对他说了句什么，然后飞浦就欠起身子朝颂莲微笑着点了点头。颂莲也颔首微笑。她对飞浦的第一个感觉是出乎意料地英俊年轻，第二个感觉是他很有心计。颂莲往往是喜欢见面识人的。

　　第二天就是重阳节了，花匠把花园里的菊花盆全搬到一起去，五颜六色地搭成福、禄、寿、禧四个字。颂莲早早地起来，一个人绕着那些菊花边走边看，早晨有凉风，颂莲只穿了一件毛背心，她就抱着双肩边走边看。远远地她看见飞浦从中院过来，朝这里走。颂莲正犹豫着是否先跟他打招呼，飞浦就喊起来，颂莲你早。颂莲对他直呼其名有点吃惊，她点点头，说，按辈分你不该喊我名字。飞浦站在花圃的另一边，笑着系上衬衫的领扣，说，应该叫你四太太，但你肯定比我小几岁呢，你多大？颂莲显出不高兴的样子侧过脸去看花。飞浦说，你也喜欢菊花，我原以为大清早的可以先抢风水，没想你比我还早。颂莲说，我从小就喜欢菊花，可不是今天才喜欢的。飞浦说，最喜欢哪种。颂莲说，都喜欢，就讨厌蟹爪。飞浦说，那是为什么。颂莲说，蟹爪开得太张狂。飞浦又笑起来说，有意思了，我偏偏最喜欢蟹爪。颂莲睃了飞浦一眼，我猜到你会喜欢它。飞浦又说，那又为什么？颂莲朝前走了几步，说，花非花，人非人，花就是人，人就是花，这个道理你不明白？颂莲猛地抬起头，她察觉出飞浦的眼神里有一种异彩水草般地掠过，她看见了，她能够捕捉它。飞浦叉腰站在菊花那一侧，突然说，我把蟹爪换掉吧。颂莲没有说话。她看着飞浦把蟹爪换掉，端上几盆墨菊摆上。过了一会儿，颂莲又说，花都是好的，摆的字不好，太俗气。飞浦拍拍手上的泥，朝颂莲挤挤眼睛，那就没办法了，福禄寿禧是老爷让摆的，每年都这样，老祖宗传下来的规矩。

　　颂莲后来想起重阳赏菊的情景，心情就愉快。好像从那天起，她与飞浦之间有了某种默契。颂莲想着飞浦如何把蟹爪搬走，有时会笑出声来，只有颂莲自己知道，她并不是特别讨厌那种叫蟹爪的菊花。

　　你最喜欢谁？颂莲经常在枕边这样问陈佐千，我们四个人，你最喜欢谁？陈佐千说那当然是你了。毓如呢？她早就是只老母鸡了。卓云呢？卓云还凑合着但她有点松松垮垮的了。那么梅珊呢？颂莲总是克制不住对梅珊的好奇心，梅珊是哪里人？陈佐千说，她是哪里人我也不知道，连她自己也不知道。颂莲说那梅珊是孤儿出身。陈佐千说，她是戏子，京剧草台班里唱旦角的。我是票友，有时候去后台看她，请她吃饭，一来二去的她就跟我了。颂莲拍拍陈佐千的脸说，是女人都想跟你。陈佐千说，你这话对了一半，应该说是女人都想跟有钱人。颂莲笑起来，你这话也才对了一半，应该说有钱人有了钱还要女人，要也要不够。

　　颂莲从来没有听见梅珊唱过京戏，这天早晨窗外飘过来几声悠长清亮的唱腔，把颂莲从梦中惊醒，她推推身边的陈佐千问是不是梅珊在唱？陈佐千迷迷糊糊地说，她高兴了就唱，不高兴了就笑，狗娘养的。颂莲推开窗子，看见花园里夜来降了雪白的秋霜，在紫藤架下，一个穿黑衣黑裙的女人且舞且唱着。果然就是梅珊。

颂莲披衣出来，站在门廊上远远地看着那里的梅珊。梅珊已沉浸其中，颂莲觉得她唱得凄凉婉转，听得心也浮了起来。这样过了好久，梅珊戛然而止，她似乎看见了颂莲的眼睛里充满了泪影。梅珊把长长的水袖搭在肩上往回走，在早晨的天光里，梅珊的脸上、衣服上跳跃着一些水晶色的光点，她的绾成圆髻的头发被霜露打湿，这样走着她整个显得湿润而忧伤，仿佛风中之草。

你哭了？你活得不是很高兴吗，为什么哭？梅珊在颂莲面前站住，淡淡地说。颂莲掏出手绢擦了擦眼角，她说也不知是怎么了，你唱的戏叫什么？叫《女吊》。梅珊说你喜欢听吗？我对京戏一窍不通，主要是你唱得实在动情，听得我也伤心起来，颂莲说着。她看见梅珊的脸上第一次露出和善的神情，梅珊低下头看看自己的戏装。她说，本来就是做戏嘛，伤心可不值得。做戏做得好能骗别人，做得不好只能骗骗自己。

陈佐千在颂莲屋里咳嗽起来，颂莲有些尴尬地看看梅珊。梅珊说，你不去侍候他穿衣服？颂莲摇摇头说他自己穿，他又不是小孩子。梅珊便有点悻悻的，她笑了笑说他怎么要我给他穿衣穿鞋，看来人是有贵贱之分。这时候陈佐千又在屋里喊起来，梅珊，进屋来给我唱一段！梅珊的细柳眉立刻挑起来，她冷笑一声，跑到窗前冲里面说，老娘不愿意！

颂莲见识了梅珊的脾气。当她拐弯抹角地说起这个话题时，陈佐千说，都怪我前些年把她娇宠坏了。她不顺心起来敢骂我家祖宗八代，陈佐千说这狗娘养的小婊子，我迟早得狠狠收拾她一回。颂莲说，你也别太狠心了，她其实挺可怜的，没亲没故的，怕你不疼她，脾气就坏了。

以后颂莲和梅珊有了些不冷不热的交往。梅珊迷麻将，经常招呼人去她那里搓麻将，从晚饭过后一直搓到深更半夜。颂莲隔着墙能听见隔壁洗牌的哗啦哗啦的声音，吵得她睡不好觉。她跟陈佐千发牢骚。陈佐千说，你就忍一忍吧，她搓上麻将还算正常一点，反正她把钱输光了我不会给她的，让她去搓，让她去作死。但是有一回梅珊差丫环来叫颂莲上牌桌了，颂莲一句话把丫环挡了回去。她说，我去搓麻将？亏你们想得出来。丫环回去后梅珊自己来了，她说，三缺一，赏个脸吧。颂莲说我不会呀，不是找输吗？梅珊来拽她的胳膊，走吧，输了不收你钱，要不赢了归你，输了我付。颂莲说，那倒不至于，主要是我不喜欢。她说着就看见梅珊的脸挂下来了，梅珊哼了一声说，你这里有什么呀？好像守着个大金库不肯挪一步，不过就是个干瘪老头罢了。颂莲被呛得恶火攻心，刚想发作，难听话溜到嘴边又咽回去了，她咬着嘴唇考虑了几秒钟说，好吧，我跟你去。

另外两个人已经坐在桌前等候了，一个是管家陈佐文，另一个不认识，梅珊介绍说是医生。那人戴着金丝边眼镜，皮肤黑黑的，嘴唇却像女性一样红润而柔情，颂莲以前见他出入过梅珊的屋子，她不知怎么就不相信他是医生。

颂莲坐在牌桌上心不在焉，她是真的不太会打，糊里糊涂就听见他们喊和了，自摸了。她只是掏钱，慢慢地她就心疼起来。她说，我头疼，想歇一歇了。梅珊说，上桌就得打八圈，这是规矩。你恐怕是输得心疼吧，陈佐文在一边说，没关系的，破点小财消灾灭祸。梅珊又说，你今天就算给卓云做好事吧，这一阵她闷死了，把老头儿借她一夜，你输的钱让她掏给你。桌上的两个男人都笑起来。颂莲也笑，梅珊你可真能逗乐，心里却像吞了只苍蝇。

颂莲冷眼观察着梅珊和医生间的眉目传情，她想什么事情都是逃不过她的直觉的。当洗牌时掉下一张牌以后，颂莲弯腰去捡，一下就发现了他们的四条腿的形状，藏在桌下的那四条腿原来紧缠在一起，分开时很快很自然，但颂莲是确确实实看见了。

颂莲不动声色。她再也不去看梅珊和医生的脸了。颂莲这时的心情很复杂，有点惶惑，有点紧张，还有一点幸灾乐祸。她心里说梅珊你活得也太自在了也太张狂了。

秋天里有很多这样的时候，窗外天色阴晦，细雨绵延不绝地落在花园里，从紫荆、石榴树的枝叶上溅起碎玉般的声音。这样的时候颂莲枯坐窗边，睇视外面晾衣绳上一块被雨淋湿的丝绢，她的心绪烦躁复杂，有的念头甚至是秘不可示的。

颂莲就不明白为什么每逢阴雨就会想念床笫之事。陈佐千是不会注意到天气对颂莲生理上的影响的。陈佐千只是有点招架不住的窘态。他说，年龄不饶人，我又最烦什么三鞭神油的。陈佐千抚摸颂莲粉红的微微发烫的肌肤，摸到无数欲望的小兔在她皮肤下面跳跃。陈佐千的手渐渐地就狂乱起来，嘴也俯到颂莲的身上。颂莲面色绯红地侧身躺在长沙发上，听见窗外雨珠迸裂的声音，颂莲双目微闭，呻吟道，主要是下雨了。陈佐千没听清，你说什么？项链？颂莲说，对，项链，我想要一串最好的项链。陈佐千说，你要什么我不给你？只是千万别告诉她们。颂莲一下子就翻身坐起来，她们？她们算什么东西？我才不在乎她们呢。陈佐千说，那当然，她们谁也比不上你。他看见颂莲的眼神迅速地发生了变化，颂莲把他推开，很快地穿好内衣走到窗前去了。陈佐千说你怎么了。颂莲回过头，幽怨地说，没情绪了，谁让你提起她们的？

陈佐千怏怏地和颂莲一起看着窗外的雨景，这样的时候整个世界都潮湿难耐起来，花园里空无一人，树叶绿得透出凉意。远远地那边的紫藤架被风掠过，摇晃有如人形。颂莲想起那口井，关于井的一些传闻。颂莲说，这园子里的东西有点鬼气。陈佐千说，哪来的鬼气？颂莲朝紫藤架努努嘴，喏，那口井。陈佐千说，不过就死了两个投井的，自寻短见的。颂莲说，死的谁？陈佐千说，反正你也不认识的，是上一辈的两个女眷。颂莲说，是姨太太吧。陈佐千脸色立刻有点难看了，谁告诉你的？颂莲笑笑说谁也没告诉我，我自己看见的，我走到那口井边，一眼就看见两个女人浮在井底里，一个像我，另一个还是像我。陈佐千说，你别胡说了，以后别上那儿去。颂莲拍拍手说，那不行，我还没去问问那两个鬼魂呢，她们为什么投井？陈佐千说，那还用问，免不了是些污秽事情吧。颂莲沉吟良久，后来她突然说了一句，怪不得这园子里修这么多井。原来是为寻死的人挖的。陈佐千一把搂过颂莲，你越说越离谱，别去胡思乱想。说着陈佐千抓住颂莲的手，让她摸自己的那地方。他说，现在倒又行了，来吧。我就是死在你床上也心甘情愿。

　　花园里秋雨萧瑟，窗内的房事因此有一种垂死的气息，颂莲的眼前是一片深深幽暗，唯有梳妆台上的几朵紫色雏菊闪烁着稀薄的红影。颂莲听见房门外有什么动静，她随手抓过一只香水瓶子朝房门上砸去。陈佐千说你又怎么了，颂莲说，她在偷看。陈佐千说，谁偷看？颂莲说是雁儿。陈佐千笑起来，这有什么可偷看的？再说她也看不见。颂莲厉声说，你别护她，我隔多远也闻得出她的骚味。

　　黄昏的时候，有一群人围坐在花园里听飞浦吹箫。飞浦换上丝绸衫裤，更显出他的倜傥风流。飞浦持箫坐在中间，四面听箫的多是飞浦做生意的朋友。这时候这群人成为陈府上下观注的中心，仆人们站在门廊上远远地观察他们，窃窃私语。其他在室内的人会听见飞浦的箫声像水一样幽幽地漫进窗口，谁也无法忽略飞浦的箫声。

　　颂莲往往被飞浦的箫声所打动，有时甚至泪涟涟的。她很想坐到那群男人中间去，离飞浦近一点。持箫的飞浦令她回想起大学里一个独坐空室拉琴的男生，她已经记不清那个男生的脸，对他也不曾有深藏的暗恋，但颂莲易于被这种优美的情景感化，心里是一片秋水涟漪。颂莲踟蹰半天，搬了一张藤椅坐在门廊上，静听着飞浦的箫声。没多久箫声沉寂了，那边的男人们开始说话。颂莲顿时就觉得没趣了。她想，说话多无聊，还不是你诓我我骗你的，人一说起话来就变得虚情假意的了。于是颂莲起身回到房里，她突然想起箱子里也有一管长箫，那是她父亲的遗物。颂莲打开那只藤条箱子，箱子好久没晒，已有一点霉味，那些弃之不穿的学生时代的衣裙整整齐齐地摞着，好像从前的日子尘封了，散出星星点点的怅然和梦想。颂莲把那些衣服腾空了，也没有见那管长箫。她明明记得离家时把箫放进箱底的，怎么会没有了呢？雁儿，雁儿你来。颂莲就朝门廊上喊。雁儿来了，说，四太太怎么不听少爷吹箫了。颂莲就问，你有没有动过我的箱子？雁儿说，前一阵你让我收拾箱子的，我把衣服都叠好了呀？颂莲说，你有没有见一管箫？箫？雁儿说，我没见，男人才玩箫呢！颂莲盯住雁儿的眼睛看，冷笑了一声，那么说是你把我的箫偷去了？雁儿说，四太太你也别随便糟践人，我偷你的箫干什么呀？颂莲说，你自然有你的鬼念头，从早到晚心怀鬼胎，还装得没事人似的。雁儿说，四太太你别太冤枉人了，你去问问老爷少爷大太太二太太三太太，我什么时候偷过主子一个铜板的？颂莲不再理睬她，她轻蔑地瞅着雁儿，然后跑到雁儿住的小偏房去，用脚踩着雁儿的杂木箱子说，嘴硬就给我打开。雁儿去拖颂莲的脚，一边哀求说，四太太你别踩我的箱子，我真的没拿你的箫。颂莲看雁儿的神色心中越来越有底，她从屋角抓过一把斧子说，劈碎了看一看，要是没有明天给你个新的箱子。她咬着牙一斧劈下去，雁儿的箱子就散了架，衣物铜板小玩意滚了一地。颂莲把衣物都抖开来看，没有那管箫，但她忽然抓住一个鼓鼓的小白布包，打开一看，里面是个小布人，小布人的胸口刺着三枚细针。颂莲起初觉得好笑，但很快地她就发觉小布人很像她自己。再细细地看，上面有依稀的两个墨迹：颂莲。颂莲的心好像真的被三枚细针刺着，一种尖锐的刺痛感。她的脸一下变得煞白。旁边的雁儿靠着墙，惊惶地看着她。颂莲突然尖叫了一声，她跳起来一把抓住雁儿的头发，把雁儿的头一次一次地往墙上撞。颂莲噙着泪大叫，让你咒我死！让你咒我死！雁儿无力挣脱，她只是软瘫在那里，发出断断续续的呜咽。颂莲累了，喘着气，倏尔想到雁儿是不识字的，那么谁在小布人上写的字呢？这个疑问使她更觉揪心。颂莲后来就蹲下身子来，给雁儿擦泪，她换了种温和的声调，别哭了，事儿过了就过了，以后别这样，我不记你仇。不过你得告诉我是谁给你写的字。雁儿还在抽噎着，她摇着头说，我不说，不能说。颂莲说，你不用怕，我也不会闹出去的，你只要告诉我我绝对不会连累你的。雁儿还是摇头。颂莲于是开始提示。是毓如？雁儿摇头。那么肯定是梅珊了？雁儿依然摇头。颂莲倒吸了一口凉气，她的声音有些颤抖了。是卓云吧？雁儿不再摇头了，她的神情显得悲伤而愚蠢。颂莲站起来，仰天说了一句，知人知面不知心呐，我早料到了。

陈佐千看见颂莲眼圈红肿着，一个人呆坐在沙发上，手里捻着一枝枯萎的雏菊。陈佐千说，你刚才哭过？颂莲说，没有呀，你对我这么好，我干什么要哭？陈佐千想了想说，你要是嫌闷，我陪你去花园走走，到外面吃宵夜也行。颂莲把手中的菊枝又捻了几下，随手扔出窗外，淡淡地问，你把我的箫弄到哪里去了？陈佐千迟疑了一会儿，说，我怕你分心，收起来了。颂莲的嘴角浮出一丝冷笑，我的心全在这里，能分到哪里去？陈佐千也正色道，那么你说那箫是谁送你的？颂莲懒懒地说，不是信物，是遗物，我父亲的遗物。陈佐千就有点发窘说是我多心了，我以为是哪个男学生送你的。颂莲把手摊开来，说，快取来还我，我的东西我自己来保管。陈佐千更加窘迫起来，他搓着手来回地走，这下坏了。他说，我已经让人把它烧了。陈佐千没听见颂莲再说话，房间里一点一点黑下来。他打开电灯，看见颂莲的脸苍白如雪，眼泪无声地挂在双颊上。

这一夜对于他们两个人来说都是特殊的一夜。颂莲像羊羔一样把自己抱紧了，远离陈佐千的身体；陈佐千用手去抚摸她，仍然得不到一点回应。他一会儿关灯一会儿开灯，看颂莲的脸像一张纸一样漠然无情。陈佐千说，你太过分了，我就差一点给你下跪求饶了。颂莲沉默了一会儿，说，我不舒服。陈佐千说，我最恨别人给我看脸色。颂莲翻了个身说，你去卓云那里吧，反正她总是对人笑的。陈佐千就跳下床来穿衣服，说，去就去，幸亏我还有三房太太。

第二天卓云到颂莲房里来时，颂莲还躺在床上。颂莲看见她掀开门帘的时候打了个莫名的冷颤。她佯睡着闭上眼睛，卓云坐到床头伸手摸摸颂莲的额头说，不烫呀，大概不是生病是生气吧。颂莲眼睛虚着朝她笑了笑，你来啦。卓云就去拉颂莲的手，快起来吧，这样躺没病也孵出毛病来。颂莲说，起来又能干什么？卓云说，给我剪头发，我也剪个你这样的学生头，精神精神。

卓云坐在圆凳上，等着颂莲给她剪头发。颂莲抓起一件旧衣服给她围上，然后用梳子慢慢梳着卓云的头发。颂莲说，剪不好可别怪我，你这样好看的头发，剪起来实在是心慌。卓云说，剪不好也没关系的，这把年纪了还要什么好看。颂莲仍然一下一下地把卓云的头发梳上去又梳下来，那我就剪了。卓云说，剪呀，你怎么那样胆小？颂莲说，主要是手生，怕剪着了你。说完颂莲就剪起来。卓云的乌黑松软的头发一绺绺地掉下来，伴随着剪刀双刃的撞击声。卓云说，你不是挺麻利的吗？颂莲说，你可别夸我，一夸我的手就抖了。说着就听见卓云发出了一声尖厉刺耳的叫声，卓云的耳朵被颂莲的剪刀实实在在地剪了一下。

甚至花园里的人也听见了卓云那声可怕的尖叫，梅珊房里的人都跑过来看个究竟。她们看见卓云捂住右耳疼得直冒虚汗，颂莲拿着把剪刀站在一边，她的脸也发白了，唯有地板上是几绺黑色的头发。你怎么啦？卓云的泪已夺眶而出，她的话没说完就捂住耳朵跑到花园里去了。颂莲愣愣地站在那堆头发边上，手中的剪刀当地掉在地上。她自言自语地说了一声，我的手发抖，我病着呢。然后她把看热闹的佣人都推出门去。你们在这儿干什么？还不快给二太太请医生去。

梅珊牵着飞澜的手，仍然留在房里。她微笑着对颂莲看。颂莲避开她的目光，她操起芦花帚扫着地上的头发，听见梅珊忽然咯咯笑出了声音。颂莲说，你笑什么？梅珊眨了眨眼睛，我要是恨谁也会把她的耳朵剪掉，全部剪掉，一点不剩。颂莲沉下了脸，你这是什么意思？难道我是有意的吗？梅珊又嘻笑了一声说那只有天知道啦。

颂莲没再理睬梅珊，她兀自躺到床上去，用被子把头蒙住，她听见自己的心怦然狂跳。她不知道自己的心对那一剪刀负不负责任，反正谁都应该相信，她是无意的。这时候她听见梅珊隔着被子对她说话。梅珊说，卓云是慈善面孔蝎子心，她的心眼点子比谁都多。梅珊又说，我自知不是她对手，没准你能跟她斗一斗，这一点我头一次看见你就猜到了。颂莲在被子里动弹了一下，听见梅珊出乎意料地打开了话匣子。梅珊说，你想知道我和她生孩子的事情吗？梅珊说，我跟卓云差不多一起怀孕的，我三个月的时候她差人在我的煎药里放了泻胎药，结果我命大胎儿没掉下来；后来我们差不多同时临盆，她又想先生孩子就花很多钱打外国催产针，把阴道都撑破了，结果还是我命大，我先生了飞澜，是个男的，她竹篮打水一场空，生了忆容，不过是个小贱货，还比飞澜晚了三个钟头呢。

天已寒秋，女人们都纷纷换上了秋衣，树叶也纷纷在清晨和深夜飘落在地，枯黄的一片覆盖了花园，几个女佣蹲在一起烧树叶，一股焦烟味弥漫开来。颂莲的窗口砰地打开，女佣们看见颂莲的脸因憎怒而涨得绯红。她抓着一把木梳在窗台上敲着，谁让你们烧树叶的？好好的树叶烧得那么难闻。女佣们便收起了笤帚箩筐。一个胆大的女佣说，这么多的树叶，不烧怎么弄？颂莲就把木梳从窗里砸到她的身上。颂莲喊，不准烧就是不准烧！然后她砰地关上了窗子。

四太太的脾气越来越大了。女佣们这么告诉毓如。她不让我们烧树叶，她的脾气怎么越来越大了？毓如把女佣呵斥了一通，不准嚼舌头，轮不到你们来搬弄是非。毓如心里却很气。以往花园里的树叶每年都要烧几次的，难道来了个颂莲就要破这个规矩不成？女佣在一边垂手而立，说，那么树叶不烧了？毓如说，谁说不烧的？你们给我去烧，别理她好了。

女佣再去烧树叶，颂莲就没有露面，只是人去灰烬的时候见颂莲走出南厢房。她还穿着夏天的裙子，女佣说她怎么不冷，外面的风这么大。颂莲站在一堆黑灰那里，呆呆地看了会，然后她就去中院吃饭了。颂莲的裙摆在冷风中飘来飘去，就像一只白色蝴蝶。

颂莲坐在饭桌上，看他们吃。颂莲始终不动筷子。她的脸色冷静而沉郁，抱紧双臂，一副不可侵犯的样子。那天恰逢陈佐千外出，也是府中闹事的时机。飞浦说，咦，你怎么不吃？颂莲说，我已经饱了。飞浦说，你吃过了？颂莲鼻孔里哼了一声，我闻焦煳味已经闻饱了。飞浦摸不着头脑，朝他母亲看。毓如的脸就变了。她对飞浦说，你吃你的饭，管那么多呢。然后她放高嗓门，注视着颂莲，四太太，我倒是听你说说，你说那么多树叶堆在地上怎么弄？颂莲说，我不知道，我有什么资格料理家事？毓如说，年年秋天要烧树叶，从来没什么别扭，怎么你就比别人娇贵？那点烟味就受不了。颂莲说，树叶自己会烂掉的，用得着去烧吗？树叶又不是人。毓如说，你这是什么意思，莫名其妙的。颂莲说，我没什么意思，我还有一点不明白的，为什么要把树叶扫到后院来烧，谁喜欢闻那烟味就在谁那儿烧好了。毓如便听不下去了，她把筷子往桌上一拍，你也不拿个镜子照照，你颂莲在陈家算什么东西？好像谁亏待了你似的。颂莲站起来。目光矜持地停留在毓如蜡黄有点浮肿的脸上。说对了，我算个什么东西？颂莲轻轻地像在自言自语，她微笑着转过身离开，再回头时已经泪光盈盈。她说，天知道你们又算个什么东西？

整整一个下午，颂莲把自己关在室内，连雁儿端茶时也不给开门。颂莲独坐窗前，看见梳妆台上的那瓶大丽菊已枯萎得发黑，她把那束菊花拿出来想扔掉，但她不知道往哪里扔，窗户紧闭着不再打开。颂莲抱着花在房间里踱着，她想来想去，结果打开衣橱，把花放了进去。外面秋风又起，是很冷的风，把黑暗一点点往花园里吹。她听见有人敲门。她以为是雁儿又端茶来，就敲了一下门背，烦死了，我不要喝茶。外面的人说，是我，我是飞浦。

颂莲想不到飞浦会来。她把门打开，倚门而立。你来干什么？飞浦的头发让风吹得很凌乱。他捋着头发，有点局促地笑了笑说，他们说你病了，来看看你。颂莲嘘了一声，谁生病啊，要死就死了，生病多磨人。飞浦径直坐到沙发上去。他环顾着房间，突然说，我以为你房间里有好多书。颂莲摊开双手，一本也没有，书现在对我没用了。颂莲仍然站着。她说，你也是来教训我的吗？飞浦摇着头，说，怎么会？我见这些事头疼。颂莲说，那么你是来打圆场的？我看不需要，我这样的人让谁骂一顿也是应该的。飞浦沉默了一会儿说，我母亲其实也没什么坏心，她天性就是固执呆板，你别跟她斗气，不值得。颂莲在房间里来回走着，走着突然笑起来，其实我也没想跟大太太斗气，真的，我也不知道自己是怎么回事，你觉得我可笑吗？飞浦又摇头，他咳嗽了一声，慢吞吞地说，人都一样，不知道自己的喜怒哀乐是怎么回事。

他们的谈话很自然地引到那支箫上去。我原来也有一支箫，颂莲说，可惜，可惜弄丢了。那么你也会吹箫啦？飞浦高兴地问。颂莲说，我不会，还没来得及学就丢了。飞浦说，我介绍个朋友教你怎样？我就是跟他学的。颂莲笑着，不置可否的样子。这时候雁儿端着两碗红枣银耳羹进来，先送到飞浦手上。颂莲在一边说，你看这丫头对你多忠心，不用关照自己就做好点心了。雁儿的脸羞得通红，把另外一碗往桌上一放就逃出去了。颂莲说，雁儿别走呀，大少爷有话跟你说。说着颂莲捂着嘴扑哧一笑。飞浦也笑，他用银勺搅着碗里的点心，说，你对她也太厉害了。颂莲说，你以为她是盏省油灯？这丫头心贱，我这儿来了人，她哪回不在门外偷听？也不知道她害的什么糊涂心思。飞浦察觉到颂莲的不快，赶紧换了话题，他说，我从小就好吃甜食，像这红枣银耳羹什么的，真是不好意思，朋友们都说，女人才喜欢吃甜食。颂莲的神色却依旧是黯然，她开始摩挲自己的指甲玩，那指甲留得细长，涂了凤仙花汁，看上去像一些粉红的鳞片。喂，你在听我讲吗？飞浦说。颂莲说，听着呢，你说女人喜欢吃甜食，男人喜欢吃咸的。飞浦笑着摇摇头，站起身告辞。临走他对颂莲说，你这人有意思，我猜不透你的心。颂莲说，你也一样，我也猜不透你的心。

十二月初七陈府门口挂起了灯笼，这天陈佐千过五十大寿。从早晨起前来祝寿的亲朋好友在陈家花园穿梭不息。陈佐千穿着飞浦赠送的一套黑色礼服在客厅里接待客人，毓如、卓云、梅珊、颂莲和孩子们则簇拥着陈佐千，与来去宾客寒暄。正热闹的时候，猛听见一声脆响，人们都朝一个地方看，看见一只半人高的花瓶已经碎伏在地。

原来是飞澜和忆容在那儿追闹，把花瓶从长几上碰翻了。两个孩子站在那儿面面相觑，知道闯了祸。飞澜先从骇怕中惊醒，指着忆容说，是她撞翻的，不关我的事。忆容也连忙把手指到飞澜鼻子上，你追我，是你撞翻的。这时候陈佐千的脸已经幡然变色，但碍于宾客在场的缘故，没有发作。毓如走过来，轻声地然而又是浊重地嘀咕着，孽种，孽种。她把飞澜和忆容拽到外面，一人捆了一巴掌，晦气，晦气。毓如又推了飞澜一把，给我滚远点。飞澜便滚到地上哭叫起来，飞澜的嗓门又尖又亮，传到客厅里。梅珊先就奔了出来，她把飞澜抱住，睐了毓如一眼，说，打得好，打得好，反正早就看不顺眼，能打一下是一下！毓如说，你这算什么话？孩子闯了祸，你不教训一句倒还护着他？梅珊把飞澜往毓如面前推，说，那好，就交给你教训吧，你打呀，往死里打，打死了你心里会舒坦一些。这时卓云和颂莲也跑了出来。卓云拉过忆容，在她头上拍了一下，我的小祖奶奶，你怎么尽给我添乱呢？你说，到底谁打的花瓶？忆容哭起来，不是我，我说了不是我，是飞澜撞翻了桌子。卓云说，不准哭，既然不是你你哭什么？老爷的喜日都给你们冲乱了。梅珊在一边冷笑了一声，说，二小姐小小年纪怎么撒谎不打愣？我在一边看得清清楚楚，是你的胳膊把花瓶带翻的。四个女人一时无话可说，唯有飞澜仍然一声声哭嚎着。颂莲在一边看了一会儿，说，犯不着这样，不就是一只花瓶吗？碎了就碎了，能有什么事？毓如白了颂莲一眼，你说得轻巧，这是一只瓶子的事吗？老爷凡事喜欢图吉利，碰上你们这些人没心没肝的，好端端的陈家迟早要败在你们手里。颂莲说，呛，怎么又是我的错了？算我胡说好了，其实谁想管你们的事？颂莲一扭身离开了是非之地，她往后花园去，路上碰到飞浦和他的一班朋友。飞浦问，你怎么走了？颂莲摸摸自己的额头，说，我头疼。我见了热闹场面头就疼。

颂莲真的头疼起来，她想喝水，但水瓶全是空的，雁儿在客厅帮忙，趁势就把这里的事情撂下了。颂莲骂了一声小贱货，自己开了炉门烧水。她进了陈家还是头一次干这种家务活，有点笨手拙脚的。在厨房里站了一会儿，她又走到门廊上，看见后花园此时寂静无比，人都热闹去了，留下一些孤寂——它们在枯枝残叶上一点点滴落，浸入颂莲的心。她又看见那架凋零的紫藤，在风中发出凄迷的絮语，而那口井仍然向她隐晦地呼唤着。颂莲捂住胸口，她觉得她在虚无中听见了某种启迪的声音。

颂莲朝井边走去，她的身体无比轻盈，好像在梦中行路一般，有一股植物腐烂的气息弥漫井台四周，颂莲从地上拣起一片紫藤叶子细看了看，把它扔进井里。她看见叶子像一片饰物浮在幽蓝的死水之上，把她的浮影遮盖了一块，她竟然看不见自己的眼睛。颂莲绕着井台转了一圈，始终找不到一个角度看见自己。她觉得这很奇怪，一片紫藤叶子，她想，怎么会？正午的阳光在枯井中慢慢地跳跃，幻变成一点点白光，颂莲突然被一个可怕的想象攫住，一只手，有一只手托住紫藤叶遮盖了她的眼睛，这样想着她似乎就真切地看见一只苍白的湿漉漉的手，它从深不可测的井底升起来，遮盖她的眼睛。颂莲惊恐地喊出了声音，手，手。她想返身逃走，但整个身体好像被牢牢地吸附在井台上，欲罢不能，颂莲觉得她像一株被风折断的花，无力地俯下身子，凝视井中。在又一阵的晕眩中她看见井水倏然翻腾喧响，一个模糊的声音自遥远的地方切入耳膜：颂莲，你下来。颂莲，你下来。

卓云来找颂莲的时候，颂莲一个人坐在门廊上，手里抱着梅珊养的波斯猫。卓云说，你怎么在这儿？开午宴了。颂莲说，我头晕得厉害，不想去。卓云说，那怎么行？有病也得去呀，场面上的事情，老爷再三吩咐你回去。颂莲说，我真的不想去，难受得快死了，你们就让我清静一会吧。卓云笑了笑，说，是不是跟毓如生气呀？没有，我没精神跟谁生气，颂莲露出了不耐烦的神情，她把怀里的猫往地上一扔，说，我想睡一会儿。卓云仍然赔着笑脸，那你就去睡吧，我回去告诉老爷就是了。

这一天颂莲昏昏沉沉地睡着，睡着也看见那口井，井中那片紫藤叶，她浑身沁出一身冷汗。谁知道那口井是什么？那片紫藤叶是什么？她颂莲又是什么？后来她懒懒地起来，对着镜子梳洗了一番。她看见自己的面容就像那片枯叶一样憔悴毫无生气。她对镜子里的女人很陌生。她不喜欢那样的女人。颂莲深深地叹了一口气，这时候她想起了陈佐千和生日这些概念，心里对自己的行为不免后悔起来。她自责地想我怎么一味地耍起小性子来了，她深知这对她的生活是有害无益的，于是她连忙打开了衣橱门，从里取出一条水灰色的羊毛围巾，这是她早就为陈佐千的生日准备的礼物。

晚宴上全部是陈家自己人了。颂莲进饭厅的时候看见他们都已落座。他们不等我就开桌了。颂莲这样想着走到自己的座位前，飞浦在对面招呼说，你好了？颂莲点点头，她偷窥陈佐千的脸色。陈佐千脸色铁板阴沉，颂莲的心就莫名地跳了一下，她拿着那条羊毛围巾送到他面前，老爷，这是我的微薄之礼。陈佐千嗯了一声，手往边上的圆桌一指，放那边吧。颂莲抓着围巾走过去，看见桌上堆满了家人送的寿礼。一只金戒指，一件狐皮大衣，一只瑞士手表，都用红缎带扎着。颂莲的心又一次咯噔了一下，她觉得脸上一阵燥热。重新落座，她听见毓如在一边说，既是寿礼，怎么也不知道扎条红缎带？颂莲装作没听见，她觉得毓如的挑剔实在可恶，但是整整一天她确实神思恍惚，心不在焉。她知道自己已经惹恼了陈佐千，这是她唯一不想干的事情。颂莲竭力想着补救的办法，她应该让他们看到她在老爷面前的特殊地位，她不能做出卑贱的样子。于是，颂莲突然对着陈佐千莞尔一笑，她说，老爷，今天是你的吉辰良日，我积蓄不多，送不出金戒指皮大衣，我再补送老爷一份礼吧。说着颂莲站起身走到陈佐千跟前，抱住他的脖子，在他脸上亲了一下，又亲了一下。桌上的人都呆住了，望着陈佐千。陈佐千的脸涨得通红，他似乎想说什么，又说不出什么，终于把颂莲一把推开，厉声道，众人面前你放尊重一点。

陈佐千这一手其实自然，但颂莲却始料不及。她站在那里，睁着茫然而惊惶的眼睛盯着陈佐千，好一会儿她意识到发生了什么，她捂住了脸，不让他们看见扑簌簌涌出来的眼泪。她一边往外走一边低低地碎帛似的哭泣，桌上的人听见颂莲在说，我做错了什么，我又做错了什么？

即使站在一边的女仆也目睹了发生在寿宴上的风波，他们敏感地意识到这将是颂莲在陈府生活的一大转折。到了夜里，两个女仆去门口摘走寿日灯笼，一个说，你猜老爷今天夜里去谁那儿？另一个想了会儿说，猜不出来，这种事还不是凭他的兴致来，谁能猜得到？

两个女人面对面坐着，梅珊和颂莲。梅珊是精心打扮过的，画了眉毛，涂了嫣丽的美人牌口红，一件华贵的裘皮大衣搭在膝上；而颂莲是懒懒的刚刚起床的样子，手指上夹着一支烟，虚着眼睛慢慢地吸。奇怪的是两个人都不说话，听墙上的挂钟嘀嗒嘀嗒响，颂莲和梅珊各怀心事，好像两棵树面对面地各怀心事，这在历史上也是常见的。

梅珊说我发现你这两天脾气坏了，是不是身上来了？

颂莲说，这跟那个有什么联系，我那个不准，也不知道什么时候来，什么时候又去了。

梅珊说聪明女人这事却糊涂，这个月还没来？别是怀上了吧。

颂莲说，没有没有，哪有这事？

梅珊说，你照理应该有了，陈佐千这方面挺有能耐的，晚上你把小腰儿垫高一点，真的，不诓你。

颂莲说，梅珊你嘴上真是没栅栏，亏你说得出口。

梅珊说，不就这么回事，有什么可瞒瞒藏藏的，你要是不给陈家添个人丁，苦日子就在后面了。我们这样人都一回事。

颂莲说，陈佐千这一阵子根本就没上我这里来，随便吧，我无所谓的。梅珊说你是没到那个火候，我就不，我跟他直说了，他只要超过五天不上我那里，我就找个伴。我没法过活寡日子。他在我那儿最辛苦，他对我又怕又恨又想要，我可不怕他。

颂莲说，这事多无聊，反正我都无所谓的，我就是不明白女人到底是个什么东西，女人到底算个什么东西，就像狗、像猫、像金鱼、像老鼠，什么都像，就是不像人。

梅珊说，你别尽自己糟践自己，别担心陈佐千把你冷落了，他还会来你这儿的，你比我们都年轻，又水灵，又有文化，他要是抛下你去找毓如和卓云才是傻瓜呢，她们的腰快赶上水桶那样粗啦。再说当众亲他一下又怎么样呢？

颂莲说，你这人真讨厌，我不是这个意思，我是说我自己。

梅珊说，别去想那事了，没什么，他就是有点假正经，要是在床上，别说亲一下脸，就是亲他那儿他也乐意。

颂莲说，你别说了，真让人恶心。

梅珊说，那么你跟我上玫瑰戏院去吧，程砚秋来了，演《荒山泪》，怎么样，去散散心吧？

颂莲说，我不去，我不想出门，这心就那么一块，怎么样都是那么一块，散散心又能怎么样？

梅珊说，你就不能陪陪我，我可是陪你说了这么多话。

颂莲说，让我陪你有什么趣呢，你去找陈佐千陪你，他要是没工夫你就找那个医生嘛。

梅珊愣了一下，她的脸立刻挂下来了。梅珊抓起裘皮大衣和围脖起身，她逼近颂莲朝她盯了一眼，一扬手把颂莲嘴里衔着的香烟打在地上，又用脚碾了一下。梅珊厉声说，这可不是玩笑话，你要是跟别人胡说我就把你的嘴撕烂了，我不怕你们，我谁也不怕，谁想害我都是痴心妄想！

飞浦果然领了一个朋友来见颂莲，说是给她请的吹箫老师。颂莲反而手足无措起来，她原先并没把学箫的事情当真。定睛看那个老师，一个皮肤白皙留平头的年轻男子，像学生又不像学生，举手投足有点腼腆拘谨，通报了名字，原来是此地丝绸大王顾家的三公子。颂莲从窗子里看见他们过来，手拉手的。颂莲觉得两个男子手拉手地走路，有一种新鲜而古怪的感觉。

看你们两个多要好，颂莲抿着嘴笑道，我还没见过两个大男人手拉手走路呢。飞浦的样子有点窘，他说，我们从小就认识，在一个学堂念书的。再看顾家少爷，更是脸红红的。颂莲想这位老师有意思，动辄脸红的男人不知是什么样的男人。颂莲说，我长这么大，就没交上一个好朋友。飞浦说，这也不奇怪，你看上去孤傲，不太容易接近吧。颂莲说，冤枉了，我其实是孤而不傲，要傲得有点资本吧。我有什么资本傲呢？

飞浦从一个黑绸箫袋里抽出那支箫，说，这支送你吧，本来是顾少爷给我的，借花献佛啦。颂莲接过箫来看了看顾少爷，顾少爷颔首而笑。颂莲把箫横在唇边，胡乱吹了一个音，说，就怕我笨，学不会。顾少爷说，吹箫很简单的，只要用心，没有学不会的道理。颂莲说，就怕我用不上那份心，我这人的心像沙子一样散的，收不起来。顾少爷又笑了，那就困难了，我只管你的箫，管不了你的心。飞浦坐下来，看看颂莲，又看看顾少爷，目光中闪烁着他特有的温情。

箫有七孔，一个孔是一份情调，缀起来就特别优美，也特别感伤，吹箫人就需要这两种感情；顾少爷很含蓄地看着颂莲说，这两种感情你都有吗？颂莲想了想说，恐怕只有后一种。顾少爷说有也就不错了，感伤也是一份情调，就怕空，就怕你心里什么也没有，那就吹不好箫了。颂莲说，顾少爷先吹一曲吧：让我听听箫里有什么。顾少爷也不推辞，横箫便吹。颂莲听见一丝轻婉柔美的箫声流出来，如泣如诉的。飞浦坐在沙发上闭起了眼睛，说，这是《秋怨曲》。

毓如的丫环福子就是这时候来敲窗的，福子尖声喊着飞浦，大少爷，太太让你去客厅见客呢。飞浦说，谁来了？福子说，我不知道，太太让你快去。飞浦皱了皱眉头说，叫客人上这儿来找我。福子仍然敲着窗，喊，太太一定要你去，你不去她要骂死我的。飞浦轻轻骂了一声，讨厌。他无可奈何地站起来，又骂，什么客人？见鬼。顾少爷持箫看着飞浦，疑疑惑惑地问，那这箫还教不教？飞浦挥挥手说，教呀，你在这儿，我去看看就是了。

剩下颂莲和顾少爷坐在房里，一时不知说什么好。颂莲突然微笑了一声说，撒谎。顾少爷一惊，你说谁撒谎？颂莲也醒过神来，不是说你，说她，你不懂的。顾少爷有点坐立不安，颂莲发现他的脸又开始红了，她心里又好笑，大户人家的少爷也有这样薄脸皮的，爱脸红无论如何也算是条优点。颂莲就带有怜悯地看着顾少爷。颂莲说，你接着吹呀，还没完呢。顾少爷低头看看手里的箫，把它塞回黑绸箫袋里，低声说，完了，这下没情调了，曲子也就吹完了。好曲就怕败兴，你懂吗？飞浦一走箫就吹不好了。

顾少爷很快就起身告辞了，颂莲送他到花园里，心里忽然对他充满感激之情，又不宜表露，她就停步按了按胸口，屈膝道了个万福。顾少爷说，什么时候再学箫？颂莲摇了摇头，不知道。顾少爷想了想说，看飞浦安排吧，又说，飞浦对你很好，他常在朋友面前夸你。颂莲叹了口气，他对我好有什么用？这世界上根本就没人可以依靠。

颂莲刚回到屋里，卓云就风风火火闯进来，说飞浦和大太太吵起来了。颂莲先是愣了一下，接着就冷笑道，我就猜到是这么回事。卓云说，你去劝劝吧。颂莲说，我去劝算什么？人家是母子，随便怎么吵，我去劝算什么呢？卓云说，你难道不知道他们吵架是为你？颂莲说，耶，这就更奇怪了，我跟他们井水不犯河水，干吗要把我缠进去？卓云斜睨着颂莲，你也别装糊涂了，你知道他们为什么吵。颂莲的声音不禁尖厉起来，我知道什么？我就知道她容不得谁对我好，她把我看成什么人了？难道我还能跟她儿子有什么吗？颂莲说着眼里又沁出泪花，真无聊，真可恶。她说，怎么这样无聊？卓云的嘴里正嗑着瓜子，这会儿她把手里的瓜子壳塞给一边站着的雁儿。卓云笑着推颂莲一把，你也别发火，身正不怕影子斜，无事不怕鬼敲门，怕什么呀？颂莲说，让你这么一说，我倒好像真有什么怕的了。你爱劝架你去劝好了，我懒得去。卓云说，颂莲你这人心够狠的，我是真见识了。颂莲说，你太抬举我了，谁的心也不能掏出来看，谁心狠谁自己最清楚。

第二天颂莲在花园里遇到飞浦。飞浦无精打采地走着，一路走一路玩着一只打火机。飞浦装作没有看见颂莲，但颂莲故意高声地喊住了他。颂莲一如既往地跟他站着说话。她问，昨天来的什么客人？害得我箫也没学成。飞浦苦笑了一声，别装糊涂了，今天满园子都在传我跟大太太吵架的事。颂莲又问，你们吵什么呢？飞浦摇摇头，一下一下地把打火机打出火来，又吹熄了。他朝四周潦草地看了看，说，呆在家里时间一长就令人生厌，我想出去跑了，还是在外面好，又自由，又快活。颂莲说，我懂了，闹了半天，你还是怕她。飞浦说，不是怕她，是怕烦，怕女人，女人真是让人可怕。颂莲说，你怕女人？那你怎么不怕我？飞浦说，对你也有点怕，不过好多了，你跟她们不一样，所以我喜欢去你那儿。

后来颂莲老想起飞浦漫不经心说的那句话，你跟她们不一样。颂莲觉得飞浦给了她一种起码的安慰，就像若有若无的冬日阳光，带着些许暖意。

以后飞浦就极少到颂莲房里来了，他在生意上好像也做得不顺当，总是闷闷不乐的样子。颂莲只有在饭桌上才能看到他，有时候眼前就浮现出梅珊和医生的腿在麻将桌下做的动作，她忍不住地偷偷朝桌下看，看她自己的腿，会不会朝那面伸过去。想到这件事她心里又害怕又激动。

这天飞浦突然来了，站在那儿搓着手，眼睛看着自己的脚。颂莲见他半天不开口，扑哧笑了，你葫芦里卖的什么药，怎么不说话？飞浦说，我要出远门了。颂莲说，你不是经常出远门的吗？飞浦说，这回是去云南，做一笔烟草生意。颂莲说，那有什么，只要不是鸦片生意就行。飞浦说，昨天有个高僧给我算卦，说我此行凶多吉少。本来我从不相信这一套，但这回我好像有点相信了。颂莲说，既然相信就别去，听说那里土匪特别多，割人肉吃。飞浦说，不去不行，一是我想出门，二是为了进账，陈家老这样下去会坐吃山空。老爷现在有点糊涂，我不管谁管？颂莲说，你说得在理，那就去吧，大男人整天窝在家里也不成体统。飞浦搔着头沉默了一会，突然说，我要是去了回不来，你会不会哭？颂莲就连忙去捂他的嘴，别自己咒自己。飞浦抓住颂莲的手，翻过来，又翻过去研究，说，我怎么不会看手纹呢？什么名堂也看不出来。也许你命硬，把什么都藏起来了。颂莲抽出了手，说，别闹，让雁儿看见了会乱嚼舌头。飞浦说，她敢我把她的舌头割了熬汤喝。

颂莲在门廊上跟飞浦说拜拜，看见顾少爷在花园里转悠。颂莲问飞浦，他怎么在外面？飞浦笑笑说，他也怕女人，跟我一样的。又说，他跟我一起去云南。颂莲做了个鬼脸，你们两个倒像夫妻了，形影不离的。飞浦说，你好像有点嫉妒了，你要想去云南我就把你也带上，你去不去？颂莲说，我倒是想去，就是行不通。飞浦说，怎么行不通？颂莲揉了他一把，别装傻，你知道为什么行不通。快走吧，走吧。她看见飞浦跟顾少爷从月牙门里走出去，消失了。她说不清自己对这次告别的感觉是什么，无所谓或者怅怅然的，但有一点她心里明白，飞浦一走她在陈家就更加孤独了。

陈佐千来的时候颂莲正在抽烟。她回头看见他时的第一个反应就是把烟掐灭。她记得陈佐千说过讨厌女人抽烟。陈佐千脱下帽子和外套，等着颂莲过去把它们挂到衣架上去。颂莲迟迟疑疑地走过去，说，老爷好久没来了。陈佐千说你怎么抽起烟来了？女人一抽烟就没有女人味了。颂莲把他的外套挂好，把帽子往自己头上一扣，嬉笑着说，这样就更没有女人味了，是吗？陈佐千就把帽子从她头上捞过来，自己挂到衣架上。他说，颂莲你太调皮了。你调皮起来太过分，也不怪人家说你。颂莲立刻说，说什么？谁说我？到底是人家还是你自己，人家乱嚼舌头我才不在乎，要是老爷你也容不下我，那我只有一死干净了。陈佐千皱了下眉头说，好了好了，你们怎么都一样，说着说着就是死，好像日子过得多凄惨似的，我最不喜欢这一套。颂莲就去摇陈佐千的肩膀，既不喜欢，以后不说死就是了，其实好端端的谁说这些，都是伤心话。陈佐千把她搂过来坐到他腿上，那天的事你伤心了？主要是我情绪不好，那天从早到晚我心里乱极了，也不知道为什么，男人过五十岁生日大概都高兴不起来。颂莲说，哪天的事呀，我都忘了。陈佐千笑起来，在她腰上掐了一把，说，哪天的事？我也忘了。

隔了几天不在一起，颂莲突然觉得陈佐千的身体很陌生，而且有一股薄荷油的味道，她猜到陈佐千这几天是在毓如那里的，只有毓如喜欢擦薄荷油。颂莲从床边摸出一瓶香水，朝陈佐千身上细细地洒过了，然后又往自己身上洒了一些。陈佐千说，从哪儿学来的这一套。颂莲说，我不让你身上有她们的气味。陈佐千踢了踢被子，说，你还挺霸道。颂莲说了一声，想霸道也霸道不起呀。忽然又问，飞浦怎么去云南了？陈佐千说，说是去做一笔烟草生意，我随他去。颂莲又说，他跟那个顾少爷怎么那样好？陈佐千笑了一声，说，那有什么奇怪的，男人与男人之间有些事你不懂的。颂莲无声地叹了一口气，她摸着陈佐千精瘦的身体，脑子里倏而浮现出一个秘不告人的念头。她想飞浦躺在被子里会是什么样子？

作为一个具有性经验的女人，颂莲是忘不了这特殊的一次的。陈佐千已经汗流浃背了，却还是徒劳。她敏锐地发现了陈佐千眼睛里深深的恐惧和迷乱。这是怎么啦？她听见他的声音变得软弱胆怯起来。颂莲的手指像水一样地在他身上流着，她感觉到手下的那个身体像经过了爆裂终于松弛下去，离她越来越远。她明白在陈佐千身上发生了某种悲剧，心里有一种奇怪的感情，不知是喜是悲，她觉得自己很茫然。她摸了下陈佐千的脸说，你是太累了，先睡一会儿吧。陈佐千摇着头说，不是不是，我不相信。颂莲说，那怎么办呢？陈佐千犹豫了一会，说，有个办法可能行，就是不知道你肯不肯？颂莲说，只要你高兴，我没有不肯的道理。陈佐千的脸贴过去，咬着颂莲的耳朵，他先说了一句话，颂莲没听懂，他又说一遍，颂莲这回听懂了，她无言以对，脸羞得极红。她翻了个身，看着黑暗中的某个地方，忽然说了一句，那我不成了一条狗了吗？陈佐千说，我不强迫你，你要是不愿意就算了，颂莲还是不语，她的身体像猫一样卷起来，然后陈佐千就听见了一阵低低的啜泣，陈佐千说，不愿意就不愿意，也用不着哭呀。没想到颂莲的啜泣越来越响，她蒙住脸放声哭起来。陈佐千听了一会，说，你再哭我走了。颂莲依然哭泣，陈佐千就掀了被子跳下床，他一边穿衣服一边说，没见过你这种女人，做了婊子还立什么贞节牌坊？

陈佐千拂袖而去。颂莲从床上坐起来，面对黑暗哭了很长时间，她看见月光从窗帘缝隙间投到地上，冷冷的一片，很白很淡的月光。她听见自己的哭声还萦绕在她的耳边，没有消逝，而外面的花园里一片死寂。这时候她想起陈佐千临走说的那句话，浑身便颤得很厉害，她猛地拍了一下被子，对着黑暗的房间喊，谁是婊子，你们才是婊子。

这年冬天在陈府是不寻常的，种种迹象印证了这一点。陈家的四房太太偶尔在一起说起陈佐千，脸上不免流露暧昧的神色，她们心照不宣，各怀鬼胎。陈佐千总是在卓云房里过夜，卓云平日的状态就很好。另外的三位太太观察卓云的时候，毫不掩饰眼睛里的疑点，那么卓云你是怎么伺候老爷过夜的呢。

　　有些早晨，梅珊在紫藤架下披上戏装重温舞台旧梦，一招一式唱念做都很认真。花园里的人们看见梅珊的水袖在风中飘扬，梅珊舞动的身影也像一个俏丽的鬼魅。

　　　　　　四更鼓哇
　　　　　　满江中啊人声寂静
　　　　　　形吊影影吊形我加倍伤情
　　　　　　细思量啊
　　　　　　真是个红颜薄命
　　　　　　可怜我数年来含羞忍泪
　　　　　　再落个娼妓之名
　　　　　　到如今退难退我进又难进
　　　　　　倒不如葬鱼腹了此残生
　　　　　　杜十娘啊拼一个香消玉殒
　　　　　　纵要死也死一个朗朗清清

　　颂莲听得入迷，她朝梅珊走过去，抓住她的裙裾，说，别唱了，再唱我的魂要飞了，你唱的什么？梅珊撩起袖子擦掉脸上的红粉，坐到石桌上，只是喘气。颂莲递给她一块丝帕，说，看你脸上擦得红一块白一块的，活脱脱像个鬼魂。梅珊说，人跟鬼就差一口气，人就是鬼，鬼就是人。颂莲说，你刚才唱的什么，听得人心酸。梅珊说，《杜十娘》，我离开戏班子前演的最后一个戏就是这。杜十娘要寻死了，唱得当然心酸。颂莲说，什么时候教我唱唱这一段？梅珊瞟了颂莲一眼，说得轻巧，你也想寻死吗？你什么时候想寻死我就教你。颂莲被呛得说不出话，她呆呆地看着梅珊被油彩弄脏的脸，她发现她现在不恨梅珊，至少是现在不恨，即使她出语伤人。她深知梅珊和毓如再加上她自己，现在有一个共同的仇敌，就是卓云。颂莲只是不屑于表露这种意思。她走到废井边，弯下腰朝井里看了看，忽然笑了一声，鬼，这里才有鬼呢，你知道是谁死在这井里吗？梅珊依然坐在石桌上不动，她说，还能是谁，一个是你，一个是我。颂莲说，梅珊你老开这种玩笑，让人头皮发冷。梅珊笑起来说，你怕了？你又没偷男人，怕什么，偷男人的都死在这井里，陈家好几代了都是这样。颂莲朝后退了一步，说，多可怕，是推下去吗？梅珊甩了甩水袖，站起来说，你问我我问谁，你自己去问那些鬼魂好了。梅珊走到废井边，她也朝井里看了会，然后她一字一句念了个道白：屈、死、鬼、呐——

　　她们在井边断断续续说了一会话，不知怎么就说到了陈佐千的暗病上去。梅珊说，油灯再好也有个耗尽的时候，就怕续不上那一壶油呐。又说，这园子里阴气太旺，损了阳气也是命该如此，这下可好，他陈佐千陈老爷占着茅坑不拉屎，苦的是我们，夜夜守空房。说着就又说到了卓云，梅珊咬牙切齿地骂，她那一身贱肉反正是跟着老爷抖，你看她抖得多欢，恨不得去舔他的屁眼说又甜又香，她以为她能兴风作浪，看我什么时候狠狠治她一下，叫她又哭爹又喊娘。

　　颂莲却走神了，她每次到废井边总是摆脱不了梦魇般的幻觉。她听见井水在很深的地层翻腾，送上来一些亡灵的语言，她真的听见了，而且感觉到井里泛出冰冷的瘴气，湮没了她的灵魂和肌肤。我怕，颂莲这样喊了一声转身就跑。她听见梅珊在后面喊，喂，你怎么啦，你要是去告密，我可不怕，我什么也没说过。

这天忆云放学回家是一个人回来的，卓云马上就意识到什么，她问，忆容呢？忆云把书包朝地上一扔说，她让人打伤了，在医院呢。卓云也来不及细问，就带了两个男仆往医院赶。他们回家已是晚饭时分，忆容头上缠着绷带，被卓云抱到饭桌上，吃饭的人都放下筷子，过来看忆容头上的伤。陈佐千平日最宠爱的就是忆容，他把忆容又抱到自己腿上，问，告诉我是谁打的，明天我扒了他的皮。忆容哭丧着脸，说了一个男孩的名字。陈佐千怒不可遏，说他是谁家的孩子？竟敢打我的女儿。卓云在一边抹着眼泪说，你问她能问出什么名堂来？明天找到那孩子，才能问个仔细，哪个丧尽天良的禽兽不如的东西，对孩子下这样的毒手？毓如微微皱了下眉头，说，吃你们的饭吧，孩子在学堂里打架也是常有的事，也没伤着要害，养几天就好了。卓云说，大太太你也说得太轻巧了，差一点就把眼睛弄瞎了，孩子细皮嫩肉的受得了吗？再说，我倒不怎么怪罪孩子，气的是指使他的那个人，要不然，没冤没仇的，那孩子怎么就会从树后面窜出来，抡起棍子就朝忆容打？梅珊只顾往碗里舀鸡汤，一边说，二太太的心眼也太多，孩子间闹别扭，有什么道理好讲？不要疑神疑鬼的，搞得谁也不愉快。卓云冷冷地说，不愉快的事在后面呢，这口气怎么咽得下去？我倒是非要搞个水落石出不可。

谁也想不到的是，第二天吃午饭的时候，卓云领了一个男孩进了饭间，男孩胖胖的，拖着鼻涕。卓云跟他低声说了句什么，男孩就绕着饭桌转了一圈，挨个看着每个人的脸，突然他就指着梅珊说，是她，她给了我一块钱。梅珊朝天翻了翻眼睛，然后推开椅子，抓住男孩的衣领，你说什么？我凭什么给你一块钱？男孩死命挣脱着，一边嚷嚷，是你给我一块钱，让我去揍陈忆容和陈忆云。梅珊啪地打了男孩一个耳光，骂，放屁，我根本就不认识你个小兔崽，谁让你来诬陷我的？这时候卓云上去把他们拉开，佯笑着说，行了，就算他认错了人，我心中有个数就行了。说着就把男孩推出了吃饭间。

梅珊的脸色很难看，她把勺子朝桌上一扔，说，不要脸。卓云就在这边说，谁不要脸谁心里清楚，还要我把丑事抖个干净啊。陈佐千终于听不下去了，一声怒喝，不想吃饭给我滚，都给我滚！

这事的前后过程颂莲是个局外人，她冷眼观察，不置一词。事实上，从一开始她就猜到了梅珊，她懂得梅珊这种品格的女人，爱起来恨起来都疯狂得可怕。她觉得这事残忍而又可笑，完全不加理智，但奇怪的是，她内心同情的一面是梅珊，而不是无辜的忆容，更不是卓云。她想女人是多么奇怪啊，女人能把别人琢磨透了，就是琢磨不透她自己。

颂莲的身上又来了，没有哪次比这回更让颂莲焦虑和烦躁了。那滩紫红色的污血对于颂莲是一种无情的打击。她心里清楚，她怀孕的可能随着陈佐千的冷淡和无能变得可望而不可即。如果这成了事实，那么她将孤零零地像一叶浮萍在陈家花园漂流下去吗？

　　颂莲发现自己愈来愈容易伤感，苦泪常沾衣襟。颂莲流着泪走到马桶间去，想把污物扔掉，当她看见马桶浮着一张被浸烂的草纸时，就骂了一声，懒货。雁儿好像永远不会用新式的抽水马桶，她方便过后总是忘了冲水。颂莲刚要放水冲，一种超常的敏感和多疑使她萌生一念，她找到一柄刷子，皱紧了鼻子去拨那团草纸，草纸摊开后原形毕露，上面有一个模糊的女人，虽然被水沤烂了，但草纸上的女人却一眼就能分辨，而且是用黑红色的不知什么血画的。颂莲明白，画的又是她，雁儿又换了个法子偷偷对她进行恶咒。她巴望我死，她把我扔在马桶里。颂莲浑身颤抖着把那张草纸捞起来，她一点也不嫌脏了，浑身的血液都被雁儿的恶行点得火烧火燎。她夹着草纸撞开小偏屋的门，雁儿靠着床在打盹。雁儿说，太太你要干什么？颂莲把草纸往她脸上摔过去。雁儿说，什么东西？等到她看清楚了，脸就灰了，嗫嚅着说不是我用的。颂莲气得说不出话，盯视的目光因愤怒而变得绝望。雁儿缩在床上不敢看她，说，画着玩的，不是你。颂莲说，你跟谁学的这套阴毒活儿？你想害死我你来当太太是吗。雁儿不敢吱声，抓了那张草纸要往窗外扔。颂莲尖声大喊，不准扔！雁儿回头申辩，这是脏东西，留着干吗？颂莲抱着双臂在屋里走着，留着自然有用，有两条路随你走。一条路是明了，把这脏东西给老爷看，给大家看，我不要你来伺候了，你哪是伺候我？你是来杀我来了。还有条路是私了。雁儿就怯怯地说，怎么私了？你让我干什么都行，就是别撵我走。颂莲莞尔一笑，私了简单，你把它吃下去。雁儿一惊，太太你说什么？颂莲侧过脸去看着窗外，一字一顿地说，你把它吃下去。雁儿浑身发软，就势蹲了下去，蒙住脸哭起来，那还不如把我打死好。颂莲说，我没劲打你，打你脏了我的手。你也别怨我狠，这叫作以其人之道还治其人之身。书上说的，不会有错。雁儿只是蹲在墙角哭。颂莲说，你这会儿又要干净了，不吃就滚蛋，卷铺盖去吧。雁儿哭了很长时间，突然抹了下眼泪，一边哽咽一边说，我吃，吃就吃。然后她抓住那张草纸就往嘴里塞，发出一阵撕心裂肺的干呕声。颂莲冷冷地看着，并没有什么快感，她不知怎么感到寒心，而且反胃得厉害。贱货。她厌恶地看了一眼雁儿，离开了小偏房。

　　雁儿第二天就病了，病得很厉害，医生来看了，说雁儿得了伤寒。颂莲听了心里像被什么钝器割了一下，隐隐作痛。消息不知怎么透露了出去，佣人们都在谈论颂莲让雁儿吞草纸的事情，说四太太看不出来比谁都阴损，说雁儿的命大概也保不住了。

　　陈佐千让人把雁儿抬进了医院。他对管家说，尽量给她治，花费全由我来，不要让人骂我们不管下人死活。抬雁儿的时候，颂莲躲在房间里，她从窗帘缝里看见雁儿奄奄一息地躺在担架上，她的头皮因为大量掉发而裸露着，模样很怕人。她感觉到雁儿枯黄的目光透过窗帘，很沉重地刺透了她的心。后来陈佐千到颂莲房里来，看见颂莲站在窗前发呆。陈佐千说，你也太阴损了，让别人说尽了闲话，坏了陈家名声。颂莲说，是她先阴损我的，她天天咒我死。陈佐千就恼了，你是主子，她是奴才，你就跟她一般见识？颂莲一时语塞，过了会儿又无力地说，我也没想把她弄病，她是自己害了自己，能全怪我吗？陈佐千挥挥手，不耐烦地说，别说了，你们谁也不好惹，我现在见了你们头就疼。你们最好别再给我添乱了。说完陈佐千就跨出了房门，他听见颂莲在后面幽幽地说，老天，这日子让我怎么过？陈佐千回过头回敬她说，随你怎么过，你喜欢怎么过就怎么过，就是别再让佣人吃草纸了。

一个被唤做宋妈的老女佣，来颂莲这儿伺候。据宋妈自己说，她在陈府里从十五岁干到现在，差不多大半辈子了，飞浦就是她抱大的，还有在外面读大学的大小姐也是她抱大的。颂莲见她倚老卖老，有心开个玩笑，那么陈老爷也是你抱大的啰。宋妈也听不出来话里的味道，笑起来说，那可没有，不过我是亲眼见他娶了四房太太。娶毓如大太太的时候他才十九岁，胸前佩了一个大金片儿，大太太也佩一个足有半斤重啊。到娶卓云二太太就换了个小金片儿，到娶梅珊三太太就只是手上各戴几个戒指，到了娶你就什么也没见着了，这陈家可见是一天不如一天了。颂莲说，既然陈家一天不如一天，你还在这儿干什么？宋妈叹口气说，在这里伺候惯了，回老家过清闲日子反而过不惯了。颂莲捂嘴一笑，她说，宋妈要是说的真心话，那这世上当真就有奴才命了。宋妈说，那还有假？人一生下来就有富贵命奴相，你不信也得信呀，你看我天天伺候你，有一天即使天塌下来地陷下去，只要我们活着，就是我伺候你，不会是你伺候我的。

宋妈是个愚蠢而唠叨的女佣。颂莲对她不无厌恶，但是在许多穷极无聊的夜晚，她，一个人坐灯下，时间长了就想找个人说话。颂莲把宋妈喊到房间里陪着她说话，一仆一主的谈话琐碎而缺乏意义，颂莲一会儿就又厌烦。她听着宋妈的唠叨，思想会跑到很远很奇怪的角落去，她其实不听宋妈说话，光是觉得老女佣黄白的嘴唇像虫卵似地蠕动，她觉得这样打发夜晚实在可笑，但又问自己，不这样又能怎么样呢？有一回就说起了从前死在废井里的女人。

宋妈说那最后一个是四十年前死的，是老太爷的小姨太太，说她还伺候过那个小姨太太半年的光景。颂莲说，怎么死的？宋妈神秘地眯眯眼睛，还不是男男女女的事情？家丑不可外扬，否则老爷要怪罪的。颂莲说，那么说我是外人了？好吧，别说了，你去睡吧。宋妈看看颂莲的脸色，又赔笑脸说，太太你真想听这些脏事？颂莲说，你说我就听。这有什么了不得的？宋妈就压低嗓门说，一个卖豆腐的！她跟一个卖豆腐的私通。颂莲淡淡地说，怎么会跟卖豆腐的呢？宋妈说，那男人豆腐做得很出名，厨子让他送豆腐来，两个人就撞上了。都是年轻血旺的，眉来眼去的就勾搭上了。颂莲说，谁先勾搭谁呀？宋妈嘻嘻笑着说，那只有鬼知道了，这先后的事说不清，都是男的咬女的，女的咬男的。颂莲又问，怎么知道他们私通的？宋妈说，探子！陈老太爷养了探子呀，那姨太太说是头疼去看医生，老太爷要喊医生上门来，她不肯。老太爷就疑心了，派了探子去跟踪。也怪她谎撒得不圆。到了那卖豆腐的家里，挨到天黑也不出来。探子开始还不敢惊动，后来饿得难受，就上去把门一脚踹开了，说，你们不饿我还饿呢。宋妈说到这里就咯咯笑起来，颂莲看着宋妈笑得前仰后合的，她不笑，端坐着说了声，恶心。颂莲点了一支烟，猛吸了几口，忽然说，那么她是偷了男人才跳井的？宋妈的脸上又有了讳莫如深的表情，她轻声说，鬼知道呢？反正是死在井里了。

夜里颂莲因此就添了无名的恐惧，她不敢关灯睡觉。关上灯周围就黑得可怕，她似乎看见那口废井跳跃着从紫藤架下跳到她的窗前，看见那些苍白的泛着水光的手在窗户上向她张开，湿漉漉地摇晃着。

没人知道颂莲对废井传说的恐惧，但她晚上亮灯睡觉的事却让毓如知道了。毓如说了好几次，夜里不关灯？再厚的家底都会败光的。颂莲对此充耳不闻，她发现自己已经倦怠于女人间的嘴仗，她不想申辩，不想占上风，不想对鸡毛蒜皮的小事表示任何兴趣，她想的东西不着边际，漫无目的，连她自己也理不出头绪。她想没什么可说的干脆不说，陈家人后来都发现颂莲变得沉默寡言，他们推测那是因为她失宠于陈老爷的缘故。

眼看就要过年了，陈府上上下下一片忙碌，杀猪宰牛搬运年货。窗外天天是嘈杂混乱。颂莲独坐室内，忽然想起了自己的生日。自己的生日和陈佐千只相差五天，十二月十二，生日早已过去了，她才想起来，不由得心酸酸的，她掏钱让宋妈上街去买点卤菜，还要买一瓶四川烧酒。宋妈说，太太今天是怎么啦？颂莲说，你别管我，我想尝尝醉酒的滋味。然后她就找了一个小酒盅，放在桌上。人坐下来盯着那酒盅看，好像就看见了二十年前那个小女婴的样子，被陌生的母亲抱在怀里。其后的二十年时光却想不清晰，只有父亲浸泡在血水里的那只手，仍然想抬起来抚摸她的头发。颂莲闭上眼睛，然后脑子里又是一片空白，唯一清楚的就是生日这个概念。生日，她抓起酒盅看着杯底，杯底上有一点褐色的污迹，她自言自语，十二月十二，这么好记的日子怎么会忘掉的？除了她自己，世界上就没人知道十二月十二是颂莲的生日了。除了她自己，也不会有人来操办她的生日宴会了。

宋妈去了好久才回来，把一大包卤肺、卤肠放到桌上。颂莲说，你怎么买这些东西，脏兮兮的谁吃？宋妈很古怪地打量着颂莲，突然说，雁儿死了，死在医院里了。颂莲的心立刻哆嗦了一下，她镇定着自己，问，什么时候死的？宋妈说，不知道，光听说雁儿临死喊你的名字。颂莲的脸有些白，喊我的名字干什么？难道是我害死她的？宋妈说，你别生气呀，我是听人说了才告诉你。生死是天命，怪不着太太。颂莲又问，现在尸体呢？宋妈说，让她家里人抬回乡下去了，一家人哭哭啼啼的，好可怜。颂莲打开酒瓶，闻了闻酒气，淡淡地说了一句，也没什么多哭的，活着受苦，死了干净。死了比活着好。

颂莲一个人呷着烧酒，朦朦胧胧听见一阵熟悉的脚步声，门帘被哗地一掀，闯进来一个黑黝黝的男人。颂莲转过脸朝他望了半天，才认出来，竟然是大少爷飞浦。她急忙用台布把桌上的酒菜一股脑儿地全部盖上，不让飞浦看到。但飞浦还是看见了，他大叫，好啊，你居然在喝酒。颂莲说，你怎么就回来了？飞浦说不死总要回家来的。飞浦多日不见变化很大，脸发黑了，人也粗壮了些，神色却显得很疲惫的样子。颂莲发现他的眼圈下青青的一轮，角膜上可见几缕血丝，这同他的父亲陈佐千如出一辙。

你怎么喝起酒来了，借酒浇愁吗？

愁是酒能消得掉的吗？我是自己在给自己祝寿。

你过生日？你多大了？

管它多大呢，活一天算一天，你要不要喝一杯？给我祝祝寿。

我喝一杯，祝你活到九十九。

胡诌。我才不想活那么长，这恭维话你对老爷说去。

那你想活多久呢？

看情况吧，什么时候不想活就不活了，这也简单。

那我再喝一杯，我让你活得长一点，你要死了那我在家里就找不到说话的人了。

两个人慢慢地呷着酒，又说起那笔烟草生意。飞浦自嘲地说，鸡飞蛋打，我哪里是做生意的料子，不光没赚到，还赔了好几千，不过这一圈玩得够开心的。颂莲说，你的日子已经够开心的了，哪有不开心的事？飞浦又说，你可别去告诉老爷，否则他又训人。颂莲说，我才懒得掺和你们家的事，再说，他现在见我就像见一块破抹布，看都不看一眼。我怎么会去向他说你的不是？颂莲酒后说话时不再平静了，她话里的明显的感情倾向对着飞浦来的。飞浦当然有所察觉。飞浦的内心开放了许多柔软的花朵，他的脸现在又红又热，他从皮带扣上解下一个鲜艳的绘有龙凤图案的小荷包，递给颂莲。这是我从云南带回来的，给你做个生日礼物吧。颂莲瞥了一眼小荷包，诡谲地一笑说，只有女的送荷包给情郎，哪有反过来的道理呀？飞浦有点窘迫，突然从她手里夺回荷包说，你不要就还给我，本来也是别人送我的。颂莲说，好啊，虚情假意的，拿别人的信物来糊弄我，我要是拿了不脏了我的手？飞浦重新把荷包挂在皮带上，讪讪说，本来就没打算给你，骗骗你的。颂莲的脸就有点沉下来了，我是被骗惯了，谁都来骗我，你也来骗我玩儿。飞浦低下头，偶尔偷窥一下颂莲的表情，沉默不语了。颂莲突然又问，谁送的荷包。飞浦的膝盖上下抖了几下，说，那你就别问了。

两个人坐着很虚无地呷酒。颂莲把酒盅在手指间转着玩，她看见飞浦现在就坐在对面，他低着头，年轻的头发茂密乌黑，脖子刚劲傲慢地挺直，而一些暗蓝的血管在她的目光里微妙地颤动着。颂莲的心里很潮湿，一种陌生的欲望像风一样灌进身体，她觉得喘不过气来。意识中又出现了梅珊和医生的腿在麻将桌下交缠的画面。颂莲看见了自己修长姣好的双腿，它们像一道漫坡而下的细沙向下塌陷，它们温情而热烈地靠近目标。这是飞浦的脚，膝盖，还有腿，现在她准确地感受了它们的存在。颂莲的眼神迷离起来，她的嘴唇无力地启开，蠕动着。她听见空气中有一种物质碎裂的声音，或者这声音仅仅来自她的身体深处。飞浦抬起了头，他凝视颂莲的眼睛里有一种激情汹涌澎湃着，身体尤其是双脚却僵硬地维持原状。飞浦一动不动。颂莲闭上眼睛，她听见一粗一细两种呼吸紊乱不堪，她把双腿完全靠紧了飞浦，等待着什么发生。好像是许多年一下子过去了，飞浦缩回了膝盖，他像被击垮似地歪在椅背上，沙哑地说，这样不好。颂莲如梦初醒，她嗫嚅着，什么不好？飞浦把双手慢慢地举起来，做了一个揖，不行，我还是怕。他说话时脸痛苦地扭曲了。我还是怕女人。女人太可怕。颂莲说，我听不懂你的话。飞浦就用手搓着脸说，颂莲我喜欢你，我不骗你。颂莲说，你喜欢我却这样待我。飞浦几乎是哽咽了，他摇着头，眼睛始终躲避着颂莲，我没法改变了，老天惩罚我，陈家世代男人都好女色，轮到我不行了，我从小就觉得女人可怕，我怕女人。特别是家里的女人都让我害怕。只有你我不怕，可是我还是不行，你懂吗？颂莲早已潸然泪下，她背过脸去，低低地说，我懂了，你也别解释了，现在我一点也不怪你，真的，一点也不怪你。

颂莲醉酒是在飞浦走了以后，她面色酡红，在房间里手舞足蹈、摔摔打打的。宋妈进来按她不住，只好去喊陈老爷陈佐千来。陈佐千一进屋就被颂莲抱住了，颂莲满嘴酒气，嘴里胡言乱语。陈佐千问宋妈，她怎么喝起酒来了？宋妈说我怎么会知道，她有心事能告诉我吗？陈佐千差宋妈去毓如那里取醒酒药，颂莲就叫起来，不准去，不准告诉那老巫婆。陈佐千很厌恶地把颂莲推到床上，看你这副疯样，不怕让人笑话。颂莲又跳起来，勾住陈佐千的脖子说，老爷今晚陪陪我，我没人疼，老爷疼疼我吧。陈佐千无可奈何地说，你这样我怎么敢疼你？疼你还不如疼条狗。

毓如听说颂莲醉酒就赶来了。毓如在门口念了几句阿弥陀佛，然后上来把颂莲和陈佐千拉开。她问陈佐千，给她灌药？陈佐千点点头，毓如想摁着颂莲往她嘴里塞药，被颂莲推了个趔趄。毓如就喊，你们都动手呀，给这个疯货点厉害。陈佐千和宋妈也上来架着颂莲，毓如刚把药灌下去，颂莲就啐出来，啐了毓如一脸。毓如说，老爷你怎么不管她，这疯货要翻天了。陈佐千拦腰抱住颂莲，颂莲却一下软瘫在他身上，嘴里说，老爷别走，今天你想干什么都行，舔也行，摸也行，干什么都依你，只要你别走。陈佐千气恼得说不出话，毓如听不下去，冲过来打了颂莲一记耳光，无耻的东西，老爷你把她宠成什么样子了！

南厢房闹成一锅粥，花园里有人跑过来看热闹。陈佐千让宋妈堵住门，不让人进来看热闹。毓如说，出了丑就出个够，还怕让人看？看她以后怎么见人？陈佐千说，你少插嘴，我看你也该灌点醒酒药。宋妈捂着嘴强忍住笑，走到门廊上去把门。看见好多人在窗外探头探脑的。宋妈看见大少爷飞浦把手插在裤袋里，慢慢地朝这里走。她正想让不让飞浦进去呢，飞浦转了个身，又往回走了。

下了头一场大雪，萧瑟荒凉的冬日花园被覆盖了兔绒般的积雪，树枝和屋檐都变得玲珑剔透、晶莹透明起来。陈家几个年幼的孩子早早跑到雪地上堆了雪人，然后就在颂莲的窗外跑来跑去追逐，打雪仗玩。颂莲还听见飞澜在雪地上摔倒后尖声啼哭的声音。还有刺眼的雪光泛在窗户上的色彩。还有吊钟永不衰弱的嘀嗒声。一切都是真切可感。但颂莲仿佛去了趟天国，她不相信自己活着，又将一如既往地度过一天的时光了。

夜里她看见了死者雁儿，死者雁儿是一个秃了头的女人，她看见雁儿在外面站着推她的窗户，一次一次地推。她一点不怕。她等着雁儿残忍的报复。她平静地躺着。她想窗户很快会被推开的。雁儿无声地走进来了，戴着一种头发套子，挽成有钱太太的圆髻。颂莲说，你上哪儿买的头发套子？雁儿说，在阎王爷那儿什么都有。然后颂莲就看见雁儿从髻后抽出一根长簪，朝她胸口刺过来。她感觉到一阵刺痛，人就飞速往黑暗深处坠落。她肯定自己死了，千真万确地死了，而且死了那么长时间，好像有几十年了。

颂莲披衣坐在床上，她不相信死是个梦。她看见锦缎被子上真的插了一根长簪，

中国当代文学读本

她把它摊在手心上，冰凉冰凉。这也是千真万确的，不是梦。那么，我怎么又活了呢，雁儿又跑到哪里去了呢？

颂莲发现窗子也一如梦中半掩着，从室外传来的空气新鲜清冽，但颂莲辨别了窗户上雁儿残存的死亡气息。下雪了，世界就剩下一半了；另外一半看不见了，它被静静地抹去，也许这就是一场不彻底的死亡。颂莲想我为什么死到一半又停止了呢，真让人奇怪；另外的一半在哪里？

梅珊从北厢房出来，她穿了件黑貂皮大衣走过雪地，仪态万千容光焕发的美貌，改变了空气的颜色。梅珊走过颂莲的窗前，说，女酒鬼，酒醒了？颂莲说，你出门？这么大的雪。梅珊拍了拍窗子，雪大怕什么？只要能快活，下刀子我也要出门。梅珊扭着腰肢走过去，颂莲不知怎么就朝她喊了一句，你要小心。梅珊回头对颂莲嫣然一笑，颂莲对此印象极深。事实上这也是颂莲最后一次看见梅珊迷人的笑靥。

梅珊是下午被两个家丁带回来的。卓云跟在后面，一边走一边嗑着瓜子。事情说到结果是最简单了，梅珊和医生在一家旅馆里被卓云堵在被窝里，卓云把梅珊的衣服全部扔到外面去。卓云说，你这臭婊子，你怎么跑得出我的手心？

这天颂莲看着梅珊出去又回来，一前一后却不是同一个梅珊。梅珊是被人拖回北厢房去的，梅珊披头散发，双目怒睁，骂着拖拽她的每一个人。她骂卓云说我活着要把你一刀一刀削了，死了也要挖你的心喂狗吃。卓云一声不吭，只顾嗑着瓜子。飞澜手里抓着梅珊掉落的一只皮鞋，一路跑一路喊，鞋掉罗，鞋掉罗。颂莲没有看见陈佐千，陈佐千后来是一个人进北厢房去的，那时候北厢房已经被反锁上了。

颂莲无心去隔壁张望，她怀着异样沉重的心情谛听着梅珊的动静。她很想知道陈佐千会怎么处置梅珊。但是隔壁没有丝毫的动静。一个家丁守在门口，摇着一串钥匙，开锁，关锁。陈佐千又出来了，他站在那里朝花园雪景张望了一番，然后甩了甩手，朝南厢房里走过来。

好大的雪，瑞雪兆丰年呐。陈佐千说。陈佐千的脸比预想的要平静得多，颂莲甚至感觉到他的表现里有一种真实的轻松。颂莲倚在床上，直盯着陈佐千的眼睛，她从中另外看到了一丝寒光；这使她恐惧不安。颂莲说，你们会把梅珊怎么样？陈佐千掏出一根象牙牙签剔着牙，他说，我们能把她怎么样？她自己知道应该怎么样。颂莲说，你们放她一马吧。陈佐千笑了一声说，该怎么样就怎么样。

颂莲彻夜未眠，心如乱麻。她时刻谛听着隔壁的动静，心里想的都是自己的事情。每每想到自己，一切却又是一片空白，正好像窗外的雪，似有似无，有一半真实，另外一半却是融化的虚幻。到了午夜时分，颂莲忽然又听见了梅珊唱她的京戏，有点不相信自己的耳朵，屏息再听，真的是梅珊在受难夜里唱她的京戏。

　　　　叹红颜薄命前生就
　　　　美满姻缘付东流
　　　　薄幸冤家音信无有
　　　　啼花泣月在暗里添愁
　　　　枕边泪呀共那阶前雨

隔着窗儿点滴不休
山上复有山
何日里大刀环
那欲化望夫石一片
要寄回文只字难
总有这角枕锦衾明似绮
只怕那孤眠不抵半床寒

　　整个夜里后花园的气氛很奇特，颂莲辗转难眠，后来又听见飞澜的哭叫声，似乎有人把他从北厢房抱走了。颂莲突然再也想不出梅珊的容貌，只是看见梅珊和医生在麻将桌下交缠着的四条腿，不断地在眼前晃动，又依稀觉得它们像纸片一样单薄，被风吹起来了。好可怜，颂莲自言自语着，听见院墙外响起了第一声鸡啼，鸡啼过后世界又是一片死寂。颂莲想我又要死了。雁儿又要来推窗户了。

　　颂莲迷迷糊糊半睡半醒着。这是凌晨时分，窗外一阵杂沓的脚步声惊动了颂莲，脚步声从北厢房朝紫藤架那里去。颂莲把窗帘掀开一条缝，看见黑暗中晃动着几个人影，有个人被他们抬着朝紫藤架那里去。凭感觉颂莲知道那是梅珊。梅珊无声地挣扎着被抬着朝紫藤架那里去。梅珊的嘴被堵住了，喊不出声音。颂莲想他们要干什么，他们把梅珊抬到那里去想干什么。黑暗中的一群人走到了废井边，他们围在井边忙碌了一会儿，颂莲就听见一声沉闷的响声，好像井里溅出了很高很白的水珠。是一个人被扔到井里去了。是梅珊被扔到井里去了。

　　大概静默了两分钟，颂莲发出了那声惊心动魄的狂叫。陈佐千闯进屋子的时候看见她光着脚站在地上，拼命揪着自己的头发。颂莲一声声狂叫着，眼神黯淡无光，面容更像一张白纸。陈佐千把她架到床上，他清楚地意识到这是颂莲的末日，她已经不是昔日那个女学生颂莲了。陈佐千把被子往她身上压，说你看见什么？你到底看见了什么？颂莲说，杀人。杀人。陈佐千说，胡说八道。你看见了什么？你什么也没有看见。你已经疯了。

　　第二天早晨，陈家花园爆出了两条惊人的新闻。从第二天早晨起，本地的人，上至绅士淑女阶层，下至普通百姓，都在谈论陈家的事情，三太太梅珊含羞投井，四太太颂莲精神失常。人们普遍认为梅珊之死合情合理，奸夫淫妇从来没有好下场。但是好端端的年轻文静的四太太颂莲怎么就疯了呢，熟知陈家内情的人说，那也很简单，兔死狐悲罢了。

　　第二年春天，陈佐千又娶了第五位太太文竹。文竹初进陈府，经常看见一个女人在紫藤架下枯坐，有时候绕着废井一圈一圈地转，对着井中说话。文竹看她长得清秀脱俗，干干净净，不太像疯子，问边上的人说，她是谁？人家就告诉她，那是原先的四太太，脑子有毛病了。文竹说，她好奇怪，她跟井说什么话？人家就复述颂莲的话说，我不跳，我不跳，她说她不跳井。

　　颂莲说她不跳井。

○ 格 非

迷 舟

　　一九二八年三月二十一日，北伐军先头部队突然出现在兰江两岸。孙传芳部守军31师不战而降。北伐军迅速控制了兰江和涟水交接处的重镇榆关。孙传芳在临口大量集结部队的同时，抽调精锐之师驻守涟水下游棋山要塞。棋山守军所属32旅旅长萧在一天潜入棋山对岸的村落小河，七天后突然下落不明。萧旅长的失踪使数天后在雨季开始的战役蒙上了一层神秘的阴影。

引　子

　　萧接到师部给他的秘密指令是四月七日的上午。师部让他率32旅驻守棋山对岸的小河村落。这个仅有几十户农家的村落像犄角一样突出在涟水拐道的河口，是一个理想的防御地点。按照师部的命令他必须于九日凌晨潜入小河村，尽快查明那里可以知道的一切详细情况。师部提醒他：既然我部已注意到这片没有遮掩的神秘区域，同样，北伐军对它也不会无动于衷。就在萧准备渡船出发的前夕，发生了一件意想不到的事。

　　四月八日，闷热的午后阳光使人恹恹欲睡。萧在涟水岸边的柳林里骑马独行。他经过棋山北坡谷底一片炫目的军用帐篷时，一匹枣红色的马追上了他。

　　警卫员拽住马的缰绳斜侧在萧的左边。阳光正对着他，他的双眼不能完全睁开，警卫员在还没有完全安静下来的枣红马上挺了挺身体，迅疾地举起右手掠过帽檐：

　　"有一位老太在旅部等着见你。"

　　萧继续稳稳地朝前遛了几步才拨回马头。天太闷热了，凉风越过山脊，从他的头顶上滑过，北坡谷底的空气是凝固的。警卫员还站在原地，他没有伸手拭掉脸上不断滚动的汗珠，而是怔怔地看着萧，等待着他的答复。

　　"你想个法把她支走——"萧不耐烦地挥了挥手，警卫员驱马朝前走了几步，压低嗓门怯怯地说：

　　"她，说是从小河来的。"

萧漫不经心地扫了他一眼，没有答腔。他已经策马朝旅部疾走，警卫员在离他十丈左右的尘土中紧紧跟随着。战争使他厌倦了那些令人心烦的琐事。他知道，因为战争中的阵亡，士兵的家属突然出现在指挥部里是司空见惯的，这些捏着写有儿子和丈夫姓名字条的陌生面孔会提出一些荒唐的要求：索取遗物或打听士兵临终前的种种细节。由于这支没有番号的部队从来没有保留任何阵亡将士的名册，这些可怜的百姓常常在下级军官的叱骂声和枪托的威逼下悻悻离去。尽管萧所在的师是一支精锐的嫡系部队，他也不得不常在供给奇缺的情况下在前沿阵地作战。他的部下有时像夜与昼一样更替得非常彻底，一群仅玩过鸟枪的庄稼人也被临时招募来履行最艰巨的狙击使命。在这几乎和以前一样寂静的午后，对即将开始的大战的某种不祥的预感紧紧地困扰着他。

萧捏着马鞭走进旅部临时指挥所时，一眼就认出了这位来自故乡的老人。她是村子里的媒婆马三大婶。他离开家从军只有短短的几年，这位风流热情充满活力的女人一下子变老了。马三大婶对于村里大部分青壮男人的诱惑和慷慨大度曾引起女人间无穷无尽的纠纷。在战争的间隙中，她常常成为萧对故乡往事回忆的纽结。马三大婶是来向他报告他父亲的死讯的。

他的父亲一天傍晚在灶下生火，呛鼻的回烟使他想起很久没有捅一下烟囱了。这位七十八岁的老人颤巍巍地拿着一根绑满稻草的竹竿爬上了屋顶。他在踩碎了三片瓦和两根烂椽后，摔死在灶屋的水缸里。萧在媒婆尖细的嗓门几乎是滑稽地描述了父亲的死之后，显得格外的平静。他没有丝毫突兀的恐惧和悲痛的感觉。他简略地回忆了一下父亲生前的时光，就向警卫员要来一支烟抽。他划火柴的手指有些颤抖，他知道，那不是源于悲痛而是睡眠不足。萧旁若无人地走出了指挥所，朝着系马的一棵老杨树走去，萧在解马缰的时候听到了身后脚步踩乱草丛的声响。那是警卫员不安地跟了出来。萧回过头狠狠地瞪了他一眼，警卫员不由得止住了脚步。

已是黄昏时分，他独自一个人骑马从北坡登上了棋山的一个不高的山头。连日梅雨的间隙出现了灿烂的阳光。浓重的暮色将涟水对岸模糊的村舍染得橙红。谷底狭长的甬道中开满了野花。四野空旷而宁静。他回忆起往事和炮火下的废墟，涌起了一股强烈的写诗的欲望。他的父亲是小刀会中为数不多的幸存者，也是绝无仅有的会摆弄洋枪的头领之一，他的战争经历和收藏的大量散失在民间的军事典籍使萧从小便感受到了战火的气氛。萧的梦中常常出现马的嘶鸣和隆隆的炮声。终于有一天，他走到父亲身边询问他为什么投身于一支失败的队伍，父亲像是被碰到了痛处，他的回答却是漫不经心的：从来就没有失败或者胜利的队伍，只有狼和猎人。母亲是一个谨小慎微的女人，对她来说，连绵不断的战争和孩子们突然长大使她寝食不安。他哥哥去黄埔军校的前夕，母亲哭得死去活来，她大声叱骂丈夫的放纵和对于战争的荒唐的预料而将儿子送上绝路。她突然变得专横和坚强起来。她将瘦弱的兄长和两只山羊一起关了三天。第三天深夜萧偷来了坚固的木栅栏门锁上的钥匙。他哥哥几乎没跟他说什么话就踏着月光走了，当时他的父母正在熟睡。后来，母亲担心萧会走上他兄长相同的道路，就雇来一只小船将他送到了繁华的榆关镇，让萧跟他的一位表舅学医。那是一个炎热的夏季。萧从哥哥出走的一连串麻烦中积蓄了经验。当萧准备跟孙传芳的一位部将当勤务兵时,他穿着浆得笔挺的衣衫回到村子里。他的无声的告别使母亲误以为他是去邻村相亲。

暮色四合。凉爽的晚风吹来了涟水河潮湿的气息。他的白马在山头不安地躁动着,四蹄刨着泥土。和他遥遥相对的村子已经淹没在黑暗之中了。他的白马在跃下山坡的时候,他想起了前些日子在师部开会时听到的战报:三月二十一日攻占榆关的恰恰是他哥哥的部队。

第 一 天

萧和警卫员是拂晓渡河的。他们的船到达对岸时听到了村中传出的第一声鸡叫。萧将小船划向岸边垂落下来的枝叶繁盛的晚茶花丛,那是藏船的好地方。汩汩的流水轻轻地摇动着小船,一只黑色的水鸟倏地飞出,沿河岸低飞而去。萧在挂满露珠的藤蔓中觉察到了一丝凉意,浓郁的花香和水的气息使他心中充满了宁静的美妙遐想。他对这个美丽的村落不久以后给他带来的灾难一无察觉。

萧上岸后经过一片密密的竹林进入他所熟悉的村舍。村子的背后是西沉的弦月,东方曙河欲晓。在井边打水的女人没有认出他来。偶尔也有一些早起的老人咳嗽着从他身边走过,消失在薄雾里。村民对陌生人早已没有了兴趣,他们只是对补锅的风箱、弹棉花的马头木弓和换麦芽糖人的笛声感到亲切。萧横穿过那些狭长的弄堂和茅舍,没有人打量他,只是引起了经久不息令人颤栗的狗的狂吠。萧的平静的心中泛起了一层涟漪,但他很快又在桃花和麦苗的清香中陶醉了。

萧家的宅子在村子的最西边。他远远地看见屋子的门是关着的,走近才发觉开着的门上挂着一匹黑色的孝布。他掀开孝布走进院子时,他的母亲正巧手里擎着一盏煤油灯,两个黑影突然挑起门帘闯了进来把她吓了一跳。不过,那盏煤油灯她还是紧紧地握着。当她认出长着一撮漂亮胡子的儿子时,才把灯扔在了离她大约有一丈远的阴沟里。母亲足足打量了一袋烟工夫,她发现儿子完全地变了。他的眼神和丈夫临终前的眼神一模一样。深陷在眼眶里的眼球没有丝毫新鲜的光泽。丈夫从屋顶上摔进水缸在她心中引起的不祥的预感又开始泛滥起来。她将儿子领进灵堂的时候又烧掉了三叠黄纸。她的举动不是出于对丈夫的哀悼而是为儿子消灾。萧在父亲的棺木前重重地跪下了。他宁静的心绪没有被灵堂的肃穆气氛扰乱,在他看来,父亲在他的那支队伍消失后隐居在涟水之北的村舍之日起就已经死了。他唯一感到内疚的就是离家前对母亲的欺骗和轻蔑。他凝望着母亲瘦削的肩膀,大梦初醒似的意识到了战争带给他的变化。他感觉到像是有一根纤细的鹅毛在拨动内心深处隐藏的往事,这种感觉转瞬即逝。他站了起来,深深地吸了一口气,空气中弥漫了一股香灰和黄纸的气味。

母亲发现儿子面容苍老,头发蓬乱,就给他找来了一把木梳和剪刀,强迫他将胡子收拾干净了。萧若有所思地问起父亲的灵堂为何这样冷清,母亲说,父亲后半生几乎足不出户,不爱结交俗人。由于战争,远近的亲戚早都没有了音讯。家中空余的房屋和后院她只是在重阳节才去赶一次耗子。现在潮湿的地面上也许已经长满了水草和苔藓。萧对母亲说话时的啜泣无动于衷。萧又询问母亲关于葬仪的一些事,母亲像是没有听见,半晌没有回答,萧深深地吸了一口气,就此沉默了。

这是他和母亲最长的一次谈话。

午后,萧和警卫员查遍了村子的每一个角落,没有发现一个异乡人,他暗自庆幸北伐军还没有注意到这个涟水之北偏僻的村落。这个村子至少已有一千年没有受到战火的侵扰了,村民们相信它的宁静会像日复一日流逝的涟水向远处延续。他们丝毫没有联想到在清晨引起狗叫的两个陌生人和战争的瓜葛。在傍晚牧童的牛蹄声中,在屋檐下的阴影逐渐拉长的井边,人们只是传说着经年未改的往事。太阳快落山的时候,萧准备去涟水河面察看地形,警卫员向他报告说,一个来历不明的道人在村子中央的扇形晒场上,他算卦灵验使那里的人越聚越多。

萧和警卫员从人群中挤进去的时候,晒场上的人出于对陌生人的恭敬,给他们让开了一条缝。老道正在预测村子的凶吉。他的牙齿几乎全脱落了,说话含糊不清。他的打满补丁的长衫上积了一层厚腻的油垢。他的面前铺着一张旧黄的旗子。由于墨迹的渗透,旗子上爻、兑、震、巽的字样已经模糊不清。老道盘腿曲膝坐在沙地上,他的脚边堆放着龟壳和蛇皮以及跌打损伤的膏药。另外还有二座可以转动的轮盘和一只洒满黄米的畚箕。

老道沉吟了片刻,然后咕哝了一阵谁也无法听懂的话,朝等着预知村舍未来的虔诚的村民挥挥手:天蟹南游,双鱼北走,摩羯安西,处女嫁东——战争已经过去。

萧的腮边挂着轻蔑的不易察觉的笑意。他觉得人们总是生活在幻觉里。对于他来说,未来已经悄悄地向现在延伸,战争已经开始了。对村民的怜悯并没有扫除萧对自身迷惑的阴影。他同样也生活在一种幻觉里。今天拂晓他踏上薄雾中的小船,遥望对岸熟睡的村子,曾涌起一种莫名其妙的激动。他不知急于回家是因为父亲的死,还是对母亲的思念,或者是对记载着他童年的村子凭吊的渴望。他觉得像是有一种更深远而浩瀚的力量在驱使他。

晒场上的人陆续散去了,天慢慢地黑了下来。萧觉得老道不像是北伐军的密探,在老人收拾包裹和杂物的时候,萧不经意地在道人脚下扔了一枚铜板。道人没有理会那枚在沙地上无声滚动的铜板,也没有停止拾掇,他抬头瞥了萧一眼:客官莫非有意算一卦,是婚姻还是财路?

生死。

萧说。他点燃了一支烟。越过那些低矮的紫穗槐树丛,他的目光注视着远处涟水河面弥漫着的空濛的蜃气,道人在掐算萧的生辰八字时,天已经完全黑了下来。

当心你的酒盅。

道人含糊地说了一句。

当天晚上,警卫员拎来了二瓶土烧和一包牛肉。像往常一样,警卫员在萧的面前放了一双竹筷,一只陶瓷酒杯。他坐在萧的侧面,两手垂放在桌沿上。萧将酒杯推到警卫员的面前并给他斟了一杯酒,自己点上了一支烟。

警卫员像个姑娘一样翻动着细长的睫毛,偷瞄了他的长官一眼,迟疑地端起了酒杯。萧又从警卫员的眼睛里看到了道人诡谲双目的光芒。

警卫员一定看穿了自己的胆怯，萧想。尽管他的警卫员是一个未谙世事的孩子，他还是感到了一种按捺不住的烦闷和惆怅。

母亲推门进来的时候，萧看见母亲身后一个女人秀颀的身影迅速趋入灵堂冥幽的暗光中。

第 二 天

昨天在母亲身后消失的那个女人激起了萧无穷的联想，当时他像是在夏季的热风中闻到了一阵果香那样贪婪地吸了一口气。在第二天举行的他父亲的葬仪上他们再次相遇时，他才认出她来。

那天晚上，萧在灵堂喧嚷的哭泣声中进入了梦乡。午夜之后，一只调音的胡琴将他惊醒。村于很久没有死人了，这些为死人吹奏丧曲的乐师们失去了往日的默契。技艺的荒废使他们只能摆弄出一些断断续续的嘈杂的音响。萧从床上坐起来的时候，不协调的音乐使他一连打了好几个喷嚏。萧借着从朽蚀的窗骨中泻进来的月光，发现怀表的指针指向三点。葬仪正式开始的时候，萧就紧跟在那些乐师的后面。他还没有完全从睡眠中醒来。月光被疾速移动的乌云遮住了，他的脚步有些踌蹰。晚风中混杂的刺树和青草的气息在他周围酝酿着。他注视着远处影影绰绰的山影，回忆起他在表舅家度过的那个炎热的夏季。

由于哥哥的猝然从军，在母亲的威逼下，他随一只过路的小船来到了涟水和兰江交接处的榆关，跟他的表舅学医。他的表舅是一个温良敦厚的中医。他平素四乡浪迹，行医谋生，妻子在一次难产中死去，他苦于女儿无人照料在榆关临江的街面上开有一爿药铺。萧来到榆关的最初一段日子里，总是处在极度的不安和焦躁之中，他在临江而筑的竹楼里翻阅一本本发黄的医药典籍时，只有人体的插图偶尔能引起他模糊的兴趣。在夏季炽热的阳光的辐射下，他从窗口远眺江面静止的帆影，耳畔常常响起杂乱而急促的马蹄声。随着日暮的长短伸缩，时间悄悄地流走了，他的舅父发现他对药理和书籍的兴趣不大，就让他学习针灸。这天晌午，天空突然布满了阴云，隆隆的雷声使他在竹楼里坐立不安。他的表舅出诊未归，萧正在一只冬瓜上练习扎针的时候，表舅的女儿走上了竹楼的书斋。她是上来找一把红纸的雨伞的。在她拿了伞要下楼的时候，她看见萧一针接一针地将冬瓜戳出一汪汪清水，就走近萧的身旁，给他示范针灸的扎法。萧那天从渡船上踏上榆关码头的时候，她和表舅来接他。他错过了一次认识她的美丽的机会。由于他对母亲的怨恨和炎炎烈日的蒸烤，他看都没有看她一眼。现在，这个叫杏的姑娘用食指、拇指、中指捻动那根细长的银针，萧忽然觉得喉头涌出了一股咸涩的味道。他的眼睛无法从她那白皙细长的手上挪开了，那根针像是扎在了他的脉上，他闻到了屋子里越来越浓的清新的果香。杏几乎没有和他说上几句话就离开了竹楼。她走后留下的气味像是凝固在这个竹楼内。在萧度过的这个夏季漫长的独坐中，这种气味一直没有消失。

表舅按照他行医的经验苦心孤诣地给萧安排了一次次的练习。他扎了两个星期的冬瓜后，表舅让他试着在一只兔子身上进行练习，他觉得心绪突然变得比先前还要糟。手里活蹦乱跳的这种动物要比冬瓜难以伺候。他当着表舅的面，只能小心翼翼地将针插入它的颈脖和肚子，表舅一旦走开，他立刻不知轻重地乱捅一气，他几乎每天都要弄死一只兔子。表舅在萧面前的摇头叹气越来越频繁。他终于放弃了让萧学针灸的念头，开始让他学习搭脉。使他的表舅感到意外的是，萧只用了两个小时就学会了。

夏末的一个中午，表舅在书屋午休的时候，他来到了竹楼下的院子里。杏在银杏树下的一只躺椅上睡着了。她手里拿着一本关于节气传说的书。那本翻开的书在她胸脯上起伏着。萧痴痴地坐在离她很近的竹凳上，凳子发出的吱吱嘎嘎的响声使他吓出了冷汗。她另一只手在椅背上无力地垂着。萧能听见自己粗重的呼吸，涟水的河面上传过来划船的桨声。一只困倦的白蝴蝶在他跟前飞过，他轻轻地碰了一下她纤柔的指尖，然后将手搭在她的脉上。他觉得她乳白的皮肤下血流得很快。她一定不会醒来的，他想。

她真的就没有醒来。

在以后动荡的戎马生涯中，他躺在静谧的山洼里注视满天星斗、吞嚼草根和树叶苦涩的汁水时，他也偶尔记起了那天午后令人窒息的空气中飘飞的时间，他回想起他的指尖轻轻抚过她光滑的手臂，解开她领口的第一颗纽扣时令人心醉的一幕，突然觉得杏也许是醒着的。这个念头从此一直没有离开过他。

现在，他又闻到了那股果香。

当棺木在墓地上停稳后，送葬的队伍缓缓朝这个开满梨花的低矮的土坡围过来。萧似乎觉得杏就在这个稀稀落落的人群中。他的脊椎骨上像是爬上了一条冰凉的水蛇。葬仪之后，他从母亲的口中知道，杏已于月前嫁到了小河村，她的丈夫三顺是一个兽医。这个能掀翻一头黄牛的青年对兽医这一职业有着发狂的嗜好。他通读《医学词典》、《本草纲目》，另外还专门研究过很少有人读懂的《黄帝内经》，他在榆关镇的街上和萧的表舅邂逅之后，老人立刻被他渊博的学识吸引住了。当这位老中医得知三顺将给人治病的方法移植到畜生身上取得成功后，不由得感慨相见恨晚。他们在街角的一爿茶馆里谈到深夜，这次偶然的相遇便促成了他美满的婚姻。

父亲的棺木轻轻地安放在撒满铜钱和黄纸的墓穴中。一个挂杖的老司仪递给萧一把铁锹。萧铲了一块泥土撒在父亲的棺盖上。萧突然觉得背后有一种灼火的目光在打量他。他稍稍地偏转了一下视角，转过身，看见杏穿着孝服站在母亲身边。杏的背后是空空荡荡的田野。一棵孤零零的合欢树上憩息着一只喜鹊和一只绿头翁鸟。

墓地上参加葬仪的人陆续散去。杏和母亲在墓前栽下几棵湘妃竹和一棵雪松。萧站在一片黄灿灿的油菜地旁，杏和母亲之间无言的亲密使萧的心头掠过一阵宽慰的意味。萧从口袋里掏出盒火柴走到墓前，把剩下的被露珠打湿的黄纸烧掉。他用一根棍子将那些在灰烬中卷缩的纸片挑起来。四月的风吹起了这些纸片，有几团灰白的纸烬随风滚到了新栽的雪松旁和杏的脚下。杏正弯下腰用脚踏平树根的新土，她将那些吹过来的纸灰踩进土里，顺着纸团滚过来的方向，她抬头瞥了他一眼，很快。萧蹲在杏不远处的侧面,除了杏秀顾的身体轮廓外,他的眼前一片空白。

他们回村的时候,母亲和杏走在萧的前面。警卫员也许还在熟睡,萧听不到背后跟随着的熟悉的脚步声,有点不习惯。但他眼前的天空却陡然变得开阔起来,他似乎觉得一切都在他的视野之下。

他们谁都没有说话,在他的背后,太阳刚刚升起。

第 三 天

葬仪结束后,村子又恢复了往日的宁静。清新的阳光在中午前后渐渐地增加了它的热度。眼前正在农闲季节,麦苗还没有抽穗,柳树的稚嫩的叶子还没有完全舒展开,耐不住闲暇的农人漫不经心地给桃树和桑木剪枝。午后,村子比夜晚更加宁静。杏去村后的茶林采摘雨前茶,她瘦削的身影在远处闪闪发亮的沟渠旁成为一个静止的黑点时,另一个人也走过村后的木桥,依她的原路朝茶林走去。

这是漫长而又短暂的一天。萧依旧起得很早。马三大婶来到他家院子里的时候,萧正蹲在阴沟旁用盐巴刷牙。警卫员还在熟睡。由于前天晚上的贪杯,出殡的时候,嘹亮的号声和人群的嘈杂没有惊醒他,眼下战情急转直下,部队的每一个将士都感到空前的疲倦。萧平素对下属总是极其严厉,但他性情温和的一面总是被深深地藏匿着。萧曾一度对这位不谙世事的年轻人的反应迟钝表现出极度的恼怒,但战争使他周围的一些熟悉的面孔相继离去之后,一直跟随在他身边的警卫员就成了他纷飞战火中唯一的伙伴。他在渐渐容忍了警卫员的愚钝的同时,发现自己和这位沉默寡言的下属的关系日见亲密。马三大婶是来借一只细眼的筛子的。她说去年积陈的菜籽生满了白虫,她准备把这些菜籽筛净后送到油坊去。马三大婶拿了筛子没有立即离开,她正想对萧说些什么,萧的母亲从地里锄草回来,她的头巾上落满了湿漉漉的花瓣。马三大婶忙着和母亲搭讪。从院子里盛开的木槿说到了涟水的涨落。马三大婶和母亲说话的时候,不时地朝萧瞥过来几眼,尽管这位昔日的媒婆已经失去了往常的秀丽姿容,但她的诡秘的眼风依然使萧回想起了她年轻时的模样。马三大婶从遥远的山村嫁到小河村来的那一年秋天,她的丈夫突然跟一只过路的船走了,从此一去没有了音讯。村里人都在传说他是看上了船上的一个洗碗碟的女佣人才走的。知道底细的告诉她,她男人是耐不住眼下越来越紧的饥荒去投了军。这样的猜测被证实是在三年以后,她丈夫的尸首被几个陌生人送了回来。村里的女人用眼泪来安慰这个本分的小媳妇的同时,村里的男人也用另外的一种方法来安慰她。没过多久,村里的女人就和她反目为仇。这个几乎和村里的所有女人结下了怨仇的年轻寡妇和母亲却相敬如宾。萧记得他的母亲常常带他到河边她的孤零零的小屋里来。女人间的许多事萧当时没法理解。一天深夜,母亲大口大口地吸着纸烟卷和马三大婶相对而泣。她们低低地叙说着早已消逝的往事,大部分时间,她们彼此不说话,各自揣着心事,陷入了冗长的回忆。墙根油虫的鸣叫陪伴着她们。萧在这两个羊羔子一般亲近的女人的静默中感到无聊。他伏在母亲的膝上进入了梦乡。天快亮的时候,巡夜人的敲更声音提醒了她们。萧清晰地记得马三大婶俯身吹灭桌上摇摇欲灭的油灯时垂向桌面的软软乎乎被青衫包着的乳房,以及黎明中的晨光渐渐渗入小屋的情景。

马三大婶替母亲掸了掸头巾上的花瓣,母亲回里屋去了。马三大婶把萧带到屋外。他们站在墙旮旯的一株盛开的杏花树前,马三大婶朝四周扫了一眼,压低了声音说:

三顺今天去涟水上游很远的水域捕鱼去了,两天后才能回来。

马三大婶说完,就提着竹筛走了。萧感到一种难言的羞涩。这种羞涩在他模糊地懂得了男女之事后母亲在一个澡盆里给他擦身时也感到过。女人们往往把复杂的事情想得太简单,而把简单的事想象得过于复杂。萧伫立在墙角,他渴望从媒婆那里得到更多的关于杏的消息。马三大婶的背影逐渐消失了。他悻悻地回到屋里。他坐在院内的两盆天竹旁,注视着天空缓缓移动的流云,处在一个极度兴奋和茫然不知所措的心境中。这种心境一直到他瞥见杏提着竹篮从河边的柳林里往村后走去才消失。

小河的村后是一大片辽阔的平原。平原的尽头被一线黑魆魆的防风林遮住了。杏的茶林在离村子很远的一个土丘上,土丘的东边是一条深陷的大沟壑。沟壑水底长满了青草。萧远远地看见杏的身影在茶林里湮没了。四下里空旷而寂静,正午的阳光使草尖和麦苗的叶子微微卷起垂落着,追逐野鸡的猎人和黄狗在涟水河弯曲的河道上懒懒地走,萧看见猎人在一个捡牛粪的老人身边停住了,像是向老人借火。那条黄狗就举起前足舔老人的裤管。他们聊了几句,就各自走开了。微弱得几乎使人难以觉察的风吹过来浓郁的茶香。

萧重新陷入了马三大婶早上突然来访所造成的迷惑中。他觉得马三大婶的话揭开了他心中隐藏多时的谜团,但它仿佛又成了另外一个更加深邃的谜的谜面。他想象不出马三大婶怎么会奇迹般地出现在鲜为人知的棋山指挥所里,她又是怎样猜出了他的心思?另外,杏是否去过那栋孤立的涟水河边的茅屋?在榆关的那个夏天的一幕又在他的意念深处重新困扰他。

褐黄色的土丘像是清澄的水中露出的光秃秃的沙洲。萧在接近土丘的时候,杏几乎没有觉察到。从沟底贴水而飞的雨燕惊动了她。

萧轻轻地将她扳倒了。

在墨绿茶垄阴凉的缝隙中,他闻到了泥土的气息。他的激动不安突然消失了。他匍匐在被太阳烤得恹恹欲睡的大地上,听到了由远及近轻轻搏动的浑厚的地声。一阵和煦的风吹过,他默默地记起了一支古老的民谣。这种静谧安详的感觉没有维持多久,萧又重新被一种漫无际涯的深深孤独融解了。杏在他怀里啜泣着。萧觉得这哭声和她紧紧扣在他腰间的双手仿佛将他的骨髓都吸尽了,他浑身冰凉。她紧闭着双眼,就像熟睡了一般。他越是用力抱紧她,她就仿佛离他越远。他觉得自己深陷在一个巨大的泥潭里,他的挣扎只会耗尽他的生命。他浑身被热气笼罩着,与生俱来的分离的经验在年轻女人的怀中迅速地蔓延了。萧体味到了一种从未有过的紧张和疲惫。

一只水牛的犄角在沟壑的拐弯处出现了。随后出现了另一只角。牧童坐在牛背上,用光着的脚丫驱赶着牛虻。

放牛的少年没有注意到他们。

第 四 天

这天，萧像是梦游一般地走到了杏的红屋里去。

三顺还没有回来。傍晚的时候，涟水河上突然刮起了大风。

第 五 天

雨是深夜下的。萧在梦中听到了预示着涟水春汛的雷声。他醒来的时候，到处都是鸟叫。吸饱了雨水的硕大的刺树花蕾沉甸甸地落满了被骤雨冲刷得净朗的沙地。诱人的花香和雨后骄阳使萧有了钓鱼的渴望。他将父亲久已不用的鱼竿从床底下翻了出来。用燕竹做成的鱼竿已经发霉，它的衔接处的铁皮也已经布满了潮湿的黄锈。萧从院里找来了鸡毛，将它剪成漂在水面上的鱼浮。萧在整理鱼线的时候，警卫员从屋外的树根下找来了一小瓶蚯蚓作鱼饵。很快，他们来到了涟水河边。

小河位于涟水的下游。涟水在汇入兰江之前的拐弯处，水势并不平稳，那些漂浮在水面上的菜叶和柳絮静静地顺流而下，只是在经过一些水底布满凸凹石块的水面时，才突然被卷进漩涡。在涟水的石码头洗衣的妇女看见萧在对岸的一处流水很急的地方垂下鱼竿，都忍不住地笑出声来。她们说：萧离家才有几年，竟连钓鱼的本领也忘得一干二净，在那样的水面只能钓到水草。

萧没有听到妇女们的议论，却听到了一向沉默少言的警卫员的忠告：

"这里水很急。我们还是往下游走走，找一块平静的水域。"

"在流水很急的地方能钓到箭鱼和梭子。"萧说。

警卫员不再吱声。萧点了一根烟，他知道在这样的水域钓鱼需要很大的耐心。他记得父亲生前常在涟水河边这块水面垂钓，从日出到日暮，他几乎每天空竿而归。萧坐在那片被榛树覆盖的浓荫之下，凝视着从村子上空飞过的雁阵和静止不动的云朵。他的视线渐渐移到了村西的一堵成直角的红墙上。那是杏的家。萧知道他只有坐在这个位置才能让目光越过那堵红墙，清楚地看见院内的一切。

太阳已经升高了。空阔的院子里寂然无声。堂屋的门关闭着，有几只雏鸡在廊下啄食。昨天夜里，萧离开杏的院子时，杏倚在门边痴痴地看着他。南风掠过水面，在竹林里引起了一阵簌簌的喧响。遥远而冷清的星群中是一弯朦胧的晕月。杏衬衣的纽扣没有扣上，头发放散在肩头。萧凝望着她，料峭的春夜使他一连打了好几个寒噤。杏将黑漆大门掩上的时候对萧说：如果三顺今夜不回来，她明天就在院里晾衣服的绳上挂一只竹篮。

春阳温和地照临水面。萧不安地眺望雨后的院落。他没有看见院内晾衣服绳上挂上竹篮，却突然发现马三大婶正在河对岸村子的柳丛里向他招手。

"你找来的鱼饵太小了，而且是黑色的，"萧对警卫员说，"在这片水域鱼走得快，很难发现黑色的蚯蚓，走吧，我们回去。"

警卫员迷惑地看了萧一眼，他也正呆得无聊，无风的天气使他昏昏欲睡。他帮助萧收拾鱼线的时候，像是对旅长的反复无常感到茫然不解，又像是丝毫没有猜透旅长的心思。来到小河的短短的几天里,萧所经历的一切,他也似乎毫无察觉。

简直是个孩子。萧一边往回走,一边平静地想。

马三大婶咕咚咕咚地吸着水烟,将萧拉到一处无人的地方,好久没有说话。萧看到了她畏缩胆怯的目光正处处躲闪他,她跷着的小脚也有些颤抖。媒婆压低了粗哑的嗓门神色慌张地告诉萧:他和杏的事发了,昨晚杏的哭叫声惊动了四邻。

三顺是昨天深夜回来的。那是萧刚刚离开后不久。姗姗来迟的梅雨开始零星地下了。这个深夜归来的精明的兽医几乎是一踏进院门就嗅出了气氛的异常。他身上散发出来的浓烈的鱼腥气和连日捕鱼带来的疲惫并没有妨碍他的细心的揣测。他将笨重的鱼网搁在院里的鸡埘上,没有理会杏给他端来的烫脚的水盆。杏蹒跚的脚步和脸上还未消失的红晕激起他心中狐疑的涟漪。他将杏带到里屋,放下了窗帘。杏的双腿轻轻地颤栗着,她温爱地摸了摸他长满粗硬胡须的两腮,推说去灶下生火做饭,正要离开卧室,三顺一把拽住了她。他轻轻地用手一推,杏倒退了几步就坐在了床沿上。三顺麻利地给杏脱掉了衣服和鞋子,将她抱起来扔在床上,随手放下了帐子,吹灭了桌上的油灯。杏在黑暗中听到了解皮带的声音,这种声音没能给她带来往日的兴奋,却使她预感到了灾祸的来临,她不由自主地哭了起来。当三顺潮湿的身体一接触到她的肌肤,杏的身体立刻就像触电一样变得僵硬。

萧从口袋里掏出了所有的铜板放在马三大婶手里,他并不是想付给这位连日奔波的老人酬劳,而是为了让她在说话的时候能安定下来。马三大婶的手握不紧这些铜板,她的手指像小兽一样跳跃着,有两枚从指缝中落到了沙地上。

三顺用粗麻绳将杏吊在了梁柱上,他打断了六根柳条之后,杏说出了萧的名字。邻人被杏的哭叫声惊醒,已是子夜时分。他们拥进了那堵红墙的院内,里屋的门上了闩,他们从门缝里看见杏赤裸的身体被吊着,就开始砸门。门是新银杏木做成的,他们砸扁了门上两个巨大的铁环,门上裂开了一道口子,有人想从门上的豁口伸手进去拨动门闩,但他们突然停住了。从门缝中和裂口朝里看的人都屏住了呼吸。人群圈外的人根本不知道屋子里发生的一切:三顺用一把劁猪用的小刀在油灯上淬了淬火,在杏的下腹处迅速地剜了一下。动作熟练得像从木瓜中往外掏瓤。杏已经无力叫喊了。她的身体剧烈地抽搐了几下,就昏过去了。

马三大婶的水烟早已吸完了。她像是被自己的叙述惊得目瞪口呆,又像是对这位一向老实巴交的年轻人荒唐的举动感到永远的意外。今天清晨,好心的几个女人将昏迷不醒的杏用小船送到了她娘家——榆关。对于这件事,村里人并不感到新鲜,将不贞的女人阉了送回娘家是常有的事。马三大婶没有告诉萧更多的实情。其中最重要的一点就是:

已经在村里失踪的三顺曾四处扬言要杀死他。

第 六 天

尽管萧知道了三顺已经在村里失踪了,昨天下午,他还是拎着手枪到杏原先居住的红墙内转了一圈。院内依旧空阔。就在他准备离开这幢散发着奇异果香的红屋时,他发现有一个人影在竹林里闪了一下，他下意识地捏紧了手枪。枪内共有六发子弹，他现在变得异常的暴躁，直想找个人将这六发子弹射出去。竹林的稠密的叶子像是打了个寒噤似的动了一下，警卫员从里面走了出来，萧长长地舒了一口气。

当他们回到家里时，警卫员极其小心地提醒萧是不是该回棋山了，因为大战即将开始。萧愤怒地将手枪的枪柄重重地敲了一下桌子。母亲被屋里的声音惊动了，推门走了进来。她已经知道了村子里发生的一切，她想找个机会和儿子谈一谈。她惊恐地看见萧愤怒地瞪着警卫员，她走到桌边将手枪抓过来顺手塞进离她最近的一只抽屉内。

萧站起来，一言不发地走了出去。母亲小心翼翼地跟出来。她觉得一定得和儿子谈一次，因为她相信：既然三顺扬言要杀死她儿子，他一定会做到的。她深知这位异性家族后代的秉性。三顺的父亲原来也是一个本分的打鱼人，他曾经为一次微不足道的口角挑起了一场三四十人的格斗。萧没有意识到母亲跟着他。他走进父亲生前的书房，就将房门关上了。

在父亲葬仪之后，从来没有人走进这间阴暗的尘封的屋子。萧点亮了桌上的油灯，挑亮了灯芯，灯芯上积满了灰尘。萧坐在父亲的写字桌前，凝望着父亲的那张挂在墙上的半身像。画像的边缘糊上了一圈黑框。黑框是用一方幔布精心剪成的。他仿佛看见了母亲在油灯下细心缝制的身影。这个村子里的人还不知道世上早已发明了照相术，他父亲的像是请一位卖膏药的郎中画的，这位江湖画师把父亲的眼眶画得浅了一些。另外那套马褂也似乎太不合身。他能够从这张走了样的画像中看出画师在他父亲的眼神上耗费的匠心。这种深邃而坦然的眼神是他曾经非常熟悉的，他在离家出走的前夕，父亲正躺在院子里的藤椅上阅读一个姓梅的古行吟诗人的诗抄。父亲的后半生几乎天天都要捧起这本诗抄。他知道哥哥去黄埔军校曾得到父亲无言的赞许，他渴望父亲能像往日一样看穿他要从军的意图，从而给他指点。那天他围在父亲的身边踯躅了好久。父亲没有注意到他。这时，他从庭院的门中看见了远远的被太阳照得炫目的涟水河，河滩赭黄的沙地，沙地上搁浅的小船，和他一起去投军的一个同伴正在向他招手。那是黄昏时分。他一直没有弄清他给孙传芳的一个部下当勤务兵的时候，父亲也是否表示了默许。后来在频繁的战事中，他越来越怀疑自己是不是在无意之中违背了父亲的意愿。

父亲的褐红色的坐椅被磨成了浅黄，雕花红木制成的高大的书架依然明澈得能照见人影。他随手拿起桌上的一本父亲临终前的手稿翻着，那手稿压在一柄刻有"涟水糯墨"的砚台下。在他翻阅的一瞬间他突然看到这本父亲用来临摹汉魏碑帖的毛边纸簿中抄录了父亲写给兄长的一封书信。由于毛笔吸墨不多，字迹显得过于苍劲、粗粝。萧在这封信的最后几行发现了自己的名字。

至于萧父亲写到：我不再奢望能见他一面，他的军队不久就要覆没，我现在不像以前一样担心，担心听到他的死讯。

萧觉得自己的脊椎像是被针刺了一下。尽管他的父亲在字里行间并没有多少责备他的意味。他还是感觉到了耻辱。他在父亲的桌前呆呆地坐着。下午的时光像沙子一样流走了。他天生的高傲和倔强使他强迫自己镇定起来,他像是第一次从小河的这些天浑浑噩噩的梦魇中苏醒过来,本来他已不再期待什么了,现在,强烈的好胜的欲望使他想立即赶回部队。他回忆起不久前看到的一份前线的战报,孙传芳的部队在北伐军的攻击下已濒于彻底崩溃的边缘。72师、31师的不战而降在本来就军心涣散的将士中投下了无法消除的阴影。萧似乎感觉到了一种不祥的预感正向他袭来,但这种感觉很快就消失了,他的任性和醉心于幻想的秉性使他寄希望于不久后开始的战役。他想,既然自己已没有其他出路,他只有铤而走险。他不知道这种荒唐的愿望是出于对父亲的怨恨和嘲笑,还是乞求父亲的在天之灵对自己的错误抉择给予原宥。他决定立刻赶回棋山。

就在他站起身准备离开父亲书房的瞬间,他意念深处滑过的一个极其微弱的念头使他又一次改变了自己的初衷。

他想到了杏。

他的眼前出现了杏那温柔而迷惘的目光,像是一阵清冽的果香在他面前飘拂而过。他回忆起在榆关过的那个炎热的夏天,临水而筑的药房竹楼。他想起了在纷飞的战火中她影子重重叠叠地闪现的时刻,想起了他来到小河的这些天给她带来的灾难。一种深深的原罪感在他的心头暗暗滋长了。

傍晚的时候,萧告诉母亲他今夜将去榆关。母亲对儿子的话没有感到意外。她知道自从萧去榆关学医的时候起,他的灵魂就被那个表舅的女儿悄悄地偷走了。她坐在桌边没有说话,无神地看着萧,身体有些颤抖。警卫员喝得酩酊大醉,他像是朦朦胧胧地知道了萧要去榆关,他挣扎着伸直了双腿,准备从床上坐起来,但他刚刚微微抬起了头又重重地摔在床上,沉沉地睡去了。

榆关离小河有二十里水路,一个晚上来回足够了。萧走出院门的时候,天已经快黑了。他走过村子中间的空空荡荡的扇形晒场,看到了上灯时分涟水河边零星的渔火。他深深地吸了一口气,加快了步子,他的耳畔传来了渐深的夜色中舂米的木桩敲击石臼的声音。

他来到涟水河边,正要去那片洒满夜露的晚茶花丛解开船缆的时候,黑夜中像是有几十个黑影迅速地在他身后闪了一下。萧回过头,看到了三顺和几个他不相识的人手持杀猪刀朝他逼过来。

黑影慢慢地朝前挪动着步子,九寸长的刀子在他们手里跳跃着。萧已经退到了河边,他能够清晰地听见涟水河静静地流淌的水声。他徒然地将手按在腰中空空的手枪皮套上。由于一阵忙乱,他出门时竟忘了带手枪。那支装有六发子弹的手枪此刻正关在卧室桌子的抽屉里。三顺没有走上来,他倚在一棵刺树下,嚼着树叶,冷静地看着他手下的人将萧围起来捅死。突然,他吐掉了嘴里嚼烂的碎叶,迅速地朝萧走过来,他像是突然想起了什么:

你的那个警卫员呢?

围着萧的几个黑影也像是猛然醒悟过来,他们立刻撇下萧钻入丛林,四下小心地搜索起来。他们现在相信,警卫员似乎应该就在附近。三顺用刀尖支起萧的下巴:

你的那个警卫员在哪儿？

他喝醉了——萧平静地说。三顺从鼻子里轻轻地哼了一声，没有再说什么。不一会儿，钻进丛林里去的人又一个个闪了出来，他们身上沾满了蛛网和露水。这时，月亮从云层里出现了，他们彼此能够看清对方的脸，三顺知道他手下的人没有搜出什么。

他满心犯疑地打量了一下萧，他对萧回部队不带警卫员感到茫然不解。他的目光紧盯着萧的脸，忽然他的嘴角浮现出一丝不易为人察觉的神色：

你是去榆关看那个婊子吧？

萧没有答腔。他安详地看着眼前已经发生的一切，同时，他也明白那个阴冷恐怖的将来已经悄悄地来临了。

沉默又重新包围了他们。过了许久，萧听到了一声轻微的长叹，三顺已经将手里的那把杀猪刀扔进了涟水河，转过身径自走了。他在进入丛林前又回过头来朝他手下的几个人摆摆手：

放了他。

也许是萧对于一个已经废掉的女人的迷恋感染了他，也许是他内心深处莫名其妙的喜怒无常，三顺放弃了杀死萧的想法。

当萧朦朦胧胧地想到了这一切的时候，那些人已经在夜幕中消失了。

第七天（结局）

萧从榆关赶回小河已是次日凌晨。在天边泛出的紫红色熹微的光亮中，他依旧在那片晚茶花丛拴好了小船。迷蒙的水雾遮住了村子的轮廓，水牛在河边的柳树林里喷着响鼻。这是一个凉爽的黄梅天。萧轻轻地穿过弄堂的时候，狭窄的深巷里回荡着他的脚步声，蜷缩在村里竹篱旁的狗没有吠叫，它们显然把他当成了熟人。萧不禁回忆起第一天来到这个村子时几乎是完全相同的清晨。昨晚的河边幸免于难使他在黎明的和风中感觉良好。

萧来到自家的院门前，母亲已经起来了，她正在清扫院子。萧和母亲打了个招呼，径直朝里屋走去。

他跨进房门的时候，警卫员坐在桌边等他。他正在感叹这个一贯贪睡的年轻人第一次起得这么早，警卫员迅速地拉开抽屉，抓起那支手枪对准了他。

萧起先还以为警卫员在和他开玩笑。但是他立刻从警卫员嘴角的一丝冷笑中感到了情况的不妙。接着他听到了这位一向不善言谈的警卫员迄今为止最冗长的一段话：

31师弃城投降后，我就一直奉命监视你。攻陷榆关的是你哥哥的部队，如果有人向他传递情报，整个涟水河流域的防御计划就将全部落空。在离开棋山来小河的前夕，我接到了师长的秘密指令：如果你去榆关，我就必须把你打死。

萧似乎已经闻到了火药硫磺的气味。他强迫自己镇静下来，但由于连夜奔波的疲惫和突如其来的死亡威胁造成的紧张，他的双腿失去控制地剧烈颤动起来。他觉得自己的所有神经都绷紧了。喉咙几乎像被一团棉絮塞住了，他要说的话全被堵死在意识深处，这无异于是自己承认了背叛。最后他用不连贯的声调说了一句：

你可以把我押回去，让师部审问我。

警卫员狡黠地一笑：在你的军营里枪毙一个旅长会扰乱军心的。再说，大战即将开始——已经没有时间了。

萧没等警卫员说完，敏捷地蹬翻了那张桌子，一侧身跳出了里屋。他冲到院子里的时候，他的母亲正在把院子门关紧准备抓鸡。萧像是一只疲狼窜到了院门外，已经来不及拔闩了。他无可奈何地转过身。

警卫员握着手枪走近了他。

天已经突然亮了。黎明的暗红的光消失之后，天空飘飘洒洒地下起了小雨。面对那管深不可测的枪口，萧的眼前闪现的种种往事像散落在河面上的花瓣一样流动、消失了。他又一次沉浸在对突如其来的死亡的深深的恐惧和茫然的遐想中。他回忆起道人闪烁其辞的忠告，现在，迫使他跨入地狱之门的似乎不是盛满美酒的酒盅，而是黑乎乎的枪口，他莫名其妙地感到了一丝遗憾。他看见母亲在离他不远的鸡埘旁吃惊地望着他。她已经抓住了那只母鸡。萧望着母亲矮小的身影——在抓鸡的时候她打皱的裤子上粘满了鸡毛和泥土，突然涌起了强烈的想拥抱她的欲望。他在听到枪声的一刹那，感到有一股湿乎乎的液体贴着他的肚皮和大腿往下流。

警卫员站在离萧只有三步远的地方，非常认真地打完了六发子弹。

○

余

华

十八岁出门远行

柏油马路起伏不止，马路像是贴在海浪上。我走在这条山区公路上，我像一条船。这年我十八岁，我下巴上那几根黄色的胡须迎风飘飘，那是第一批来这里定居的胡须，所以我格外珍重它们。我在这条路上走了整整一天，已经看了很多山和很多云。所有的山所有的云，都让我联想起了熟悉的人。我就朝着它们呼唤他们的绰号。所以尽管走了一天，可我一点也不累。我就这样从早晨里穿过，现在走进了下午的尾声，而且还看到了黄昏的头发。但是我还没走进一家旅店。

我在路上遇到不少人，可他们都不知道前面是何处，前面是否有旅店。他们都这样告诉我："你走过去看吧。"我觉得他们说的太好了，我确实是在走过去看。可是我还没走进一家旅店。我觉得自己应该为旅店操心。

我奇怪自己走了一天竟只遇到一次汽车。那时是中午，那时我刚刚想搭车，但那时仅仅只是想搭车，那时我还没为旅店操心，那时我只是觉得搭一下车非常了不起。我站在路旁朝那辆汽车挥手，我努力挥得很潇洒。可那个司机看也没看我，汽车和司机一样，也是看也没看，在我眼前一闪就他妈的过去了。我就在汽车后面拼命地追了一阵，我这样做只是为了高兴，因为那时我还没有为旅店操心。我一直追到汽车消失之后，然后我对着自己哈哈大笑，但是我马上发现笑得太厉害会影响呼吸，于是我立刻不笑。接着我就兴致勃勃地继续走路，但心里却开始后悔起来，后悔刚才没在潇洒地挥着的手里放一块大石子。

现在我真想搭车，因为黄昏就要来了，可旅店还在它妈肚子里。但是整个下午竟没再看到一辆汽车。要是现在再拦车，我想我准能拦住。我会躺到公路中央去，我敢肯定所有的汽车都会在我耳边来个急刹车。然而现在连汽车的马达声都听不到。现在我只能走过去看了。这话不错，走过去看。

公路高低起伏，那高处总在诱惑我，诱惑我没命奔上去看旅店，可每次都只看到另一个高处，中间是一个叫人沮丧的弧度。尽管这样我还是一次一次地往高处奔，次次都是没命地奔。眼下我又往高处奔去。这一次我看到了，看到的不是旅店而是汽车。汽车是朝我这个方向停着的，停在公路的低处。我看到那个司机高高翘起的屁股，屁股上有晚霞。司机的脑袋我看不见，他的脑袋正塞在车头里。那车头的盖子斜斜翘起，像是翻起的嘴唇。车厢里高高堆着箩筐，我想着箩筐里装的肯定是水果。当然最好是香蕉。我想他的驾驶室里应该也有，那么我一坐进去就可以拿起来吃了。虽然汽车将要朝我走来的方面开去，但我已经不在乎方向。我现在需要旅店，旅店没有就需要汽车，汽车就在眼前。

我兴致勃勃地跑了过去，向司机打招呼："老乡，你好。"

司机好像没有听到，仍在拨弄着什么。

"老乡，抽烟。"

这时他才使了使劲，将头从里面拔出来，并伸过来一只黑乎乎的手，夹住我递过去的烟。我赶紧给他点火，他将烟叼在嘴上吸了几口后，又把头塞了进去。

于是我心安理得了，他只要接过我的烟，他就得让我坐他的车。我就绕着汽车转悠起来，转悠是为了侦察箩筐的内容。可是我看不清，便去使用鼻子闻，闻到了苹果味。苹果也不错，我这样想。不一会他修好了车，就盖上车盖跳了下来。我赶紧走上去说："老乡，我想搭车。"不料他用黑乎乎的手推了我一把，粗暴地说："滚开。"我气得无话可说，他却慢慢悠悠打开车门钻了进去，然后发动机响了起来。我知道要是错过这次机会，将不再有机会。我知道现在应该豁出去了。于是我跑到另一侧，也拉开车门钻了进去。我准备与他在驾驶室里大打一场。我进去时首先是冲着他吼了一声："你嘴里还叼着我的烟。"这时汽车已经活动了。然而他却笑嘻嘻地十分友好地看起我来，这让我大惑不解。他问："你上哪？"我说："随便上哪。"他又亲切地问："想吃苹果吗？"他仍然看着我。

"那还用问。""到后面去拿吧。"他把汽车开得那么快，我敢爬出驾驶室爬到后面去吗？于是我就说："算了吧。"他说："去拿吧。"他的眼睛还在看着我。

我说："别看了，我脸上没公路。"

他这才扭过头去看公路了。

汽车朝我来时的方向驰着，我舒服地坐在座椅上，看着窗外，和司机聊着天。现在我和他已经成为朋友了。我已经知道他是在个体贩运。这汽车是他自己的，苹果也是他的。我还听到了他口袋里面钱儿叮当响。我问他："你到什么地方去？"他说："开过去看吧。"

这话简直像是我兄弟说的，这话可真亲切。我觉得自己与他更亲近了。车窗外的一切应该是我熟悉的，那些山那些云都让我联想起来了另一帮熟悉的人来了，于是我又叫唤起另一批绰号来了。现在我根本不在乎什么旅店，这汽车这司机这座椅让我心安而理得。我不知道汽车要到什么地方去，他也不知道。反正前面是什么地方对我们来说无关紧要，我们只要汽车在驰着，那就驰过去看吧。可是这汽车抛锚了。那个时候我们已经是好得不能再好的朋友了。我把手搭在他肩上，他把手搭在我肩上。他正在把他的恋爱说给我听，正要说第一次拥抱女性的感觉时，这汽车抛锚了。汽车是在上坡时抛锚的，那个时候汽车突然不叫唤了，像死猪那样突然不动了。于是他又爬到车头上去了，又把那上嘴唇翻了起来，脑袋又塞了进去。我坐在驾驶室里，我知道他的屁股此刻肯定又高高翘起，但上嘴唇挡住了我的视线，我看不到他的屁股。可我听得到他修车的声音。

过了一会他把脑袋拔了出来，把车盖盖上。他那时的手更黑了，他的脏手在衣服上擦了又擦，然后跳到地上走了过来。"修好了？"我问。"完了，没法修了。"他说。

我想完了，"那怎么办呢？"我问。

"等着瞧吧。"他漫不经心地说。

我仍在汽车里坐着，不知该怎么办。眼下我又想起什么旅店来了。那个时候太阳要落山了，晚霞则像蒸气似地在升腾。旅店就这样重又来到了我脑中，并且逐渐膨胀，不一会便把我的脑袋塞满了。那时我的脑袋没有了，脑袋的地方长出了一个旅店。司机这时在公路中央做起了广播操，他从第一节做到最后一节，做得很认真。做完又绕着汽车小跑起来。司机也许是在驾驶室里呆得太久，现在他需要锻炼身体了。看着他在外面活动，我在里面也坐不住，于是打开车门也跳了下去。但我没做广播操也没小跑。我在想着旅店和旅店。

这个时候我看到坡上有五个人骑着自行车下来，每辆自行车后座上都用一根扁担绑着两只很大的箩筐，我想他们大概是附近的农民，大概是卖菜回来。看到有人下来，我心里十分高兴，便迎上去喊道："老乡，你们好。"

那五个人骑到我跟前时跳下了车，我很高兴地迎了上去，问："附近有旅店吗？"他们没有回答，而是问我："车上装的是什么？"

我说："是苹果。"他们五人推着自行车走到汽车旁，有两个人爬到了汽车上，接着就翻下来十筐苹果，下面三个人把筐盖掀开往他们自己的筐里倒。我一时间还不知道发生了什么，那情景让我目瞪口呆。我明白过来就冲了上去，责问："你们要干什么？"

他们谁也没理睬我，继续倒苹果。我上去抓住其中一个人的手喊道："有人抢苹果啦！"这时有一只拳头朝我鼻子下狠狠地揍来了，我被打出几米远。爬起来用手一摸，鼻子软塌塌地不是贴着而是挂在脸上，鲜血像是伤心的眼泪一样流。可当我看清打我的那个身强力壮的大汉时，他们五人已经跨上自行车骑走了。司机此刻正在慢慢地散步，嘴唇翻着大口大口喘气，他刚才大概跑累了。他好像一点也不知道刚才的事。我朝他喊："你的苹果被抢走了！"可他根本没注意我在喊什么，仍在慢慢地散步。我真想上去揍他一拳，也让他的鼻子挂起来。我跑过去对着他的耳朵大喊："你的苹果被抢走了。"他这才转身看了我起来，我发现他的表情越来越高兴，我发现他是在看我的鼻子。

这时候，坡上又有很多人骑着自行车下来了，每辆车后面都有两只大筐，骑车的人里面有一些孩子。他们蜂拥而来，又立刻将汽车包围。好些人跳到汽车上面，于是装苹果的箩筐纷纷而下，苹果从一些摔破的筐中像我的鼻血一样流了出来。他们都发疯般往自己筐中装苹果。才一瞬间工夫，车上的苹果全到了地下。那时有几辆手扶拖拉机从坡上隆隆而下，拖拉机也停在汽车旁，跳下一帮大汉开始往拖拉机上装苹果，那些空了的箩筐一只一只被扔了出去。那时的苹果已经满地滚了，所有人都像蛤蟆似地蹲着捡苹果。

我是在这个时候奋不顾身扑上去的，我大声骂着："强盗！"扑了上去。于是有无数拳脚前来迎接，我全身每个地方几乎同时挨了揍。我支撑着从地上爬起来时，几个孩子朝我击来苹果，苹果撞在脑袋上碎了，但脑袋没碎。我正要扑过去揍那些孩子，有一只脚狠狠地踢在我腰部。我想叫唤一声，可嘴巴一张却没有声音。我跌坐在地上，我再也爬不起来了，只能看着他们乱抢苹果。我开始用眼睛去寻找那司机，这家伙此时正站在远处朝我哈哈大笑，我便知道现在自己的模样一定比刚才的鼻子更精彩了。

那个时候我连愤怒的力气都没有了。我只能用眼睛看着这些使我愤怒极点的一切。我最愤怒的是那个司机。

坡上又下来了一些手扶拖拉机和自行车，他们也投入到这场浩劫中去。我看到地上的苹果越来越少，看着一些人离去和一些人来到。来迟的人开始在汽车上动手，我看着他们将车窗玻璃卸了下来，将轮胎卸了下来，又将木板撬了下来。轮胎被卸去后的汽车显得特别垂头丧气，它趴在地上。一些孩子则去捡那些刚才被扔出去的箩筐。我看着地上越来越干净，人也越来越少。可我那时只能看着了，因为我连愤怒的力气都没有了。我坐在地上爬不起来，我只能让目光走来走去。现在四周空荡荡了，只有一辆手扶拖拉机还停在趴着的汽车旁。有个人在汽车旁东瞧西望，是在看看还有什么东西可以拿走。看了一阵后才一个一个爬到拖拉机上，于是拖拉机开动了。这时我看到那个司机也跳到拖拉机上去了，他在车斗里坐下来后还在朝我哈哈大笑。我看到他手里抱着的是我那个红色的背包。他把我的背包抢走了。背包里有我的衣服和我的钱，还有食品和书。可他把我的背包抢走了。

我看着拖拉机爬上了坡，然后就消失了，但仍能听到它的声音，可不一会连声音都没有了。四周一下子寂静下来，天也开始黑下来。我仍在地上坐着，我这时又饥又冷，可我现在什么都没有了。我在那里坐了很久，然后才慢慢爬起来。我爬起来时很艰难，因为每动一下全身就剧烈地疼痛，但我还是爬了起来。我一拐一拐地走到汽车旁边。那汽车的模样真是惨极了，它遍体鳞伤地趴在那里，我知道自己也是遍体鳞伤了。

天色完全黑了，四周什么都没有，只有遍体鳞伤的汽车和遍体鳞伤的我。我无限悲伤地看着汽车，汽车也无限悲伤地看着我。我伸出手去抚摸了它。它浑身冰凉。那时候开始起风了，风很大，山上树叶摇动时的声音像是海涛的声音，这声音使我恐惧，使我也像汽车一样浑身冰凉。

我打开车门钻了进去，座椅没被他们撬去，这让我心里稍稍有了安慰。我就在驾驶室里躺了下来。我闻到了一股漏出来的汽油味，那气味像是我身内流出来的血液的气味。外面风越来越大，但我躺在座椅上开始感到暖和一点了。我感到这汽车虽然遍体鳞伤，可它心窝还是健全的，还是暖和的。我知道自己的心窝也是暖和的。我一直在寻找旅店，没想到旅店你竟在这里。

我躺在汽车的心窝里，想起了那么一个晴朗温和的中午，那时的阳光非常美丽。我记得自己在外面高高兴兴地玩了半天，然后我回家了，在窗外看到父亲正在屋内整理一个红色的背包，我扑在窗口问："爸爸，你要出门?"

父亲转过身来温和地说："不，是让你出门。"

"让我出门?""是的，你已经十八了，你应该去认识一下外面的世界了。"后来我就背起了那个漂亮的红背包，父亲在我脑后拍了一下，就像在马屁股上拍了一下。于是我欢快地冲出了家门，像一匹兴高采烈的马一样欢快地奔跑了起来。

○ 王小波

黄金时代

一

我二十一岁时，正在云南插队。陈清扬当时二十六岁，就在我插队的地方当医生。我在山下十四队，她在山上十五队。有一天她从山上下来，和我讨论她不是破鞋的问题。那时我还不大认识她，只能说有一点知道。她要讨论的事是这样的：虽然所有的人都说她是一个破鞋，但她以为自己不是的。因为破鞋偷汉，而她没有偷过汉。虽然她丈夫已经住了一年监狱，但她没有偷过汉。在此之前也未偷过汉。所以她简直不明白，人们为什么要说她是破鞋。如果我要安慰她，并不困难。我可以从逻辑上证明她不是破鞋。如果陈清扬是破鞋，即陈清扬偷汉，则起码有一个某人为其所偷。如今不能指出某人，所以陈清扬偷汉不能成立。但是我偏说，陈清扬就是破鞋，而且这一点毋庸置疑。

陈清扬找我证明她不是破鞋，起因是我找她打针。这事经过如下：农忙时队长不叫我犁田，而是叫我去插秧，这样我的腰就不能经常直立。认识我的人都知道，我的腰上有旧伤，而且我身高在一米九以上。如此插了一个月，我腰痛难忍，不打封闭就不能入睡。我们队医务室那一把针头镀层剥落，而且都有倒钩，经常把我腰上的肉钩下来。后来我的腰就像中了霰弹枪，伤痕久久不褪。就在这种情况下，我想起十五队的队医陈清扬是北医大毕业的大夫，对针头和钩针大概还能分清，所以我去找她看病。看完病回来，不到半个小时，她就追到我屋里来，要我证明她不是破鞋。

陈清扬说，她丝毫也不藐视破鞋。据她观察，破鞋都很善良，乐于助人，而且最不乐意让人失望。因此她对破鞋还有一点钦佩。问题不在于破鞋好不好，而在于她根本不是破鞋。就如一只猫不是一只狗一样。假如一只猫被人叫成一只狗，它也会感到很不自在。现在大家都管她叫破鞋，弄得她魂不守舍，几乎连自己是谁都不知道了。

陈清扬在我的草房里时，裸臂赤腿穿一件白大褂，和她在山上那间医务室里装束一样。所不同的是披散的长发用个手绢束住，脚上也多了一双拖鞋。看了她的样子，我就开始捉摸：她那件白大褂底下是穿了点什么呢，还是什么都没穿。这一点可以说明陈清扬很漂亮，因为她觉得穿什么不穿什么无所谓。这是从小培养起来的自信心。我对她说，她确实是个破鞋。还举出一些理由来：所谓破鞋者，乃是一个指称，大家都说你是破鞋，你就是破鞋，没什么道理可讲。大家说你偷了汉，你就是偷了汉，这也没什么道理可讲。至于大家为什么要说你是破鞋，照我看是这样：大家都认为，结了婚的女人不偷汉，就该面色黝黑，乳房下垂。而你脸不黑而且白，乳房不下垂而且高耸，所以你是破鞋。假如你不想当破鞋，就要把脸弄黑，把乳房弄下垂，以后别人就不说你是破鞋。当然这样很吃亏，假如你不想吃亏，就该去偷个汉来。这样你自己也认为自己是个破鞋。别人没有义务先弄明白你是否偷汉再决定是否管你叫破鞋。你倒有义务叫别人无法叫你破鞋。陈清扬听了这话，脸色发红，怒目圆睁，几乎就要打我一耳光。这女人打人耳光出了名，好多人吃过她的耳光。但是她忽然泄了气，说：好吧，破鞋就破鞋吧。但是垂不垂黑不黑的，不是你的事。她还说，假如我在这些事上琢磨得太多，很可能会吃耳光。

　　倒退到二十年前，想象我和陈清扬讨论破鞋问题时的情景。那时我面色焦黄，嘴唇干裂，上面沾了碎纸和烟丝，头发乱如败棕，身穿一件破军衣，上面好多破洞都是橡皮膏粘上的，跷着二郎腿，坐在木板床上，完全是一副流氓相。你可以想象陈清扬听到这么个人说起她的乳房下垂不下垂时，手心是何等的发痒。她有点神经质，都是因为有很多精壮的男人找她看病，其实却没有病。那些人其实不是去看大夫，而是去看破鞋。只有我例外。我的后腰上好像被猪八戒筑了两耙。不管腰疼真不真，光那些窟窿也能成为看医生的理由。这些窟窿使她产生一个希望，就是也许能向我证明，她不是破鞋。有一个人承认她不是破鞋，和没人承认大不一样。可是我偏让她失望。

　　我是这么想的：假如我想证明她不是破鞋，就能证明她不是破鞋，那事情未免太容易了。实际上我什么都不能证明，除了那些不需证明的东西。春天里，队长说我打瞎了他家母狗的左眼，使它老是偏过头来看人，好像在跳芭蕾舞。从此后他总给我小鞋穿。我想证明我自己的清白无辜，只有以下三个途径：

　　1. 队长家不存在一只母狗；
　　2. 该母狗天生没有左眼；
　　3. 我是无手之人，不能持枪射击。

　　结果是三条一条也不成立。队长家确有一棕色母狗，该母狗的左眼确是后天打瞎，而我不但能持枪射击，而且枪法极精。在此之前不久，我还借了罗小四的气枪，用一碗绿豆做子弹，在空粮库里打下了二斤耗子。当然，这队里枪法好的人还有不少，其中包括罗小四。气枪就是他的，而且他打瞎队长的母狗时，我就在一边看着。但是我不能揭发别人，罗小四和我也不错。何况队长要是能惹得起罗小四，也不会认准了是我。所以我保持沉默。沉默就是默认。所以，春天我去插秧，撅在地里像一根半截电线杆；秋收后我又去放牛，吃不上热饭。当然，我也不肯无所作为。有一天在山上，我正好借了罗小四的气枪，队长家的母狗正好跑到山上叫我看见，我就射出一颗子弹打瞎了它的右眼。该狗既无左眼，又无右眼，也就不能跑回去让队长看见——

天知道它跑到哪儿去了。

我记得那些日子里，除了上山放牛和在家里躺着，似乎什么也没做。我觉得什么都与我无关。可是陈清扬又从山上跑下来找我。原来又有了另一种传闻，说她在和我搞破鞋。她要我给出我们清白无辜的证明。我说，要证明我们无辜，只有证明以下两点：

1. 陈清扬是处女；
2. 我是天阉之人，没有性交能力。

这两点都难以证明。所以我们不能证明自己无辜。我倒倾向证明自己不无辜。陈清扬听了这些话，先是气得脸白，然后满面通红，最后一声不吭地站起来走了。

陈清扬说，我始终是一个恶棍。她第一次要我证明她清白无辜时，我翻了一串白眼，然后开始胡说八道；第二次她要我证明我们俩无辜，我又一本正经地向她建议举行一次性交。所以她就决定，早晚要打我一个耳光。假如我知道她有这样的打算，也许后面的事情就不会发生。

二

我过二十一岁生日那天，正在河边放牛。下午我躺在草地上睡着了。我睡去时，身上盖了几片芭蕉叶子，醒来时身上已经一无所有（叶子可能被牛吃了）。亚热带旱季的阳光把我晒得浑身赤红，痛痒难当，我的小和尚直翘翘地指向天空，尺寸空前。这就是我过生日时的情形。我醒来时觉得阳光耀眼，天蓝得吓人，身上落了一层细细的尘土，好像一层爽身粉。我一生经历的无数次勃起，都不及那一次雄浑有力，大概是因为在极荒僻的地方，四野无人。

我爬起来看牛，发现它们都卧在远处的河汊里静静地嚼草。那时节万籁无声，田野上刮着白色的风。河岸上有几对寨子里的牛在斗架，斗得眼珠通红，口角流涎。这种牛阴囊紧缩，阳具直挺。我们的牛不干这种事。任凭别人上门挑衅，我们的牛依旧安卧不动。为了防止斗架伤身，影响春耕，我们把它们都阉了。

每次阉牛我都在场。对于一般的公牛，只用刀割去即可。但是对于格外生性者，就须采取锤骗术，也就是割开阴囊，掏出睾丸，一木锤砸个稀烂。从此后受术者只知道吃草干活，别的什么都不知道，连杀都不用捆。掌锤的队长毫不怀疑这种手术施之于人类也能得到同等的效力，每回他都对我们呐喊：你们这些生牛蛋子，就欠砸上一锤才能老实！按他的逻辑，我身上这个通红通红、直不愣登、长约一尺的东西就是罪恶的化身。

当然，我对此有不同的意见。在我看来，这东西无比重要，就如我之存在本身。天色微微向晚，天上飘着懒洋洋的云彩。下半截沉在黑暗里，上半截仍浮在阳光中。那一天我二十一岁，在我一生的黄金时代，我有好多奢望。我想爱，想吃，还想在一瞬间变成天上半明半暗的云。后来我才知道，生活就是个缓慢受锤的过程，人一天天老下去，奢望也一天天消失，最后变得像挨了锤的牛一样。可是我过二十一岁生日时没有预见到这一点。我觉得自己会永远生猛下去，什么也锤不了我。

那天晚上我请陈清扬来吃鱼，所以应该在下午把鱼弄到手。到下午五点多钟我才想起到戽鱼的现场去看看。还没走进那条小河汊，两个景颇族孩子就从里面一路打出来，烂泥横飞，我身上也挨了好几块，直到我拎住他们的耳朵，他们才罢手。我喝问一声：

"鸡巴，鱼呢？"

那个年纪大点的说："都怪鸡巴勒农！他老坐在坝上，把坝坐鸡巴倒了！"

勒农直着嗓子吼："王二！坝打得不鸡巴牢！"

我说："放屁！老子砍草皮打的坝，哪个鸡巴敢说不牢？"

到里面一看，不管是因为勒农坐的也好，还是因为我的坝没打好也罢，反正坝是倒了，戽出来的水又流回去，鱼全泡了汤，一整天的劳动全都白费。我当然不能承认是我的错，就痛骂勒农。勒都（就是那另一个孩子）也附和我。勒农上了火，一跳三尺高，嘴里吼道：

"王二！勒都！鸡巴！你们姐夫舅子合伙搞我！我去告诉我家爹，拿铜炮枪打你们！"

说完这小兔崽子就往河岸上蹿，想一走了之。我一把薅住他脚脖子，把他揪下来。

"你走了我们给你赶牛哇？做你娘的美梦！"

这小子哇哇叫着要咬我，被我劈开手按在地上。他口吐白沫，杂着汉话、景颇话、傣话骂我，我用正宗京片子回骂。忽然间他不骂了，往我下体看去，脸上露出无限羡慕之情。我低头一看，我的小和尚又直立起来了。只听勒农啧啧赞美道：

"哇！想日勒都家姐哟！"

我赶紧扔下他去穿裤子。

晚上我在水泵房点起汽灯，陈清扬就会忽然到来，谈起她觉得活着很没意思，还说到她在每件事上都是清白无辜。我说她竟敢觉得自己清白无辜，这本身就是最大的罪孽。照我的看法，每个人的本性都是好吃懒做，好色贪淫，假如你克勤克俭，守身如玉，这就犯了矫饰之罪，比好吃懒做、好色贪淫更可恶。这些话她好像很听得进去，但是从不附和。

那天晚上我在河边上点起汽灯，陈清扬却迟迟不至，直到九点钟以后，她才到门前来喊我："王二，混蛋！你出来！"

我出去一看，她穿了一身白，打扮得格外整齐，但是表情不大轻松。她说道：你请我来吃鱼，做倾心之谈，鱼在哪里？我只好说，鱼还在河里。她说好吧，还剩下一个倾心之谈。就在这儿谈吧。我说进屋去谈，她说那也无妨，就进屋来坐着，看样子火气甚盛。

我过二十一岁生日那天，打算在晚上引诱陈清扬。因为陈清扬是我的朋友，而且胸部很丰满，腰很细，屁股浑圆。除此之外，她的脖子端正修长，脸也很漂亮。我想和她性交，而且认为她不应该不同意。假如她想借我的身体练胫，我准让她开。所以我借她身体一用也没什么不可以。唯一的问题是她是个女人，女人家总有点小气。

为此我要启发她，所以我开始阐明什么叫做"义气"。

在我看来，义气就是江湖好汉中那种伟大友谊。水浒中的豪杰们，杀人放火的事是家常便饭，可一听说及时雨的大名，立即倒身便拜。我也像那些草莽英雄，什么都不信，唯一不能违背的就是义气。只要你是我的朋友，哪怕你十恶不赦，为天地所不容，我也要站到你身边。那天晚上我把我的伟大友谊奉献给陈清扬，她大为感动，当即表示道：这友谊她接受了。不但如此，她还说要以更伟大的友谊还报我，哪怕我是个卑鄙小人也不背叛。我听她如此说，大为放心，就把底下的话也说了出来：我已经二十一岁了，男女间的事情还没体验过，真是不甘心。她听了以后就开始发愣，大概是没有思想准备。说了半天她毫无反应。我把手放到她肩膀上去，感觉她的肌肉绷得很紧。这娘们随时可能翻了脸给我一耳光，假定如此，就证明女人不懂什么是交情。可是她没有。忽然间她哼了一声，就笑起来。还说：我真笨！这么容易就着了你的道儿！

我说：什么道儿？你说什么？

她说：我什么也没有说。

我问她我刚才说的事儿你答应不答应？她说呸，而且满面通红。我看她有点不好意思，就采取主动，动手动脚。她揉了我几把，后来说，不在这儿，咱们到山上去。我就和她一块到山上去了。

陈清扬后来说，她始终没搞明白我那个伟大友谊是真的呢，还是临时编出来骗她。但是她又说，那些话就像咒语一样让她着迷，哪怕为此丧失一切，也不懊悔。其实伟大友谊不真也不假，就如世上一切东西一样。你信它是真，它就真下去。你疑它是假，它就是假的。我的话也半真不假。但是我随时准备兑现我的话，哪怕天崩地裂也不退却。就因为这种态度，别人都不相信我。我虽然把交朋友当成终生的事业，所交到的朋友不过陈清扬等二三人而已。那天晚上我们到山上去，走到半路她说要回家一趟，要我到后山上等她。我有点怀疑她要晾我，但是我没说出来，径直走到后山上去抽烟。等了一些时间，她来了。

陈清扬说，我第一次去找她打针时，她正在伏案打瞌睡。在云南每个人都有很多时间打瞌睡，所以总是半睡半醒。我走进去时，屋子里暗了一下，因为是草顶土坯房，大多数光从门口进来。她就在那一刻醒来，抬头问我干什么。我说腰疼，她说躺下让我看看。我就一头倒下去，扑到竹板床上，几乎把床砸塌。我的腰痛得厉害，完全不能弯。要不是这样，我也不会来找她。

陈清扬说，我很年轻时就饿纹入嘴，眼睛下面乌黑。我的身材很高，衣服很破，而且不爱说话。她给我打过针，我就走了，好像说了一声谢了，又好像没说。等到她想起可以让我证明她不是破鞋时，已经过了半分钟。她追了出来，看见我正取近路走回十四队。我从土坡上走下去，逢沟跳沟，逢坎跃坎，顺着山势下得飞快。那时正逢旱季的上午，风从山下吹来，喊我也听不见。而且我从来也不回头。我就这样走掉了。

陈清扬说，当时她想去追我，可是觉得很难追上。而且我也不一定能够证明她不是破鞋。所以她走回医务室去。后来她又改变了主意去找我，是因为所有的人都说她是破鞋，因此所有的人都是敌人。而我可能不是敌人。她不愿错过了机会，让我也变成敌人。

那天晚上我在后山上抽烟。虽然在夜里，我能看见很远的地方。因为月光很明亮，当地的空气又很干净。我还能听见远处的狗叫声。陈清扬一出十五队我就看见了，白天未必能看这么远。虽然如此，还是和白天不一样。也许是因为到处都没人。

我也说不准夜里这片山上有人没人，因为到处是银灰色的一片。假如有人打着火把行路，那就是说，希望全世界的人都知道他在那里。假如你不打火把，就如穿上了隐身衣，知道你在那里的人能看见，不知道的人不能看见。我看见陈清扬慢慢走近，怦然心动，无师自通地想到，做那事之前应该亲热一番。

陈清扬对此的反应是冷冰冰的。她的嘴唇冷冰冰，对爱抚也毫无反应。等到我毛手毛脚给她解扣子时，她把我推开，自己把衣服一件件脱下来，叠好放在一边，自己直挺挺躺在草地上。

陈清扬的裸体美极了。我赶紧脱了衣服爬过去，她又一把把我推开，递给我一个东西说：

"会用吗？要不要我教你？"

那是一个避孕套。我正在兴头上，对她这种口气只微感不快。套上之后又爬到她身上去，心慌气躁地好一阵乱弄，也没弄对。忽然她冷冰冰地说：

"喂！你知道自己在干什么吗？"

我说当然知道。能不能劳你大驾躺过来一点？我要就着亮儿研究一下你的结构。只听啪的一声巨响，好似一声耳边雷，她给我一个大耳光。我跳起来，拿了自己的衣服，拔腿就走。

三

那天晚上我没走掉。陈清扬把我拽住，以伟大友谊的名义叫我留下来。她承认打我不对，也承认没有好好待我，但是她说我的伟大友谊是假的，还说，我把她骗出来就是想研究她的结构。我说，既然我是假的，你信我干吗。我是想研究一下她的结构，这也是在她的许可之下。假如不乐意可以早说，动手就打不够意思。后来她哈哈大笑了一阵说，她简直见不得我身上那个东西。那东西傻头傻脑，恬不知耻，见了它，她就不禁怒从心起。

我们俩吵架时，仍然是不着一丝。我的小和尚依然直挺挺，在月光下披了一身塑料，倒是闪闪发光。我听了这话不高兴，她也发现了。于是她用和解的口气说：不管怎么说，这东西丑得要命，你承不承认？

这东西好像个发怒的眼镜蛇一样立在那里，是不大好看。我说，既然你不愿意见它，那就算了。我想穿上裤子，她又说，别这样。于是我抽起烟来。等我抽完了一支烟，她抱住我。我们俩在草地上干那件事。

我过二十一岁生日以前，是一个童男子。那天晚上我引诱了陈清扬和我到山上去。那一夜开头有月光，后来月亮落下去，出来一天的星星，就像早上的露水一样多。那天晚上没有风，山上静得很。我已经和陈清扬做过爱，不再是童男子了。但是我一点也不高兴。因为我干那事时，她一声也不吭，头枕双臂，若有所思地看着我，所以从始至终就是我一个人在表演。其实我也没持续多久，马上就完了。事毕我既愤怒又沮丧。

陈清扬说，她简直不敢相信这件事是真的：我居然在她面前亮出了丑恶的男性生殖器，丝毫不感到惭愧。那玩意也不感到惭愧，直挺挺地从她两腿之间插了进来。因为女孩子身上有这么个口子，男人就要使用她，这简直没有道理。以前她有个丈夫，天天对她做这件事。她一直不说话，等着他有一天自己感到惭愧，自己来解释为什么干了这些。可是他什么也没说，直到进了监狱。这话我也不爱听。所以我说：既然你不乐意，为什么要答应？她说她不愿被人看成小气鬼。我说你原本就是小气鬼。后来她说算了，别为这事吵架。她叫我晚上再来这里，我们再试一遍。也许她会喜欢。我什么也没说。早上起雾以后，我和她分了手，下山去放牛。

那天晚上我没去找她，倒进了医院。这事原委是这样：早上我到牛圈门前时，有一伙人等不及我，已经在开圈拉牛。大家都挑壮牛去犁田。有个本地小伙子，叫三闷儿，正在拉一条大白牛。我走过去，告诉他，这牛被毒蛇咬了，不能干活。他似乎没听见。我劈手把牛鼻绳夺了下来，他就朝我挥了一巴掌。我当胸推了他一把，推了他一个屁股蹲儿。然后很多人拥了上来，把我们拥在中间要打架。北京知青一伙，当地青年一伙，抄起了棍棒和皮带。吵了一会儿，又说不打架，让我和三闷儿摔跤，三闷儿摔不过我，就动了拳头。我一脚把三闷儿踢进了圈前的粪坑，让他沾了一身牛屎。三闷儿爬起来，抢了一把三齿要砍我，别人劝开了。

早上的事情就是这样。晚上我放牛回来，队长说我殴打贫下中农，要开我的斗争会。我说你想借机整人，我也不是好惹的。我还说要聚众打群架。队长说他没想整我，是三闷儿的娘闹得他没办法。那婆娘是个寡妇，泼得厉害。他说此地的规矩就是这样。后来他说，不开斗争会，改为帮助会，让我上前面去检讨一下。要是我还不肯，就让寡妇来找我。

会开得很乱。老乡们七嘴八舌，说知青太不像话，偷鸡摸狗还打人。知青们说放狗屁，谁偷东西，你们当场拿住了吗？老子们是来支援边疆建设，又不是充军的犯人，哪能容你们乱栽赃。我在前面也不检讨，只是骂。不提防三闷儿的娘从后面摸上来，抄起一条沉甸甸的拔秧凳，给了我后腰一下，正砸在我的旧伤上，登时我就背过去了。

我醒过来时，罗小四领了一伙人呐喊着要放火烧牛圈，还说要三闷儿的娘抵命。队长领了一帮人去制止，副队长叫人抬我上牛车去医院。卫生员说抬不得，腰杆断了，一抬就死。我说腰杆好像没断，你们快把我抬走。可是谁也不敢肯定我的腰杆是断了还是没断，所以也不敢肯定我会不会一抬就死。我就一直躺着。后来队长过来一问，就说：快摇电话把陈清扬叫下来，让她看看腰断了没有。过了不一会儿，陈清扬披头散发眼皮红肿地跑了来，劈头第一句话就是：你别怕，要是你瘫了，我照顾你一辈子。然后一检查，诊断和我自己的相同。于是我就坐上牛车，到总场医院去看病。

那天夜里陈清扬把我送到医院，一直等到腰部 X 光片子出来，看过认为没问题后才走。她说过一两天就来看我，可是一直没来。我住了一个星期，可以走动了，就奔回去找她。

我走进陈清扬的医务室时，身上背了很多东西，装得背篓里冒了尖。除了锅碗盆瓢，还有足够两人吃一个月的东西。她见我进来，淡淡地一笑，说你好了吗？带这些东西上哪儿？

我说要去清平洗温泉。她懒懒地往椅子上一仰说，这很好。温泉可以治旧伤。我说我不是真去洗温泉，而是到后面山上住几天。她说后面山上什么都没有，还是去洗温泉吧。

清平的温泉是山坳里一片泥坑，周围全是荒草坡。有一些病人在山坡上搭了窝棚，成年住在那里，其中得什么病的都有。我到那里不但治不好病，还可能染上麻风。而后面荒山里的低洼处沟谷纵横，疏林之中芳草离离，我在人迹绝无的地方造了一间草房，空山无人，流水落花，住在里面可以修身养性。陈清扬听了，禁不住一笑说：那地方怎么走？也许我去看看你。我告诉她路，还画了一张示意图，自己进山去了。

我走进荒山，陈清扬没有去看我。旱季里浩浩荡荡的风刮个不停，整个草房都在晃动。陈清扬坐在椅子上听着风声，回想起以往发生的事情，对一切都起了怀疑。她很难相信自己会莫名其妙地来到这极荒凉的地方，又无端地被人称作破鞋，然后就真的搞起了破鞋。这件事真叫人难以置信。

陈清扬说，有时候她走出房门，往后山上看，看到山丘中有很多小路蜿蜒通到深山里去。我对她说的话言犹在耳。她知道沿着一条路走进山去，就会找到我。这是无可怀疑的事。但是越是无可怀疑的事就越值得怀疑。很可能那条路不通到任何地方，很可能王二不在山里，很可能王二根本就不存在。

过了几天，罗小四带了几个人到医院去找我。医院里没人听说过王二，更没人知道他上哪儿去了。那时节医院里肝炎流行，没染上肝炎的病人都回家去疗养，大夫也纷纷下队去送医上门。罗小四等人回到队里，发现我的东西都不见了，就去问队长可见过王二。队长说，谁是王二？从来没听说过。罗小四说前几天你还开会斗争过他，尖嘴婆打了他一板凳，差点把他打死。这样提醒了以后，队长就更想不起来我是谁了。那时节有一个北京知青慰问团要来调查知青在下面的情况，尤其是有无被捆打逼婚等情况，因此队长更不乐意想起我来。罗小四又到十五队问陈清扬可曾见过我，还闪烁其词地暗示她和我有过不正当的关系。陈清扬则表示，她对此一无所知。

等到罗小四离开，陈清扬就开始糊涂了。看来有很多人说，王二不存在。这件事叫人困惑的原因就在这里。大家都说存在的东西一定不存在，这是因为眼前的一切都是骗局。大家都说不存在的东西一定存在，比如王二，假如他不存在，这个名字是从哪里来的？陈清扬按捺不住好奇心，终于扔下一切，上山找我来了。

我被尖嘴婆打了一板凳后晕了过去，陈清扬曾经从山上跑下来看我。当时她还忍不住哭了起来，并且当众说，如果我好不了要照顾我一辈子。结果我并没有死，连瘫都没瘫。这对我是很好的事,可是陈清扬并不喜欢。这等于当众暴露了她是破鞋。假如我死,或是瘫掉,就是应该的事,可是我在医院里只住了一个星期就跑出来。对她来说,我就是那个急匆匆从山上赶下去的背影,一个记忆中的人。她并不想和我做爱,也不想和我搞破鞋,除非有重大的原因。因此,她来找我就是真正的破鞋行径。

  陈清扬说,她决定上山找我时,在白大褂底下什么都没穿。她就这样走过十五队后面的那片山包。那些小山上长满了草,草下是红土。上午风从山上往平坝里吹,冷得像山上的水;下午风吹回来,带着燥热和尘土。陈清扬来找我时,乘着白色的风。风从衣服下面钻进来,流过全身,好像爱抚和嘴唇。其实她不需要我,也没必要找到我。以前人家说她是破鞋,说我是她的野汉子时,她每天都来找我。那时好像有必要。自从她当众暴露了她是破鞋,我是她的野汉子后,再没人说她是破鞋,更没人在她面前提到王二(除了罗小四)。大家对这种明火执仗的破鞋行径是如此的害怕,以致连说都不敢啦。

  关于北京要来人视察知青的事,当地每个人都知道,只有我不知道。这是因为我前些日子在放牛,早出晚归,而且名声不好,谁也不告诉我,后来住了院,也没人来看我。等到我出院以后,就进了深山。在我进山之前,总共就见到了两个人,一个是陈清扬,她没有告诉我这件事。另一个是我们队长,他也没说起这件事,只叫我去温泉养病。我告诉他,我没有东西(食品、炊具等等),所以不能去温泉。他说他可以借给我。我说我借了不一定还,他说不要紧。我就向他借了不少家制的腊肉和香肠。

  陈清扬不告诉我这件事是因为她不关心,她不是知青。队长不告诉我这件事,是因为他以为我已经知道了。他还以为我拿了很多吃的东西走,就不会再回来。所以罗小四问他王二到哪儿去了时,他说:王二?谁叫王二?从没听说过。对于罗小四等人来说,找到我有很大的好处,我可以证明大家在此地受到很坏的待遇,经常被打晕。对于领导来说,我不存在有很大的便利,可以说明此地没有一个知青被打晕。对于我自己来说,存在不存在没很大的关系。假如没有人来找我,我在附近种点玉米,可以永远不出来。就因为这个原因,我对自己存不存在的事不太关心。

  我在小屋里也想过自己存不存在的问题。比方说,别人说我和陈清扬搞破鞋,这就是存在的证明。用罗小四的话来说,王二和陈清扬脱了裤子干。其实他也没看见。他想象的极限就是我们脱裤子。还有陈清扬说,我从山上下来,穿着黄军装,走得飞快。我自己并不知道我走路是不回头的。因为这些事我无从想象,所以是我存在的证明。

  还有我的小和尚直挺挺,这件事也不是我想出来的。我始终盼着陈清扬来看我,但陈清扬始终没有来。她来的时候,我没有盼着她来。

四

  我曾经以为陈清扬在我进山后会立即来看我,但是我错了。我等了很久,后来不再等了。我坐在小屋里,听着满山树叶哗哗响,终于到了物我两忘的境界。我听见浩浩荡荡的空气大潮从我头顶涌过,正是我灵魂里潮兴之时。正如深山里花开,龙竹笋剥剥地爆去笋壳，直翘翘地向上。到潮退时我也安息，但潮兴时要乘兴而舞。正巧这时陈清扬来到草屋门口，她看见我赤条条坐在竹板床上，阳具就如剥了皮的兔子，红通通亮晶晶足有一尺长，直立在那里，登时惊慌失措，叫了起来。

陈清扬到山里找我的事又可以简述如下：我进山后两个星期，她到山里找我。当时是下午两点钟，可是她像那些午夜淫奔的妇人一样，脱光了内衣，只穿一件白大褂，赤着脚走进山来。她就这样走过阳光下的草地，走进了一条干河沟，在河沟里走了很久。这些河沟很乱，可是她连一个弯都没转错。后来她又从河沟里出来，走进一个向阳的山洼，看见一间新搭的草房。假如没有一个王二告诉她这条路，她不可能在茫茫荒山里找到一间草房。可是她走进草房，看到王二就坐在床上，小和尚直挺挺，却吓得尖叫起来。

陈清扬后来说，她没法相信她所见到的每件事都是真的。真的事要有理由。当时她脱了衣服，坐在我的身边，看着我的小和尚，只见它的颜色就像烧伤的疤痕。这时我的草房在风里摇晃，好多阳光从房顶上漏下来，星星点点落在她身上。我伸手去触她的乳头，直到她脸上泛起红晕，乳房坚挺。忽然她从迷梦里醒来，羞得满脸通红。于是她紧紧地抱住我。

我和陈清扬是第二次做爱，第一次做爱的很多细节当时我大惑不解。后来我才明白，她对被称作破鞋一事，始终耿耿于怀。既然不能证明她不是破鞋，她就乐于成为真正的破鞋。就像那些被当场捉了奸的女人一样，被人叫上台去交待那些偷情的细节。等到那些人听到情不能持、丑态百出时，怪叫一声：把她捆起来！就有人冲上台去，用细麻绳把她五花大绑，她就这样站在人前，受尽羞辱。这些事一点也不讨厌。她也不怕被人剥得精赤条条，拴到一扇磨盘上，扔到水塘里淹死。或者像以前达官贵人家的妻妾一样，被强迫穿得整整齐齐，脸上贴上湿透的黄表纸，端坐着活活憋死。这些事都一点也不讨厌。她丝毫也不怕成为破鞋，这比被人叫作破鞋而不是破鞋好得多。她所讨厌的是使她成为破鞋那件事本身。

我和陈清扬做爱时，一只蜥蜴从墙缝里爬了进来，走走停停地经过房中间的地面。忽然它受了惊动，飞快地出去，消失在门口的阳光里。这时陈清扬的呻吟就像泛滥的洪水，在屋里蔓延。我为此所惊，伏下身不动。可是她说，快，混蛋。还拧我的腿。等我"快"了以后，阵阵震颤就像从地心传来。后来她说，她觉得自己罪孽深重，早晚要遭报应。

她说自己要遭报应时，一道红晕正从她的胸口褪去。那时我们的事情还没完。但她的口气是说，她只会为在此之前的事遭报应。忽然之间我从头顶到尾骨一齐收紧，开始极其猛烈地射精。这事与她无关，大概只有我会为此遭报应。

后来陈清扬告诉我，罗小四到处找我。他到医院找我时，医院说我不存在。他找队长问我时，队长也说我不存在。最后他来找陈清扬，陈清扬说，既然大家都说他不存在，大概他就是不存在吧，我也没意见。罗小四听了这话，禁不住哭了起来。

我听了这话，觉得很奇怪。我不应该因为尖嘴婆打了我一下而存在，也不应该因为她打了我一下而不存在。事实上，我的存在乃是不争的事实。我就为这一点钻了牛角尖。为了验证这不争的事实，慰问团来的那一天，我从山上奔了下去，来到了座谈会的会场上。散会以后，队长说，你这个样子不像有病。还是回来喂猪吧。他还组织人力，要捉我和陈清扬的奸。当然，要捉我不容易，我的腿非常快。谁也休想跟踪我。但是也给我添了很多麻烦。到了这个时候我才悟到，犯不着向人证明我存在。

我在队里喂猪时，每天要挑很多水。这个活计很累，连偷懒都不可能，因为猪吃不饱会叫唤。我还要切很多猪菜，劈很多柴。喂这些猪原来要三个妇女，现在要我一个人干。我发现我不能顶三个妇女，尤其是腰疼时。这时候我真想证明我不存在。

晚上我和陈清扬在小屋里做爱。那时我对此事充满了敬业精神，对每次亲吻和爱抚都贯注了极大的热情。无论是经典的传教士式，后进式，侧进式，女上位，我都能一丝不苟地完成。陈清扬对此极为满意。我也极为满意。在这种时候，我又觉得用不着去证明自己是存在的。从这些体会里我得到一个结论，就是永远别让别人注意你。北京人说，不怕贼偷，就怕贼惦记。你千万别让人惦记上。

过了一些时候，我们队的知青全调走了。男的调到糖厂当工人，女的到农中去当老师。单把我留下来喂猪，据说是因为我还没有改造好。陈清扬说，我叫人惦记上了。这个人大概就是农场的军代表。她还说，军代表不是个好东西。原来她在医院工作，军代表要调戏她，被她打了个大嘴巴。然后她就被发到十五队当队医。十五队的水是苦的，也没有菜吃，待久了也觉得没啥。但是当初调她来，分明有修理一下的意思。她还说，我准会被修到半死。我说过，他能把我怎么样？急了老子跑他娘。后来的事都是由此而起。

那天早上天色微明，我从山上下来，到猪场喂猪。经过井台时，看见了军代表，他正在刷牙。他把牙刷从嘴里掏出来，满嘴白沫地和我讲话，我觉得很讨厌，就一声不吭地走掉了。过了一会，他跑到猪场里，把我大骂了一顿，说你怎么敢走了。我听了这些话，一声不吭。就是他说我装哑巴，我也一声不吭。然后我又走开了。

军代表到我们队来蹲点，蹲下来就不走了。据他说，要不能从王二嘴里掏出话来，死也不甘心。这件事有两种可能的原因，一是他下来视察，遇见了我对他装聋作哑，因而大怒，不走了。二是他不是下来视察，而是听说陈清扬和我有了一腿，特地来找我的麻烦。不管他为何而来，反正我是一声也不吭，这叫他很没办法。

军代表找我谈话，要我写交待材料。他还说，我搞破鞋群众很气愤，如果我不交待，就发动群众来对付我。他还说，我的行为够上了坏分子，应该受到专政。我可以辩解说，我没搞破鞋。谁能证明我搞了破鞋？但我只是看着他。像野猪一样看他，像发傻一样看他，像公猫看母猫一样看他。把他看到没了脾气，就让我走了。

最后他也没从我嘴里套出话来。他甚至搞不清我是不是哑巴。别人说我不是哑巴，他始终不敢相信，因为他从来没听我说过一句话。他到今天想起我来，还是搞不清我是不是哑巴。想起这一点，我就万分的高兴。

五

最后我们被关了起来，写了很长时间的交待材料。起初我是这么写的：我和陈清扬有不正当的关系。这就是全部。上面说，这样写太简单。叫我重写。后来我写，我和陈清扬有不正当关系，我干了她很多回，她也乐意让我干。上面说，这样写缺少细节。后来又加上了这样的细节：我们俩第四十次非法性交。地点是我在山上偷盖的草房。那天不是阴历十五就是阴历十六，反正月亮很亮。陈清扬坐在竹床上，月光从门里照进来，照在她身上。我站在地上，她用腿圈着我的腰。我们还聊了几句，我说她的乳房不但圆，而且长得很端正，脐窝不但圆，而且很浅。这些都很好。她说是吗，我自己不知道。后来月光移走了，我点了一根烟，抽到一半她拿走了，接着吸了几口。她还捏过我的鼻子，因为本地有一种说法，说童男的鼻子很硬，而纵欲过度行将死去的人鼻子很软。这些时候她懒懒地躺在床上，倚着竹板墙。其他的时间她像澳大利亚考拉熊一样抱住我，往我脸上吹热气。最后月亮从门对面的窗子里照进来。这时我和她分开。但是我写这些材料，不是给军代表看。他那时早就不是军代表了，而且已经复员回家去了。他是不是代表，反正犯了我们这种错误，总是要写交待材料。

我后来和我们学校人事科长关系不错。他说当人事干部最大的好处就是可以看到别人写的交待材料。我想他说的包括了我写的交待材料。我以为我的交待材料最有文采。因为我写这些材料时住在招待所，没有别的事可干，就像专业作家一样。

我逃跑是晚上的事。那天上午，我找司务长请假，要到井坎镇买牙膏。我归司务长领导，他还有监视我的任务。他应该随时随地看住我，可是天一黑我就不见了。早上我带给他很多酸琶果，都是好的。平原上的酸琶果都不能吃，因为里面是一窝蚂蚁。只有山里的酸琶果才没蚂蚁。司务长说，他个人和我关系不坏，而且军代表不在，他可以准我去买牙膏。但是司务长又说，军代表随时会回来。要是他回来时我不在，司务长也不能包庇我。我从队里出去，爬上十五队的后山，拿个镜片晃陈清扬的后窗。过一会儿，她到山上来，说是头两天人家把她盯得特紧，跑不出来。而这几天她又来月经。她说这没关系，干吧。我说那不行。分手时她硬要给我二百块钱。起初我不要，后来还是收下了。

后来陈清扬告诉我，头两天人家没有把她盯得特紧，后来她也没有来月经。事实上，十五队的人根本就不管她。那里的人习惯于把一切不是破鞋的人说成破鞋，而对真的破鞋放任自流。她之所以不肯上山来，让我空等了好几天，是因为对此事感到厌倦。她总要等有了好心情才肯性交，不是只要性交就有好心情。当然这样做了以后，她也不无内疚之心。所以她给我二百块钱。我想既然她有二百块钱花不掉，我就替她花。所以我拿了那些钱到井坎镇上，买了一条双筒猎枪。

后来我写交待材料，双筒猎枪也是一个主题。人家怀疑我拿了它要打死谁。其实要打死人，用二百块钱的双筒猎枪和四十块钱的铜炮枪打都一样。那种枪是用来在水边打野鸭子的，在山里一点不实用，而且像死人一样沉。那天我到井坎街上时，已经是下午时分，又不是赶街的日子，所以只有一条空空落落的土路和几间空空落落的国营商店。商店里有一个售货员在打瞌睡，还有很多苍蝇在飞。货架上写着"吕过吕乎"，放着铝锅铝壶。我和那个胶东籍的售货员聊了一会儿天，她叫我到库房里看了看。在那儿我看见那条上海出的猎枪，就不顾它已经放了两年没卖出去的事实，把它买下了。傍晚时我拿它到小河边试放，打死了一只鹭鸶。这时军代表从场部回来，看见我手里有枪，很吃了一惊。他唠叨说，这件事很不对，不能什么人手里都有枪。应该和队里说一下，把王二的枪没收掉。我听了这话，几乎要朝他肚子上打一枪。如果打了的话，恐怕会把他打死。那样多半我也活不到现在了。

那天下午我从井坎回队的路上，涉水从田里经过，曾经在稻棵里站了一会儿。我看见很多蚂蟥像鱼一样游出来，叮上了我的腿。那时我光着膀子，衣服包了很多红糖馅的包子（镇上饭馆只卖这一种食品），双手提包子，背上还背了枪，很累赘。所以我也没管那些蚂蟥。到了岸上我才把它们一条条揪下来用火烧死。烧得它们一条条发软起泡。忽然间我感到很烦很累，不像二十一岁的人。我想，这样下去很快就会老了。

后来我遇上了勒都。他告诉我说，他们把那条河汊里的鱼都捉到手了。我那一份已经晒成了鱼干，在他姐姐手里。他姐姐叫我去。他姐姐和我也很熟，是个微黑俏丽的小姑娘。我说一时去不了。我把那一包包子都给了勒都，叫他给我到十五队送个信，告诉陈清扬，我用她给我的钱买了一条枪。勒都去了十五队，把这话告诉陈清扬，她听了很害怕，觉得我会把军代表打死。这种想法也不是没有道理，傍晚时我就想打军代表一枪。

傍晚时分我在河边打鹭鸶，碰上了军代表。像往常一样，我一声不吭，他喋喋不休。我很愤怒，因为已经有半个多月了，他一直对我喋喋不休，说着同样的话：我很坏，需要思想改造。对我一刻也不能放松。这样的话我听了一辈子，从来没有像那天晚上那么火。后来他又说，今天他有一个特大好消息，要向大家公布。但是他又不说是什么，只说我和我的"臭婊子"陈清扬今后的日子会很不好过。我听了这话格外恼火，想把他就地掐死，又想听他说出是什么好消息以后再下手。他却不说，一直卖着关子，只说些没要紧的话，到了队里以后才说，晚上你来听会吧，会上我会宣布的。

晚上我没去听会，在屋里收拾东西，准备逃上山去。我想一定发生了什么大事，以致军代表有了好办法来收拾我和陈清扬，至于是什么事我没想出来，那年头的事很难猜。我甚至想到可能中国已经复辟了帝制，军代表已经当上了此地的土司。他可以把我锤扁掉，再把陈清扬拉去当妃子。等我收拾好要出门，才知道没有那么严重。因为会场上喊口号，我在屋里也能听见。原来是此地将从国有农场改做军垦兵团。军代表可能要当个团长。不管怎么说，他不能把我阉掉，也不能把陈清扬拉走。我犹豫了几分钟，还是把装好的东西背上了肩，还用砍刀把屋里的一切都砍坏，并且用木炭在墙上写了："×××（军代表名），操你妈！"然后出了门，上山去了。

我从十四队逃跑的事就是这样。这些经过我也在交待材料里写了。概括地说，是这样的：我和军代表有私仇，这私仇有两个方面：一是我在慰问团面前说出了曾经被

中国当代文学读本
260

打晕的事，叫军代表很没面子；二是争风吃醋，所以他一直修理我。当他要当团长时，我感到不堪忍受，逃到山上去了。我到现在还以为这是我逃上山的原因。但是人家说，军代表根本就没当上团长，我逃跑的理由不能成立。所以人家说，这样的交待材料不可信。可信的材料应该是，我和陈清扬有私情。俗话说，色胆包天，我们什么事都能干出来。这话也有一点道理，可是我从队里逃出来时，原本不打算找陈清扬，打算一走算了。走到山边上才想到，不管怎样，陈是我的一个朋友，该去告别。谁知陈清扬说，她要和我一起逃跑。她还说，假如这种事她不加入，那伟大友谊岂不是喂了狗。于是她匆匆忙忙收拾了一些东西跟我走了。假如没有她和她收拾的东西，我一定会病死在山上。那些东西里有很多治疟疾的药，还有大量的大号避孕套。

我和陈清扬逃上山以后，农场很惊慌了一阵。他们以为我们跑到缅甸去了。这件事传出去对谁都没好处，所以就没向上报告，只是在农场内部通缉王二和陈清扬。我们的样子很好认，还带了一条别人没有的双筒猎枪，很容易被人发现，可是一直没人找到我们。直到半年以后，我们自己回到农场来，各回各的队。又过了一个多月，才被人保组叫去写交待。也是我们流年不利，碰上了一个运动，被人揭发了出来。

六

人保组的房子在场部的路口上，是一座孤零零的土坯房。你从很远的地方就能看见，因为它粉刷得很白，还因为它在高岗上。大家到场部赶街，老远就看见那间房子。它周围是一片剑麻地，剑麻总是暗绿色，剑麻下的土总是鲜红色。我在那里交待问题，把什么都交待了。我们上了山，先在十五队后山上种玉米，那里土不好，玉米有一半没出苗。我们就离开，昼伏夜行，找别的地方定居。最后想起山上有个废水碾，那里有很大一片丢荒了的好地。水碾里住了一个麻风寨跑出来的刘大爹。谁也不到那里去，只有陈清扬有一回想起自己是大夫，去看过一回。我们最后去了刘大爹那里，住在水碾背后的山洼里，陈清扬给刘大爹看病，我给刘大爹种地。过了一些时候，我到清平赶街，遇上了同学。他们说，军代表调走了，没人记着我们的事。我们就回来。整个事情就是这样的。

我在人保组里待了很长时间。有一段时间，气氛还好，人家说，问题清楚了，你准备写材料。后来忽然又严重起来，怀疑我们去了境外，勾结了敌对势力，领了任务回来。于是他们把陈清扬也叫到人保组，严加审讯。问她时，我往窗外看。天上有很多云。

人家叫我交待偷越国境的事。其实这件事上，我也不是清白无辜。我确实去过境外。我曾经打扮成老傣的模样，到对面赶过街。我在那里买了些火柴和盐。但是这没有必要说出来。没必要说的话就不说。

后来我带人保组的人到我们住过的地方去勘查。我在十五队后山上搭的小草房已经漏了顶，玉米地招来很多鸟。草房后面有很多用过的避孕套，这是我们在此住过的铁证。当地人不喜欢避孕套，说那东西阻断了阴阳交流，会使人一天天弱下去。其实当地那种避孕套，比我后来用过的任何一种都好。那是百分之百的天然橡胶。

后来我再不肯带他们去那些地方看，反正我说我没去国外，他们不信。带他们去看了，他们还是不信。没必要做的事就别做。我整天一声不吭，陈清扬也一声不吭。问案的人开头还在问，后来也懒得吭声。街子天天有好多老傣、老景颇背着新鲜的水果蔬菜走过，问案的人也越来越少。最后只剩了一个人。他也想去赶街，可是不到放我们回去的时候，让我们待在这里无人看管，又不合规定。他就到门口去喊人，叫过路的大嫂站住。但是人家经常不肯站住，而是加快了脚步。见到这种情况，我们就笑起来。

人保组的同志终于叫住了一个大嫂。陈清扬站起来，整理好头发，把衬衣领子折起来，然后背过手去。那位大嫂就把她捆起来，先捆紧双手，再把绳子在脖子和胳膊上扣住。那大嫂抱歉地说，捆人我不会呀。人保组的同志说，可以了。然后他再把我捆起来，让我们在两张椅子上背靠背坐好，用绳子拦腰捆上一道，然后他锁上门，也去赶集。过了好半天他才回来，到办公桌里拿东西，问道：要不要上厕所？时间还早，一会儿回来放你们。然后又出去。

到他最后来放开我们的时候，陈清扬活动一下手指，整理好头发，把身上的灰土掸干净，我们俩回招待所去。我们每天都到人保组去，每到街子天就被捆起来，除此之外，有时还和别人一道到各队去挨斗。他们还一再威胁说，要对我们采取其他专政手段——我们受审查的事就是这样的。

后来人家又不怀疑我们去了国外，开始对她比较客气，经常叫她到医院去，给参谋长看前列腺炎。那时我们农场来了一大批军队下来的老干部，很多人有前列腺炎。经过调查，发现整个农场只有陈清扬知道人身上还有前列腺。人保组的同志说，要我们交待男女关系问题。我说，你怎知我们有男女关系问题？你看见了吗？他们说，那你就交待投机倒把问题。我又说，你怎知我有投机倒把问题？他们说，那你还是交待投敌叛变的问题。反正要交待问题，具体交待什么，你们自己去商量。要是什么都不交待，就不放你。我和陈清扬商量以后，决定交待男女关系问题。她说，做了的事就不怕交待。

于是我就像作家一样写起交待材料来。首先交待的就是逃跑上山那天晚上的事。写了好几遍，终于写出陈清扬像考拉熊。她承认她那天心情非常激动，确实像考拉熊。因为她终于有了机会，来实践她的伟大友谊。于是她腿圈住我的腰，手抓住我的肩膀，把我想象成一棵大树，几次想爬上去。

后来我又见到陈清扬，已经到了九十年代。她说她离了婚和女儿住在上海，到北京出差。到了北京就想到，王二在这里，也许能见到。结果真的在龙潭湖庙会上见到了我。我还是老样子，饿纹入嘴，眼窝下乌青，穿过了时的棉袄，蹲在地上吃不登大雅之堂的卤煮火烧。唯一和过去不同的是手上被硝酸染得焦黄。

陈清扬的样子变了不少，她穿着薄呢子大衣，花格呢裙子，高跟皮靴，戴金丝眼镜，像个公司的公关职员，她不叫我，我绝不敢认。于是我想到每个人都有自己的本质，放到合适的地方就大放光彩。我的本质是流氓土匪一类，现在做个城里的市民，学校的教员，就很不像样。

陈清扬说，她女儿已经上了大二，最近知道了我们的事，很想见我。这事的起因是这样的：她们医院想提拔她，发现她档案里还有一堆东西。领导上讨论之后，认为是"文革"时整人的材料，应予撤销。于是派人到云南外调，花了一万元差旅费，终于把它拿了出来。因为是本人写的，交还本人。她把它拿回家去放着，被女儿看见了。该女儿说，好哇，你们原来是这么造的我！

其实我和她女儿没有任何关系。她女儿产生时，我已经离开云南了。陈清扬也是这么解释的，可是那女孩说，我可以把精液放到试管里，寄到云南让陈清扬人工授精。用她原话来说就是：你们两个混蛋什么干不出来。

我们逃进山里的第一个夜晚，陈清扬兴奋得很。天明时我睡着了，她又把我叫起来，那时节大雾正从墙缝里流进来。她让我再干那件事，别戴那劳什子。她要给我生一窝小崽子，过几年就耷拉到这里。同时她揪住乳头往下拉，以示耷拉之状。我觉得耷拉不好看，就说，咱们还是想想办法，别叫它耷拉。所以我还是戴着那劳什子。以后她对这件事就失去了兴趣。

后来我再见陈清扬时，问道，怎么样，耷拉了吧？她说可不是，耷拉得一塌糊涂。你想不想看看有多耷拉。后来我看见了，并没有一塌糊涂。不过她说，早晚要一塌糊涂，没有别的出路。

我写了这篇交待材料交上去，领导上很欣赏。有个大头儿，不是团参谋长就是政委，接见了我们，说我们的态度很好。领导上相信我们没有投敌叛变。今后主要的任务就是交待男女关系问题。假如交待得好，就让我们结婚。但是我们并不想结婚。后来又说，交待得好，就让我调回内地。陈清扬也可以调上级医院。所以我在招待所写了一个多月交待材料，除了出公差，没人打搅。我用复写纸写，正本是我的，副本是她的。我们有一模一样的交待材料。

后来人保组的同志找我商量，说是要开个大的批斗会。所有在人保组受过审查的人都要参加，包括投机倒把分子、贪污犯，以及各种坏人。我们本该属于同一类，可是团领导说了，我们年轻，交待问题的态度好，所以又可以不参加。但是有人攀我们，说都受审查，他们为什么不参加。人保组也难办。所以我们必须参加。最后的决定是来做工作，动员我们参加。据说受受批斗，思想上有了震动，以后可以少犯错误。既然有这样的好处，为什么不参加？到了开会的日子，场部和附近生产队来了好几千人。我们和好多别的人站到台上去。等了好半天，听了好几篇批判稿，才轮到我们王陈二犯。原来我们的问题是思想淫乱，作风腐败，为了逃避思想改造，逃到山里去。后来在党的政策感召下，下山弃暗投明。听了这样的评价，我们心情激动，和大家一起振臂高呼：打倒王二！打倒陈清扬！斗过这一台，我们就算没事了。但是还得写交待，因为团领导要看。

在十五队后山上，陈清扬有一回很冲动，要给我生一群小崽子，我没要。后来我想，生生也不妨，再跟她说，她却不肯生了。而且她总是理解成我要干那件事。她说，要干就干，没什么关系。我想纯粹为我，这样太自私了，所以就很少干。何况开荒很累，没力气干。我所能交待的事就是在地头休息时摸她的乳房。

旱季里开荒时，到处是热风，身上没有汗，可是肌肉干疼。最热时，只能躺在树下睡觉。枕着竹筒，睡在棕皮蓑衣上。我奇怪为什么没人让我交待蓑衣的事。那是农场的劳保用品，非常贵。我带进山两件，一件是我的，一件是从别人门口顺手拿来的。一件也没拿回来。一直到我离开云南，也没人让我交还蓑衣。

我们在地头休息时，陈清扬拿斗笠盖住脸，敞开衬衣的领口，马上就睡着了。我把手伸进去，有很优美的浑圆的感觉。后来我把扣子又解开几个，看见她的皮肤是浅红色。虽然她总穿着衣服干活，可是阳光透过了薄薄的布料。至于我，总是光膀子，已经黑得像鬼一样。

陈清扬的乳房是很结实的两块，躺着的时候给人这样的感觉。但是其他地方很纤细。过了二十多年，大模样没怎么变，只是乳头变得有点大，有点黑。她说这是女儿做的孽。那孩子刚出世，像个粉红色的小猪，闭着眼一口叼住她那个地方狠命地吃，一直把她吃成个老太太，自己却长成个漂亮大姑娘，和她当年一样。

年纪大了，陈清扬变得有点敏感。我和她在饭店里重温旧情，说到这类话题，她就有恐慌之感。当年不是这样。那时候在交待材料里写到她的乳房，我还有点犹豫。她说，就这么写。我说，这样你就暴露了。她说，暴露就暴露，我不怕！她还说是自然长成这样，又不是她捣了鬼。至于别人听说了有什么想法，不是她的问题。

过了这么多年我才发现，陈清扬是我的前妻哩。交待完问题人家叫我们结婚。我觉得没什么必要了。可是领导上说，不结婚影响太坏，非叫去登记不可。上午登记结婚，下午离婚。我以为不算呢。乱哄哄的，人家忘了把发的结婚证要回去。结果陈清扬留了一张。我们拿这二十年前发的破纸头登记了一间双人房。要是没有这东西，就不许住在一间房子里。二十年前不这样。二十年前他们让我们住在一间房子里写交待材料，当时也没这个东西。

我写了我们住在后山上的事。团领导要人保组的人带话说，枝节问题不要讲太多，交待下一个案子吧。听了这话，我发了犟驴脾气：妈妈的，这是案子吗？陈清扬开导我说：这世界上有多少人，每天要干多少这种事，又有几个有资格成为案子。我说其实这都是案子，只不过领导上查不过来。她说既然如此，你就交待吧。所以我交待道：那天夜里，我们离开了后山，向作案现场进发。

七

我后来又见到陈清扬，和她在饭店里登记了房间，然后一起到房间里去，我伸手帮她脱下大衣。陈清扬说，王二变得文明了。这说明我已经变了很多。以前我不但相貌凶恶，行为也很凶恶。

我和陈清扬在饭店里又作了一回案。那里暖气烧得很暖，还装着茶色玻璃。我坐在沙发上，她坐在床上，聊了一会儿天，逐渐有了犯罪的气氛。我说，不是让我看有多奔拉吗，我看看。她就站起来，脱了外衣，里面穿着大花的衬衫。然后她又坐下去，说，还早一点。过一会服务员来送开水。他们有钥匙，连门都不敲就进来了。我问她，碰上了人家怎么说？她说，她没被碰上过。但是听说人家会把门一摔，在外面说：真他妈的讨厌！

我和陈清扬逃进山以前，有一次我在猪场煮猪食。那时我要烧火，要把猪菜切碎（所谓猪菜，是番薯藤、水葫芦一类东西），要往锅里加糠添水。我同时做着好几样事情。而军代表却在一边喋喋不休，说我是如何之坏。他还让我去告诉我的"臭婊子"陈清扬，她是如何之坏。忽然间我暴怒起来，抡起长勺，照着梁上挂的盛南瓜子的葫芦劈去，把它劈成两半。军代表吓得一步跳出房去。如果他还要继续数落我，我就要砍他脑袋了。我是那样凶恶，因为我不说话。

后来在人保组，我也不大说话，包括人家捆我的时候。所以我的手经常被捆得乌青。陈清扬经常说话。她说：大嫂，捆疼了。或者：大嫂，给我拿手绢垫一垫，我头发上系了一块手绢。她处处与人合作，苦头吃得少。我们处处都不一样。

陈清扬说，以前我不够文明。在人保组里，人家给我们松了绑。那条绳子在她的衬衣上留下了很多道痕迹。这是因为那绳子平时放在烧火的棚子里，沾上了锅灰和柴草末。她用不灵活的手把痕迹掸掉，只掸了前面，掸不了后面。等到她想叫我来掸时，我已经一步跨出门去。等到她追出门去，我已经走了很远。我走路很快，而且从来不回头看。就因为这些原因，她根本就不爱我，也说不上喜欢。

照领导定的性，我们在后山上干的事，除了她像考拉那次之外，都不算案子。像我们在开荒时干的事，只能算枝节问题。所以我们没有继续交待下去。其实还有别的事。当时热风正烈，陈清扬头枕双臂睡得很熟。我把她的衣襟完全解开了。这样她袒露出上身，好像是故意的一样。天又蓝又亮，以致阴影里都是蓝黝黝的光。忽然间我心里一动，在她红彤彤的身体上俯身下去。我都忘了自己干了些什么了。我把这事说了出来，以为陈清扬一定不记得。可是她说："记得记得！那会儿我醒了。你在我肚脐上亲了一下吧？好危险，差一点爱上你。"

陈清扬说，当时她刚好醒来，看见我那颗乱蓬蓬的头正在她肚子上，然后肚脐上轻柔的一触。那一刻她也不能自持。但是她还是假装睡着，看我还要干什么。可是我什么都没干，抬起头来往四下看看，就走开了。

我写的交待材料里说，那天夜里，我们离开后山，向作案现场进发，背上背了很多坛坛罐罐，计划是到南边山里定居。那边土地肥沃，公路两边就是一人深的草。不像十五队后山，草只有半尺高。那天夜里有月亮，我们还走了一段公路，所以到天明将起雾时，已经走了二十公里，上了南面的山。具体地说，到了章风寨南面的草地上，再走就是森林。我们在一棵大青树下露营，拣了两块干牛粪生了一堆火，在地上铺了一块塑料布。然后脱了一切衣服（衣服已经湿了），搂在一起，裹上三条毯子，滚成一个球，就睡着了。睡了一个小时就被冻醒。三重毯子都湿透了，牛粪火也灭了。树上的水滴像倾盆大雨往下掉。空气里飘着的水点有绿豆大小。那是在一月里，旱季最冷的几天。山的阴面就有这么潮。

陈清扬说，她醒时，听见我在她耳边打机关枪。上牙碰下牙，一秒钟不止一下。而且我已经有了热度。我一感冒就不容易好，必须打针。她就爬起来说，不行，这样两个人都要病。快干那事。我不肯动，说道：忍忍吧。一会儿就出太阳。后来又说：

你看我干得了吗？案发前的情况就是这样的。

案发时的情形是这样：陈清扬骑在我身上，一起一落，她背后的天上是白茫茫的雾气。这时好像不那么冷了，四下里传来牛铃声。这地方的老傣不关牛，天一亮水牛就自己跑出来。那些牛身上拴着木制的铃铛，走起来发出闷闷的响声。一个庞然大物骤然出现在我们身边，耳边的刚毛上挂着水珠。那是一条白水牛，它侧过头来，用一只眼睛看我们。

白水牛的角可以做刀把，晶莹透明很好看。可是质脆容易裂。我有一把匕首，也是白牛角把，却一点不裂，很难得。刃的材料也好，可是被人保组收走了。后来没事了，找他们要，却说找不到了。还有我的猎枪，也不肯还我。人保组的老郭死乞白赖地说要买，可是只肯出五十块钱。最后连枪带刀，我一样也没要回来。

我和陈清扬在饭店里作案之前聊了好半天。最后她把衬衣也脱下来，还穿着裙子和皮靴。我走过去坐在她身边，把她的头发撩了起来。她的头发有不少白的了。

陈清扬烫了头。她说，以前她的头发好，舍不得烫。现在没关系了。她现在当了副院长，非常忙，也不能每天洗头。除此之外，眼角脖子下有不少皱纹。她说，女儿建议她去做整容手术。但是她没时间做。

后来她说，好啦，看吧。就去解乳罩，我想帮她一把，也没帮上。扣在前面，我把手伸到后面去了。她说看来你没学坏，就转过身来让我看。我仔细看了一阵，提了一点意见。不知为什么，她有点脸红，说，好啦，看也看过了。还要干什么？就要把乳罩戴上。我说，别忙，就这样吧。她说，怎么，还要研究我的结构？我说，那当然。现在不着急，再聊一会。她的脸更红了，说道：王二，你一辈子学不了好，永远是个混蛋。

我在人保组，罗小四来看我，趴窗户一看，我被捆得像粽子一样。他以为案情严重，我会被枪毙掉，把一盒烟从窗里扔进来，说道：二哥，哥们儿一点意思。然后哭了。罗小四感情丰富，很容易哭。我让他点着了烟从窗口递进来，他照办了，差点肩关节脱臼才递到我嘴上。然后他问我还有什么事要办，我说没有。我还说，你别招一大群人来看我。他也照办了。他走后，又有一帮孩子爬上窗台看，正看见我被烟熏得睁一眼闭一眼，样子非常难看。打头的一个不禁说道：耍流氓。我说，你爸你妈才耍流氓，他们不流氓能有你？那孩子抓了些泥巴扔我。等把我放开，我就去找他爸，说道：今天我在人保组，被人像捆猪一样捆上。令郎人小志大，趁那时朝我扔泥巴。那人一听，揪住他儿子就揍。我在一边看完了才走。陈清扬听说这事，就有这种评价：王二，你是个混蛋。

其实我并非永远是混蛋。我现在有家有口，已经学了不少好。抽完了那根烟，我把她抱过来，很熟练地在她胸前爱抚一番，然后就想脱她的裙子。她说：别忙，再聊会儿。你给我也来支烟。我点了一支烟，抽着了给她。

陈清扬说，在章风山她骑在我身上一上一下，极目四野，都是灰蒙蒙的水雾。忽然间觉得非常寂寞，非常孤独。虽然我的一部分在她身体里磨擦，她还是非常寂寞，非常孤独。后来我活过来了，说道：换换，你看我的，我就翻到上面去。她说，那一回你比哪回都混蛋。

陈清扬说，那回我比哪回都混蛋，是指我忽然发现她的脚很小巧好看。因此我说，老陈，我准备当个拜脚狂。然后我把她两腿捧起来，吻她的脚心。陈清扬平躺在草地上，两手摊开，抓着草。忽然她一晃头，用头发盖住了脸，然后哼了一声。

我在交待材料里写道，那时我放开她的腿，把她脸上的头发抚开。陈清扬猛烈地挣扎，流着眼泪，但是没有动手。她脸上有两点很不健康的红晕。后来她不挣扎了，对我说，混蛋，你要把我怎么办？我说，怎么了？她又笑，说道，不怎么，接着来。所以我又捧起她的双腿。她就那么躺着不动，双手平摊，牙咬着下唇，一声不响。如果我多看她一眼，她就笑笑。我记得她脸特别白，头发特别黑，整个情况就是这样的。

陈清扬说，那一回她躺在冷雨里，忽然觉得每一个毛孔都进了冷雨。她感到悲从中来，不可断绝。忽然间一股巨大的快感劈进来。冷雾、雨水，都沁进了她的身体。那时节她很想死去。她不能忍耐，想叫出来，但是看见了我又不想叫出来。世界上还没有一个男人能叫她肯当着他的面叫出来。她和任何人都格格不入。

陈清扬后来和我说，每回和我做爱都深受折磨。在内心深处她很想叫出来，想抱住我狂吻，但是她不乐意。她不想爱别人，任何人都不爱；尽管如此，我吻她脚心时，一股辛辣的感觉还是钻到她心里来。

我和陈清扬在章风山上做爱，有一只老水牛在一边看。后来它哞了一声跑开了，只剩我们两人。过了很长时间，天渐渐亮了。雾从天顶消散。陈清扬的身体沾了露水，闪起光来。我把她放开，站起来，看见离寨子很近，就说：走。于是离开了那个地方，再没回去过。

八

我在交待材料里说，我和陈清扬在刘大爹后山上作案无数。这是因为刘大爹的地是熟地，开起来不那么费力。生活也安定，所以温饱生淫欲。那片山上没人，刘大爹躺在床上要死了。山上非雾即雨，陈清扬腰上束着我的板带，上面挂着刀子。脚上穿高筒雨靴，除此之外不着一丝。

陈清扬后来说，她一辈子只交了我一个朋友。她说，这一切都是因为我在河边的小屋里谈到伟大友谊。人活着总要做几件事情，这就是其中之一。以后她就没和任何人有过交情。同样的事做多了没意思。

我对此早有预感。所以我向她要求此事时就说：老兄，咱们敦敦伟大友谊如何？人家夫妇敦伦，我们无伦可言，只好敦友谊。她说好。怎么敦？正着敦反着敦？我说反着敦。那时正在地头上。因为是反着敦，就把两件蓑衣铺在地上，她趴在上面，像一匹马，说道：你最好快一点，刘大爹该打针了。我把这些事写进了交待材料，领导上让我交待：

1. 谁是"敦伦"；
2. 什么叫"敦敦"伟大友谊；

3. 什么叫正着敦，什么叫反着敦。

把这些都说清以后，领导上又叫我以后少拽文，是什么问题就交待什么问题。

在山上敦伟大友谊时，嘴里喷出白气。天不那么凉，可是很湿，抓过一把能拧出水来。就在蓑衣旁边，蚯蚓在爬。那片地真肥。后来玉米还没熟透，我们就把它放在捣臼里捣，这是山上老景颇的做法。做出的玉米粑粑很不坏。在冷水里放着，好多天不坏。

陈清扬趴在冷雨里，乳房摸起来像冷苹果。她浑身的皮肤绷紧，好像抛过光的大理石。后来我把小和尚拔出来，把精液射到地里。她在一边看着，面带惊恐之状。我告诉她：这样地会更肥。她说：我知道。后来又说：地里会不会长出小王二来——这像个大夫说的话吗？

雨季过去后，我们化装成老傣，到清平赶街。后来的事我已经写过，我在清平遇上了同学。虽然化了装，人家还是一眼就认出我来。我的个子太高，装不矮。人家对我说：二哥，你跑哪儿去了？我说：我不会讲汉话哟！虽然尽力加上一点怪腔，还是京片子。一句就露馅了。

回到农场是她的主意。我自己既然上了山，就不准备下去。她和我上山，是为了伟大友谊。我也不能不陪她下去。其实我们随时可以逃走，但她不乐意。她说现在的生活很有趣。

陈清扬后来说，在山上她也觉得很有趣。漫山冷雾时，腰上别着刀子，足蹬高统雨靴，走到雨丝里去。但是同样的事做多了就不再有趣。所以她还想下山，忍受人世的摧残。

我和陈清扬在饭店里重温伟大友谊，说到那回从山上下来，走到岔路口上。那地方有四条岔路，各通一方。东西南北没有关系，一条通到国外，是未知之地；一条通到内地；一条通到农场；一条是我们来的路。那条路还通到户撒。那里有很多阿佤铁匠，那些人世世代代当铁匠。我虽然不是世世代代，但我也能当铁匠。我和那些人熟得很，他们都佩服我的技术。阿佤族的女人都很漂亮，身上挂了很多铜箍和银钱。陈清扬对那种打扮十分神往，她很想到山上去当个阿佤。那时雨季刚过，云从四面八方升起来。天顶上闪过一缕缕阳光。我们有各种选择，可以到各方向去。所以我在路口上站了很久。后来我回内地时，站在公路上等汽车，也有两种选择，可以等下去，也可以回农场去。当我沿着一条路走下去的时候，心里总想着另一条路上的事。这种时候我心里很乱。

陈清扬说过，我天资中等，手很巧，人特别浑。这都是有所指的。说我天资中等，我不大同意。说我特别浑，事实俱在，不容抵赖。至于说我手巧，可能是自己身上体会出来的。我的手的确很巧，不光表现在摸女人方面。手掌不大，手指特长，可以做任何精细的工作。山上那些阿佤铁匠打刀刃比我好，可是要比在刀上刻花纹，没有任何人能比得上。所以，起码有二十个铁匠提出过，让我们搬过去，他打刀刃我刻花纹，我们搭一伙。假如当初搬了过去，可能现在连汉话都不会说了。

假如我搬到一位阿佤大哥那里去住，现在准在黑洞洞的铁匠铺里给户撒刀刻花纹。在他家泥泞的后院里，准有一大窝小崽子，共有四种组合形式：

1. 陈清扬和我的；
2. 阿伦大哥和阿伦大嫂的；
3. 我和阿伦大嫂的；
4. 陈清扬和阿伦大哥的。

陈清扬从山上背柴回来，撩起衣裳，露出极壮硕的乳房，不分青红皂白，就给其中一个喂奶。假如当初我退回山上去，这样的事就会发生。

陈清扬说，这样的事不会发生，因为它没有发生，实际发生的是，我们回了农场，写交待材料出斗争差。虽然随时都可以跑掉，但是没有跑。这是真实发生了的事。

陈清扬说，我天资平常，她显然没把我的文学才能考虑在内。我写的交待材料人人都爱看。刚开始写那些东西时，我有很大抵触情绪。写着写着就入了迷。这显然是因为我写的全是发生过的事。发生过的事有无比的魅力。

我在交待材料里写下了一切细节，但是没有写以下已经发生的事情：

我和陈清扬在十五队后山上，在草房里干完后，到山涧里戏水。山上下来的水把红土剥光，露出下面的蓝粘土来。我们爬到蓝粘土上晒太阳。暖过来后，小和尚又直立起来。但是刚发泄过，不像急色鬼。于是我侧躺在她身后，枕着她的头发进入她的身体。我们在饭店里，后来也是这么重温伟大友谊。我和陈清扬侧躺在蓝粘土上，那时天色将晚，风也有点凉。躺在一起心平气和，有时轻轻动一下。据说海豚之间有生殖性的和娱乐性的两种搞法，这就是说，海豚也有伟大友谊。我和陈清扬连在一起，好像两只海豚一样。

我和陈清扬在蓝粘土上，闭上眼睛，好像两只海豚在海里游动。天黑下来，阳光逐渐红下去。天边起了一片云，惨白惨白，翻着无数死鱼肚皮，瞪起无数死鱼眼睛。山上有一股风，无声无息地吹下去。天地间充满了悲惨的气氛。陈清扬流了很多眼泪。她说是触景伤情。

我还存了当年交待材料的副本，有一回拿给一位搞英美文学的朋友看，他说很好，有维多利亚时期地下小说的韵味。至于删去的细节，他也说删得好，那些细节破坏了故事的完整性。我的朋友真有大学问。我写交待材料时很年轻，没什么学问（到现在也没有学问），不知道什么是维多利亚时期地下小说。我想的是不能教会了别人。我这份交待材料不少人要看，假如他们看了情不自禁，也去搞破鞋，那倒不伤大雅，要是学会了这个，那可不大好。

我在交待材料里还漏掉了以下事实，理由如前所述。我们犯了错误，本该被枪毙，领导上挽救我们，让我写交待材料，这是多么大的宽大！所以我下定决心，只写出我们是多么坏。

我们俩在刘大爹后山上时，陈清扬给自己做了一件筒裙，想穿了它化装成老傣，到清平去赶街。可是她穿上以后连路都走不了啦。走到清平南边遇到一条河，山上下来的水像冰一样凉，像腌雪里红一样绿。那水有齐腰深，非常急。我走过去，把她用一个肩膀扛起来,径直走过河才放下来。我的一边肩膀正好和陈清扬的腰等宽,记得那时她的脸红得厉害。我还说,我可以把你扛到清平去,再扛回来,比你扭扭捏捏地走更快。她说,去你妈的吧。

筒裙就像个布筒子,下口只有一尺宽。会穿的人在里面可以干各种事,包括在大街上撒尿,不用蹲下来。陈清扬说,这一手她永远学不会。在清平集上观摩了一阵,她得到了要扮就扮阿伦的结论。回来的路是上山,而且她的力气都耗光了。每到跨沟越坎之处,她就找个树墩子,姿仪万方地站上去,让我扛她。

回来的路上扛着她爬坡。那时旱季刚到,天上白云纵横,阳光灿烂。可是山里还时有小雨。红土的大板块就分外地滑。我走上那块烂泥板,就像初次上冰场。那时我右手扣住她的大腿,左手提着猎枪,背上还有一个背篓,走在那滑溜溜的斜面上,十分吃力。忽然间我向左边滑动,马上要滑进山沟,幸亏手里有条枪,拿枪拄在地上。那时我全身绷紧,拼了老命,总算支持住了。可这个笨蛋还来添乱,在我背上扑腾起来,让我放她下去。那一回差一点死了。

等我刚能喘过气来,就把枪带交到右手,抡起左手在她屁股上狠狠打了两巴掌。隔了薄薄一层布,倒显得格外光滑。她的屁股很圆。鸡巴,感觉非常之好的啦!她挨了那两下登时老实了。非常地乖,一声也不吭。

当然打陈清扬屁股也不是好事,但是我想别的破鞋和野汉子之间未必有这样的事。这件事离了题,所以就没写。

九

我和陈清扬在章风山上做爱时,她还很白,太阳穴上的血管清晰可见。后来在山里晒得很黑,回到农场又变得白皙。后来到了军民共建边防时期,星期天机务站出一辆大拖拉机,拉上一车有问题的人到砖窑出砖。出完了砖再拉到边防线上的生产队去,和宣传队会齐。我们这一车是历史反革命、贼、走资派、搞破鞋的等等,敌我矛盾人民内部都有,干完了活到边境上斗争一台,以便巩固政治边防。出这种差公家管饭,武装民兵押着蹲在地上吃。吃完了我和陈清扬倚着拖拉机站着,过来一帮老婆娘,对她品头论足。结论是她真白,难怪搞破鞋。

我去找过人保组老郭,问他们叫我们出这种差是什么意思。他们说,无非是让对面的坏人知道这边厉害,不敢过来。本来不该叫我们去,可是凑不齐人数。反正我们也不是好东西,去去也没什么的。我说去去原是不妨,你叫人别揪陈清扬的头发,搞急了老子又要往山上跑。他说他不知道有这事,一定去说说。其实我早想上山,可是陈清扬说,算了,揪揪头发又怎么了。

我们出斗争差时,陈清扬穿我的一件学生制服。那衣服她穿上非常大,袖子能到掌心,领子拉起来能遮住脸腮。后来她把这衣服要走了。据说这衣服还在,大扫除擦玻璃她还穿。挨斗时她非常熟练,一听见说到我们,就从书包里掏出一双洗得干干净净用麻绳拴好的解放鞋,往脖子上一挂,等待上台了。

陈清扬说,在家里刚洗过澡,她拿我那件衣服当浴衣穿。那时她表演给女儿看,当年怎么挨斗。人是撅着的，有时还得抬脸给人家看，就和跳巴西桑巴舞一样。那孩子问道：我爸呢？陈清扬说：你爸爸坐飞机。那孩子就咯咯笑，觉得非常有趣。

我听见这话，觉得如有芒刺在背。第一，我也没坐飞机。挨斗时是两个小四川押我，他俩非常客气，总是先道歉说：王哥，多担待。然后把我撅出去。押她的是宣传队的两个小骚货，又撅胳膊又揪头发，照她说的好像人家对我比对她还不好，这么说对当年那两个小四川不公平。第二，我不是她爸爸。等斗完了我们，就该演节目了。把我们撅下台，撅上拖拉机，连夜开回场部去。每次出过斗争差，陈清扬都性欲勃发。

我们跑回农场来，受批判，出斗争差。这也是一阵阵的。有时候团长还请我们到他家坐，说起我们犯错误，他还说，这种错误他也犯过。然后就和陈清扬谈前列腺。这时我就告辞，除非他叫我修手表。有时候对我们很坏，一礼拜出两次斗争差。这时政委说，像王二陈清扬这样的人，就是要斗争，要不大家都会跑到山上去，农场还办不办？平心而论，政委说的也有道理，而且他没有前列腺炎。所以陈清扬书包里那双破鞋老不扔，随时备用。过了一段时间，不再叫我们出斗争差，有一回政委出去开会，团长到军务科说了说，就把我放回内地去了。

有关斗争差的事是这样的：当地有一种传统的娱乐活动，就是斗破鞋。到了农忙时，大家都很累。队长说，今晚上娱乐一下，斗斗破鞋。但是他们怎么娱乐的，我可没见过。他们斗破鞋时，总把没结婚的人都撅走。再说，那些破鞋面黑如锅底，奶袋低垂，我不爱看。

后来来了一大批军队干部，接管了农场，就下令不准斗破鞋。理由是不讲政策。但是到了军民共建时期，又下令说可以斗破鞋，团里下了命令，叫我们到宣传队报到，准备参加斗争。马上我就要逃进山去，可是陈清扬不肯跟我走。她还说，她无疑是当地斗过的破鞋里最漂亮的一个。斗她的时候，周围好几个队的人都去看，这让她觉得无比自豪。

团里叫我们随宣传队活动，是这么交待的：我们俩是人民内部矛盾，这就是说，罪恶不彰，要注意政策。但是又说，假如群众愤怒了，要求狠狠斗我们，那就要灵活掌握。结果群众见了我们就愤怒。宣传队长是团长的人，他和我们私交也不坏，跑到招待所来和我们商量：能不能请陈大夫受点委屈？陈清扬说，没有关系。下回她就把破鞋挂在了脖子上。但是大家还是不满意。他只好让陈清扬再受点委屈。最后他说，大家都是明白人，我也不多说。您二位多担待吧。

我和陈清扬出斗争差的时候，开头总是待在芭蕉树后面。那里是后台。等到快轮到我们时，她站起来，把头上的发卡取下来衔在嘴里，再一个个别好，翻起领口，拉下袖子，背过双手，等待受捆了。

陈清扬说，他们用竹批绳、棕绳来捆她，总把她的手捆肿。所以她从家里带来了晾衣服的棉绳。别人也抱怨说，女人不好捆。浑身圆滚滚，一点不吃绳子。与此同时，一双大手从背后擒住她的手腕，另一双手把她紧紧捆起来，捆成五花大绑。

后来人家把她押出去，后面有人揪住她的头发，使她不能往两边看，也不能低下头，所以她只能微微侧过头去，看汽灯青白色的灯光。有时她正过头来，看见一些陌生的脸，她就朝那人笑笑。这时她想，这真是个陌生的世界！这里发生了什么，她一点不了解。

陈清扬所了解的是，现在她是破鞋。绳子捆在她身上，好像一件紧身衣。这时她浑身的曲线毕露。她看到在场的男人裤裆里都凸起来。她知道是因为她，但为什么这样，她一点不理解。

陈清扬说，出斗争差时，人家总要揪着她头发让她往四下看。为此她把头发梳成两缕，分别用皮筋系住，这样人家一只手捉住她的手腕，另一只手揪她的头发就特别方便。她就这样被人驾驶着看到了一切，一切都流进她心里。但是她什么都不理解。但是她很愉快，人家要她做的事她都做到了，剩下的事与她无关。她就这样在台上扮演了破鞋。

等到斗完了我们，就该演文艺节目了。我们当然没资格看，就被撵上拖拉机，拉回场部去。开拖拉机的师傅早就着急回家睡觉，早就把机器发动起来。所以连陈清扬的绑绳也来不及松开。我把她抱上拖拉机，然后车上颠得很，天又黑，还是解不开。到了场部以后，索性我把她扛回招待所，在电灯下慢慢解。这时候陈清扬面有酡颜，说道：敦伟大友谊好吧？我都有点等不及了！

陈清扬说，那一刻她觉得自己像个礼品盒，正在打开包装。于是她心花怒放，她终于解脱了一切烦恼，用不着再去想自己为什么是破鞋，到底什么是破鞋，以及其他费解的东西：我们为什么到这个地方来，来干什么等等。现在她把自己交到了我手里。

在农场里，每回出完了斗争差，陈清扬必要求敦伟大友谊。那时总是在桌子上。我写交待材料也在那张桌子上，高度十分合适。她在那张桌上像考拉那样，快感如潮，经常禁不住喊出来。那时黑着灯，看不见她的模样。我们的后窗总是开着的，窗后是一个很陡的坡。但是总有人来探头探脑。那些脑袋露在窗台上好像树枝上的寒鸦。我那张桌子上老放着一些山梨，硬得人牙咬不动，只有猪能吃。有时她拿一个从我肩上扔出去，百发百中，中弹的从陡坡上滚下去。这种事我不那么受用，最后射出的精液都冷冰冰。不瞒你说，我怕打死人。像这样的事倒可以写进交待材料，可是我怕人家看出我在受审查期间继续犯错误，给我罪加一等。

十

后来我们在饭店里重温伟大友谊，谈到各种事情。谈到了当年的各种可能性，谈到了我写的交待材料，还谈到了我的小和尚。那东西一听别人谈到它，就激昂起来，蠢动个不停。因此我总结道，那时人家要把我们锤掉，但是没有锤动。我到今天还强硬如初。为了伟大友谊，我还能光着屁股上街跑三圈。我这个人，一向不大知道要脸。不管怎么说，那是我的黄金时代。虽然我被人当成流氓。我认识那里好多人，包括赶马帮的流浪汉、山上的老景颇等等。提起会修表的王二，大家都知道。我和他们在火边喝那种两毛钱一斤的酒，能喝很多。我在他们那里大受欢迎。

除了这些人，猪场里的猪也喜欢我，因为我喂猪时，猪食里的糠比平时多三倍。然后就和司务长吵架，我说，我们猪总得吃饱吧。我身上带有很多伟大友谊，要送给一切人。因为他们都不要，所以都发泄在陈清扬身上了。

　　我和陈清扬在饭店里敦伟大友谊，是娱乐性的。中间退出来一次，只见小和尚上血迹斑斑。她说，年纪大了，里面有点薄，你别那么使劲。她还说，在南方待久了，到了北方手就裂。而蛤蜊油的质量下降，抹在手上一点用都不管。说完了这些话，她拿出一小瓶甘油来，抹在小和尚上面。然后正着敦，说话方便。我就像一根待解的木料，躺在她分开的双腿中间。

　　陈清扬脸上有很多浅浅的皱纹，在灯光下好像一条条金线。我吻她的嘴，她没反对。这就是说，她的嘴唇很柔软，而且分开了。以前她不让我吻她嘴唇，让我吻她下巴和脖子交界的地方。她说，这样刺激性欲。然后继续谈到过去的事。

　　陈清扬说，那也是她的黄金时代。虽然被人称作破鞋，但是她清白无辜。她到现在还是无辜的。听了这话，我笑起来。但是她说，我们在干的事算不上罪孽。我们有伟大友谊，一起逃亡，一起出斗争差，过了二十年又见面，她当然要分开两腿让我趴进来。所以就算是罪孽，她也不知罪在何处。更主要的是，她对这罪恶一无所知。

　　然后她又一次呼吸急促起来。她的脸变得赤红，两腿把我用力夹紧，身体在我下面绷紧，压抑的叫声一次又一次穿过牙关。过了很久才松弛。这时她说很不坏。

　　很不坏之后，她还说这不是罪孽。因为她像苏格拉底，对一切都一无所知。虽然活了四十多岁，眼前还是奇妙的新世界。她不知道为什么人家要把她发到云南那个荒凉的地方，也不知为什么又放她回来。不知道为什么要说她是破鞋，把她押上台去斗争，也不知道为什么又说她不是破鞋，把写好的材料又抽出来。这些事有过各种解释，但没有一种她能听懂。她是如此无知，所以她无罪。一切法律书上都是这么写的。

　　陈清扬说，人活在世上，就是为了忍受摧残，一直到死。想明了这一点，一切都能泰然处之。要说明她怎会有这种见识，一切都要回溯到那一回我从医院回来，从她那里经过进了山。我叫她去看我，她一直在犹豫。等到她下定了决心，穿过中午的热风，来到我的草房前面，那一瞬间，她心里有很多美丽的想象。等到她进了那间草房，看见我的小和尚直挺挺，像一件丑恶的刑具。那时她惊叫起来，放弃了一切希望。

　　陈清扬说，在此之前二十多年前一个冬日，她走到院子里去。那时节她穿着棉衣，艰难地爬过院门的门槛。忽然一粒沙粒钻进了她的眼睛。这是那么的疼，冷风又是那样的割脸，眼泪不停地流。她觉得难以忍受，立刻大哭起来，企图在一张小床上哭醒。这是与生俱来的积习，根深蒂固。放声大哭从一个梦境进入另一个梦境，这是每个人都有的奢望。

　　陈清扬说，她去找我时，树林里飞舞着金蝇。风从所有的方向吹来，穿过衣襟，爬到身上。我待的那个地方可算是空山无人。炎热的阳光好像细碎的云母片，从天顶落下来。在一件薄薄的白大褂下，她已经脱得精光。那时她心里也有很多奢望。不管怎么说，那也是她的黄金时代，虽然那时她被人叫作破鞋。

陈清扬说，她到山里找我时，爬过光秃秃的山冈。风从衣服下面吹进来，吹过她的性敏感带，那时她感到的性欲，就如风一样捉摸不定。它放散开，就如山野上的风。她想到了我们的伟大友谊，想起我从山上急匆匆地走下去。她还记得我长了一头乱蓬蓬的头发，论证她是破鞋时，目光笔直地看着她。她感到需要我，我们可以合并，成为雄雌一体。就如幼小时她爬出门槛，感到了外面的风。天是那么蓝，阳光是那么亮，天上还有鸽子在飞。鸽哨的声音叫人终生难忘。此时她想和我交谈，正如那时节她渴望和外面的世界合为一体，融化到天地中去。假如世界上只有她一个人，那实在是太寂寞了。

陈清扬说，她到我的小草房里去时，想到了一切东西，就是没想到小和尚。那东西太丑，简直不配出现在梦幻里。当时陈清扬也想大哭一场，但是哭不出来，好像被人捏住了喉咙。这就是所谓的真实。真实就是无法醒来。那一瞬间她终于明白了在世界上有些什么，下一瞬间她就下定了决心，走上前来，接受摧残，心里快乐异常。

陈清扬说，那一瞬间，她又想起了在门槛上痛哭的时刻。那时她哭了又哭，总是哭不醒。而痛苦也没有一点减小的意思。她哭了很久，总是不死心。她一直不死心，直到二十年后面对小和尚。这已经不是她第一次面对小和尚。但是以前她不相信世界上还有这种东西。

陈清扬说，她面对这丑恶的东西，想到了伟大友谊。大学里有个女同学，长得丑恶如鬼（或者说，长得也是这个模样），却非要和她睡一张床。不但如此，到夜深人静的时候，还要吻她的嘴，摸她的乳房。说实在的，她没有这方面的嗜好。但是为了交情，她忍住了。如今这个东西张牙舞爪，所要求的不过是同一种东西。就让它如愿以偿，也算是交友之道。所以她走上前来，把它的丑恶深深埋葬，心里快乐异常。

陈清扬说，到那时她还相信自己是无辜的。甚至直到她和我逃进深山里去，几乎每天都敦伟大友谊。她说这丝毫也不能说明她有多么坏，因为她不知道我和我的小和尚为什么要这样。她这样做是为了伟大友谊，伟大友谊是一种诺言。守信肯定不是罪孽。她许诺过要帮助我，而且是在一切方面。但是我在深山里在她屁股上打了两下，彻底玷污了她的清白。

十一

我写了很长时间交待材料，领导上总说，交待得不彻底，还要继续交待。所以我以为，我的下半辈子要在交待中度过。最后陈清扬写了一篇交待材料，没给我看，就交到了人保组。此后就再没让我们写材料。不但如此，也不叫我们出斗争差。不但如此，陈清扬对我也冷淡起来。我没情没绪地过了一段时间，自己回了内地。她到底写了什么，我怎么也猜不出来。从云南回来时我损失了一切东西：我的枪，我的刀，我的工具。只多了一样东西，就是档案袋鼓了起来。那里面有我自己写的材料，从此不管我到什么地方，人家都能知道我是流氓。所得的好处是比别人早回城，但是早回来没什么好，还得到京郊插队。

我到云南时，带了很全的工具，桌拿子、小台钳都有。除了钳工家具，还有一套修表工具。住在刘大爹后山上时，我用它给人看手表。虽然空山寂寂，有些马帮却从那里过。有人让我鉴定走私表，我说值多少就值多少。当然不是白干。所以我在山上很活得过。要是不下来，现在也是万元户。

至于那把双筒猎枪，也是一宝。原来当地卡宾枪老套筒都不稀罕，就是没见过那玩意。筒子那么粗，又是两个管，我拿它很能唬人。要不人家早把我们抢了。我，特别是刘老爹，人家不会抢，恐怕要把陈清扬抢走。至于我的刀，老拴在一条牛皮大带上。牛皮大带又老拴在陈清扬腰上。睡觉做爱都不摘下来。她觉得带刀很气派。所以这把刀可以说已经属于陈清扬。枪和刀我已说过，被人保组要走了。我的工具下山时就没带下来，就放在山上，准备不顺利时再往山上跑。回来时行色匆匆，没顾上去拿，因此我成了彻底的穷光蛋。

我对陈清扬说，我怎么也想不出来在最后一篇交待里她写了什么。她说，现在不能告诉我。要告诉我这件事，只能等到了分手的时候。第二天她要回上海，她叫我送她上车站。

陈清扬在各个方面都和我不同。天亮以后，洗了个冷水澡（没有热水了），她穿戴起来。从内衣到外衣，她都是一个香喷喷的 lady。而我从内衣到外衣都是一个地道的土流氓。无怪人家把她的交待材料抽了出来，不肯抽出我的。这就是说，她那破裂的处女膜长了起来。而我呢，根本就没长过那个东西。除此之外，我还犯了教唆之罪，我们在一起犯了很多错误，既然她不知罪，只好都算在我账上。

我们结了账，走到街上去。这时我想，她那篇交待材料一定淫秽万分。看交待材料的人都心硬如铁，水平无比之高，能叫人家看了受不住，那还好得了？陈清扬说，那篇材料里什么也没写，只有她真实的罪孽。

陈清扬说她真实的罪孽，是指在清平山上。那时她被架在我的肩上，穿着紧裹住双腿的筒裙，头发低垂下去，直到我的腰际。天上白云匆匆，深山里只有我们两个人。我刚在她屁股上打了两下，打得非常之重，火烧火燎的感觉正在飘散。打过之后我就不管别的事，继续往山上攀登。

陈清扬说，那一刻她感到浑身无力，就瘫软下来，挂在我肩上。那一刻她觉得如春藤绕树，小鸟依人。她再也不想理会别的事，而且在那一瞬间把一切都遗忘。在那一瞬间她爱上了我，而且这件事永远不能改变。

在车站上陈清扬说，这篇材料交上去，团长拿起来就看。看完了面红耳赤，就像你的小和尚。后来见过她这篇交待材料的人，一个个都面红耳赤，好像小和尚。后来人保组的人找了她好几回，让她拿回去重写。但是她说，这是真实情况，一个字都不能改。人家只好把这个东西放进了我们的档案袋。

陈清扬说，承认了这个，就等于承认了一切罪孽。在人保组里，人家把各种交待材料拿给她看，就是想让她明白，谁也不这么写交待。但是她偏要这么写。她说，她之所以要把这事最后写出来，是因为它比她干过的一切事都坏。以前她承认过分开双腿，现在又加上，她做这些事是因为她喜欢。做过这事和喜欢这事大不一样。前者该当出斗争差，后者就该五马分尸千刀万剐。但是谁也没权力把我们五马分尸，所以只好把我们放了。

陈清扬告诉我这件事以后，火车就开走了。以后我再也没见过她。

○ 麦家

汉泉耶稣

我星期六都要去大姑姑家,因为星期六中午爷爷要去大姑姑家吃饭。没有人作这样的规定,但已经成了这样的规定,到了星期六,吃早饭的时候,爷爷总是要说:"中午饭少烧一点,我去老大家吃。"说的就是大姑姑家。有时候姐姐和我都会跟去,但有时候姐姐又不去,只有我,是每一次都要跟去的。我每次都去也不完全是为了吃饭,主要是大姑姑的小儿子跟我同年纪,在学校里又是同班级。年纪是同的,但月份不同,他比我大半岁,所以我要喊他表哥。我和表哥经常打架,每次打完架的时候,我发誓再也不要见到他了,但是只要有一天不见,我又想他了。他也是这样——表哥。

开始我们打架,爷爷总是揪着我们俩的耳朵骂:"明天别见面了!"

但明天我们还是见面,而且可能还要打架。后来爷爷看我们打架,连骂都懒得了,只是在一边冷笑,好像在看两个小日本佬。

平时都是表哥来我们家,他放学回家要经过我们家,看见我回家总要跟着来我家玩一会再走。所以,爷爷说他是我的跟屁虫。只有星期六,是我去他家。有时星期天我也要去,因为有时星期天爷爷也会去大姑家吃饭。

爷爷总是要到十点钟之后,吃了早饭,喝了茶,抽了烟,解了大溲,才慢悠悠地去大姑家。而我总是吃了早饭就走了,有时候是把早饭拿在手上,一边吃一边走。我走得这么早,这么急,倒不全是为了去见表哥,而是为了去看表哥的爷爷。表哥的爷爷我喊外爷爷,是一个怪人呢,留着又长又白的胡子,看谁都不会笑的。我从来没有见他笑过,倒是经常看见他跪在地上哭。我第一次看见他哭时非常害怕,一个留着又长又白胡子的老头子,关着门(在厢房里),跪在地上(有个稻草蒲团垫着),闭着眼睛,流着泪,对着一个被钉在墙壁上的光身子男人(也有胡子),嘴里叽哩咕噜的,却听不清在说什么,好像吃醉了酒,又好像是丢了魂灵。我和表哥从门缝里看着看着,经常吓得就不敢看了。

我问表哥:"外爷爷在做什么啊?"

表哥说他也不知道。

我说:"你不知道干吗不去问一问,要是我的爷爷我一定会去问的。"

所以,有一天表哥推开门,去问他爷爷:"爷爷,你在做什么啊?"

外爷爷很生气,朝我们吼:"你们进来干什么,去,出去!"

把我们赶出来。

和我爷爷比,我觉得外爷爷基本上可以说是个坏人,他一点不喜欢我们,从来不跟我们玩,不对我们笑,却经常要求我们做这个、不能做那个。他要求我们做事都是板着面孔,恶声恶气的,好像我们是坏人。

同样是爷爷,我的爷爷要好得多,不留胡子,也没什么怪毛病,平时总是笑嘻嘻的,我有什么问题问他时,他经常先是不停地笑。

我问他:"爷爷,你笑什么?"

爷爷说:"你问的问题好笑啊。"

说着又是一阵子哈哈大笑。

不过,那次我问他外爷爷跪在地上哭的事情时,他倒是没有笑,反而严肃地告诫我:"这你不能到外面去说的。"

我说:"你告诉我,我就不说。"

爷爷哈哈笑着:"屁大一点娃娃还晓得使心计,好,有名堂,爷爷喜欢。"

我以为这下爷爷笑了,一定是要告诉我了,但爷爷笑完了又严肃地教训我说:"外爷爷的事情是不能说的,跟谁都不能说。"

所以,很长时间我都不知道外爷爷的事情到底是什么。

上学是一个人很有意义的事情,因为从此以后你将会知道很多以前不知道的东西。

外爷爷的事情我就是在上学以后知道的。我不知道具体是谁告诉我的,好像没有哪个具体的人告诉过我,但我就是知道了。爷爷说,是年纪告诉我的。

爷爷经常说:"人小的时候年纪是个宝贝,大一岁就会知道更多的东西。但是到了我这个年纪,老了,年纪就成了块臭肉,老一岁臭肉就会越来越臭,到最后就臭死了。"

我说道:"是的,我现在就已经知道外爷爷每天早上跪在地上是在干什么。"

爷爷问:"是干什么呢?"

我说:"他是在对耶稣做祷告。"

是的,外爷爷信耶稣。

这在我们村可是件大新鲜事。

我们蒋家村是全县公认的第一大村、名村、好村,它的大,它的古老,它的富丽,它的人丁兴旺(有8000多人),都使它显得不像一个村庄,而像一个古镇。在我出生前一个世纪,这里就有了翻造上海滩上的三层楼房,宽敞的回廊,红色的琉璃瓦,明亮的玻璃,高大的檀木台门(3米高,2米宽),龙飞凤舞的飞檐立柱,宽阔方正的天井,至今都令人叹为观止。因为太大,越来越大,大得都不方便说事情了,于是被口头地分成上村、中村、下村。我们家和大姑家都在上村，但我去一趟大姑家至少也需要十来分钟。别以为我是小孩子，走得慢，其实爷爷比我还走得慢。我相信，如果让爷爷那么慢地从下村走到上村，起码得要一个钟头。我肯定要快一点，但也快不了多少，因为我快主要是靠跑，但谁能跑这么远呢。村子太大了，我跑着跑着就累了，跑不动了，只能靠走。我走当然没有爷爷快。爷爷还没有老到走不动，虽然他经常说老了，走不动了，但真正走起来还是比我快，我只有靠跑才能追得上他。

我这么说，是想说明我们村子实在是太大了。

爷爷说："村子大了，就像林子大了，什么鸟都会有，什么事都见得到。"

确实，连信耶稣这种稀罕事都有，还有什么事能没有？什么事都有。但是要说什么事最稀奇古怪，大家都公认是我外爷爷信耶稣的事。

爷爷说："这是我见过的最出奇出怪的事体了，蒋家村从古到今也找不出第二个人，以前耶稣这个人我们听都没听说过。"

正因此，村里人都喊我外爷爷叫汉泉耶稣。汉泉是他的名字，但实际上这个名字是没人叫的，谁要这样叫，人家就想不到你叫的是汉泉耶稣。有一次，公社里来人找汉泉耶稣就犯了这个错误，他不说找汉泉耶稣，只说找蒋汉泉，结果谁都想不起他找的人。但如果你说耶稣，大家都知道你说的是谁，肯定是汉泉耶稣嘛。

爷爷说："汉泉耶稣可以简称耶稣，但不能简称汉泉。简称汉泉，就好比你本来是想剪掉他头发的，结果却把他整个头都剪掉了，谁还知道谁呢。"

我爷爷不是老师，但比老师都还会说话，说的话简单、生动，谁听了都会明白。我觉得，这跟我爷爷年轻时当过"长毛"有关——村里有这种说法，我爷爷以前当过长毛。

没有上学时，我不知道长毛是什么，听起来有点像野人、野兽一样的。后来上了学，听老师说，长毛就是太平天国的起义军，是好人，不是坏人。不过，村里的老人说起长毛总是把他们当坏人看的，放火，杀人，抢劫，跟日本佬差不了多少。村里的老人和学校的老师在很多事上的看法是不一样的，最突出的就是对国民党，老师们坚决说国民党是反动派，要打倒的，但老人们说国民党也打日本鬼子。我爷爷甚至还同我说过，国民党之所以被共产党打败，是因为他们打日本佬时死了太多的人。就是说，如果国民党不跟日本鬼子作战，共产党不一定能打败他们。我把这个说法在学校里说了，老师听了骂我爷爷是反动派，要抓起来去坐牢。可是，老师真正见了我爷爷总是点头哈腰的，很客气。

事实上，村里人都怕我爷爷。我爷爷的绰号叫"长毛野鬼"，听上去就蛮可怕的。虽然爷爷从来不承认他当过长毛，但我从村里人怕他的样子看，怀疑他可能真的当过长毛，至少是跟长毛有过关系吧。

与我爷爷比，外爷爷大家是不怕的，他最多只能吓唬一下小孩子，因为他是耶稣的嘛，有点鬼里鬼气。大人们是不怕鬼的，只有小孩子才怕。

汉泉耶稣的家在横台门里，是一栋在村里也是数一数二的好房子，有小举人家之称。这就是说，村里还有大举人家。是的，大举人家就是那栋一百多年前从上海滩上翻造过来的三层楼，在中村。八十年前，汉泉耶稣的父亲卖掉了四十亩毛竹山，带着两个儿子——汉泉耶稣和他哥哥汉水——开始翻造这栋来自上海滩上的三层楼，虽然是缩小版的，只有二层，规模也要小得多，但依然给他们家带来了很长时间的美誉，赢得了一个小举人家的美称。小时候，我经常看到有外乡人去中村看了大举人家，然后就来上村，去横台门里看，参观，指着我熟视无睹的种种雕刻评头论足，留连忘返。那时候，横台门已经一分为二，一边是汉泉耶稣家的（就是我大姑家），一边是他哥哥汉水家的，中间用竹席隔开——竹席破破烂烂的，像一个有身份的人穿了双破鞋子，身份徒然大跌啊。

汉泉耶稣做祷告总是躲在厢房里，一天做两次，早上一次，晚上一次。晚上那次我是看不到的，包括我表哥也很少看得到，因为他做祷告时已经很迟了，我们都睡觉了。但早上的那次，只要我早饭吃快一点，路上不要耽误，赶过去，必定是看得到的。因为经常看，看多了，就不怕了，只觉得很好玩，又是跪，又是流泪，又是嘀嘀咕咕的，好像我犯错时被父亲罚跪一样的。有时候我和表哥还捉弄他，猛然推开门，或者大叫一声，把他气得嗷嗷叫，等见了我爷爷还要对爷爷告我们的状。

这时候，爷爷总是先把我们叫到面前骂一顿，然后又回头对他说："汉泉耶稣啊，政府已经说了，你这是迷信，不准你搞的，你怎么还在搞啊。"

每次汉泉耶稣总是捋一捋长白胡子，抬起头望一望天，伸出手，指着天空中露出的一只红色的屋角说："什么时候政府把它撤了，我就不搞了。"

他指的是他们家正大门前面的红房子。

红房子也是一栋三层楼，但与大举人家的三层楼是不能比的，甚至和缩小的横台门都不能比，主要是样子不考究，没有那么多纯属审美的铺张浪费，只是一栋结构比较简单、实用的三层楼，长长的一排，有点像现在的单位宿舍楼，外墙粉成怪怪的暗红色，屁股对着汉泉耶稣家的正前门，中间只隔着一条不到两米宽的堂弄。实际上，由于红房子的原因，汉泉耶稣家的正前门已经无法开了，开了等于是自找难堪，这么高、这么长的一排红房子这么近地横霸在前面，简直难过死了。而这也正是造红房子的人的用意。

爷爷告诉我，红房子家祖上和汉泉耶稣家的祖上是死对头，红房子所以造得这么高，这么摆放（屁股对着他们），而且还漆成古怪的红色，目的就是为了抑制汉泉耶稣家，破坏他们家的风水。怪的是，自从红房子造好后，汉泉耶稣家便一直不兴旺，一年年败落下来。尽管汉泉耶稣家把房子结构做了调整，封死了正前门，在两边新开了门（所以叫横台门），但是效果并不明显，家道依然一直败落着，以致汉泉耶稣差一点就断了香火。

爷爷说："红房子是1936年造起来的，之前汉泉耶稣有两个儿子，他哥汉水有四个儿子，自造了红房子后，两兄弟再没有生过一个儿子，生出来的都是丫头片子。更想不到的是，汉泉耶稣的儿子还病死了一个，也不知道是什么毛病，反正就是上吐下泻，发冷发烧，没几天就死了。"

总共只有两个儿子，死了一个，生又生不出来，真正是命悬一线啊。正是在这种险急的情况下，汉泉耶稣孤身到上海求高人化险为夷，最后是跟一个传教士信了耶稣，回来后每天都钻在厢房里做祷告，求耶稣保佑他。

而耶稣也确实保佑了他。

说到耶稣怎么保佑他的，汉泉耶稣总是得意地说："我有七个孙子。"

就是说，我大姑有七个儿子（其中有一对双胞胎，年纪比我小三岁，要叫我表哥），是全蒋家村儿子最多的母亲。命悬一线的香火就这样变得子孙满堂，汉泉耶稣包括我爷爷，都认为这是耶稣的功劳。所以，尽管解放后政府一再不准汉泉耶稣信耶稣，但汉泉耶稣照信不误，只是把耶稣像从正堂转移到了厢房，变成了悄悄地信，秘密的。因为是秘密的，所以不能拿出去乱说。所以，每次我在大姑家吃饭，汉泉耶稣总是要在饭桌上对我们几个孩子说："我已经跟你们说过很多次了，但我还是要再说，我在厢房做的事情你们是不能拿出去说的。"有时我爷爷也跟着说。

他们这样反复的说还真起到了作用，我们确实从来不敢在外面说这事。我知道我很想说，就是不敢。真的不敢。我怕外爷爷。孩子们都怕他。他的胡子，他的不会笑的面孔，他的严厉的骂人声，他从楼上下来的脚步声，他的咳嗽声，都叫我们害怕。我有时会莫名地觉得，他不是一个人，而是一个鬼，一个跟耶稣关系很好的鬼。

其实，村里很多孩子都认为他就是鬼，我经常在弄堂里看到，那些孩子遇见他后像遇见鬼一样的纷纷跑掉了，一边跑一边惊呼着：

"鬼来了，鬼来了！"

有些孩子还经常搞恶作剧，明明知道汉泉耶稣没来，但为了吓唬别人，吼一句：

"汉泉耶稣来了。"

那些孩子便惊惊乍乍地往家里跑，很有一点闻风丧胆的意味。

好在汉泉耶稣不像我爷爷一样会经常出门，如果他经常出门，我不知道我们这些孩子还敢不敢出来到外面玩。

汉泉耶稣，鬼啊——！

也有人是不怕鬼的，那是公社里来的红卫兵。

红卫兵是怎么来的，又是怎么冲到横台门把汉泉耶稣抓了，后来又是怎么走的，我都没看到，因为那天不是礼拜天，我在学校上学呢。用爷爷的话说，红卫兵像日本鬼子一样，说来就来了，来了就冲进汉泉耶稣做祷告的厢房里，把屋里所有跟耶稣有关的东西，什么经书啊，圣像啊，十字架啊，稻草蒲团啊，酥油灯啊，等等，统统都扔到天井里，点了火，烧了。汉泉耶稣见了，跟疯了似的冲上去，要把它们抢回来。但是红卫兵人多，有七八个（有两个女的），还有几把红缨枪，他们把汉泉耶稣拉到墙角，用红缨枪抵着他脖子，不准他动。就这样，汉泉眼睁睁地看着那些东西变成了熊熊火光，烧成了灰。

"那个十字架是铁的，怎么可能烧掉呢？"我问爷爷。

"是。"爷爷说，"一个十字架，还有一个带十字架的耶稣像，那是铁的，烧不掉的，他们没有烧，直接把它们带走了。"

虽然爷爷很同情汉泉耶稣，把那些红卫兵骂得狗血喷头，但不知怎么的，我一点也同情不起来。我心里好像还很高兴，好像汉泉耶稣不是我们的亲眷，那些红卫兵才是我们家的亲戚似的。不过，当我赶到横台门里，看见汉泉耶稣瘫坐在靠背椅上默默流泪的样子时，我又一下子变得同情起他来了。

要说汉泉耶稣流泪的样子我看得多，他做祷告时是经常流泪的，但是那天他流泪的样子和做祷告时完全不一样。做祷告时他流泪眼睛是闭紧的，或者说是微微闭着的，但现在他流泪眼睛是睁开的，睁得大大的，又一动不动的，好像是看见了什么，又好像什么也没看见，只是眼泪在不停地流出来，顺着眼角流进了他银白的头发里。有的泪珠子格外大，直接滴落在脸颊上，然后顺着脸颊流进了白胡子里。我从来没有见过他这样流泪的样子，一下子看见了，突然觉得心里非常难过，好像那些眼泪都流进了我心里头。

当时已经是黄昏，要吃夜饭了，而红卫兵是早上来的，我大姑对我爷爷说他已经这样哭了一天了，要爷爷去劝劝他。我大姑说："怎么办嘛，这样哭下去他的老毛病一定又会犯的。"

爷爷劝他："汉泉耶稣，吃饭吧，你这样哭下去，不把你的烂毛病又哭出来才怪呢。天塌下来也要吃饭，吃了饭，人有了力气，身子骨没病没痛，就什么都不怕的。"

外爷爷突然动了下眼珠子，像一个死人一样的说："还有什么呢？已经什么都没有了，他们把东西烧的烧了，拿走的拿走了，什么都没有了。"爷爷说："烧的东西可以再做，拿走的东西可以上城里再买，你是耶稣，应该比我们都知道，天无绝人之路的嘛。"

外爷爷像被爷爷的话吓着了，哆嗦着说："不，不……耶稣不会保佑我了……我没有把耶稣保护好，我是耶稣的罪人哪……他不会保佑我了……"

说着，呜呜地哭出了声音，比刚才更伤心了。

我真没想到，外爷爷居然会这样子哭，像一个孩子似的。他好像是被什么东西吓坏了，怕死了，怕的样子远远比以前我们怕他的样子凶得多。

我突然觉得，早知道这样，我以前真不应该那么怕他。

以后，我真不是那么怕他了。

以后，我不但不怕他，反而是他怕我了，因为他需要我。

爷爷说："人啊，都是这样，求谁怕谁。"

以此类推，我想既然他需要我，就应该是怕我。

他怕我什么？

事情是这样的，在失去耶稣保佑的情况下，汉泉耶稣为了破除红房子对他们家的诅咒，想了很多土办法，比如在家里养蝙蝠、在家门口摆放石狮子、对着红房子杀鸡杀鸭杀猪等等。蝙蝠是吃血的，可以吃掉红房子"满身的血"；杀畜生是以血对血，以牙还牙，以毒攻毒；摆石狮子是壮威风——狮子大开口，吞下活阎王。总之，每做一件事他都是有讲究的。

爷爷说："他这是在做破红房子鬼魂阵的法事，不讲究不行的。"

在众多法事中,他做得最讲究、最经常的一件事是沿着红房子的墙角、屋边撒石灰粉。我第一次见他这么做时,觉得很稀奇,问他:"外爷爷,你在做什么啊?"

他指了指红房子说:"治里面的恶鬼。"

我说:"鬼怎么会怕石灰粉呢?"

他认真地告诉我:"世间的东西都是有怕的,山上的野兽怕火,地里的虫子怕水,阴间的鬼魂怕石灰粉。红房子里养着很多恶鬼,是专门要来作我们家的恶的,我这样撒上石灰粉,恶鬼就过不来了,我们家就安耽了。"

真不知道这个石灰粉还有这么大的本事。

就是这件事,他需要我陪着他去做。开始我不知道这是为什么,后来有一次,我们正在忙碌时,红房子二楼的一只窗户突然朝我们丢下一只烂的陶瓷罐子,砸在地上,飞起很多碎片,有一片从我耳朵边擦过去,把我吓哭了。

汉泉耶稣连忙把我拉到怀里,一边安慰着我,一边大声朝红房子里喊:"丢啊,有本事再丢!把我砸死了不要你们赔,算我倒霉,白砸!可他要你们赔,你们知道你们砸着了谁,啊,把你们的狗头伸出来看一看,认一认,他是谁,他是长毛野鬼的孙子,日本佬的儿子,你们也敢砸!啊,我看你们是狗胆包天了,不想活命了!"

那感觉好像我爷爷和父亲是刽子手,是专门要人命的。

当然,我父亲是有点凶,至于爷爷——虽然村里对他一直有一种鬼鬼祟祟的说法,有的说他曾杀过长毛,有的说他当过长毛,但我一般是不相信的。我觉得爷爷很和蔼的,老是笑嘻嘻的,一点也不可怕。

汉泉耶稣笑着对我说:"你小孩子不知道。"

我是不知道,也不想知道。不过,从那以后,只要我在场,红房子里再没有人敢往楼下丢东西,而如果我不在场,红房子就可能要丢东西。看来红房子的人确实有点怕我爷爷,或者我父亲。

爷爷说:"外爷爷在把你当枪使,当盾牌用,个狗日的汉泉耶稣,亏他想得出来。"

但爷爷并不阻止我去陪他。爷爷说:"既然你这么管用,就陪他去吧,他老了,走路不灵光了,万一哪天真给砸中了,还砸死个逑呢。"

我说:"爷爷,那万一我给砸中了呢?"

爷爷哼一声,骂道:"敢?谅他们也不敢!"

这时候,我发觉爷爷真是很有力量的,眼睛里有凶光,牙齿里有杀气,好像真的是个杀人不眨眼的长毛,或者,是敢杀长毛的野鬼。

其实我到后来有点不想陪他去了,因为这是一件很枯燥也很辛苦的事情。红房子长着呢,长长的一排,从东到西,从主楼到附屋,有50多米长。每次,汉泉耶稣总是拎着一篮子白石灰,从头到尾一路撒过去,撒得石灰满天飞。我有时帮他拎篮子,有时帮他撒。但我经常撒不好,因为这个撒不是随便撒的,是有规矩的,必须撒得连成一线,哪里有断头都不行。每次我撒了,留下了断头,汉泉耶稣总是一边往我留下的断头补撒石灰,一边对我解释道:"不能有断头,有断头就不灵了。"

就是说，一年到头石灰粉都要连成一线，不能断头，哪里出现断头就要及时补上。遇到下雨天，雨水把石灰粉冲掉了，我们需要从头做起。有时候，我们刚撒好，天又下雨了，就等于我们刚才是白干了。正因为这样，我越来越不愿意陪他去，但他总能想出办法把我弄去，有时是通过一些小恩小惠引诱我，有时是通过大姑强迫我。有时实在不行（找不到我），他一个人也要去，那时他就有可能遭到来自红房子的袭击。我想，就是明知道他要挨袭击，哪怕是被丢下来的东西砸死，他也会去的。不过，袭击也都是吓吓他的，不敢真往他身上砸东西的。谁这么傻，砸他，不出人命才怪呢。汉泉耶稣是个病秧子，走路一步三摇的，风都要把他吹倒，倒下去了就可能永远立不起身了。

说真的，我不大相信这石灰粉有这么大本事，能把红房子里的恶鬼治了，我看它倒是把汉泉耶稣自己治倒了。汉泉耶稣有气管炎的老毛病，平时我经常听到他不停地咳嗽，那排山倒海的咳嗽声曾经是我对他的一个害怕。而撒石灰粉这个活，又脏，又刺鼻子，对气管刺激很大，经常把他的气管病刺激出来。只要气管病一犯，他总是蹲倒在地上，两只手捧着嘴咳啊咳的，有时候咳得太久，他脚蹲麻了，蹲不住，只好坐在地上。那时候，我就觉得外爷爷是挺可怜的，他已经七十好几岁了，老得已经不中用了，连咳嗽都对付不了了，可他还想对付恶鬼。我想，难怪村里人都说他是个怪人。

他确实是个怪人，汉泉耶稣。

是第二年的麦黄时节，也是多雨的季节，石灰线经常被雨水冲掉，需要我们经常去补撒。

有一天，我们照例去补撒，中途他的气管病发作了，他照例蹲下身子双手捧着嘴猛烈地咳嗽起来。我在一旁耐心等着，准备他咳嗽完了站起来，再带我往前去补撒。可他却再也没有站起来，有一会儿，我看见他嘴巴里吐出一口血，红红的，然后就一屁股坐在了青石板上，过了一会又吐出一口血，然后连坐都坐不住了，便滚倒在地上，上气不接下气地对我说："快去喊你大姑夫……"

当我把大姑夫找到，赶到他身边时，他已经昏过去了，像一只死狗一样趴在地上，显得很小。大姑夫抱着他翻转身，发现地上流着一大摊血，像他刚被人杀了。

大姑夫把他背回家，放在床上，他呼呼的喘气，每喘一口气，都有血从嘴角流出来。我爷爷赶来，见到这样子，摇摇头对大姑姑说："不行了，给他准备后事吧。"

果然，没有等到天黑，外爷爷就死了——他是耶稣，人们都说他是去了天国。

当得知他去世后，我马上想，以后还撒不撒石灰线呢？然后我又想，这难道真的能防治红房子里的恶鬼吗？

后面这个问题，我到现在也没有搞清楚。我有种奇怪的感觉，只要说起爷爷和外爷爷的事情，我就觉得自己依然是个小孩子，知道的东西太少了。两位老人家，像有魔法一样的，让我停留在他们的记忆中，而不是——他们停留在我的记忆中。

○ 魏微

大老郑的女人

算起来，这是十几年前的事了。

那时候，大老郑不过四十来岁吧，是我家的房客。当时，家里房子多，又是临街，我母亲便腾出几间房来，出租给那些来此地做生意的外地人。也不知从哪一天起，我们这个小城渐渐热闹了起来，看起来，就好像是繁华了。

原来，我们这里是很安静的，街上不大看得见外地人。生意人家也少，即便有，那也是祖上的传统，习惯在家门口摆个小摊位，卖些糖果、干货、茶叶之类的东西。本城的大部分居民，无论是机关的，工厂的，学校的……都过着闲适、有规律的生活，上班，下班，或有周末领着一家人去逛逛公园，看场电影的。

城又小。一条河流，几座小桥。前街，后街，东关，西关……我们就在这里生活着，出生，长大，慢慢地衰老。

谁家没有那些陈芝麻烂谷子的事，说起来都不是什么新鲜事，不过东家长西家短的，谁家婆媳闹不和了，谁离婚了，谁改嫁了，谁作风不好了，谁家儿子犯了法了……这些事要是轮着自己头上，就扛着，要是轮着别人头上，就传一传，说一说，该叹的叹两声，该笑的笑一通，就完了，各自忙生活去了。

这是一座古城，不记得有多少年的历史了，项羽打刘邦那会儿，它就在着，现在它还在着；项羽打刘邦那会儿，人们是怎么生活的，现在也差不多这样生活着。

有一种时候，时间在这小城走得很慢。一年年地过去了，那些街道和小巷都还在着，可是一回首，人已经老了。——也许是，那些街道和小巷都老了，可是人却还活着：如果你不经意走过一户人家的门口，看见这家的门洞里坐着一个小妇人，她在剥毛豆米，她把竹筐放在膝盖上，剥得飞快，满地绿色的毛豆壳子。一个静静的瞬间，她大约是剥累了，或者把手指甲剥疼了，她抬起头来，把手甩了甩，放在嘴唇边咬一咬，哈哈气……可不是，她这一哈气，从前的那个人就活了。所有的她都活在这个小妇人的身体里，她的剥毛豆米的动作里，她抬一抬头，甩一甩手……从前的时光就回来了。

再比如说，你经过一条巷口，看见傍晚的老槐树底下，坐着几个老人，有一搭无一搭地聊着什么。他们在讲古诫。其中一个老人，也有八十了吧，讲着讲着，突然抬起头来，拿手朝后颈处挠了几下，说，日娘的，你个毛辣子。

多少年过去了，我们小城还保留着淳朴的模样，这巷口，老人，俚语，傍晚的槐树花香……有一种古民风的感觉。

另一种时候，我们小城也是活泼的，时代的讯息像风一样地刮过来，以它自己的速度生长，减弱，就变成我们自己的东西了。时代讯息最惊人的变化首先表现在我们小城女子的身上。我们这里的女子多是时髦的。不记得是哪一年了，我在报纸上看到，广州妇女开始化妆了，涂口红，掸眼影，一些窗口单位如商场等还做了硬性规定，违者罚款。广州是什么地方，可是也就一年半载的功夫，化妆这件事就在我们这里流行起来了。

我们小城的女子，远的不说，就从穿列宁装开始，到黄军服，到连衣裙，到超短裙……这里横躺了多少个时代，我们哪一趟没赶上？

我们这里不发达，可是信息并不闭塞。有一阵子，我们这里的人开口闭口就谈改革，下海，经济，因为这些都是新鲜词汇。

后来，外地人就来了。

外地人不知怎么找到了我们这个小城，在这里做起了生意，有的发了财，有的破了产，最后都走了，新的外地人又来了。

最先来此地落脚的是一对温州姐妹。这对姐妹长得好，白皙秀美，说话的声音也温婉曲折，听起来就像唱歌一样。她们的打扮也和本地人有所区别，谈不上哪有区别，就比如说同样的衣服穿在她们身上，就略有不同。她们大约要洋气一些，现代一些；言行淡定，很像是见过世面的样子。总之，她们给我们小城带来了一缕时代的气息，这气息让我们想起诸如开放，沿海，广东这一类的名词。

也许是基于这种考虑，这对姐妹就为她们的发廊取名叫做"广州发廊"。广州发廊开在后街上，这是一条老街，也不知多少年了，这条街上就有了新华书店，老邮局，派出所，文化馆，医院，粮所……后来，就有了这家发廊。

这是我们小城的第一家发廊，起先，谁也没注意它，它只有一间门面，很小。而且，我们这里管发廊不叫发廊，我们叫理发店，或者剃头店。一般是男顾客占多，隔三岔五地来理理发，修修面，或者叫人捏捏肩膀、捶捶背。我们小城女子也有来理发店的，差不多就是洗洗头发，剪了，左右看看就行了。那时，我们这里还没有烫发的，若是在街上看见一个自来卷的女子，她的波浪形的头发，那真是能艳羡死很多人的，多洋气啊，像个洋娃娃。

广州发廊给我们小城带来了一场革新。就像一面镜子，有人这样形容道，它是一个时代在我们小城的投影。仅仅从头发上来说，我们知道，生活原来可以这样，花样百出，争奇斗艳。是从这里，我们被告知关于头发的种种常识，根据脸形设计发型，干洗湿洗，修护保养，拉丝拉直，更不要说烫发了。

等我知道了广州发廊，已经是两三年以后的事了。有一天放学，我和一个女同学过来看了，一间不足十米见方的小屋子里，集中了我们城里最时髦漂亮的女子，她们取号排队，也有坐着的，也有站着的，或者手里拿着一本发型书，互相交流着心得体会……我有些目眩，到底因为年纪小，胆怯，踅在门口看了一下就跑出来了。

我听人说，广州发廊之所以生财有道，是因为不单做女人的生意，就连男人的生意也要做的。做男人的生意，当然不是指做头发，而是别的。这"别的"，就有人不懂了，那懂的人就会诡秘一笑，解释给他听：这就是说，白天做女人的生意，夜里做男人的生意。听的人这才似懂非懂，恍然大悟，因为这类事在当时是破天荒的，人的见识里也是没有的。因此都当做一件新奇事，私下里议论得很有劲道。

倘若有人怀疑道，不可能吧？派出所就在这条街上……话还没说完，就会被人"嘻"的一声打断道，派出所？怎见得派出所里就没她们的人？说着便一脸的坏笑。或者由另外的人接话道，你真是不灵通，现在都什么年代了，这事在广东那边早盛行了。

大老郑是在后些年来到我们小城的，他是福建莆田人，来这里做竹器生意。当时，我们城里已经集聚了相当规模的外地人，就连本城人也有下海做生意的，卖小五金的，卖电器的，开服装店的。

广州发廊不在了，可是更多的发廊冒出来，像温州发廊，深圳发廊……这些发廊也多是外地人开的，照样门庭若市。那温州两姐妹早走了，她们在这里呆了三四年，赚足了钱。关于她们的传言没人再愿意提起了，仿佛它已成了老皇历。总之，传言的真假且不去管它，但有一点却是真的，人们因为这件事被教育了，他们的眼界开阔了，他们接受了这样一个现实。一切已见怪不怪。

大老郑租的是我家临街的一间房子。后来，他三个兄弟也跟过来了，他就在我家院子里又加租了两间房。院子里凭空多了一户人家，起先我们是不习惯的，后来就习惯了，甚至有点喜欢上他们了，因为这四兄弟为人正派乖巧，个性又各不一样，凑在一起实在是很热闹。关键是，他们身上没有生意人的习气，可什么是生意人的习气，我们又一下子说不明白了。

就说大老郑吧，他老实持重，长得也温柔敦厚，一看就是个做兄长的样子。平时话不多，可是做起事来，那真是既有礼节，却又不拘泥于礼节，这大概就是常人所说的分寸了。当年，我家院子里结了一株葡萄，长得很旺盛，一到夏天，成串的葡萄从架子上挂下来，我母亲便让大老郑兄弟摘着吃。或者她自己摘了，洗净了，放到盘子里，让我弟弟送过去。大老郑先推让一回，便收下了；可是隔一些日子，他就瓜果桃李地买回来，送到我家的桌子上。又会说话，又能体贴人，说的是：是去乡下办事，顺便从瓜田里买回来的，又新鲜，又便宜，不值几个钱的，吃着玩吧……一边说，一边笑，仿佛占了多少便宜似的。

他又是顶勤快的一个人。每天清晨，天蒙蒙亮就起床了，开门第一件事就是扫院子，又为我家的花园浇浇水，除除草……就像待自己家里一样。我奶奶也常夸大老郑懂事，能干，心又细，眼头又活……哪个女人跟了他，怕要享一辈子福呢。

大老郑的女人在家乡，十六岁的时候就嫁到郑家了，跟他生了一双儿女。我们便常常问大老郑，他的女人，还有他的一双儿女。大凡这时候，大老郑总是要笑的，不说好，也不说不好……总之，那样子就是好了。

我们说，大老郑，什么时候把你老婆孩子也接过来吧，一起住一段。

大老郑便说好，说好的时候照样还是笑着的。

有很长一段时间，我们都信了大老郑的话，以为他会在不经意的某天，突然带一个女人和两个少年到院子里来。尤其是我和弟弟，整个暑假慢而且昏黄，就更加盼望着院子里能多出一两个玩伴，他们来自遥远的海边，身体被晒得黝黑发亮，身上能闻见海的气味。他们那儿有高山，还有平原，可以看见大片的竹林。

这些，都是大老郑告诉我们的。大老郑并不常提起他的家乡，我们要是问起了，他就会说一两句，只是他言语朴实，他也很少说他的家乡有多好，多美，但是不知为什么，我的眼前总浮现出一幅和我们小城迥然不同的海边小镇的图景，那儿有青石板小路，月光是蓝色的，女人们穿着蓝印花布衣衫，头上戴着斗笠，背上背着竹筐……和我们小城一样，那儿也有民风淳朴的一瞬间，总有那么一瞬间，人们善良地生活着，善良而且安宁。

我不知道，我为什么会有这样的想像，也许这一切是缘于大老郑吧。一天天的日常相处，我们慢慢对他生出了感情，还有信任，还有很多不合实际的幻想。我们喜欢他。还有他的三个弟弟，也都个个讨人喜欢。就说他的大弟弟吧，我们俗称二老郑的，最是个活泼俏皮的人物，又爱说笑，又会唱歌。唱的是他们家乡的小调：

姑娘啊姑娘

你水桶腰　水桶腰

腔调又怪，词又贫，我们都忍不住要笑起来。有一次，大老郑以半开玩笑的口吻，托我母亲替他的这个弟弟在我们小城里结一门亲事，我母亲说，不回去了？大老郑笑道，他们可以不回去，我是要回去的，是有老婆孩子的人呢。

大老郑出来已有一些年头了，他们莆田的男人，是有外出跑码头的传统的。钱挣多挣少不说，一年到头是难得回几次家的，我母亲便说，不想老婆孩子啊？大老郑挠挠腮说道，有时候想。我母亲说，怎么叫有时候想？大老郑笑道，我这话错了吗？不有时候想，难道是时时刻刻想？我母亲说，那还不赶快回去看看。大老郑说，不回去。我母亲说，这又是为什么？大老郑笑道，都习惯了。他又朝他的几个兄弟努努嘴，道，这一摊子事丢给他们，能行吗？

大老郑爱和我母亲叨唠些家常。这几个兄弟，只有他年纪略长，其余的三个，一个二十六岁，一个二十岁，最小的才十五岁。我母亲说，书也不念了？大老郑说，不念了。都不是念书的人。我母亲说，老三还可以，文弱书生的样子，又不爱说话，又不出门的。大老郑说，他也就闷在屋子里吹吹笛子罢了。

老三吹得一手好笛子，每逢有月亮的晚上，他就把灯灭了，一个人坐在窗前，悠悠地吹笛子去了。难得有那样安静惬意的时刻，我们小城仿佛也不再喧闹了，变得寂静，沉默，离一切好像很远了。

有一阵子，我们仿佛真是生活在一个很远的年代里，尤其是夏天的晚上，我们早早地吃完了饭，我和弟弟把小矮凳搬到院子里，就摆出乘凉的架势了。我们三三两两地坐着，在幽暗的星空底下，一边拍打着蒲扇，一边听我父母讲讲他们从单位听来的趣闻，或者大老郑兄弟会说些他们远在天边的莆田的事情。

或有碰上好的连续剧，我们就把电视机搬到院子里，两家人一起看；要是谈兴甚浓的某个晚上，我们就连电视也不看的，就光顾着聊天了。

我们说一些闲杂的话，吃着不拘是谁家买来的西瓜，困了，就陆续回房睡了。有时候，我和弟弟舍不得回房，就赖在院子里。我们躺在小凉床上，为的就是享受这夏夜安闲的气氛，看天上的繁星，或者月亮光底下梧桐叶打在墙上的影子；听蛐蛐、知了在叫，然后在大人切切的细语中，在郑家兄弟悠扬的笛声和催眠曲一样的歌声中睡去了。

似乎在睡梦之中，还能隐隐听到，我父亲在和大老郑聊些时政方面的事，关于经济体制改革，政企分开，江苏的乡镇企业，浙江的个体经营……那还了得！——只听我父亲叹道，时代已发展到什么程度了！

我们两家人，坐在那四方的天底下，关起院门来其实是一个完整的小世界。不管谈的是什么，这世界还是那样的单纯，洁净，古老……使我后来相信，我们其实是生活在一场遥远的梦里面，而这梦，竟是那样的美好。

二

有一天，大老郑带了一个女人回来。

这女人并不美，她是刀削脸，却生得骨骼粗大。人又高又瘦，身材又板，从后面看上去倒像个男人。她穿着一身黑西服，白旅游鞋，这一打眼，就不是我们小城女子的打扮了。说是乡下人吧，也不像。因为我们这里的乡下女子，多是老老实实的庄稼人的打扮，她们不洋气，可是她们朴素自然，即便穿着碎花布袄，方口布鞋，那样子也是得体的，落落大方的。

我们也不认为，这是大老郑的老婆，因为没有哪个男人是这样带老婆进家门的。大老郑把她带进我家的院子里，并不作任何介绍，只朝我们笑笑，就进屋了。隔了一会儿，他又出来了，趸在门口站了会儿，仍旧朝我们笑笑。

我们也只好笑笑。

我母亲把二老郑拉到一边说，该不会是你哥哥雇的保姆吧。二老郑探头看了一眼，说，不像。保姆哪有这样的派头，拎两只皮箱来呢。

我母亲说，看样子要在这里落脚了，你哥哥给你们找了个新嫂子呢。二老郑便吐了一下舌头，笑着跑了。

说话已到了傍晚，天色还未完全暗下来，从那半开着的门窗里，我们就看见了这个女人，她坐在靠床的一张椅子上，略低着头，灯光底下只看见她那张平坦的脸，把眼睛低着，看自己的脚。她大约是坐得无聊了，偶尔就抬起头来朝院子里睃上一眼，没想到和我们其中一个的眼睛碰个正着，她就又重新低下了头，手不知往哪放，先拉拉衣角，然后有点局促的，就摆弄自己的手去了。

她的样子是有点像做新娘子的,害羞,拘谨,生疏。来到一个新环境里,似乎还不能适应。屋里的这个男人,看上去她也不很熟悉,也许见过几次面,留下一个模糊美好的印象,知道他是个老实人,会待她好,她就同意了,跟了他。

那天晚上,她给我们造成了一种婚嫁的感觉,这感觉庄重,正大,还有点羞涩,仿佛是一对少年夫妻的第一次结合,这中间经过媒妁之言,一层层繁杂的手续……终于等来了这一天。而这一天,院子里的气氛是冷淡了些,大家都在观望。只有大老郑兴兴头头的,在屋子里一刻不停地忙碌着,他先是扫地,擦桌子……当这一切都做完的时候,他犹豫了一下,在离她有一拳之隔的床头坐下了。他搓着手,一直微笑着,也许他在跟她说些什么,她抬起头来看他一眼,就笑了。

他起来给她倒了一杯水。

再起来给她搬来一只放杯子的凳子。

那么下面还能做些什么呢?想起来了,应该削个苹果吧,于是他就削苹果了。他把苹果削得很慢很慢,像在玩一样技艺。有时他会看她,但更多的还是看我们,看我和弟弟,还有他家的老四。我们这几个半大不小的孩子,就站在院子正中的花园里,一边说着玩着笑着,一边装做不经意地探头看着……隔着花园里的各种盆盆罐罐,两棵冬青树,我们看见大老郑半恼不恼地瞪着我们,他伸出一只腿来把门轻轻地挡上了。

那天晚上,这女人就在大老郑的房里住下了。原先,大老郑是和老四住一间房。后来,老四被叫进去了,隔了一会儿,我们看见他卷着铺盖从这一间房挪到另一间房,他又嘟着嘴,好像很不情愿的样子,我们就都笑了。

那天的气氛很奇怪,我们一直在笑。按说,这件事本没有什么特别可笑的地方,因为我们小城的风气虽然保守了些,可是在男女之事上,也有它开通豁达的一面。大约这类事在哪里都是免不了的,一个已婚男子,老婆又常不在身边,那么,他偶尔做些偷鸡摸狗的事也是正常的。我父亲有一个朋友,我们唤做李叔叔的,最是个促狭的人物,因常来我们家,和大老郑混熟了,有一次他就拿他开玩笑说,大老郑,给你找个女朋友吧?

大老郑便笑了,嗫嚅着嘴巴,半晌没见他说出什么来。李叔叔说,你看,你长得又好,牙齿又白,还动不动就脸红。

我母亲一旁笑道,你别逗他了,大老郑老实,他不是那种人。

可是那天晚上,我母亲也不得不承认道:这个死大老郑,我真是没看出来呢。她坐在沙发上,很笃定地等大老郑过来跟她谈一次。她是房主,院子里突然多出来一个女人,她总得过问一下,了解一些情况吧。

原来,这女人确是我们当地的,虽家在乡下,可是来城里已有很多年了。先是在面粉厂做临时工,后来不知为什么辞了职,在人民剧场一带卖葵花子。我母亲说,我们也常去人民剧场看电影看戏的,怎么就没见过你?

女人说,我也常回家的。——当天晚些时候,大老郑领女人过来拜谒我母亲,两人坐在我家的客厅里,女人不太说什么,只是低着头,拿手指一遍遍地划沙发上的布纹,她划得很认真,那短暂的十几分钟,她的心思都集中到她的手指和布纹上去了吧?大老郑呢,只是一个劲地抽着烟,偶尔,他和我母亲聊些别的事,常常就沉默了。话简直没法说下去了,他抬头看了一眼灯下的蛾虫,就笑了。我母亲说,你笑什么?

大老郑说,我没笑啊。

这么一说,禁不住女人也笑了起来。

女人就这样来到我们的生活里,成为院子里的一个成员。这一类的事,又不便明说的,大家也就睁一只眼闭一只眼的,就此混过去算了。我母亲原是极开明的,可是有一阵子,她也苦恼了,常对我父亲嘀咕道,这叫什么事啊!家妻外妾的,还当真过起小日子来了。——又是叹气,又是笑的,说,别人要是知道了,还不知该怎么嚼舌呢,以为我这院子是藏污纳垢的。

其实,这是我母亲多虑了。时间已走到了1987年秋天,我们小城的风气已经很开化了。像暗娼这样古老的职业都慢慢回头了,公安局就常下达"扫黄"文件,我父亲所在的报社也做过几次跟踪报道。当然了,我们谁也没见过暗娼,也不知她们长什么样子,穿什么样的衣裳,有着怎样的言行和做派,所以私下里都很好奇。我母亲因笑道,再怎么着,大老郑带来的这个也不像。我奶奶说,不像,这孩子老实。再则呢,她也不漂亮,吃这行饭的,没个脸蛋身段,那股子浪劲,那还不饿死!我父亲笑道,你们都瞎说什么呢?

总之,那些年,我们的疑心病是重了些,我们是对一切都有好奇、都要猜疑的。那的确是个与众不同的年代吧,人心总是急吼吼的,好像睡觉也睡不安稳。一夜醒来,看到的不过还是那些旧街道和旧楼房,可是你总会感觉到,有什么东西变了,它正在变,它已经变了,它就发生在我们的生活里,而我们是看不见的。

无论如何,女人就在我家的院子里住了下来。起先,我们对她并不友善,我母亲也有点忌讳她和大老郑的姘居关系,可是她又不能赶的。一则和大老郑的交情还不错;二则呢,这女人也着实可怜,没家没道的。乡下还有个八岁的男孩,因离了婚,判给前夫了。

她待大老郑又是极好的,主要是勤快,不惜力气。平时浆洗缝补那是免不了的,几个兄弟回来,哪次吃的不是现成饭?还换着花样,今天吃鱼明天吃肉的,逢着大老郑兴致好了,哥几个咂二两小酒也是有的。他们一家子人,围着饭桌坐着,在日光灯底下,刚擦洗过的地面泛着清冷的光。

有时候,饭是吃得冷清了些,都不太说话,偶尔大老郑会搭讪两句,女人坐在一旁静静地笑。有时却正好相反,许是喝了点酒的缘故吧,气氛就活跃了起来。老二敲着竹筷唱起了歌,他唱着哩哩啦啦的,不成腔调,女人抿嘴一乐道,是喝多了吧?

老三说,别理他,他一会就好了。

两人都愣了一下,可不是,话就这么接上了,连他们自己都不提防。郑家几个兄弟都是老实人,他们对她始终是淡淡的,淡不是冷淡,而是害羞和难堪。就比如说她姓章,可是怎么称呼呢,又不能叫嫂子或姐姐的,于是就叫一声"哎"吧,"哎"了以后再笑笑。

女人很聪明，许是看出我们的态度有点睥睨，所以轻易不出门的。白天她一个人在家，她把衣服洗了，饭做了，卫生打扫了，就坐在沙发上嗑嗑瓜子，看看电视。看见我们，照例会笑笑，抬一下身子，并不多说什么。从她进驻的那一天起，这屋子就变了，新添了沙发、茶几、电视……她还养了一只猫，秋天的下午，猫躺在门洞里睡着了，下午三四点钟的太阳照下来，使整个屋子洋溢着动物皮毛一样的温暖。

有一次，我看见她在织手套，枣红色的，手形小巧而精致，就问，给谁的？织给儿子的吗？她笑道，儿子的手会有这么大？是老四的。她放下手里的活，找来织好的那一只放在我手上比试一下，说，我估计差不多，不会小吧？

几个弟弟中，她是最疼老四的，老四嘴巴甜，又不明事理，有一次就喊她做"姐姐"了，她愣了一下。一旁的老二老三对了对眼色，竟笑了。没人的时候，老四会告诉她莆田的一些事情，他的嫂子，两个侄儿。他们镇上，很多人家都住上小楼了，她就问，那你家呢？老四说，暂时还没有，不过也快了。

她又问，你嫂子漂亮吗？这个让老四为难了，他低着头，把手伸进脖颈处够了够，说，反正是，挺胖的。她就笑了。

她并不太多问什么的，说了一会儿话，就差老四回房，看看他二哥三哥可在，老四把头贴在窗玻璃上说，你呆会来打扫吧，他们在睡觉。她笑道，谁说我要打扫，我要洗被子，顺带把你们的一块洗了。

她虽是个乡下人，却是极爱干净的，和几个兄弟又都处得不错，平时帮衬着替他们做点事情。她说，我就想着，他们挺不容易的，到这千儿八百里的地方来，也没个亲戚朋友的，也没个女人。说着就笑了起来。她的性格是有点淡的，不太爱说话，可是即便一个人在房间里坐着，房间里也到处都是她的气息。就像是，她把房间给撑起来了，她大了，房间小了。

也真是奇怪，原来我们看见的散沙一样的四个男人，从她住进来不久，就不见了，他们被她身上一种奇怪的东西统领着，服从了，慢慢成了一个整体。有一次，我母亲叹道，屋里有个女人，到底不一样些，这就像个家了。

而在这个家里，她并不是自觉的，就扮演了她所能扮演的一切角色，妻子，母亲，佣工，女主人……而她，不过是大老郑的萍水相逢的女人。

她和大老郑算得上是恩爱了。也说不上哪恩爱，在他们居家过日子的生活里，一切都是平平常常的，不过是在一间屋子里吃饭，睡觉。得空大老郑就回来看看，也没什么要紧事，就是陪陪她，一起说说话。她坐在床上，他坐在床对面的沙发上。门也不关。——门一不关，大方就出来了，就像夫妻了。

慢慢地，我们也把她当做大老郑的妻子，竟忘了莆田的那个。我们说话又总是很小心，生怕伤了她。只有一次，莆田的那个来信了，我奶奶对大老郑笑道，信上说什么？是不是盼着你回去呢？我母亲咳嗽了一声，我奶奶立刻意识到了，讪讪的，很难为情了。女人像是没听见似的，微笑着坐在灯影里，相当安静地削苹果给我们吃。

也许我们不会意识到，时间怎样纠正了我们，半年过去了，我们接受了这女人，并喜欢上了她。我们对她是不敢有一点猜想的,仿佛这样就亵渎了她。我母亲曾戏称他们叫"野鸳鸯"的,她说,她待他好,不过是贪图他那点钱。后来,我母亲就不说了,因为这话没意思透了,在流水一样平淡的日子里,我们看见,这对男女是爱着的。

他们爱得很安静,也许他们是不作兴海誓山盟的那一类,经历了很多事情了,都不天真了。往往是晚饭后,如果天不很冷的话,他们就出去走走,我母亲打趣道,还轧马路?怎么跟年轻人似的。他们就笑笑,女人把围巾挂在大老郑的脖子上,又把他的衣领立起来。有时候他们也会带上老四,老四在院子外玩陀螺,他一边抽着陀螺,一边就跟着他们走远了。

或有碰上他们不出去的,我们两家依旧是要聊聊天的,说一说天气,饮食,时政。老二依在门口,说了一句笑话,我们便"喷"地一声笑了,也是赶巧了,这时候从隔壁的房间里传来了一声清亮的笛音,试探性的,断断续续的。女人说,老三又在吹笛子了。我们便屏住了声息,老三吹得不很熟练,然而听得出来,这是一首忧伤的调子,在寒夜的上空,像云雾一样静静地升起来了。

我家的院子似乎又恢复了从前的样子,甚至比从前还要好的。一个有月亮光的晚上,人们寒缩,久长,温暖。静静地坐在屋子里,知道另一间屋子里有一个女人,她坐在沙发上织毛线衣,猫蜷在她脚下睡着了。冬夜是如此清冷,然而她给我们带来了一种岁月悠长的东西,这东西是安稳,齐整,像冬天里人嘴里哈出来的一口热气,虽然它不久就要冷了,可是那一瞬间,它在着。

她坐在哪儿,哪儿就有小火炉的暖香,烘烘的木屑的气味,整间屋子地弥漫着,然而我们真的要睡了。

有一阵子,我母亲很为他们忧虑。她说,这一对露水夫妻,好成这样子,总得有个结果吧?然而他们却不像有"结果"的样子,看上去,他们是把一天当做一生来过的,所以很沉着,一点都不着急。冬天的午后,我们照例是要午睡的,这一对却坐在门洞里,男人在削竹片,女人搬个矮凳坐在他身后,她把毛线团高高地举起来,逗猫玩。猫爬到她身上去了,她跳起来,一路小跑着,且回头"喵喵"地叫唤着,笑着。

这时候,她身上的孩子气就出来了,非常生动的,俏皮的,像一个可爱的姑娘。她年纪并不大,顶多有二十七八岁吧。有时候她把眼睛抬一抬,眼风里是有那么一点活泼的东西的。——背着许多人,她在大老郑面前,未尝就不是个活色生香的女人。

逢着这时候,大老郑是会笑的,他看她的眼神很奇怪,是一个男人对女人的,又是一个长者对孩子的。他说,你就不能安静会儿。

她重新蹭回来坐在他身后,或许是拿手指戳了戳他的腰,他回过头来笑道,你干什么?她说,没干什么。他们不时地总要打量上几眼,笑笑,不说什么,又埋头干活了。看得多了,她就会说,你傻不傻?大老郑笑道,傻。

这时候,轮着他做小孩子了,她像个长者。

三

第二年开春,院子里来了一个男人。这男人有四十来岁吧,一身乡下人的打扮,穿着藏青裤子,解放鞋。许是早春时节,天嫌冷了些,他的对襟棉袄还未脱身,袖口又短,穿在身上使他整个人变得寒缩,紧张。

按说,我们也算是见过一些乡下人的,有的甚至比他穿得还要随便,不讲究的,但没有像他这样邋遢、落伍的……他又是一副浑然无知的样子,看上去既愚钝又迂腐,像对一切都要服从、都能妥协的。那些年,我们这里的乡下人也多有活络的,部分时髦人物甚至胆敢到城里来做买卖的,开口闭口就谈钱、经济、回扣,十足见过世面的样子。可这个男人不是,看得出来,他是属于土地的,他固守在那里,摆弄摆弄庄稼……这大概是他第一次进城吧?

他像是要找人的样子,有点怯生生的,先是站在我家院门外略张了张,待进不进的。手里又攥着一张皱巴巴的纸条,不时地朝门牌上对照着。那天是星期天,院子里没什么人,吃完了午饭,大老郑携女人逛街去了,其余的人,或有出去办事的,到澡堂洗澡的,串门的……因此只剩下我和母亲在太阳底下闲坐着。老四和我弟弟伏在地上打玻璃球。

这时候,我们就看见了他,生涩地笑着,瑟缩而谦卑,仿佛怕得罪谁似的。我母亲因勾头问道,你找谁?他低下头,微微弯着身子,把手抄进衣袖里说道,我来找我的女人。我母亲说,你女人叫什么?并向他招招手,他满怀感激地就进来了,轻声说了一个名字,我母亲扭头看了我一眼,噢了一声。

他要找的是大老郑的女人,这就是说,他是女人的前夫了?

我们再也不会想到,这辈子会见到女人的前夫,因此都细细地打量起他来。他长得还算结实,一张红膛脸,五官怕比大老郑还要精致些,只是肤质粗糙,明显能看出风吹日晒的痕迹,那痕迹里有尘土、暴阳、田间劳作的种种辛苦……也不知为什么,这乡下人身上的辛苦是如此多而且沉重,仿佛我们就看见似的,其实也没有。

他一个人站在我家的院子里,孤零零的,显得那样的小,而且苍茫。春天的太阳底下,我们吃饱了饭,温暖、麻木、昏沉,然而看见他,心却一凛,陡地醒过来了。我母亲说,要么,你就等等?他笑笑。我母亲示意我进屋搬个凳子出来,等我把凳子搬出来时,他已贴着墙壁蹲下了,从怀里取出烟斗,在水泥地上磕了磕。

毋庸讳言,我们对他是有一点好奇的。就比如说,我们不知道他为什么来找女人,是想重修旧好吗?他们现在还有密切的联系吗?他们又是怎么离的婚?我们对女人是一点都不了解的,只知道她的好,他也是好的……可是两个好人,怎么就不能安安生生地过日子呢?

起先,他是很拘谨的,不太说什么。可是也就一袋烟的工夫,他就和我母亲聊上了。原来,他是极爱说话的,他说话的时候有一种沉稳又活泼的声色,使我们稍稍有些惊诧,又觉得他是可爱的。他说起田里的收成,他家的一头母猪和五头小猪,屋后的树……总之加起来,扣除税和村上的提留,他一年也能挣个几百块钱呢!——不过，他又叹道，也没用处，这几百块钱得分开八瓣子用，买化肥和农药，孩子的书学费，他寡母的医药费……所以，手里不但落不下什么钱，反倒欠了些债。

我母亲说，这如何是好呢？

他没有答话，把手伸进腋窝里挠了几下，拿出来嗅嗅，就又说起他们村上，有两家万元户的，他们凭什么？不就因着手里有点余钱，承包个果园、鱼塘……他哼了一声，看得出有点不屑了。他们丢了田，他咕哝道，天要罚的。他说这话时有一种平静的声气，很忧伤，而且悲苦。

我母亲打趣道，依我看，你要解放思想，那田不种也罢。

他打量了我母亲一眼，嗡声嗡气说道，种田好。

我母亲笑道，怎么好了？种田你就当不上万元户。

他的脸都涨红了，急忙申辩道，种田踏实。自从盘古开天以来，哪有农民不种田的，你倒跟我说说！也就是这些年——可这些年怎么了，他一下子又说不出来了——再说，我不当万元户，也照样有饭吃，有衣穿，也能住上新瓦房。不过——他想了想，把手肘压在膝盖上，突然羞涩地笑了。他承认道，造瓦房的钱主要是女人的，她在城里当干部，每月总能挣个三四百，够得上他半年的收入了。

我们都愣了一下，我母亲疑惑道，当干部？当什么干部？我一个月都挣不了三四百，问问这城里，除了做生意的——再说，不是离婚了吗？

离婚？他扶着膝盖站起来了，睁大眼睛说道，你听谁说的？

看他那眉目神情，我们都有点明白了，也许……我们应该怀疑了，什么地方出问题了，我们被蒙蔽了。他不是女人的前夫，他是她的男人。我母亲朝我努努嘴，示意我把老四和弟弟领到院外去。她又笑道，瞧我说的是哪门子胡话，因不常见着你，小章又一个人住，就以为你们是离了婚的。

男人委屈地叫道，她不让我来呀。再说了，家前屋后的也离不开人，要不是细伢子的书学费……这不，都欠了一个月了。老师下最后通牒了，说是再不交就甭上学了。也是赶巧了，那天二顺子进城，在这门口看见了她，要不我哪找她去？

他絮絮地说着，抱怨起这些年他的生活，又当爹又当妈的，家也不像家了；但凡手里宽绰些，他也不会放她出来。当什么干部？——他哧地一声笑了，我还不知道她那点能耐？双手捧不动四两的，也就混在棉织厂，当个临时组长罢了。

我和母亲面面相觑。面粉厂、棉织厂、人民剧场卖葵花籽……这么一说，都是假的了。我母亲且不敢声张，又拐弯抹角地问了他一些别的。总之，事情渐趋明朗了，它被撕开了面纱，朝我们最不愿意看到的那个方向转弯了。

男人一说竟滑了嘴，收不住了。那天晌午，我们耳旁嗡嗡的全是他的声音。那是怎样的声音啊……一说起他的婆娘，他显得那样的啰嗦，亲切而且忧伤。他时常想她吗？夜深人静的时候，他是否常常就醒过来，看窗格子外的一轮月亮。一天中难得有这样的时刻，能静下来想点事情吧？白天下田劳作，晚上锅前灶后地忙碌，一年年地，他侍候老母，抚养幼子……这简直要了他的命！他的女人在哪？这当儿，她也睡了吧？一想起她在床上的熊样子，他就想笑。想得要命。她是顾家的，哪次回来没给他捎上好的烟叶，给儿子买各式玩具，给婆婆带几样药品？可他不如意，也不知为什么，有时简直想哭。他就想着，等日子好了，他要把她接回来，安排她做分内的事，让家里重新燃起油烟气。

呵，让家里燃起油烟气。那一刻，他坐在正午的太阳底下，慢慢地眯起了眼睛。

他停顿了一下，许是说累了，不愿再说下去了。在那空旷的正午，满地白金的太阳影子，我家的院子突然变得大了，听不到一点声音，人身上要出汗了。——再也没有比这更寂寞、荒凉的一瞬间，我们一点点地沉了下去，在太阳地里坐得久了，猛地抬起头来，阳光变成黑色的了。

丈夫最终没能等来他的女人，他兴高采烈地回去了。他知道，隔几天他的女人就会把工资如数上交，他要用这笔钱给细伢子交书学费。他又从门洞里拖出半袋米，托我们转交。说，这是好米，在城里能卖不少的价钱呢，留着她吃吧；我们在家里的，能省些则省些。

女人是在晚上才回的家，她跟在大老郑的后头，手里提着大包小包的。我母亲趋前问道，都买了什么？大老郑笑道，随便给她买了些衣服。女人立在床头，把东西一样样地抖出来，皮鞋，衣裙……又把一件衣料放在膀子上比试一下，问我母亲道，也不知好看不好看？我就嫌它太花哨了，都是他主张要买。大老郑笑道，这几样当中，我就看中这一件，花色好，穿上去人会显得俏丽。

平心而论，女人的做派和先前没什么两样，可是我们都看出一些别的来了。就比如说她是细长眼睛，大老郑说话的当儿，她把眼睛稍稍往上一抬，慢慢的，又像是不经意的……反正我是怎么也描述不出来，学不出来的。——就这么一抬，我母亲拿手肘抵抵我，耳语道，真像。

原来，我母亲早就听人说过，我们城里有两类卖春的妇女，说起来这都是广州发廊以后的事了。就有一次，有人指着沿街走过的一个女子，告诉她说这是做"那营生"的。那真是天仙似的一个人物，我母亲后来说，年轻且不论，光那打扮我们城里就没见过；我母亲因问道，不是本地人吧？那人淡淡笑道，哪有本地人在本地做生意的？她们敢吗？人有脸，树有皮，再不济也得给亲戚朋友留点颜面，万一做到兄弟、叔伯身上怎么办？

还有一类倒真是我们本地人，像大老郑的女人，操的是半良半娼的职业。对于类似的说法，我母亲一向是不信的，以为是谣言，她的理由是，良就是良，娼就是娼，哪有两边都沾着的？殊不知，这一类的妇女在我们小城竟是有一些的，她们大多是乡下人，又都结过婚，有家室，因此不愿背井离乡。

这类妇女做的多是外地人的生意，她们原本良善，或因家境贫寒，在乡下又手不缚鸡，吃不了苦，耐不了劳；或有是贪图富贵享乐的；也有因家庭不和而离家出走的……凡此种种，不一而足。她们找的多是一些未带家眷的生意人，手里总还有点钱，又老实持重，不寒碜，长得又过得去，天长日久，渐渐生了情意，恋爱上了。

她们用一个妇人该有的细心、整洁和勤快，慰藉这些身在异乡的游子，给他们洗衣做饭，陪他们说话；在他们愁苦的时候，给他们安慰，逗他们开心，替他们出谋划策；在他们想女人的时候，给他们身体；想家的时候，给他们制造一个临时的安乐窝……她们几乎是全方位的付出，而这，不过是一个妇人性情里该有的，于她们是本色。她们于其中虽是得了报酬的，却也是两情相悦的。

若是脾性合不来的，那自然很快分手了，丝毫不觉得可惜；若是感情好的，那男人最终又要回去的，难免就有麻烦了，总会痛哭几场，缱绻难分，互留了信物，相约日后再见的，不过真走了，也慢慢好了，人总得活下去吧？隔一些日子，待感情慢慢地平淡了，她们就又相中了一个男子，和他一起过日子去了。

做这一路营生的妇人，多由媒人介绍来的，据说和一般的相亲没什么两样，看上两眼，互相满意了，就随主顾一起走了。而这一类的妇人，天性里有一些东西是异于常人的，就比如说，她们多情，很容易就怜惜了一个男子；她们或许是念旧的，但绝不痴情。她们是能生生不息、换不同男子爱着的……或许，这不是职业习性造就的，而是天性。

和我们一样，她们也瞧不起娼妓，大老郑的女人就说过，那多脏，多下流呀！而且，也不卫生。她吃吃地笑起来，那是早些时候，她的"前夫"还未出现。她们和娼妓相比，自然是有区别的，和一般妇女比呢，就有点说不清楚了。照我看来，惟一的区别就在于，在通过恋爱或婚嫁改善境遇方面，她们是说在明处的，而普通妇女是做在暗处的。因此，她们是更爽利、坦白的一类人，值不值得尊敬是另一说了。

我们家对过，有一户姓冯人家的老太太，我们都唤做冯奶奶的，最是个开朗通达的人物。长得又好，皮肤白，头发也白，夏天若是穿上一身白府绸衣裤，真是跟雪人一般。这老太太是颇有点见识的，大概因她儿子在监察局做局长、女儿在人民医院做护士长的缘故吧，她说起天文地理来，那是能让人震一震的。常常是坐在自家门口剥毛豆米，隔着一条马路就朝我奶奶喊过来，你家今天吃什么？两个老太太一递一声地说着话，末了她端着一个竹篚子，一路颠颠地就跑过来了。看见我，就笑道，阿大下学堂了？看见我弟弟，就说，小二子，今天挨没挨先生批？她是很得人缘的一个，凡是认识她的没有不尊敬她的。她的风流事在我们这一带是传遍了的，年轻时因男人跑台湾，单单丢下她娘儿三个，两张嗷嗷待哺的嘴，怎么活呀？就找相好呗，也不知找了多少个，才把这两个孩子拉扯大，出息了，成家了。倘若有人跟她做媒，她大凡是回绝的，说的是，她男人一天不死，她就要等他回来。有人背地里取笑她，这叫什么等？比她男人在时还快活。无论如何，她是抚养了两个孩子，不是含辛茹苦，而是快快乐乐。

我们无论如何也说不清，在大老郑的女人和冯奶奶之间，到底有何不同，可是我们能谅解冯奶奶，而不能谅解大老郑的女人。我母亲很快下了逐客令，当天晚上，她就找大老郑过来摊牌了。大老郑如实招供，和我们了解的情况没什么出入，不过他说，她是个好人。我母亲通情达理地说，我知道。你也是好人，可是这跟好人坏人没关系，我们是体面人家，要面子，别的都好说，单是这方面……你不要让我太为难。

我母亲又说，你是生意人，凡事得有个分寸，别让外人把你的家底给扒光了。大老郑难堪地笑着，隔了一会儿，他搓搓手道，这个，我其实是明白的。

大老郑携女人走了，为眼不见心不烦，我母亲让他的几个兄弟也跟着一起走了。从那以后，我们再也没见过他们，也没听到过他们的任何讯息了。

　　这一晃，已是十五年过去了，我们也不知道，大老郑和他的女人，他们过得还好吗？他们是不是早分开了？各自回家了？在他们离开院子的最初几个年头，每到夏天，我们乘凉的时候，或是冬天，我们早早缩在被子里取暖的时候，就会想起他们，那是怎样安宁纯朴的时光啊，像我们幻想中的莆田的竹林，在月光底下发出静谧的光……现在，它已经遥不可及了；或许，它压根儿就没存在过？

　　而这些年来，我们小城是一步步往前走着的，这其中也不知发生了多少事；有一次，我父亲因想起他们，就笑道，这叫怎么说呢，卖笑能卖到这种份上，还搭进了一点感情，好歹是小城特色吧，也算古风未泯。我母亲则说，也不一定，卖身就是卖身，弄到最后把感情也卖了，可见比娼妓还不如。

　　唉，这些事谁能说得好呢？我们也就私下里瞎议论罢了。

附录

《中国当代文学读本》推荐选读书（篇）目

小说

孙　犁：《风云初记》《铁木前传》
孔　厥、袁　静：《新儿女英雄传》
马　烽、西　戎：《吕梁英雄传》
萧也牧：《我们夫妇之间》
巴　人：《莽秀才造反记》
柳　青：《铜墙铁壁》《创业史》
路　翎：《你的永远忠实的同志》《洼地上的"战役"》
李　準：《不准走那条路》《李双双小传》
知　侠：《铁道游击队》
杜鹏程：《保卫延安》
赵树理：《"锻炼锻炼"》《套不住的手》
周立波：《山乡巨变》
邓友梅：《在悬崖上》
李六如：《六十年的变迁》
陆文夫：《小巷深处》《美食家》
吴　强：《红日》
宗　璞：《红豆》
艾　芜：《百炼成钢》
曲　波：《林海雪原》
梁　斌：《红旗谱》
杨　沫：《青春之歌》
茹志娟：《百合花》

高　缨：《达吉和她的父亲》
李劼人：《大波》
周而复：《上海的早晨》
冯德英：《苦菜花》
冯　志：《敌后武工队》
欧阳山：《三家巷》
草　明：《乘风破浪》
陈翔鹤：《陶渊明写〈挽歌〉》《广陵散》
罗广斌、杨益言：《红岩》
唐克新：《沙桂英》
黄秋耘：《杜子美还家》
汪曾祺：《大淖记事》《受戒》
西　戎：《赖大嫂》
李建彤：《刘志丹》
姚雪垠：《李自成》
浩　然：《艳阳天》
金敬迈：《欧阳海之歌》
陈登科：《风雷》
马识途：《清江壮歌》
毕方、钟涛：《千重浪》
郭澄清：《大刀记》
湛　容：《人到中年》
蒋子龙：《乔厂长上任记》
黎汝清：《万山红遍》
戴厚英：《人啊，人！》
刘心武：《班主任》
卢新华：《伤痕》
王亚平：《神圣的使命》
郑　义：《枫》《老井》
靳　凡：《公开的情书》
周克芹：《许茂和他的女儿们》
方　之：《内奸》
张　弦：《被爱情遗忘的角落》
从维熙：《大墙下的红玉兰》
金　河：《重逢》
鲁彦周：《天云山传奇》
高晓声：《李顺大造屋》《陈奂生上城》

张　扬：《第二次握手》
竹　林：《生活的路》
冯骥才：《三寸金莲》
张一弓：《犯人李铜钟的故事》
礼　平：《晚霞消失的时候》
李国文：《月食》
老　舍：《正红旗下》
莫应丰：《将军吟》
叶蔚林：《在没有航标的河流上》
张辛欣：《我在哪里错过了你?》
张贤亮：《灵与肉》
赵振开：《波动》
古　华：《芙蓉镇》
张抗抗：《北极光》
陈建功：《飘逝的花头巾》
张　洁：《无字》《爱，是不能忘记的》
王安忆：《本次列车终点》《叔叔的故事》《长恨歌》
韦君宜：《洗礼》
张承志：《黑骏马》《心灵史》
孔捷生：《南方的岸》
邓友梅：《那五》
路　遥：《人生》《平凡的世界》
铁　凝：《哦，香雪》《玫瑰门》《大浴女》
梁晓声：《这是一片神奇的土地》
李存葆：《高山下的花环》
史铁生：《务虚笔记》
李杭育：《沙灶遗风》
阿　城：《棋王》《树王》《孩子王》
贾平凹：《腊月·正月》《废都》、《秦腔》
林斤澜：《矮凳桥传奇》
马　原：《冈底斯的诱惑》《虚构》
刘索拉：《你别无选择》
莫　言：《透明的红萝卜》《红高粱》《蛙》
韩少功：《爸爸爸》《马桥词典》
残　雪：《山上的小屋》《苍老的浮云》《黄泥街》
扎西达娃：《西藏，稳秘岁月》
迟子建：《北极村童话》《向着白夜旅行》

张　炜：《古船》《九月寓言》
陈　村：《屋顶上的脚步》
孙甘露：《访问梦境》《信使之函》
刘西鸿：《你不可改变我》
刘　恒：《狗日的粮食》
李　锐：《厚土》
马　建：《亮出你的舌苔，或空空荡荡》
余　华：《十八岁出门远行》《现实一种》《活着》
洪　峰：《瀚海》
池　莉：《烦恼人生》
苏　童：《罂粟之家》《妻妾成群》
格　非：《迷舟》《欲望的旗帜》
王　朔：《顽主》《动物凶猛》
叶兆言：《枣树的故事》《一九三七年的爱情》
潘　军：《南方的情绪》
杨　绛：《洗澡》
霍　达：《穆斯林的葬礼》
北　村：《逃亡者说》《周渔的喊叫》
林　白：《一个人的战争》《妇女闲聊录》《说吧，房间》
刘震云：《塔铺》《一地鸡毛》
陈　染：《私人生活》
薛忆沩：《遗弃》《空巢》
韩　东：《反标》
唐浩明：《曾国藩》
述　平：《凹凸》
方　方：《"大篷车"上》《风景》
何　顿：《生活无罪》
陈忠实：《白鹿原》
徐小斌：《敦煌遗梦》
徐　坤：《先锋》
二月河：《雍正皇帝》
孙皓晖：《大秦帝国》
朱　文：《我爱美元》《弟弟的演奏》
毕飞宇：《是谁在深夜说话》《青衣》
陆天明：《苍天在上》
刘醒龙：《分享艰难》
谈　哥：《大厂》

关仁山：《大雪无乡》
东　西：《耳光响亮》《后悔录》《篡改的命》
阿　来：《尘埃落定》
阎连科：《日光流年》《受活》
严歌苓：《少女小渔》《扶桑》
曹文轩：《草房子》
李　洱：《花腔》
王小波：《黄金时代》
刘斯奋：《白门柳》
李佩甫：《羊的门》
麦　家：《暗算》
高行健：《灵山》
阿　乙：《寡人》
金宇澄：《繁花》
田　耳：《天体悬浮》
徐则臣：《耶路撒冷》

诗歌

胡　风：《时间开始了！》
郭沫若：《百花齐放》
何其芳：《夜歌》
卞之琳：《天安门四重奏》
郭小川：《白雪的赞歌》《望星空》《团泊洼的秋天》
李　季：《玉门诗抄》
邵燕祥：《到远方去》《献给历史的情歌》
贺敬之：《回延安》《放声歌唱》
闻　捷：《天山牧歌》
艾　青：《红旗》《归来的歌》
流沙河：《草木篇》
曰　白：《吻》
穆　旦：《穆旦诗全集》(《葬歌》等)
张贤亮：《大风歌》
白　桦：《鹰群》《孔雀》
冯　至：《西郊集》
蔡其矫：《南曲》《悼亡》
孙静轩：《海洋抒情诗》
严　阵：《江南曲》

臧克家：《凯旋》
李　瑛：《红花满山》
童怀周：《天安门诗抄》
雷抒雁：《小草在歌唱》
叶文福：《将军，不能这样做》
刘　克：《飞天》
顾　城：《顾城诗全编》（《一代人》《我是一个任性的孩子》）
海　子：《海子诗全编》（《亚洲铜》等）
骆一禾：《骆一禾诗全编》（《大河》《灵魂》等）
公　刘：《离离原上草》《阿诗玛》（民间长诗，参与整理）
舒　婷：《流水线》《会唱歌的鸢尾花》《神女峰》
北　岛：《北岛诗选》（《回答》等）
牛　汉：《悼念一棵枫树》《华南虎》
郭路生（食指）：《相信未来》《这是四点零八分的北京》《热爱生命》
梁　南：《野百合》
曾　卓：《悬崖边的树》《老水手的歌》《有赠》
辛笛、陈敬容、杜运燮、杭约赫、郑敏、唐祈、唐湜、袁可嘉、穆旦：《九叶集》（合集）
杨　炼：《诺日朗》《荒魂》《房间里的风景》
绿　原：《又一个哥伦布》《重读〈圣经〉》
陈敬容：《老去的是时间》
林　希：《无名河》
周　涛：《野马群》《马蹄耕耘的历史》
韩　东：《有关大雁塔》《工人新村》
翟永明：《女人》《静安庄》《人生在世》《我策马扬鞭》
陆忆敏：《美国妇女杂志》
唐亚平：《黑色沙漠》
伊　蕾：《独身女人的卧室》
郑　敏：《心象组诗》《诗人之死》
于　坚：《感谢父亲》《0档案》
西　川：《隐秘的汇合》《不要剥夺我的复杂性》
王　寅：《阳光》
王家新：《帕斯捷尔纳克》《临海孤独的房子》《卡夫卡》
昌　耀：《划呀，划呀，父亲们！》《慈航》《意绪》
严　力：《我是雪》《这首诗可能还不错》
张曙光：《尤利西斯》
欧阳江河：《透过词语的玻璃》《悬棺》

王　寅：《与诗人勃莱一夕谈》
陈东东：《海神的一夜》《点灯》
萧开愚：《动物园的狂喜》
柏　桦：《相知》《表达》
孙文波：《地图上的旅行》
臧　棣：《燕园记事》
张曙光：《1965年》《小丑的花格外衣》
西　渡：《雪景中的柏拉图》
黄灿然：《世界的隐喻》
孙文波：《给小蓓的俪歌》
张　枣：《春秋来信》《镜中》
多　多：《手艺》《阿姆斯特丹的河流》
芒　克：《阳光中的向日葵》
王小妮：《我感到了阳光》
徐敬亚：《既然》《一代》
梁小斌：《中国，我的钥匙丢了》
西　渡：《冬日黎明》
桑　克：《雪的教育》
李亚伟：《中文系》
黄灿然：《致大海》《静水深流》《不上班多好》
伊　沙：《结结巴巴》《饿死诗人》
戈　麦：《献给黄昏的星》
杨　键：《古桥头》
雷平阳：《亲人》《母亲》
朵　渔：《最后的黑暗》《只有爱情》
吕德安：《父亲和我》《适得其所》
张执浩：《高原上的野花》《与父亲同眠》
沈　苇：《楼兰组诗》
杨　克：《人民》《我在一颗石榴里看见我的祖国》《逆光中的那一棵木棉》
蓝　蓝：《令人心颤的一阵风》
黄礼孩：《去年在朝鲜》《窗下》《一个害羞的人》
尹丽川：《病孩子》《妈妈》
周　瓒：《欠债者》
孙　磊：《辉煌》《虚妄》
宇　向：《哈气》
郑小琼：《黄麻岭》《铁》

散文

冰　心：《我站在毛主席纪念堂前》
孙　犁：《津门小集》
丁　玲：《"牛棚"小品》
魏　巍：《谁是最可爱的人》
刘白羽：《长江三日》
杨　朔：《茶花赋》《荔枝蜜》
秦　牧：《艺海拾贝》《花城》
吴伯箫：《记一辆纺车》
廖沫沙（繁星）：《有鬼无害论》
沈从文：《过节和观灯》
张中晓：《无梦楼随笔》
丰子恺：《缘缘堂续笔》
杨　绛：《干校六记》《将饮茶》《我们仨》
宗　璞：《丁香结》
萧　乾：《八十自省》
巴　金：《随想录》《再思录》
沈从文、张兆和：《从文家书》
贾平凹：《商州三录》
金克木：《金克木小品》
余秋雨：《文化苦旅》
周　涛：《游牧长城》
贾植芳：《狱里狱外》
季羡林：《牛棚杂忆》
史铁生：《我与地坛》
李　辉：《秋白茫茫》
铁　凝：《女人的白夜》
刘亮程：《一个人的村庄》
王小波：《思维的乐趣》
林贤治：《漂泊者萧红》
徐　晓：《半生为人》
刀尔登：《中国好人》
毛　尖：《有一只老虎在浴室》

戏剧（剧本）

曹　禺：《明朗的天》《胆剑篇》《王昭君》

孙　芋：《妇女代表》
夏　衍：《考验》
陈其通：《万水千山》
岳　野：《同甘共苦》
老　舍：《龙须沟》《春华秋实》《西望长安》《茶馆》
杨履方：《布谷鸟又叫了》
田　汉：《关汉卿》《文成公主》
郭沫若：《蔡文姬》《武则天》
于　伶：《七月流火》
王树元：《杜鹃山》
沙叶新：《一分钱》《边疆新苗》
胡　可：《战斗里成长》《槐树庄》
吴　晗：《海瑞罢官》
田　汉：《谢瑶环》
孟　超：《李慧娘》
沈西蒙、漠雁、吕兴臣：《霓虹灯下的哨兵》
丛　深：《千万不要忘记》《祝你健康》
陈白尘：《大风歌》
白桦、彭宁：《苦恋》
高行健、刘会远：《绝对信号》
高行健：《野人》《车站》
李　静：《大先生》